유럽문학 속 푸슈킨 연구
삶과 역사를 보는 지혜

유럽문학 속 푸슈킨 연구
삶과 역사를 보는 지혜

초판 1쇄 | 2016년 12월 26일

지은이 | 최선
편 집 | 이재필
디자인 | 임나탈리야

펴낸이 | 강완구
펴낸곳 | 써네스트

출판등록 | 2005년 7월 13일 제313-2005-000149호
주 소 | 서울시 마포구 동교동 165-8 엘지팰리스 빌딩 925호
전 화 | 02-332-9384   **팩 스** | 0303-0006-9384
이메일 | sunestbooks@yahoo.co.kr
ISBN 979-11-86430-38-5 (93800)   값은 표지에 표시되어 있습니다.
2016ⓒ최선
2016ⓒ써네스트

이 도서의 국립중앙도서관 출판예정도서목록(CIP)은 서지정보유통지원시스템 홈페이지(http://seoji.nl.go.kr)와 국가자료공동목록시스템(http://www.nl.go.kr/kolisnet)에서 이용하실 수 있습니다.(CIP제어번호: CIP2016030410)

러시아문학연구 03

유럽문학 속 푸슈킨 연구

삶과 역사를 보는 지혜

최선 지음

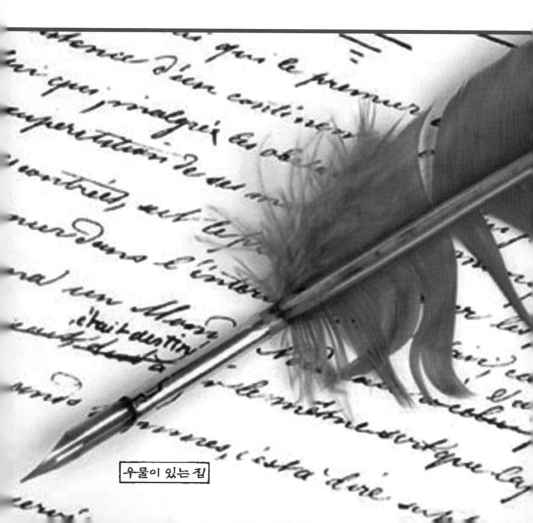

우물이 있는 집

저자의 말

이 책에는 러시아 문학의 아버지라고 칭해지는 알렉산드르 세르게예비치 푸슈킨에 대한 글들이 실려 있다. 이 글들은 필자가 1992년부터 러시아에 다녀오기 시작하면서 푸슈킨을 읽고 공부하고 대화를 나누게 되고 푸슈킨의 주요 작품을 번역하면서 썼던 것들로서 푸슈킨에 대한 소개, 한국에서의 푸슈킨 수용을 다룬 글, 푸슈킨과 20세기 러시아 작가들과의 관계에 대한 글, 푸슈킨 작품론이다. 푸슈킨 작품론에서 필자는 푸슈킨 작품을 유럽문학 작품과의 관계 속에서 살펴본 경우가 많았다. 셰익스피어(1564-1616)와 푸슈킨(1799-1837)의 작품을 비교한 글 두 편은 고려대학교 영문학과 문희경 교수와 공동으로 썼다. 푸슈킨 공부를 하면서 필자는 인간과 역사에 대해 많은 것을 배웠는데 이를 푸슈킨과 셰익스피어의 작품들을 비교하면서 더욱 단단하게 다질 수 있었다. 푸슈킨과 셰익스피어의 안젤로를 비교하면서 법으로 해결되지 못하는 인간사의 복잡성과 인간 내면의 본성의 복합성에 대해 좀 더 확실하게 알 수 있었고, 푸슈킨의 『보리스 고두노프』와 셰익스피어의 『맥베스』를 비교하면서 통치자나 그 주변인물, 피통치자, 여론 등에 대해 나름 그 실체를 파악하는 눈이 밝아졌다.

2017년 2월 정년 퇴임을 앞두고 필자는 직장 생활을 마무리하며 부끄럽지만 그간 쓴 글들을 주제별로 묶어서 종이책으로 만들어 두기로 마음먹었는데 이 책도 그중 하나이다. 대체로 작성한 연대순으로 글을 실었고 글마다 제목에 주를 달아 언제 어디에 어떤 계기로 썼는지 밝혔다.

미력하나마 필자가 이제까지 푸슈킨을 공부하면서 쓴 글이 이 분야를 공부하는 사람이나 러시아문학에 관심이 있는 사람에게 어떤 의미에서라도 도움이 되었으면 좋겠다. 인연이 닿아 이 책을 손에 들게 될 모든 분에게 고개 숙여 인사 드리고 이 기회에 필자의 인생살이와 공부살이에 힘과 가르침을 준 모든 분께 감사 드리고 싶다.

이 책은 러시아어를 몰라도 별 문제 없이 읽을 수 있다. 내 아이들 – 승원, 효원, 효재도 언젠가 여유가 생기면 따뜻한 마음으로 읽어주었으면 좋겠다. 여러 모로 부족한 필자를 항상 응원해 주셨던 부모님과 석사과정에서도 박사과정에서도 그리고 그 이후에도 변함없이 따뜻하게 지도해 주셨던 나의 선생님, 제만K. -D. Seemann 교수께서 이 책을 보고 기뻐하실 것이라고 생각하니 이제는 저승에서 만나게 될 그들이 새삼 그립고 고맙다. 아울러 이 책이 나오는 데 큰 도움을 준 써네스트의 이재필 편집장과 이 책을 기꺼이 출판해 준 써네스트의 강완구 대표에게 진심으로 감사한다.

2016년 가을

차례

한국에서의 푸슈킨*

　러시아에 다녀온 우리나라 사람들은 종종 '어째서 푸슈킨이 다른 어떤 작가, 시인보다도 러시아에서 가장 높이 평가되고 사랑받는지, 어째서 가장 위대한 러시아 시인으로 불리는지' 묻는다. 이는 우리나라에 푸슈킨이 1920년대부터 이름이 알려져 있기는 하지만 톨스토이, 투르게네프, 체호프, 도스토예프스키에 비해 구체적으로 소개되지 못하여 노문학도 이외에는 그에 대해 아는 바가 적었기 때문일 것이다. 또 한국의 노문학도들에 의한 푸슈킨 연구도 의외로 매우 적은 편이었다. 이는 푸슈킨이 살아 있을 때

---

* 『러시아소비에트문학』 5권(1994), 98-122. 1993년 푸슈킨 연구소가 중심이 되어 러시아 페테르부르그와 트베리에서 개최한 국제회의 '푸슈킨과 세계문화'에서 발표한 내용을 확장한 글이다. 당시 연세대학교 노문학과 김진영 교수와 함께 그 회의에 참가하여 세계 각국의 푸슈킨 학자들과 만나게 되었고 이후에도 1995년, 2002년에 이 국제회의에 참가했다. 여기서 만난 일본의 푸슈킨 학자들과 한국과 일본에서 포럼을 가지기도 했다. 이 회의를 통하여 알게 된 독일 푸슈킨학회 회장 카일(Rolf-Dietrich Keil) 교수의 제의로 필자는 독일 푸슈킨학회 회원으로 등록했다. 독일 통일을 현장에서 경험한 학자인 카일 교수가 2000년대 초에 필자에게 남한과 북한의 푸슈킨 수용을 비교하는 내용을 발표해 보라고 제의해서 필자는 자료를 좀 모았고 연구년인 2003년에 발표할 예정이었으나 이 약속을 이행하지 못하게 되어 그에게 양해를 구했다. 어머니의 죽음 소식에 갑자기 귀국하게 된 필자에게 그가 따뜻하고 격조 있는 어투로 조의를 표했던 기억이 난다. 남북한의 푸슈킨 수용을 비교하는 연구는 독일의 경우처럼 통일 이후에 본격적으로 진행될 것이다.

부터 유럽에 알려져 있었고 1838년에는 비교적 상세히 언급되었으며 독일에서는 작품 번역이 1833년에 시작되어 19세기 중반에 이미 대부분 출판되었다는 사실에 비추어 볼 때 좀 의아하게 여겨진다.

필자는 푸슈킨이 한국에 어떻게 알려져 왔고 연구되어 왔나를 소개하고 푸슈킨 문학의 한국에서의 현대적 의미에 대해 잠깐 생각해 보고자 한다.

1. 우선 1920년대부터 진행되어 온 작품 번역을 연대별로 살펴보자.[1]

1922. 10. 1.: 이용규: 「찝시」, 『啓明』 12호

1926. 6. 9.: J. S.: 「차다예프에게」 中 일부, 『동아일보』.

1926. 6. 8.: J. S.: 「분주한 거리로 돌아다니거나」, 『동아일보』.

1927. 1. 17.: 이선근: 「惡魔」, 「毒나무」, 「구름장」, 「아츰해」, 「暴風」, 「배」, 『海外文學』 창간호.

1933. 7. 17.: 함대훈: 『예브제니 아네긴』, 『新女性』.

1937. 2. 1.: 함대훈: 「새 샘물」, 『朝光』 제3권 제2호.

1938. 1. 1.: 함대훈: 「獻詞」, 『三千里文學』.

1939. 5. 20.: 함대훈: 「小鳥」, 『詩學』 제2집 5-6월호.

1947. 8. 20.: 허빈: 「自由의 싹」, 『實業朝鮮』.

1948. 3. 1.: 허빈: 「시베리아에 보내는 片紙」, 『新人』 창간호.

<시집>
태화방 역: 1956

---

1   1948년까지의 번역은 김병철의 『한국 근대 번역문학사 연구』(1975년)를 참조로 하여 찾을 수 있는 자료는 도서관에서 다시 찾아 확인하였다. J. S.가 쓴 「분주한 거리로 돌아다니거나」는 동아일보 6월 8일자에서 찾을 수 있었고 이용규의 것만 제외하고 도서관에서 모두 찾아낼 수 있었다. 1948년 이후의 것들은 필자가 직접 찾아보았다. 제목은 되도록이면 써 있는 대로 옮겼다.

장만영 편: 1965, 1978, 1984(40편)
신연자 역: 1975(24편) 노어 텍스트 게재
이종진 역: 1985(51편) 노어 텍스트 게재
박형규 역: 1991(68편)

<산문집에 수록된 작품들>
이동현 역: '대위의 딸'(1965)
동완 역: '대위의 딸', '두브로프스끼', '벨낀 이야기', '스페이드의 여왕', '피오트르 대제의 흑인', '고류히노 마을의 역사', '로슬라블레프', '편지로 엮어진 로맨스'(1960년대-1970년대, 1983년)
이철 역: '예브게니 오네긴', '대위의 딸', '벨낀 이야기', '두브로프스끼', '스페이드의 여왕', '뾰뜨르 황제의 흑인', '끼르드쟐리', '이집트의 밤들', '돌로 된 손님', '모자르트와 살리에리'(1960년대부터 1970년대-1990년)
허승철 역: '대위의 딸', '예브게니 오네긴'(1991)

작품 번역은 1920년대부터 진행되어 왔으나 번역에 따라서는 일본 번역의 중역인 경우도 많은 듯하다. 푸슈킨의 서사시들 중에서 「집시」, 「가브릴리아다」, 「눌린 백작」, 「콜롬나의 작은 집」, 「안젤로」, 「청동 기사」, 「폴타바」, 드라마 『보리스 고두노프』 등이 아직 번역되지 못한 것은 푸슈킨의 작품 세계를 이해하는 데 매우 아쉬운 점이라 하겠다. 다른 러시아문학 작품 번역의 경우에도 그렇지만 푸슈킨 번역에 있어서도 서두르지 말고 체계적으로 충실한 주석을 붙여 작품이 번역 소개되어야 함도 앞으로의 중요한 과제이다.

번역들은 모든 번역이 그렇듯이 어느 정도 차이를 보인다. 특히 시의 경우에는 번역이 서로 상당한 차이를 보이는 점이 눈에 띈다. 시어 하나하나가 시 전체의 성격에 대단히 중요한 역할을 한다는 것은 두말할 필요도 없으리라. 이는 번역시에서도 마찬가지이다. 시어 하나하나의 뉘앙스의 차이는 시 전체를 전혀 다르게 이해하게 만든다. 시 하나를 예로 들어 그에 대한 여러 가지 번역을 각각 소개, 비교함으로써 구체적으로 이러한 점을 살펴보기로 하자. 예로 고른 시는 「시베리아로 보내는 편지」이다.

Во глубине сибирский руд

храните гордое терпенье,

Не пропадет ваш скорбный труд

И дум высокое стремленье.

Несчастью верная сестра,

Надежда в мрачном подземелье

Разбудит бодрость и веселье,

Придет желанная пора:

Любовь и дружество до вас

Дойдут сквозь мрачные затворы,

Как в ваши каторжные норы

Доходит мой свободный глас.

Оковы тяжкие падут,

Темницы рухнут и свобода

Вас примет радостно у входа,

И братья меч вам отдадут.

허빈 역(1948년):

시베리아에 보내는 편지

시베리아 사람의 마음은 깊으거나
너희들의 아픔을 뉘우치지 말아라.
부역의 쓰라림을 잊지 아니하고
역죄를 씨운 사상을 휘지 않고.

불행의 아우여
벙어리 소리 없는 지하의 암흑 속에서
희망이 네 가슴에 기꺼운 용맹을
퍼 목매여 갈망하는 날이 오리라.

그리고 꺼지인 어두운 문을 헤치며
사랑과 더불어 우정은 너에게 흘러 흘러
둥그런 카-레의 독방일지라도
나의 자유의 노래 소리는 네게 흘러 흐르리.

무터덕 매여진 쇠사슬은 끊고
말하자면 壁은 샀샀이 뚫어지리라.
그리하여 자유는 너를 붉은 해에 마지하고
그리하여 동포는 匕首뒤에 너를 풀으리.

태화방 역(1956년):

시베리아로

시베리야의 鑛山 밑에서도
그대들의 자랑에 넘친 忍耐를 잊지 마러라.
그대들의 苦痛스런 일, 偉大한 情熱, 高尙한 思想은
永遠히 永遠히 사라지지 않으리!

貞淑한 女性은 不幸하게도
暗澹한 지하로 떨어졌지만
희망은 환희를 불러낸 것이리!
그리고 즐거운 때가 돌아오리.

琥珀色의 아침빛이 온 방에 흐르고
사랑과 友情은 어두운 獄門을 빠져나와
그대들 있는 곳까지 到達할 것이리,
自由를 노래하는 나의 소리가
그대들의 監房까지 들리도록.

장만영 역(1965년)

서백리아로(목차에는 '시베리아로'라고 되어 있다)

서백리아의 광산 밑바닥에서라도
너희들의 기품 높은 인내를 잃지 말라
너희들의 괴로운 일일랑

위대한 정열은 영원히
사라지는 것이 아니다!

정숙한 여자는 불행히도
어둔 지하로 내던져진 몸이 되었지만
희망은 환희를 불러내리라!
그리고 즐거운 때가 오리라.

사랑과 우정은
처참한 옥문을 지나
너희들한테로 이르리라,
자유를 노래하는 나의 목소리가
너희들 옥창에 이르도록.

신연자 역(1975년)
시베리아에의 傳言

멀고 먼 시베리아의 광산에서
자랑스럽게 견디어주오.
처절한 그대의 忍苦여
결코 헛됨이 없으리.

불운엔 안제나 따르는 희망
움막의 어둠 속에서
용기와 기쁨을 일깨우고

기다리던 날은 오게 된다오.

사랑과 友情은
암흑의 장벽을 넘어 그대를 찾고
내 자유의 소리
그대 철창을 두드리오.

무거운 족쇄는 떨어지고
옥문은 부수어지오
문 앞에선 自由가 반겨주고
동지들은 장검을 그대에게 돌려주리.

이종진 역(1985년)
시베리아의 광산 깊은 곳에서도

시베리아의 광산 깊은 곳에서도
자랑스런 인내심을 간직하라.
그대들의 고통스러운 노동도
위대한 열망도 사라지지 않으리.

불행할 때도 진실한 누이인
희망은 어두운 지하에서도
그대들의 용기와 명랑함을 일깨워주고
고대하던 때가 찾아오리.

사랑과 우정은 어두운 문을 통하여
그대들 있는 곳까지 도달하리라,
내 자유의 소리가
그대 苦役의 동굴을 찾는 것처럼.

무거운 족쇄는 끊어지고
감옥은 부서진다. 그리고 자유가
문 앞에서 그대들을 반기며
동지들이 劍을 돌려주리.

박형규 역(1991년)
시베리아 광갱(鑛坑) 깊숙한 곳

시베리아 광갱(鑛坑)깊숙한 곳,
자랑스러운 참을성을 간직하리니.
그대들의 슬픔에 찬 노동
생각의 높은 바람은 헛되지 않을 것이오.

불행에 등을 돌리지 않는 정실한 누이,
음침한 땅굴 속의 희망이
용기와 기쁨을 불러일으켜
고대하던 때가 찾아올 것이니.

사랑과 우정은 철대문을 통해
당신들에게 이를 것이오,

나의 자유의 목소리가

당신들의 고역(苦役)의 굴에 이르듯이.

무거운 족쇄가 떨어지고

옥사가 허물어지면 – 자유가

당신들을 기쁘게 맞이하며

형제들이 당신들에게 칼을 건네줄 것이오.

    이 시는 1827년 푸슈킨이, 1825년 12월 혁명에 실패하여 시베리아로 유형당한 12월 당원들에게 부친 시이다. 푸슈킨은 먼 시베리아로 유형당한 그들에게, 그들의 혁명 정신과 행위의 정의로움 그리고 역사적 가치를 신뢰하고 당시로서는 실패할 수밖에 없었던 비통한 노력이 훗날 결실을 보아 역사에 길이 빛나게 되리라는 격려의 말을 보낸다. 비록 그들이 지금 그들의 이상을 펴지 못하고 답답하고 깜깜한 역사의 공간에 갇혀 있어도 그들에게 푸슈킨 자신의 사랑과 우정의 목소리가 닿듯이 이 깜깜한 공간이 허물어지고 자유의 소리가 실천될 날이 오리라는 확신을 전한다. 이 깜깜한 상황을 살아가는 데 필요한 것은 희망이노라고, 이 불행의 나날을 견디려면 희망을 잃지 않고 그들의 기품과 자존심을 지키며 그들의 길이 옳았다는 것을 믿고 역사에 대한 희망을 품고 살아가는 것만이 12월 당원들이 자신들의 삶의 내용을 풍요롭게 만드는 길이라는 것을 푸슈킨은 알았고, 또 그러한 바람으로 이 글을 보냈을 것이다.

    동시에 이 시는 푸슈킨 자신이 당시의 역사적 상황을 살아간 자세이기도 하였다. 푸슈킨은 당시로서는(어쩌면 아직까지도) 너무나 일찍 태어난 지혜로운 인간으로 삶이 고통의 여정이라는 것을 느끼지 않을 수 없었다. 그러나 그가 절망하거나 염세주의에 빠지지 않은 것은 그가 고통의 삶 한가운데 항상 희망이 함께한다는 것을 알았기 때문이다. 또한 고통의 삶일 수록 희망이 귀중하다는 것을 믿고 있었고, 고통의 삶에 희망이 항상 따라다니도록 마음을 다스렸던 것이다. 사실상 행복할 때 희망이 그 무슨 큰 의미가 있겠는가? '불행의 신실한 누이'는 실로 희망인 것이다. 필자는 이 시의 가장 아름다운 메시지인 이 부분에 주목하여 번역문들을 살펴보고자 한다. 허빈, 태화방, 장만영의 경우에는 그 번역이 너무 원문과 차이가 나므로 뭐라 언급하기가 곤란한 바 있지만 이들이 '희망이 불행의 누이'라고 해석하지 않는다는 것은 분명하다.

허빈의 경우에는 '불행의 아우'가 12월 당원으로 여겨지고 있는 듯하며 (불행의 아우여/벙어리 소리 없는 지하의 암흑 속에서/희망이 네 가슴에 기꺼운 용맹을/퍼 목메여 갈망하는 날이 오리라) , 태화방(貞淑한 女性은 不幸하게도/暗澹한 지하로 떨어졌지만/희망은 환희를 불러 낼 것이리!/그리고 즐거운 때가 돌아오리)과 장만영(정숙한 여자는 불행히도/어둔 지하로 내던져진 몸이 되었지만/희망은 환희를 불러내리라!/그리고 즐거운 때가 오리라)의 경우에는 그 번역 구절로부터 전혀 원문의 뜻을 가려낼 수가 없다. 도대체 정숙한 여성이 어둔 지하로 내던져졌다는 것은 무슨 말인가?

신연자, 이종진, 박형규의 번역의 경우를 좀 더 자세히 살펴보자.

불운엔 언제나 따르는 희망
움막의 어둠 속에서
용기와 기쁨을 일깨우고
기다리던 날은 오게 된다오.(신연자 역)

불행할 때도 진실한 누이인
희망은 어두운 지하에서도
그대들의 용기와 명랑함을 일깨워주고
고대하던 때가 찾아오리.(이종진 역)

불행에 등을 돌리지 않는 정실한 누이
음침한 땅굴 속의 희망이
용기와 기쁨을 불러일으켜
고대하던 때가 찾아올 것이니.(박형규 역)

이 세 번역의 경우 제1행의 차이가 특히 눈에 띈다.

신연자의 경우, 희망은 언제나 불운을 따라 다니는 것으로 불행에는 항상 희망이 있어야 하고, 희망이 들어 있다는 의미의 층이 두드러진다.

이종진의 경우에는, 희망은 불행할 때도 떠나지 않는다. 즉 희망은 불행할 때 떠날 수 있겠으나 떠나지 않는다는 뜻으로 읽히기가 쉽다. 이로써 희망이 행복할 때는 항상 함께한다는 의미가 덧붙여져 읽혀질 여지가 있다. 박형규의 경우도 거의 마찬가지이다. 필자는 신연자의 번역이 제일 마음에 드는데, 그 이유는 이 번역이 푸슈킨의 삶에 대한 자세를 가장 잘 보여준다고 보이기 때문이다. 그러나 제2행의 경우에는 이종진의 번역이 더 가슴에 와 닿는데, 그것은 '움막의 어둠'이나 '음침한 땅굴 속의 희망'이라는 표현은 '어두운 지하'라는 표현에 비해 너무나 구체적인 느낌을 주어 깜깜한 역사적 상황이라기보다는 그들이 광갱에서 행함직한 육체적 노동이 너무나 부각되기 때문이다. 12월 당원들이 실제로 광갱에서 노동을 했다고 여겨지지 않으며 시베리아 유배지에서도 그들의 귀족적인 생활 스타일을 어느 정도 유지하면서 살았다는 것은 부정할 수 없다고 여겨진다. 제3행과 제4행의 경우에는 박형규의 번역이 제일 마음에 든다. 그의 번역에 희망이 바로 용기와 기쁨을 불러일으키고 그것이 있기에 그들이, 또 푸슈킨이 역사에 대한 믿음을 가지고 살아간다는 의미가 가장 뚜렷하게 나타나기 때문이다.

이렇게 서로 다른 번역을 살펴보는 것은 시 번역에서 한 자 한 자가 얼마나 중요한가 하는 것을 깨닫게 해주었기 때문이다.

2. 이제 푸슈킨이 우리나라에 어떻게 수용되어 왔나를 간단한 내용 정리로서 소개해 본다.[2]

이선근, 「노서아문학의 창시자 뿌슈낀과 그의 예술」, 『海外文學』 창간호, 1927년 1월 17일. 푸슈킨의 생애에 대한 간단한 소개.

「푸-쉬킨의 결투」, 『조선일보』 1930. 7. 6.

「푸-쉬킨의 미발표 시」, 『文藝月刊』 1932년 신년호 제2권 제1호(1932. 1. 1). 푸슈킨의 미발표 시가 과학아카데미 도서관에서 발견되었다는 소식.

함대훈, 「노서아문학과 조선문학」, 『朝鮮文學』 1934년 신년호 제2권 제1호(1934. 1. 1). 조선의 시에는 형식미가 없으니 푸슈킨의 형식미, 감정의 표현, 정열과 생기를 배워야 한다는 요지.

함대훈, 「노서아 국민문학의 시조, 푸쉬킨의 생애와 예술(그의 사후 백년제를 당하야)」, 『朝光』 제3권 제2호(1937. 2. 1). 진실한 인생관과 심원한 인간애의 러시아문학의 시작으로서 푸슈킨의 생애를 소개. 그는 푸슈킨이 후기에 인기가 없었던 것은 그가 검열을 두려워하여 때때로 당국에 대한 찬미적 태도를 취한 것을 이유로 들고 있다. 또 관변과 민중 사이에서 동시에 감화를 주려한 것이 실패한 때문이다.

「푸-쉬킨 백년제 뉴-쓰」, 『朝光』 제3권 제2호(1937. 2. 1). 2월 푸슈킨 100년제를 앞두고 소련에서 진행되는 준비 작업 보고. 작곡, 레코드, 두브로프

---

2 이 부분은 김병철의 『한국 근대 서양문학 이입사 연구』 하권(1982년)을 참조로 직접 도서관에서 자료를 찾아 내용을 정리하였다.

스키 영화, 그림, 포스터, 조각, 문학 대회에 대하여.

이선근, 「푸-쉬킨과 나」, 『朝光』 제3권 제2호(1937. 2. 1). 그는 그가 『海外文學』 창간호에 번역한 푸슈킨의 시들이 노어 독본에 실려 있던 것이라고 하며 그의 생애에 감화를 준 시인으로서 푸슈킨을 회고 한다.

함대훈, 「노서아 국민문학의 시조 푸쉬킨의 생애와 예술(그의 사후 백년제를 당하야)」, 조선일보(1937. 2. 13).

한식, 「푸-쉬킨의 지위와 업적 ― 그의 사후 백년제를 당하야」, 조선일보(1937. 2. 13).

한식, 「푸-쉬킨 단편 ― 그 연구의 약간의 노-트」, 『朝鮮文學』 1937년 제3권 제3호(1937. 3. 1). 푸슈킨 기념제(1937년 2월 10일)에 즈음하여 쓴 푸슈킨 문학에 대한 소개. 그의 풍부한 감성, 위대한 감동력, 바이런보다는 괴테와의 밀접성을 언급하고, 메레주코프스키의 푸슈킨론(論)을 비판적으로 수용하면서 메레주코프스키가 푸슈킨을 이해하는 데 있어서 유심적인 문제에 몰두하였으며 현실로부터의 탈출을 가지고 현실을 극복한 것처럼 사유했는데 그것은 니체 철학에 보조를 맞춘 것이라고 비판했다. 사상가로서의 푸슈킨, 데카브리스트의 동조자로서의 푸슈킨, 레알리즘의 창시자로서의 푸슈킨을 강조했다. 푸슈킨의 사상은 당시 1930년대 의 '소시알' 낙천주의에서 계승된다고 함. 특히 오스트로프스키의 『강철은 여하히 단련될 것인가』에서 계승된다고 말했다.

한식, 「푸-쉬킨 레알리즘의 특징과 로만티즘 ― 그 연구를 위한 약간의 스켓취」, 『朝鮮文學』 1937년 제3권, 제4, 5호; 1937년 5, 6월호(1937. 5. 1).
푸슈킨 문학에서 정신적 귀족주의와 현실적 민주주의의 결합, 휴매니

티, 레알리즘에 포함된 로만티즘이 나타난다고 함. 푸슈킨의 로만티즘은 신비주의나 현실로부터의 도망을 기도하는 바이런적 로만티즘이 아니라고 함.

세계 작가 소개 — 노서아 편, 『朝鮮文學』 제17집(1939. 4. 1). 다른 러시아 작가들과 함께 푸슈킨에 대한 매우 간단한 소개.

이인호, 「예브게니 오녜긴과 그 선조들」, 『세계의 문학』 1977년 겨울호. 잉여인간의 측면에서 분석함.

기연수, 「뿌슈낀 시에 나타난 저항정신」, 『한국외국어대학교 논문집』(1984). 푸슈킨의 자유사상과 전제정치에 대한 저항으로서의 시, 12월 당원과의 정신적 유대 관계를 중요시했다.

김학수, 「뿌쉬낀과 차다예프」, 『고려대학교 인문논집』(1987). 노어로 되었음. 차다예프와 푸슈킨의 국가관, 역사관의 차이.

김진영, 「푸슈킨과 번역 시학」(1992년). 예일대학 박사학위 논문(영어)

위에서 볼 수 있듯이 1927년 이선근이 푸슈킨을 소개한 이후 푸슈킨은 1930년대 일본에서 러시아문학을 전공한 함대훈과 한식에 의해 주로 연구되었는데, 이들은 이미 푸슈킨이 한국에서 가질 수 있는 의미를 감지했음을 볼 수 있다. 예를 들어 함대훈은 푸슈킨에게서 형식미, 감정의 표현, 정열과 생기를 배워야 한다고 말했다. 그러나 또 한편 푸슈킨의 사회적, 정치적 위치는 종종 잘못 파악되기도 했는데, 이는 한국의 식민지 상황이 후기 푸슈킨의 정부에 대한 온건한 태도를 비판적으로 보게 했기 때문이기도 하지만, 당시 소련에서의 푸슈킨에 대한 논의, 특히 1937년의 푸슈킨 기념제 당시의 공식적 논의들을 그대로 받아들였기 때문이기도 하다. 특히 한식은 메레주코프스키의 푸슈킨 해석을 비판하면서 푸슈킨의 이데올로기를 사회주의적 낙관주의의 원천으로 보며, 이의 후계자를 니콜라이 오스트로프스키에서 찾고 있는데 이는 당시 스탈린식 사회주의 리얼리즘의 화법을 보여준다.

그리고 다시 푸슈킨이 문학 연구가들에 의해서 언급된 것은 1980년대에 들어와서이고 좀 더 심도 있는 연구는 1990년 슬라브학회 주최의 푸슈킨 국제회의에서 발표되었다. 한국 측의 김현택과 석영중을 비롯하여 특히 푸슈킨 연구의 대가들인 페테르부르그 푸슈킨 연구소의 포미초프, 모스크바의 팔레프스키, 미국의 마이켈슨이 참여한 이 회의는 여러 모로 의미가 깊고 앞으로의 푸슈킨 연구에 자극제가 될 것이다(이 회의에서 발표된 논문들은 『러시아 문학의 이해』, 슬라브학회 편(1993)에 수록되어 있다.

3. 그러면 푸슈킨에 대한 연구만이 이제껏 유독 저조했나? 이를 조망하기 위해 한국에 있어서의 러시아문학 수용 전체에 대해 간단히 살펴보자.[3]

러시아 문학작품 중에서 톨스토이는 1900년부터, 투르게네프는 1914년부터, 체호프는 1916년부터 소개되고 번안되었고, 톨스토이는 주로 『부활』로 우리나라에 알려져 왔다. 『죄와 벌』이 1920년대에 요약 번역되었고 체호프의 주요 작품들도 1920년대에 번역되었고 고리키의 작품도 1920년대에 소개되었다.

문학 이론은 1920년대에 프롤레타리아 문학운동가들을 통하여 소개되었는데 마르크스-레닌의 문학 이론, 루나차르스키, 보론스키, 슈클로프스키 등이 소개되었다.

---

3 김병철, 『한국 근대 번역 문학사 연구』(1975년); 『한국 근대 서양문학 이입사 연구』(1982년)을 참조하였다.

그러나 본격적인 소련 문학 소개는 1945년에서 1948년 사이에 이루어졌고, 이 시기에 『예세닌 시집』, 『고요한 돈 강』, 『끼로프는 우리와 함께』 등이 소개 되고 문학 이론도 더 많이 알려졌다.

그러나 남한 단독 정부 수립과 더불어 1949년부터 소련에서 나온 간행물은 지하로 스며들었고, 그 뒤 소개된 작품으로는 서구에서 출판된 『의사 지바고』와 『수용소 군도』가 있다.

1980년대 후반의 소련 문학에 대한 관심은 주로 사회주의 리얼리즘의 문학이었다. 『어머니』, 『강철은 어떻게 단련되었는가?』, 『개척되는 처녀지』, 『조용한 돈 강』 같은 금지된 서적들이 지하 유통구조를 통하여 젊은 이들의 손에 들어갔고, 그들은 프롤레타리아 시인들과 체르느이쉐프스키에 대해 높은 관심을 보였다. 이는 당시 우리 젊은이들이 정신적 자유의 부재와 불의의 현실 속에서 사회주의 리얼리즘 문학, 혁명문학이 그들에게 도움을 줄지 모른다고 생각했기 때문이라고도 설명할 수 있겠다. 당파성, 노동자문학, 리얼리즘, 사회주의 등 여러 가지 개념들이 떠돌아다니고, 특히 사회주의 리얼리즘이라는 개념은 스탈리니즘과는 별개의 것으로서 추상적으로 동경의 대상이 되기까지 했다. 이는 실증적 연구의 부재와 지식의 부정확성에 기인하는 것이었다. 이는 또한 소련의 자국 문학 연구의 맹점이기도 하였고, 이를 받아들인 다른 나라의 사람들의 태도가 더욱더 그러했으리라는 것은 쉽게 추측할 수가 있다.

러시아문학 연구는 1990년대에 들어와서 활발해졌다. 이제 러시아문학에 관한 소개가 본격적 연구와 함께 병행되고, 노문학자들은 러시아 학자들과 직접 교류하면서 스스로의 생각을 점검하고 토의할 수 있게 되었고, 러시아 내에서의 문학연구 방향도 다양해져서 이는 궁극적으로 좋은 결실을 가져오리라고 생각한다. 이제 한국에서는 1988-9년에 와서야 러시아어로 쓰인 서적을 누구나 아무런 제한 없이 볼 수 있게 되었고, 대학에 문학과로서 1974년 고려대학에 설치된 후 1984년 서울대학, 1990년 연세대학에 노어노문학과가 생겼으며, 이 외에도 1980년대 말, 1990년대에 들어서서 20개 이상의 대학에 노어노문학과가 설치되었다. 이제 한국의 노문학은 러시아의 자국 문학에 대한 연구를 무비판적으로 받아들이거나 미국이나 유럽의 연구의 끝에 매달리는 선에서 한 걸음 더 나아가 스스로를 다져갈 수 있는 여건이 생긴 셈이다. 그러나 이는 서구의 연구를 외면하자거나 무시하자는 것이 아니라 우리가 읽고 느끼며 생각하는 것을 바탕으로 좀 더 주체적으로 연구할 수 있는 여건이 마련되었다는 이야기일 뿐이다. 우리가 우리 가슴으로 진정으로 느끼고 보는 대로 러시아문학 연구에 임한다는 것은 자기 자신에 대한 정확한 인식과 함께 창조적 의지, 그리고 성실한 노력을 필요로 하는 지난한 작업을 의미한다.

4. 이제 이러한 러시아문학 연구의 계기에 서서 필자는 러시아문학 수용에 있어서 푸슈킨의 자리가 작았고 우리 문학에 작은 영향밖에 미칠 수 없었던 사실을 애석해하며 이제부터 푸슈킨이 한국에 좀 더 많이 알려져 사랑을 받아야 한다고 진심으로 생각한다. 그의 문학과 사상이 현금의 한국인들에게 좋은 영향을 미칠 수 있으리라는 확신에서이다.

푸슈킨은 러시아 문학인들에 의해 태양에 비유되며 정신적 위기를 겪을 때마다 밝은 빛을 던져주었다. 사실주의 문학을 연 고골은 푸슈킨이 죽었을 때 그에게 소재를 주는 동료가 죽은 것뿐만 아니라 자신으로서는 도달할 수 없는 균형 잡힌 정신세계를 가진 위대한 인간이 죽은 것을 커다란 상실로서 애석해했으며[4] 푸슈킨을 계승한 시인 레르몬토프는 시 「시인의 죽음」에서 푸슈킨이 시시한 인물들의 함정에 빠져 죽게 된 것을 분개하고

---

4 Н. В. Гоголь, "Несколько слов о Пушкине", 1832, в кн.: *Дань признательной любови*(Москва, 1979), 7-22.

고발하였다. 비평가 벨린스키는 푸슈킨의 문학이 온화하고 인간을 사랑과 축복의 눈으로 바라보고 인간의 영혼을 위로하는 박애주의로서 교육적 효과를 준다고 말했고[5], 안넨코프나 드루줘닌 같은 미학주의자들은 19세기 후반의 도브롤류보프나 피사레프가 푸슈킨을 단순히 스타일리스트로 보는 태도에 맞서 그를 미적 감정의 교육자로서 인정하며 아꼈고, 나아가 아폴론 그리고리에프는 1859년 푸슈킨에게서 예술적·도덕적 척도를 보았다.[6]

푸슈킨이 특히 러시아 작가들에게 관심의 초점이 되었던 것은 1880년 모스크바에 그의 기념비를 세울 때였다. 여기서 푸슈킨은 개인의 내면적, 윤리적 자유를 가르쳐 주었다는 점에서(투르게네프)[7], 전 인류의 통합을 위한 능력과 동포애를 지닌 그의 문학을 통하여 러시아문학이 세계문화에 참여하게 된 점에서(도스토예프스키)[8], 예술의 모범이자 스승으로 받들어졌다.

20세기를 전후하여 나타난 신사고 운동가들과 상징주의자들도 푸슈킨의 전통을 이어가는 것을 자신들의 과제로 삼았다. 그는 '아름다운 문학으로써 인간의 감정을 고양시키고 선을 불러일으켰다'고(솔로비오프, 게르셴존)[9] 인정되었으며, 푸슈킨의 문화적 가치는 마치 표트르 대제가 러시아 문

---

5   М. О. Гершензон, "Мудрось Пушкина", в кн.: *Пушкин в русско философской критике*(Москва, 1990), с. 207.

6   А. А. Григорьев, *Искусство и нравственность*(Москва, 1986), с. 78-79; С. А. Кибальник, *Пушкин и современная культура*(Ленинград, 1989), с. 4에서 재인용.

7   И. С. Тургенев, "Речь по поводу открытия памятника А. С. Пушкина в Москве", в кн.: *Дань признательной любви*(Лениздат, 1979), с. 34-46.

8   Ф. М. Достоевский, *ПСС в 30 томах*, т. 26(Ленинград, 1984), с. 136-149.

9   В. С. Соловьев, "Судьба Пушкина", в кн.: *Пушкин в русской философской критике*(Москва, 1990), с. 15-40; М. О. Гершензон, "Мудрость Пушкина", в кн.: *Пушкин в русской философской критике*(Москва, 1990), с. 207-243.

화에 대해 지니는 의미에 비견되었다(메레주코프스키)[10]. 로자노프는 특히 푸슈킨이 이 세상의 모든 소리에 반향하는 능력을 가진 유일한 작가라고 하며 그가 죽은 뒤에 세계가 더 풍요로워지지 않는 것을 애석하게 여겼다.[11] 소비에트 시대에 들어와서 열린 1921년의 푸슈킨 기념행사는 매우 의미가 깊다. 프롤레트쿨트가 푸슈킨 무용성을 주장하고 미래파가 푸슈킨을 현대의 뱃전에서 던져버리라고 한 혼란의 시기 이후 푸슈킨은 다시 한번 신성한 시인의 모범으로 찬미되었고(블록)[12] 진정으로 유일한 전통으로 상기되었지만, 대중의 어리석음은 그의 책상을 흔들 것이고 문화는 침체하고 어두워질 것이라는 예언도 나왔다(호다세비치).[13]

이후 1930년대부터의 사회주의 리얼리즘 속에서 푸슈킨은 사회주의의 미래를 위해 전제정권과 용감히 맞서 싸운 투사로서 선언되었고, 그 우상화 뒤에서 푸슈킨은 오히려 진면목을 잃게 되었다. 당시 푸슈킨에서 출발하는 러시아 시의 고유성이 사회주의 리얼리즘 밑에서 숨죽였는데 이때 푸슈킨이 우상화된 것은 아이러니컬하다.[14] 이미 1930년에 루나차르스키가 푸슈킨에게서 부르주아 문화를 보며 우리 시대에 맞는 것만 취하고 그렇지 않은 것은 버리자고 할 만큼 당시의 문화는 편협해져 갔다.[15] 플라

10　Д. С. Мережковский, "Пушкин", в кн.: *Пушкин в русской философской критике*(Москва, 1990), с. 92-160.

11　В. В. Розанов, "О Пушкинской академии", в кн.: *Пушкин в русской философской критике*(Москва, 1990), с. 174-181.

12　А. А. Блок, *Собрание сочинений в 8 томах*, т. 6(Москва-Ленинград, 1962), с. 160-168.

13　В. Ходасевич, Колеблемый треножник(책을 만들 자료로서 타자로 친 텍스트에서).

14　예를 들어 1937년 1월 5일자 『프라브다』 신문 사설 "Перед Пушкинскими днями"(1962, с. 160-168)를 보시오.

15　А. В. Луначарский, "Александр Сергеевич Пушкин", в кн.: *Дань признательной любви*(Лениздат, 1979, с. 87-129.

토노프가 1937년 푸슈킨의 서사시 「청동 기사」를 해석하며 표트르 대제와 예브게니의 비극적 충돌이 푸슈킨에 의해서 예술적으로 해결되었으며 그것은 영감을 가진 노동, 사회주의 건설 같은 노동에서도 마찬가지로 화해되는 것이라고 했을 때[16] 이는 한편으로는 당시의 위로부터의 권위주의적 담화 구조에 대한 반대극의 동등한 힘으로서 민중을 강조한 바가 되지만, 다른 한편으로는 오히려 당시의 부자연스러움에 물든 평론의 시각, 또는 자신의 말을 할 수 없었던 상황에서 나온 말이라고 할 수 있다. 그러나 소설가로서의 플라토노프는 이 비극을 직시하며 그 원인을 인간 개개인의 행복을 망각한 사회 건설, 인간의 균형 잡힌 삶 및 인간과 자연과의 조화를 고려하지 않은 진보를 향한 무리한 매진 그 자체에서 보았다. 푸슈킨처럼 그도 인간 개개인, 인간 자체에 대한 사랑이 없이는 문명이 결국 죽음의 피폐에 이른다는 것을 보여주었다.

1920년대의 위대한 시인 만델슈탐과 안나 아흐마토바의 푸슈킨에 대한 애정은 그들로 하여금 혼란의 시대에도 작가로서의 자존심을 잃지 않고 인간과 세계에 대한 균형 잡힌 건강한 안목을 지니고 글을 쓰게 한 힘이 되었으리라.[17]

5

푸슈킨이 이와 같이 러시아 문학의 중심적 위치를 차지하는 이유는 그의 문학이 삶에 대한 긍정, 인간의 자신에 대한 자연스러운 동의에서 출발

---

16   А. П. Платонов, "Пушкин наш товарищ"(1937); "Пушкин и Горький"(1937), в кн.: *Собрание сочинений в 3 томах*, т. 2(Москва, 1985, с. 287-321.

17   А. А. Ахматова, "Слово О Пушкине", в кн.: *Дань признательной любви*(Лениздат, 1979), 130-132: О. Мандельштам: *Пушкин и Скрябин*(1919-1920)(타자로 친 텍스트에서).

하고 있기 때문이다. 인간의 삶을 있는 그대로 보며 또 인간 본연의 자연스러운 삶을 사랑하는 것을 가르쳐주는 그의 지혜는 인류에게 많은 것을 주었고 또 앞으로도 줄 수 있을 것이다. 그는 인생의 진행에 대한 전체적 인 안목을 지니고 선과 악이 동시에 인간을 지배하고 있다는 것에, 또 인간이 결국 죽음이라는 한계 속에 갇혀 있다는 것에 동의했고, 또 삶에는 기쁨과 함께 항상 슬픔이, 고통이 따른다는 것을 받아들였으며, 그 안에서 자연의 이치대로 살아가는 기쁨에 관해 이야기하였다. 그는 자연과 신의 섭리에 따라 인간이 인간답게 또 스스로에게 충실하게 최선을 다하여 아름답게 살아야겠다는 신념을 가슴에 심어준다. 푸슈킨은 인간이 자신의 본연의 자세를 망각하고 욕심을 낼 때 죽음이 오는 것이라고 보았다. 이러한 맥락에서 그는 자연스러운 인간의 상태는 삶의 나무요, 왜곡된 문명은 죽음의 나무라고 보았던 것이다. 그는 부자연스러운 것은 결국 미망이며, 본연의 자연적인 힘에게 자연히 패배한다는 것을 믿고 있었다. 「카프카즈의 포로」의 주인공에서 「집시」의 알레코, 예브게니 오네긴, 실비오, 「스페이드 여왕」에 나오는 게르만에 이르기까지 문명의 병에 감염되었거나, 자신의 그릇된 욕망이나 폐쇄된 아집에 갇혀 눈이 멀어 자신의 길을 보지 못하고 세상을 보지 못하고 자신의 본래의 자유를 잃고 사랑할 능력을 상실한 모습, 스스로 파멸의 길을 걷는 모습을 푸슈킨은 보여준다. 한편 푸슈킨이 「눌린 백작」, 「안젤로」에서 보여주는 부자연스러움, 부자유와의 싸움은 얼마나 용감하고 넉넉한가!

세르게이 키발닉은 이에 대해 "진실로 푸슈킨은 서유럽의 인간주의적 지혜의 독창적인 러시아적 유형으로서 러시아 시를 완성해 내었다……. 메레주코프스키가 말했듯 푸슈킨 속에는, 15세기 유럽에 나타났던 르네상스의 '조화의 정신'이 실현되어 있다. 인간 중심적인 범신주의, 인간의 독립성과 내적 자유에 대한 사상, 시적 보편주의, 장식적 문명주의에 대한 반항들을 골자로 하는 르네상스-낭만주의적 세계관은 푸슈킨에게 있어서 조

국의 자연, 자신의 구체적인 삶의 터전에 대한 사랑으로 훈훈하게 덥혀져 있다"고 말했다.[18]

메레주코프스키는 '푸슈킨 이후의 러시아문학은 푸슈킨에게서 나타나는 조화를 결여하고 있다'고 말하면서, 고골은 병적인 신비주의로 흘렀고 곤차로프는 그를 따르려 했으나 오블로모프를 만들어냈고, 도스토예프스키도 푸슈킨의 조화로움이 자신에게 없는 것을 안타까워했으며, 톨스토이에 이르러서는 신을 향하는 소리와 삶과 육체를 향한 소리가 푸슈킨에게서처럼 조화를 이루지 않고 서로 반목하고, 더 나아가 서로를 배제하고 결별하고 있다고 한 바 있는데 이는 매우 날카로운 지적으로 여겨진다.[19] 20세기의 블록도 푸슈킨이 이상적인 시인이라는 것을 깨닫고 그의 모범을 따르고자 했으나, 그는 자신의 절망과 비극을 감싸고 보듬을 만한, 세상과 인간에 대한 사랑을 지속적으로 유지하지 못했다고 볼 수 있다.[20]

이와 같이 푸슈킨 문학은 러시아문학 속에서 조화롭고 균형 잡힌 인간 세계를 보여준 모범으로 여겨지고 있다.[21] 이러한 의미에서 푸슈킨의 정신은 러시아문학뿐 아니라 세계문학, 한국문학에서도 마찬가지의 의미를 갖는다고 여겨진다. 팔레프스키의 말대로[22] 우리, 지독한 이기주의와 안락에 젖어 있는 우리 자신의 모습을 각성하기 위해서, 마이켈슨이 보여준 바[23]

---

18   세르게이 키발닉, 최선 편, 최선 역, 『끝없는 평원의 나라의 시들지 않는 말들: 러시아 명시 200선』 (天池, 1993), 10-11.

19   Д. С. Мережковский, "Пушкин", в кн.: *Пушкин в русской философской критике*(Москва, 1990), с. 92-160.

20   А. А. Блок, *Собрание сочинении в 8 томах*, т. 6(Москва-Ленинград), 1962, с. 160-168.

21   포미초프, 「푸시킨과 러시아 문화」, 『러시아문학의 이해』(슬라브학회 편, 1993), 113-130.

22   팔레프스키, 「비평가로서의 푸시킨」, 『러시아문학의 이해』(슬라브학회 편, 1993), 101-112.

23   마이켈슨, 「푸시킨의 드라마 '보리스 고두노프' 연구」, 『러시아문학의 이해』(슬라브학회 편, 1993), 131-139.

피멘 같은 진정한 작가가 한국에서도 절실히 요구되는 시점에서 푸슈킨은 진정 귀중하다.

나는 푸슈킨이 러시아 시인들과 작가들 중 그 누구보다도 '자신을 잊고 혼란 속을 헤매는 한국인들'로 하여금 자신 속의 진정한 인간을 깨닫도록 해주는 작가로서 우리에게 빛을 던져줄 것을 확신한다. 또한 그는 내게, 1920년대의 우리나라 시인 김소월을 재발견할 수 있도록 해주었다는 점에서 매우 고마운 사람인데, 그동안 진정한 한국적 정서에서 멀어져 있던 나를 이제 와서 우리 시의 아름다움에 눈뜨도록 해준 작품이 푸슈킨이라는 사실은 매우 기이하면서도 매우 자연스러운 일로 여겨진다. 푸슈킨을 통하여 내가 좋아하게 된 시인 김소월의 시를 러시아 말로 번역해 보면서 이 글을 마치고자 한다.

진달래꽃
나 보기가 역겨워
가실 때에는
말없이 고이 보내 드리우리다.

영변에 약산
진달래꽃
아름 따다 가실 길에 뿌리우리다.

가시는 걸음 걸음
놓인 그 꽃을
사뿐히 즈려밟고 가시옵소서.

나 보기가 역겨워

가실 때에는

죽어도 아니 눈물 흘리우리다.

Когда тебе я надоем

и уж ты хочешь уходить,

тебя пущу безмолвно и смиренно.

Тогда тропу твою покрою я

такими красными Азалиями

в горе Як-сан на берегу Йон-Бйон.

Ступи ты нежно и легко

на эту красоту живую,

тебе мною положенную под ногой.

Когда тебе я надоем

и уж ты хочешь уходить,

лить слёзы ни за что я не решусь.

하늘 끝

불현듯

집을 나서 산을 치달아

바다를 내다보는 나의 신세여!

배는 떠나 하늘로 끝을 가누나!

Конец неба

Вдруг

Выхожу и поднимаюсь в гору

И смотрю на море!

Но увы карабль уже уплыл

И сейчас влетит в конец лазури неба.

하늘

높고도 푸른 저 하늘!

날마다 쳐다보이는 저 하늘!

하늘을 바라보며

나는 한숨 지노라.

Это высокое синее небо!

Я на него каждый день смотрю!

Но насмотреть не могу!

Только смотрю и вздыхаю!

푸슈킨의 「눌린 백작」은
무엇을 겨냥한 패러디일까*

I

푸슈킨은 그의 최초의 사실주의적 작품으로 여겨져 오는 서사시 「눌린 백작」[1]에 대해 1830년으로 추정되는 언급에서 그가 이 작품을 1852년 12월 13일과 14일에 썼다고 하였다. 이 시기는 푸슈킨의 생애나 창작 생활로 볼 때 인간과 사회를 보는 폭이나 깊이에 있어서 성숙기에 접어드는 시기로서 특히 이 작품은 그 해 11월에 끝낸 『보리스 고두노프』와 『예브게니 오네긴』의 중요한 장들인 제4장 '시골'과 제5장 '명명일'을 썼던 시기에 나온 작품이다. 비록 이 작품이 이틀 동안 쓰여지긴 했으나 푸슈킨이 무척 공을

---

* 『러시아 연구』 4권 0호(1994), 177-197. 이 내용을 1995년 오데사에서 개최된 푸슈킨 국제회의에서 발표하려고 준비할 때 당시 건국대학교에서 강의하던 게오르기 츠베토프, 나탈리아 츠베토프 교수 부부가 도움을 주었는데 필자는 그들 부부가 러시아로 돌아가기 전까지 자주 만나 대화하며 많이 웃었고 1990년대 말 오오사카에서 개최된 러시아문학 포럼에도 츠베토프 교수, 문석우 교수, 김진영 교수와 함께 참가했었다.

1   텍스트는 А. С. Пушкин, Полн. Собр. Соч. в 10 томах(Москва: Художественная литература, 1975), т. 3을 사용하였다.

들이고 아낀 작품의 하나라는 것이 게르셴존 이래 연구자들의 공통된 견해이다. 또 푸슈킨이 그가 높이 평가하던 시인 바라틴스키의 「무도회」와 함께 이 작품을 출판한 사실로 보아도 푸슈킨이 이 작품을 자신의 작품으로 여겼다는 것을 알 수 있다.

「눌린 백작」에 대해서는 다양하고 상이한 해석들이 행해져 오기는 했으나 여태껏 여러 가지 의문점이 남아 있어 푸슈킨 연구의 난제 중 하나로 보인다. 그 주된 원인은 이 작품에 대해 푸슈킨 자신이 쓴, 1830년(비록 연대가 그렇게 표기되어 있지만 그 이전에, 아마도 1827년에 썼을 것이라는 견해도 있다)의 언급이 이 작품을 해석하는 데 또 하나의 문학적 텍스트로서 작용하기 때문이다. 연구가에 따라서는 이 언급이 작품과 연관이 없다고 보기도 하고, 이 언급의 가치를 무시하지는 않더라도 작품 분석에 있어서 부차적인 문제로 생각하기도 하지만, 푸슈킨 자신이 자신의 작품에 대해 언급한 이상 작품 이해에 있어서 이 언급과 작품 간의 관계의 긴밀성에 주목하는 것이 마땅하다고 본다. 그런데 문제는 이 언급 자체가 함축적이고 암시적이어서 이것의 해석 또한 여러 가지 가능성을 갖는다는 사실이다. 또한 이 언급은 원래 썼던 것을 줄로 지운 곳이 두세 군데 있어서 이것을 푸슈킨의 완성된 생각으로 보느냐 아니냐에 따라서도 그 언급에 대한 해석의 차이가 생길 수 있기 때문이다.

II

그러면 1830년 당시 푸슈킨이 「눌린 백작」에 대해 어떻게 언급했는지 살펴보자.

"1825년 말 나는 시골에 있었다. 셰익스피어의 꽤 약한 작품인 『루크레치아』를 다시 읽으면서 나는 생각했다. 만약 루크레치아의 머릿속에 타아킨의 뺨을 때리는 생각이 떠올랐다면 어떻게 되었을까 하고. 아마도 그랬다면 타아킨의 욕구를 식게 했을 것이고 그는 수치스럽게 물러날 수밖에 없지 않았을까? 루크레치아는 자신을 찌르지 않았을 것이고, 푸블리콜라는 분노로 떨지 않았을 것이고, 부르터스는 황제들을 몰아내지 않았을 것이고, 세계와 세계의 역사는 달랐을 것이다.

그러니까 공화정도, 집정관도, 독재자도, 카토도, 시저도 모두 얼마 전 우리 이웃 노보루제프스키 현에서 일어난 유혹의 사건 비슷한 일의 결과인 것이다. 역사와 셰익스피어를 패러디하고 싶은 생각이 내게 떠올랐고 이 이중적인 유혹을 이기기 어려워 이틀 아침을 이 단편을 썼다. 나는 내 원고들 위에 연도와 날짜를 써두는 버릇이 있다. 「눌린 백작」은 12월 13일과 14일에 씌어졌다. 정말 이상한 친화 관계이다."[2]

덧붙여 초고의 상태를 복원하자면

"부르터스는 황제들을 몰아내지 않았을 것이고……"에서 "황제"가 원래는 "하늘의 보호 아래 있는 황제"였는데 "하늘의 보호 아래 있는"이 줄로 지워졌으며 또 "부르터스는 황제들을 몰아내지 않았을 것이고 세계와 세계의 역사는 달랐을 것이다"와 "그러니까 공화정도, 집정관도, 독재자도, 카토도, 시저도 모두 얼마 전 우리 이웃 노보루제프스키 현에서 일어난 유혹의 사건 비슷한 일의 결과인 것이다"라는 문장 사이에 "나는 속으로 위대한 사건들의 사소한 원인들에 대한 천박한 생각들을 되풀이하였다"와 "나는 어떻게 사소한 원인들이 거대한 것들을 일으키는가를 생각하였다"

라는 문장이 들어 있는데 역시 줄로 그어 지워져 있다고 한다.[3]

---

2   앞의 책, т. 6, с. 324.

3   Ю. Левин, *Шекспир и русская литература 19 века*(Л., 1988), с. 51.

푸슈킨이 아직 살아 있었을 당시에는 이 언급이 알려지지 않았고, 비평가 나데주딘이 이 작품의 냉소적 성격을 비판한 데 대해[4] 벨린스키가 이 작품의 사실적 성격을 옹호하며 맞섰을 때[5] 이 둘은 모두 이 작품과 셰익스피어의 연관을 생각하지 못했다. 이는 이들의 문학적 소양이 푸슈킨의 기대에 많이 뒤지는 것을 보여주기도 하지만 다른 한편 그러한 연관 없이도 이 작품이 충분히 당시의 독자들에게 문제성 있는 메시지로 전달되었다는 것을 말해주는 것이기도 하다. 1855년 안넨코프에 의해 위 푸슈킨의 언급이 알려진 이후[6] 이 작품은 셰익스피어와의 연관에서 살펴지기 시작했다. 그러나 위에서 말한 바와 같이 이 언급 자체의 함축적이고 암시적인 성격은 기존의 연구가들로 하여금 각기 상이한 견해를 갖도록 하였다. 그리고 푸슈킨이 이 작품을 원래 "新타아킨"이라고 제목을 붙일 예정이었는데 결국 "눌린 백작"이라고 붙였다는 사실도 이러한 상이한 해석의 한 동기가 되었다.

구코프스키(1957)는 푸슈킨의 언급 "만약 루크레치아가……" 자체가 반어적 성격의 말로서 푸슈킨에게 로마사(史)나 셰익스피어의 루크레치아 이야기 속의 역사의 우연성의 강조가 매우 우스꽝스럽게 여겨졌다고 풀이한다. 그래서 푸슈킨은 작품 속에서 역사의 우연성이라는 것이 무의미한 것이라는 사실, 삶에 있어서 우연한 일은 없다는 것을 말하고 싶었으며 작품 말미의 리딘과 나타샤의 관계에서 이를 강조하고 있다고 본다. 즉 로마의 역사가 이러한 아넥도트 같은 사소한 일 때문에 바뀌었다는 역사 기술이나 셰익스피어의 견해를 푸슈킨은 패러디의 대상으로 삼았다는 것이다. 또한 당시의 다른 문학가들이 역사의 세력으로 폭군과 이에 대립되는, 자

---

4 Н. Надеждин, "Две повести в стихах: 'Бал' и 'Граф Нулин'", *Вестник Европы*, 1829, no. 3, cc. 215-230.

5 В. Г. Белинский, *Полн. Собр. Соч.*(Москва: Ленинград, 1955), т. 7, cc. 426-443.

6 Ю. Левин, 위의 책, c. 52의 주 32 참조.

유를 사랑하는 위대한 인물형 둘만으로 보는 데 반해 푸슈킨은 개인의 힘으로 역사가 바뀌지 않는다는 것을 당시 귀족의 일반적 모습을 보여줌으로써 나타내고 있다고 한다.[7]

슈테인(1976/77)의 경우에는 푸슈킨의 언급을 문자 그대로 받아들여 푸슈킨이 역사에 있어서의 우연성을 보여주고 싶어 했으며 푸슈킨 자신이 플레트뇨프에게 이 작품이 바이런의 「베포」와 같은 단편소설이라고 했을 때 이는 푸슈킨이 당시의 일상적인 주제를 다루었다는 것을 의미한다고 하여 이는 러시아 지주 계층의 개인적인 삶의 한 우연한 일을 나타낸다고 하였다. 그리고 이 우연한 일이 역사를 바꿀 수 있다고 푸슈킨은 생각하였다는 것이다. 그리고 셰익스피어가 다룬 로마사의 영웅적이며 시적인 인물과 시대에 비해 푸슈킨이 다룬 시대와 인물은 산문적이고 통속적인 것이 두드러지는데 이 삶의 자료가 다르다는 것이 두 작품의 패러디 관계가 된다는 것이다. 셰익스피어의 작품이 비극이라면 푸슈킨의 작품은 희극으로서 이는 맑스가 말한 바 비극적인 역사적 상황은 희극적 형태로 되풀이된다는 것을 의미한다고 하였다.[8]

에이헨바움(1937)은 당시 푸슈킨이 역사의 우연성에 대해 생각했다고 주장하며 푸슈킨이 사용한 패러디라는 말에 대해서는, 그의 패러디의 방법은 교묘하고 복잡하며 비웃는 것이 아니라 새로운 인물을 창조하는 것이었다고 본다. 당시 푸슈킨은 알렉산드르의 죽음이 역사에 미칠 영향에 대해서 생각하며 나아가 12월 당원들이 봉기할 계기가 된다고 생각했을지도 모른다고 말한다. 또 그는 푸슈킨이 "하늘의 보호 아래 있는 황제들"에서 줄로 그어 지운 부분에 대해 사실 푸슈킨은 "칼의 보호하에 있는 황제들"이라는 말을 쓰고 싶었던 것이라고 말하며 푸슈킨과 12월 당원들의 사

---

7   З. Г. Гуковский, *Пушкин и проблема реалистического стиля*(М., 1957), cc. 73-83.

8   Б. Штейн, *Пушкин и Шекспир*(М., 1976/1977), cc. 166-169.

상적 연결을 부각시킨다.[9]

토마셰프스키(1961)는 1820년대에는 아직 푸슈킨이 역사의 우연성에 대해 믿었으나 1830년대에 들어와서는 역사의 필연성을 믿으면서 1820년대의 생각을 스스로 비판하고 있다고 했다.[10]

레빈(1988)은 19세기 초반 사용한 패러디라는 개념이 주로 새로운 인물형의 창조, 즉 원작과는 대조되는 트라베스티였다고 보며 푸슈킨이 새로운 타아킨, 뒤집은 루크레치아를 염두에 두었다고 하는 데 있어서 에이헨바움과 같은 견해를 보인다. 그러나 레빈은 푸슈킨이 줄로 그어 지운 생각속에서 1830년 당시에 푸슈킨이 셰익스피어의 역사관, 즉 사소한 일들이 역사를 바꾼다는 생각을 천박하다고 하고 있는데 1825년 당시에는 그것에 대해서 생각하였다는 문장에서 알 수 있듯이 아직 확실히 그런 것은 아니었을지라도 당시 푸슈킨이 셰익스피어의 순진한 역사관을 공격하고 싶었을 것이라고 보고 있다. 또 당시 푸슈킨이 로마사에 대한 관심이 많았다는데는 에이헨바움의 견해에 동의하지만 비노그라도프의 견해(1941년)를 따라 푸슈킨은 작품을 써가는 중에 당대 사회적 현실의 제시에 비중을 두어 셰익스피어 작품과의 연결을 되도록 적게 했으며 제목도 바꾸었으리라고 한다.[11]

위에서 살펴보았듯이 연구자들은 이 작품의 사실주의적인 성격, 이 작품의 로마사 및 셰익스피어 작품과의 관계, 역사의 우연성과 필연성에 대한 푸슈킨의 생각, 12월 봉기와의 관계들을 여러 가지로 언급하며 의견의 일치를 보지 못하고 있으나 각자 나름대로 작품을 설명하려 애쓴다. 이와같이 이 작품도 푸슈킨의 다른 작품들처럼 여러 가지 해석에 열려 있는 매력적인 작품으로서 연구자들의 흥미를 끄는 것으로 여겨진다. 푸슈킨 평

---

9 Б. Эйхенбаум, *О поезии*(Л., 1972), cc. 169-180.

10 Б. Томашевский, *Пушкин, Работы разных лет*(М., 1990), c. 176.

11 Ю. Левин, *Шекспир и русская литература 19 века*(Л., 1988), cc. 49-52.

전에서는 이 작품이 셰익스피어 작품과는 관련이 없는 사실주의적인 작품으로서 평가되는 것이 일반적이다(쿨레쇼프[12], 마이민[13] 등).

그러나 필자의 생각으로는 푸슈킨 자신이 언급한 것처럼 이 작품은 역시 셰익스피어의 「루크레치아의 능욕」 및 셰익스피어가 기초 자료로 삼은 로마사 기술에 대한 패러디, 또 역사에 대한 패러디로서 그 이해에 접근해야 한다고 여겨진다.

III

패러디(러시아어로 파로디야)라는 개념은 그 어원에서부터 작품에 대한 새로운 작품이라는 그리스 말이 가리키듯 원작과 그 작품을 염두에 두고 만들어진 작품과의 관계를 전제로 하는 것이다. 그러나 그 관계의 양상은 여러 가지로 성격화할 수 있다고 본다. 러시아나 서구의 패러디 연구가들은 다양하고 상이하게 패러디들을 정의하고 분류하여 왔다. 이러한 패러디 연구에서 공통되는 점은 패러디는 패러디되는 원작의 의도적 모방이라는 것이다. 그러나 그 둘의 관계가 어떠하여 어떻게 무엇이 얼마만큼 모방되는 것인가에 대해서는 각기 상이한 견해를 드러내고 있다. 여러 견해들을 살펴보면서 이 개념과 좀 더 친숙해질 필요가 있다고 여겨진다.

러시아 패러디의 본격적인 연구를 가능하게 만든 학자는 형식주의자 트냐노프이다. 그는 패러디가 단순히 학습적인 의미를 지니는 모방일 수도 있으나, 패러디의 진정한 기능은 패러디가 모방하는 원작의 형식을 빌어 그 작품의 문학적 체계에 도전하여 그 문학적 체계의 낡고 무가치한 요소들(장르, 작가의 이데올로기, 스타일 등)을 드러내어 주는 투쟁 수단으로서

---

12 В. Кулешов, *Жизнь и творчество А. С. Пушкина*(М., 1987), с. 202.

13 Е. Маймин, *Пушкин, Жизнь и творчество*(М., 1982), сс. 81-84.

문학적 진화에 적극적으로 기여하는 데 있다고 보았다. 그는 패러디의 개념을 비교적 넓게 사용하며 пародийная функция(순수 문학적 패러디의 기능)와 пародическая функция(패러디적 기능: 패러디를 매개로 하여 사회·정치적 비판을 행하는 경우)를 가질 수 있다고 말했다.[14]

모로조프도 역시 순수한 문학적 패러디나 패러디의 형식을 빈 풍자시들이나 코메디들까지 패러디라고 칭하고 이를 юмористическая или шуточная и сатирическая пародия(유머러스한 패러디, 풍자적 패러디)와 пародическое использование(패러디적 이용)로 분류하였다.[15]

이들 모두는 후자의 개념으로서 패러디가 원작을 겨냥하기보다는 그것을 도구로 이용하는 경우를 말하고 있다.

러시아뿐만이 아니라 서구의 연구에 있어서도 패러디의 개념 정의와 기능에 대한 견해가 다양한 것을 볼 수 있다.

독문학자 리데는 패러디를 원작 텍스트에 대한 재작업의 특수한 형태로서 특정한 의도를 가진 행위라고 정의하며 게르버G. Gerber의 정의 즉 "패러디는 원작과 동일한 언어를 사용함으로써 이 언어에 더 넓고 깊은 의미를 연결하거나 놀리며 조롱하듯이 원작의 무게를 파괴하거나 원작의 내용이나 본질, 또 그 인상을 겨냥하거나 적어도 건드리려고 한다"는 정의를 받아들인다. 비판적 패러디, 기법적 패러디, 선동적 패러디를 분류하는데 그는 선동적 패러디를, 한 작품을 그 형식을 변형하여 도구적으로 이용하는 것이라고 정의하였다.[16]

로터문트는 패러디를 어떤 장르의 한 작품으로부터 형식적, 문체적 요소들, 더 자주는 서술 대상을 따오는데, 따온 요소들을 변형시켜 각 구조층위들 사이에 불협화음이 나타나 명백히 희극적인 느낌이 들도록 하는

14　Ю. Тынянов, *Мнимая поэзия*(Москва-Ленинград, 1931), cc. 5-9.

15　А. Морозов, "Пародия как литературный жанр", *Русская литература*, 1960, 1, c. 68.

16　A. Liede, "Parodie", in *Reallexikon der deutschen Literaturgeschichte*(Berlin-New York, 1966), S. 14.

문학작품이라고 정의하며 원작의 변형은 전체, 또는 부분적인 캐리커처, 대체, 생략, 축약 등에 의해 일어나는데 그 목적은 대부분 단순히 웃기기 위한 것이거나 풍자적 비판이며, 풍자적 비판의 경우에는 원작이 대상이거나 매개물이라고 말한다.[17]

로트만은 패러디를 '진정한 개혁적 요소가 텍스트 밖에 있고 항상 텍스트 외적인 관련을 갖는, 즉 텍스트 안에서는 작가 의식의 긍정적인 구조가 나타나지 못하는 작품'으로서 문학 내적인 비판에 그 주된 목적이 있다고 보았다.[18]

페어바이엔에 있어서는 패러디가 문학적 슈제트의 비판적 모방이 아니라 문학적 슈제트의 수용에 대한 비판적 관계의 제시, 즉 의사 전달의 상호 관계의 파라디그마이다. 패러디는 수용에 있어서의 특정한 규범들을 겨냥한다는 것이다.[19]

위에서 살펴보았듯이 각각의 개념 정의와 기능 설명은 역사적으로 패러디라고 불린 모든 작품들에 적용되지 않거나 원작과 패러디의 관계를 명확히 드러내지 못한다. 리데의 정의로는 원작을 상기시키는 것은 분명하지만 원작과 같은 단어들을 패러디에서 사용하지 않는 경우의 패러디는 포섭할 수 없으며 비판적 패러디, 기법적 패러디, 선동적 패러디라는 명칭으로는 패러디와 원작과의 관계를 명확히 드러내지 못한다. 로터문트의 정의에서는 기법을 자세히 설명한 것은 긍정적이지만, 패러디적 경향이라는 것이 문학 내적인 관계에서의 유머나 풍자적 비판을 말하는 것인지 문학 외적인 경우에도 적용되는 것인지 분명하지 않다. 각 구조 층위들 사이에 불협화음이 나타나 명백히 희극적인 느낌이 들게 되도록 하는 문학작

---

17 E. Rotermund, in *Die Parodie in der modernen deutschen Lyrik*(München, 1963), SS. 9-28.

18 Ю. Лотман, *Структура художественного текста*(Москва, 1970), с. 355.

19 T. Verweyen/G. witting, *Die parodie in der neueren deutschen Literatur*(Darmstadt, 1979), SS. 135-152.

품이라고 정의할 때 작품 안에서 완결된(그 작품 내의 구조적 층위들 사이에 불협화음이 나타나지 않고) 의미적 진술을 하는 경우는 포섭하지 못한다. 이는 로트만의 경우에도 마찬가지이다. 페어바이엔의 경우에도 수용적 차원이 고려되기는 하지만 문학 내적 기능, 그것도 문학 내적인 비판적 기능만이 강조되는 것이 사실이다.

이 모든 패러디의 기능에 대한 논의들에 있어서 대개 두 가지 패러디 타입이 이야기되는 것을 볼 수 있다. 그 한 가지는 '순수한' 문학적 패러디로서 패러디되는 원작에 대해 유머러스하거나 비판적인 태도를 취하는 것이고 다른 한 가지는 도구적 패러디로서 원작을 모방하여 패러디를 만들어 사회적, 정치적 상황에 대한 비판의 도구로 삼는 것이다.

연구자에 따라서는 이 도구적 패러디를 패러디의 범주에 넣지 않을 것을 주장하는 사람들도 있다. 크뱌토프스키[20]나 가르카비[21]는 이러한 개념 대신 페러프레이즈perifraz를, 치제프스키[22]나 페어바이엔은 콘트라팍투어 Kontrafaktur(원래 세속적인 노래들을 종교적인 노래들로 변형시키는 것이나 그 반대의 경우를 의미한다)를 사용할 것을 제안한다. 그러나 역사적으로 실제로 패러디라고 불린 모든 작품들을 포섭하기 위해서는 꽤 넓은 의미의 개념 사용이 적절하다고 여겨진다. 패러디의 개념이 여러 가지 문학 연구논문에서 명확한 생각 없이 혼란되어 쓰이고 있어 오해를 불러일으키는 경우를 종종 보며 필자는 패러디의 정의 및 그 기능에 대한 논의에는 원작과 패러디의 관계 양상에 따라 이를 분류하는 것이 가장 적절하다고 생각한다. 우선 전제되어야 할 것은 패러디와 원작은 같은 표현 양식을 가지고 있다는 사실이다. 즉 그림은 그림으로써 패러디하며 음악은 음악으로써, 표정은 표정으로써, 몸짓은 몸짓으로써 패러디한다. 그러므로 인간의 행위

---

20 A. Квятовский, *Поэтический словарь*(Москва, 1966), cc. 209-211.

21 A. Гаркави, "Некрасов-пародист", *О Некрасове, Статьи и материалы III*(Яросавль, 1968),c. 8.

22 D. Tschizhevskij, *Russische Literarische Parodien*(Wiesbaden, 1957), S. 7.

를 문학작품으로써 패러디한다는 말은 그대로는 성립하지 않는다. 역사를 패러디한다고 할 때도 역사를 패러디의 텍스트와 같은 양식의 텍스트로 환원시켜 본다는 것을 전제로 해야 말이 된다. 물론 여기서 논의의 대상이 되고 있고 또 가장 많이 연구되는 패러디는 문학적 패러디이다. 분류에 있어서 염두에 두어야 할 것은 하나의 원작과 패러디 사이의 관계 양상이 한 가지 이상의 성격을 드러낼 수 있으므로 관계의 주요 성격을 논할 수 있을 뿐 패러디들을 확연히 구분하거나 하는 것은 가능하지도 않고 또 그럴 필요도 없다는 사실이다. 어차피 하나의 작품을 염두에 두고 다른 작품을 창작하거나 수용하면 여러 가지의 대조, 대비, 병렬들이 서로 나타나 두 작품을 마주 선 거울처럼 서로 반사하게 되는 풍요로운 효과를 낳게 되는 것이다(그 거울이 어떤 종류의 것인가에 따라서 패러디의 질과 성격이 달라지기는 하지만). 비록 패러디라고 할 수는 없더라도 많은 작품들은 원작과 패러디의 관계와 유사한 관계를 이루고 있으며 원작은 이러한 모방 및 개작, 번역(넓은 의미로서 외국의 말뿐 아니라, 타인의 말을 자기의 말로 옮긴다는 뜻으로 썼음)들의 연결 관계에 의해서 계속 메아리(반향)를 얻으며, 크게는 문화가 그렇게 구성되어 있는 것이 아닐까?

원작과 패러디의 관계 양상은 이해의 편의상 공격적인 관계, 유머러스한 관계, 도구적 관계로 나누어 살펴볼 수 있겠다.[23]

공격적 관계라 함은 원작에 대한 공격이라는 의미이다. 이는 원작의 구조의 모든 층위, 하위 차원에서 상위 차원에 이르기까지 모든 층위를 겨냥할 수 있다(어휘, 문체, 이야기 전개, 작가, 장르 등등).

---

23 제만은 19세기 러시아 서정시의 패러디를 이해하는 데 있어서 이러한 분류로써 분석적으로 살펴보아 패러디의 이론적 논의에 있어서만이 아니라 서정시 패러디 작품들의 정확한 의미 파악에 중요한 기여를 하였다고 보여진다. 다만 필자는 그의 전체적인 이론적 출발점에 동의하면서도 도구적 패러디를 문학 외적인 사용이라고 정의하는 데는 위에서 말한 바와 같이 견해를 달리한다. K.-D. Seemann, "Zu Praxis und Theorie der russischen Versparodie", *Zeitschrift für slavische Philologie*, Band XLIII, Heft 1, 1983, SS. 82-109.

유머러스한 관계는 패러디가 원작에 대해 웃음과 유머로서 대하는 것을 말한다. 주지하다시피 웃음과 유머에 대해서도 그 본질을 밝히려는 시도가 예전부터 이어오고 있으나 웃음이나 유머의 본질에 천착하는 미학자들(헤겔이나 프라이젠단츠나 바흐틴, 리하초프에 이르기까지) 모두에게 있어 이 개념의 중심에 '대상에 대한 미학적 거리'가 놓여 있다. 예를 들어 바흐틴에게 있어서는 이 개념이 도그마적 진지함을 지닌 공식적 문화에 대한 카니발적 뒤집음, 감추어져 있던 것이나 이제껏 보지 못하던 것, 보아서는 안 되는 것으로 여겨져 온 것을 보게 하는 시각이라는 개념과 연결되어 있고, 프라이젠단츠에 있어서는 유머가 대상에 대한 미학적 거리로서 인간 관계에 있어서의 이해 가능한 장을 만드는 행위와 교접의 측면에서 중요시되는 듯하다.

도구적 관계라 함은 패러디가 다른 것을 공격하거나 다른 것과 유머러스한 관계가 되기 위하여 원작을 매개로 이용하는 것이다. 다른 것이란 주로 사회적, 정치적인 면을 말하지만 꼭 그럴 필요는 없다고 본다. 예를 들어 문학 내적인 관계에서도 패러디는 원작 자체를 공격하기보다는 원작을 매개로 하여 장르 자체, 특정 사조의 문체 자체, 또 한 작가의 전체 작품 세계를 비판하기도 한다. 그리고 이 경우에 공격하는 경우가 많지만 대상에 대한 유머러스한 관계도 배제시켜서는 안된다.

위에서도 언급한 바와 같이 패러디 실제에 있어서 원작과 패러디의 관계는 앞서 말한 관계 중 한 가지 이상의 것을 보이는 경우가 많다. 이는 작가가 의도했건 그렇지 않건 문학적 패러디는 문학적 전통 속의 한 지점을 점하는 동시에 당시 사회와 문화의 다양한 연관 속에서 나타나는 문학적 행위이기 때문이다.

푸슈킨의 패러디 「눌린 백작」도 셰익스피어의 작품과의 관계가 여러 가지로 규정될 수 있는 것으로 보인다. 이제 구체적으로 원작과 패러디의 관계를 살펴 이 작품의 메시지를 살펴보자.

IV

과연 푸슈킨은 셰익스피어 작품의 어떤 면에 대해 패러디를 쓰고 싶었을까? 또 역사에 대한 패러디를 쓰고 싶다는 것은 어떠한 의미일까? 또 이 패러디의 도구적 기능이 갖는 의미는 무엇일까?

이를 살펴보기에 앞서 다시 한번 그의 언급을 자세히 살펴보자.

위 언급에는

1) 푸슈킨은 셰익스피어의 꽤 약한 작품이라고 생각하면서 「루크레치아」를 읽었다는 것, 그러면서 '만약 루크레치아가 타아킨의 뺨을 때렸더라면……' 등등의 생각이 났다는 것, 또 「루크레치아의 능욕」에서 나타난 것과 같은 외간 남자와의 사건이(노보루제프스키 현에서 일어난 사건 같은) 흔히 일어나는 일인데 이것이 역사를 바꾸었구나 하는 생각을 품었다는 것,

2) 그리고 이러한 생각을 하면서 역사와 셰익스피어에 대해 패러디를 써보고 싶어 이 작품을 썼다는 것.

3) 12월 혁명과 이 작품 간에 긴밀한 관계가 있을 수 있다는 것을 그가 느꼈다는 것, 또는 암시하고 싶었다는 것.

이상 세 가지 점이 들어 있다.

필자는 이 세 가지 점을 염두에 두면서 「눌린 백작」의 메시지를 생각해 보려고 한다. 이를 위해서는 「눌린 백작」과 「루크레치아의 능욕」의 줄거리를 우선 병렬적으로 살펴볼 필요가 있다.

셰익스피어가 오비디우스나 리비우스의 로마사를 기초로 1594년에 쓴 서사시 「루크레치아의 능욕」의 줄거리는 다음과 같다.[24]

독재자 타아퀴니우스 수퍼부스의 통치하에 로마인들이 아르데아를 점령하고 있었을 때 어느 날 저녁 통치자의 아들인 섹스투스 타르퀴니우스의 막사에서 여러

---

24 『셰익스피어전집』 4, 정인섭, 여석기 역(정음문화사, 1983)을 사용하였다. 푸슈킨은 이 작품을 프랑스어 번역으로 읽었을 것이다.

장수들이 자신들의 아내들의 덕에 대하여 이야기를 하였다. 고상한 콜라틴이 아내 루크레치아의 아름다움과 순결을 몹시 자랑하는데 이를 듣고 섹스투스 타아퀴니우스는 그녀를 소유하려는 마음을 품게 된다. 그 다음날 그는 진지를 빠져나와 콜라틴의 집으로 가는데 아무 것도 모르는 루크레치아는 그를 반기고 저녁을 잘 대접하고 저녁 식사 후에도 늦도록 그와 환담하며 손을 잡기까지 한다. 그날 밤, 타아퀸은 루크레치아를 범하면 자신이 수치와 파멸의 길을 걷게 될 것을 알면서도 욕구를 누르지 못하고 루크레치아의 침실로 침입하여 그녀의 간청과 애원에도 불구하고 그녀를 협박하여(말을 듣지 않으면 그녀를 죽이고 그녀의 하인을 죽여 같이 잠잤던 것으로 꾸미고 그래서 죽였다고 하겠다고) 강제로 그녀를 범한 후 자신의 파멸을 예감하며 후회를 느끼며 그곳을 떠난다. 루크레치아는 죄의식을 느끼며 내내 번민하다가 남편에게 기별을 하여 그가 오도록 한 다음 이 사실을 이야기하고 보복할 것을 부탁하며 자신의 죄를 씻을 길이 없다며 칼로 자신의 가슴을 찌른다. 남편은 그녀가 죽은 후에야 꿈에서 깨어난 듯 정신을 차리고 슬퍼하며 친정 아버지와 누가 더 그녀의 시체 앞에서 슬퍼하는가를 놓고 다툰다. 부르터스는 그녀의 가슴에서 칼을 뽑고 그녀의 시체를 로마 시내로 메고 나가 온 시민에게 알리니 시민들은 타아퀸을 영원히 국외로 추방시켜야 한다고 입을 모은다.

「눌린 백작」의 줄거리는 다음과 같다.

러시아 시골 지주의 집. 주인은 사냥을 떠나고 황량한 가을, 프랑스식으로 교육받은 그의 아내 나탈리야 파블로브나는 주부의 일을 게을리하며 무료함을 느끼는데 파리에서 돌아온 얼간이 겉멋쟁이 눌린 백작이 마차 사고로 인하여 나탈리야 파블로브나의 집에 우연히 묵게 된다.

그녀는 무척 반가워하며, 수선을 떨며 그를 정답게 맞이한다. 둘은 밤늦게까지 여러 가지 이야기, 주로 파리의 유행에 관해 이야기하다가 잠자리에 들기 전에 작별 인사를 할 때 나스타샤는 눌린 백작의 손을 꼭 잡는다. 잠자리로 간 눌린은 그녀의 모습을 생각하면서 그녀가 손을 꼭 잡은 것을 상기하고 그녀와의 정사에 기회가 있다고 보고 그녀의 침실로 다가간다. 다가가는 모습이 고양이에 비유된다. 그러나 그녀는 이 신판(新版) 타아킨의 빰을 후려친다. 그러던 중 개가 짖고 하녀가 깨어 오는 소리에 그는 애석하지만 물러날 수밖에 없게 된다. 다음날 아침 우울하게 있는 눌린에게 아침식사를 하러 오시라는 전갈이 와 가보니 나스타샤는 아무 일 없었다는 듯이 애교를 부리고 눌린은 다시 어제의 희망을 품어 보기까지 하는 찰나 남편이 돌아와 눌린에게 식사까지 초대하지만 그는 떠나간다. 그가 떠난 후 나탈리야는 모든 사람들에게 그 사건에 대해 자랑삼아 이야기하고 그 남편은 화가 나서 야단하기도 하는데 그것을 듣고 가장 통쾌하고 재미있게 느낀 사람은 나탈리야의 정부, 그녀의 이웃에 사는 젊은 지주인 리딘이었다.

위 두 줄거리의 공통점은 남편의 부재중에 부인이 다른 남자를 손님으로 맞아 저녁식사를 대접하며 서로 이야기하는 것과 그 남자가 부인에게 욕망을 느껴 그녀의 침실로 다가드는 것이다. 그러나 원작에서는 남자가 강제로 그녀를 범하고 회한을 품으며 결국 파멸하지만 패러디에서는 남자가 성공하지 못하고 아쉬워하다가 싱겁게 떠나고 만다는 이야기가 전개된다.

그러면 이제 앞서 말했듯이 세 가지 점을 중심으로 작품을 살펴보고자 한다.

1) 왜 푸슈킨은 「루크레치아의 능욕」을 읽었을 때 그 작품을 약하다고 생각했으며 타아킨의 빰을 루크레치아가 때렸다면 어땠을까 하는 생각을 했을까? 또 흔한 정사의 이야기가 역사를 바꾼 데 대해서 무슨 생각을 가졌을까?

셰익스피어 작품의 가장 중요한 메시지는 여성의 정절을 강탈한 타아킨이 시민의 분노를 사서 역사가 바뀌었다는 것이다. 루크레치아의 정절은 극도로 찬양되며 다른 한편 파멸을 의식하면서도 자신의 욕망을 제어하지 못해 죄를 범하는 타아킨에 대한 응징이 이 작품의 기본 줄거리라고 볼 수 있겠다.

그런데 우선 셰익스피어의 작품에서 두드러지는 것은 여주인공 루크레치아의 성격화가 자연스럽게 되어 있지 못하다는 점이다. 특히 그녀가 위기 상황에서 늘어놓는 장광설이나 죄의식으로 번민하며 내뱉는 독백들은 어색한 느낌을 준다. 또 그녀가 매우 덕이 높고 정절이 곧은 여성이라고 볼 때도 부인하기 어려운 몇 가지 부자연스러운 점이 있다. 그것은 무엇보다도 그녀가 타아킨과 단둘이 늦게까지 이야기하며 손을 잡기까지 한 점이다. 물론 순진해서 그렇다고는 하지만 역시 푸슈킨의 감각으로는 그것이 에로틱한 감정을 유발한다고 보았을 가능성이 높다. 타아킨은 그녀의 방에 가기 전에 그녀가 손을 잡은 모습을 상기하지 않는가?

그녀는 다정하게 내 손을 잡고
정욕에 타는 내 눈을 걱정스레 바라보았다.

내 손에 손을 쥐인 채
남편 염려에…… 그 손 떨리던 모습

타아킨이 그녀를 범하려고 할 때, 그에게 그러지 말라고 간청할 때 장황한 말 대신 그녀가 소리를 지르거나 하여 하녀가 오도록 할 수는 없었을까, 또 뺨을 때려 모욕할 수도 있지 않았을까?

또 그녀가 아무 잘못 없이 강간을 당한 뒤 죄의식에 괴로워하는 것도 푸슈킨은 부자연스럽고 터무니없게 느꼈으리라. 특히 루크레치아가 죄의식에 괴로워할 때 쏟아 놓는 장황한 비통조의 말뿐만 아니라 벽의 그림을 바라보며 트로이의 역사를 생각한다는 것은 매우 그럴듯하지 못한 상황 묘사로 보인다.

아마도 푸슈킨은 무엇보다도 셰익스피어의 루크레치아를 '성공적으로 형상화되지 않은 인물'이라고 생각하여 이 작품을 약한 작품이라고 평하지 않았을까 추측하게 된다.

그러나 더 중요한 것은 푸슈킨이 루크레치아의 정절이나 금욕 자체에 대해서, 또 타아킨의 파멸을 예감하는 욕망에 대해서 부자연스러운 일이라고 여겼으리라는 사실이다. 1825년 당시 푸슈킨 주위에 있던 사람들의 분위기로 볼 때나, 이 면에 있어서의 안나 케른이나 불프의 자유스런 태도나 행동, 또 푸슈킨의 이 문제에 대한 시각은 금욕적이거나 하는 것과는 무척 거리가 먼 것으로 보이며, 또 모든 것을 무릅쓰고 자기의 전부를 걸고 여인에게 다가가거나 하는 것이 푸슈킨에게는 부자연스럽게 여겨졌으리라는 것을 상상해 볼 수 있다(푸슈킨의 돈주앙의 리스트를 생각해 보라!).[25]

푸슈킨의 수많은 여성 관계, 삶에 대한 태생적 애착에서 비롯되었다 할 그의 에로티시즘에 대한 이야기들을 생각해 보라. 특히 푸슈킨은 「가브릴리아다」에서도 나타나듯이 여인의 무조건적인 정절이라든가 하는 데 가치를 둔 것 같지 않다. 사랑이 없는 남편에 대한 의무라는 면에서는 더더욱 그러했을지 모른다. 남편에 대한 의무로서밖에 보이지 않는 루크레치아의 정절은 그러니까 푸슈킨에게 매우 부자연스럽게 여겨졌을 것이다. 더더구나 남편(콜라틴)이라는 위인을 살펴보면 루크레치아의 정절이 더욱 사랑에서 유래한 것 같지 않다는 인상을 받게 된다. 그가 부인의 정절을 자랑하는 위인인데다가 부인의 죽음을 막지도 못하고 멍청히 있다가 죽은 뒤 루크레치아의 아버지와 슬픔의 강도를 두고 순위를 다투는 장황한 말을 늘어놓는 그의 태도는 매우 못마땅하다.

즉 푸슈킨은 루크레치아나 콜라틴, 타아킨이라는 인물형, 또 서사시에

---

25 П. Губер, *Донжуанский список Пушкина*(Петербург, 1923).

제시된 상황을 인간의 본성에 어긋나는 부자연스러운 상황이었다고 생각할 수 있었겠다.

또 이웃에서 흔히 일어날 수 있는 것 같은 사건을 생사의 문제로 보고 극단적으로, 게다가 지리멸렬하게 서술하고 또 이러한 사건의 결과로 역사가 바뀌게끔 서술한 로마사나 셰익스피어에 대해 푸슈킨은 '인간 사회의 본성을 파악하지 못했다'며 우스운 느낌을 가졌을 수 있다. 푸슈킨은 인간의 행위나 사건은 인간의 본성에 기반한 일반적인 법칙에 의해서 움직이는 것이라고 보았으며, 역사는 우연의 연속으로 움직이거나 한 개인의 일시적 감정이나 충동에 의해 움직이지 않으며 또 그래서도 안 된다고 생각하였다.

그러니까 푸슈킨은 이상형으로 여겨지는 여인의 가면 뒤에, 셰익스피어가 보지 못한 진정한 여인의 모습이 있다고 생각했을 수 있다.

더 나아가 푸슈킨은 어쩌면 이 이야기가 꾸며낸 이야기가 아니었을까 하는 생각을 했을 수 있다. 즉 로마사 기술 자체가 허위에 기반한 것이 아닐까 하는 의문을 품었을 수 있다. 이제까지 진실이라고 알려져 온 역사라는 것이 당시의 정치가들이 꾸며낸 이야기가 아니었을까 하는 생각까지 해보며 정통성을 위한 신화 창조로서의 역사에 대한 비판 의식을 갖게 되었으리라. 푸슈킨은 「가브릴리아다」로써 성서에 도전한 것처럼 이 작품에서 역사 기술에, 정통사에 도전한다. 그는 신화와는 달리 실제 어땠을까 하는 생각을 해보기도 하면서 여러 가지로 상상할 수 있었으리라. 예를 들면 아마 루크레치아는 타아킨과 정사를 가졌다가 나중에 밝혀지자 자살했거나 남편 손에 죽음을 당했는데 이를 이렇게 꾸며낸 것이 아닐까? 아니면 루크레치아가 무슨 이유에서인지 자살을 했는데 이야기를 이렇게 만들어낸 것이 아닐까? 그 무슨 이유 중에는 그야말로 남편도 타아킨도 아닌 다른 남자를 사랑해서였다는 것도 포함되었을 수 있다. 그야말로 타아킨이 협박했듯이 노예와 관계가 있는 것은 아니었을까? 이야기 자체가 날조는 아닐는지…… 등등까지도 생각할 가능성이 있는 것이다.

다시 말해 푸슈킨은 루크레치아의 정절의 신화가 대중을 분노로 떨게 할 빌미를 제공한 이야기임에 다름 아니며 이는 바로 부르터스 자신으로부터 시작된 정통성의 신화라고 생각했을 수도 있다. 위 언급 중에,

"루크레치아는 자신을 찌르지 않았을 것이고 푸블리콜라는 분노로 떨지 않았을 것이고, 부르터스는 황제들을 몰아내지 않았을 것이고 세계와 세계의 역사는 달랐을 것이다"라는 부분을 우리는 이와 같은 맥락에서 이해할 수 있다. 푸슈킨이 콜라틴의 이름을 푸블리콜라Публикола로 잘못 알았다고들 하지만(레빈, 푸슈킨 전집 작품 해설 등에서) 이 이름이 혹 푸슈킨이 의도적으로 푸블리카публика(청중)와 남편의 이름 콜라틴Колатин을 합쳐 만든 것은 아니었을까 하는 생각까지 든다.

여러 가지 가능성 중에 하나를 상상해 보자면, 아마도 루크레치아는 타아킨과 기꺼이 정사를 가졌을지도 모른다. 왜냐하면 그녀가 뺨을 때려 물리친 것은 아니지 않은가? 루크레치아와 타아킨의 관계는 흔히 일어나는 남녀 관계였을 수 있다.

「루크레치아」에서 나타난 것 같은 외간 남자와의 사건이(노보루제프스끼 현에서 일어난 사건 같은), 흔히 일어나는 일이 역사를 바꾼 것은 사람들에게 알려진 바 사건의 진위 여부와 무관하게 그것이 바로 정통성을 갖는 신화를 만들어내었느냐 아니냐에 달려 있다는 생각을 그가 했는지도 모르겠다.

또 다른 가능성으로는 그 이야기가 실제 있었던 것이라고 푸슈킨이 믿었다고 볼 때 그는 루크레치아와 타아킨의 일이 그야말로 세상을 뒤집을 만큼 끔찍한 일이 아닌데 그것으로 모든 사람들이 죽고, 파멸하고, 역사가 바뀌고 하는 데 대해서 아이러니를 느꼈을 수 있다. 그러한 인간의 본성에 기반하지 않은 경직된 인간관에서 비롯된 역사(텍스트로 환원하여)에 대한 유머러스한 패러디를 쓰고 싶은 생각이 났을 수 있다.

2) 이 패러디는 셰익스피어의 역사에 대해 어떤 관계를 가지는가?

가) 셰익스피어에 대한 패러디:

위에서 말한 대로 푸슈킨은 셰익스피어의 서사시 「루크레치아」의 부자연스러운 면, 수긍할 만하지 않은 점(여주인공 루크레치아의 성격화의 취약함, 사랑을 느끼지 않는 남편에 대한 의무로서 루크레치아의 정절이나 금욕 자체, 타아킨의 파멸을 예감하는 욕망의 부자연스러움, 서사시에 제시된 상황의 부자연스러움과 비진실성)에서 출발, 이를 우습게 여기며 그렇지 않은 다른 인물들을 설정하여 원작의 부자연스러움을 보여주려는 의도와 함께 진정한 타아킨과 루크레치아를 보여주려는 생각을 품었을 것이다(그래서 신타아킨이라고 이름 붙이려 하지 않았을까?) 예를 들어 타아킨이 혼자 있는 루크레치아를 찾아가고 그들은 밤 깊도록 이야기하다가 서로에게 호감을 갖게 되고 루크레치아는 그의 손을 잡고…… 그러다가 밤에 타아킨이 그녀의 처소로 찾아오고 그래서 둘은 가까워지고…… 그러다가 나중에 남편이 알게 되고 그녀는 죽게 되고…… 그리고 부르터스는 이를 정통성의 신화로 꾸며 이용하고…….

그런데 푸슈킨은 여기서 독자들에게 좀 더 친근하게 자기 생각을 표현하기 위해 무대를 러시아로 옮긴다. 신타아킨이 신루크레치아를 만나 둘이 밤 깊도록 이야기하고 호감을 느끼며 나탈리야가 눌린의 손을 잡고…… 그러다가 밤에 눌린이 그녀의 처소로 찾아오고…… 등으로 유사하게 그러나 우스꽝스럽고 가볍게 이야기를 전개시킨다. 두 작품의 유사 부분을 몇 군데 소개하면:

남편의 부재중에 외간 남자와 안주인이 밤늦게까지 오래 이야기하고 남자가 여자가 아름답다는 것을 다시금 느끼고 손을 잡는 것 이외에도 남자가 여자에게로 갈 때 삐걱거리는 소리를 표현한 것, 또 여자가 깨어나 놀라는 모습을 표현한 것, 그 때 그녀의 모습 상상하라, 한밤중에 무서운 생각 들어 졸린 잠에서 깨어나 어떤 소름 끼치는 유령을 본 사람 같은 그녀의 모습을.

그런 공포 어떠허랴? 그러나 그녀는 그보다 더했다.
잠이 깨어 조심스레 살펴보니
그 광경, 꿈인가 했던 공포는 사실이 아닌가.　　　　(「루크레치아의 능욕」)

그녀는 이제 실례입니다마는
페테르부르그 귀부인들께 내 나탈리야 파블로브나가 깨었을 때의
그 공포를 상상하시기를
또 그녀가 어째야 할지 말 좀 해주시기를 청하옵니다.　　(「눌린　백작」)

또 남자를 도둑고양이에 비유한 것 등…….

　그런데 일이 일어나려는 순간 푸슈킨은 이야기를 전환시킨다. 이제 탄생된 이야기는 어떠한 형태이건 정사를 하는 여자와 남자의 이야기가 아니라 다른 정부가 있기 때문에 일단 그것을 거부하는 여자와 여자에게 뺨을 맞고 개 짖는 소리 때문에 자기의 뜻을 이루지 못하는 남자에 관한 것이다.
　이 패러디에서는 여자의 정절에 별 큰 의미를 두지 않으며 남자도 죽음을 무릅쓰고 여자에게 다가가는 인물이 아니고 서로 자연스럽게 가까워지게 되는 사이이다. 그리고 이야기가 뒤집히는 이유가, 즉 눌린이 물러서는 이유나 나탈리야가 뺨을 때리는 이유가 매우 일상적인 성질의 것이다(타아킨이 욕정의 거대한 폭풍의 힘에 패배하여 파멸한다면).
　푸슈킨은 패러디로써 이러한 사건은 흔히 일어나는 이야기를 쓰듯 다루어야 한다고 보여주며 또 셰익스피어가 역사에 전해오는 대로 그 이야기를 믿은 것 자체를 공격하고 있다고 하겠다. 그러한 부자연스러운 이야

기를 서사시의 장르에 담아, 비장한 어조로써 중요한 역사적 사건을 이야기하는 작품의 기본 구조를 패러디로써 공격하고 있다고 볼 수 있다.

나) 역사에 대한 패러디

푸슈킨의 "역사에 대한 패러디"라는 말에서 역사는 역사 기술을 의미하기도 하고 역사 자체를 의미할 수도 있다고 보여진다. 필자는 후자의 경우에 역사를 텍스트로 환원해서 말하는 것으로 이해하고자 한다. 이는 필자가 패러디라는 개념을 풍자와 달리 꼭 원작과 그것에 대한 모방작이라고 보는 관점을 유지하고 싶어 하기 때문이다.

우선 역사 기술에 대한 패러디로 볼 때는 푸슈킨의 패러디가 겨냥하는 바로, 셰익스피어의 작품에 대한 것에도 해당되는 것으로 허위에 기반한 로마사 기술 자체이다. 그는 정통성을 위한 신화 창조로서의 정통사에 도전하는 것이다. 그래서 신화와 전혀 다른 상황을 제시했다고 볼 수 있다. 신화와는 달리 여인은 정절과 금욕의 화신도 아니고 남자는 욕망 때문에 파멸하는 사람도 아니며 또 정절의 문제 때문에 역사는 전혀 뒤집어지지 않는다(나탈리야에게는 정부가 있지 않은가?). 나중에 나탈리야가 동네방네 눌린의 이야기를 하고 다니면서 자신의 정절에 대해 자랑하고 남편을 비롯하여 많은 사람이 그대로 믿게 하지만 진정한 사정은 다르다는 것에서 (즉 그녀에게 젊은 정부가 있는 사정), 알려져 있는 사실의 비진실성에 대한 푸슈킨의 견해가 다시 한번 나타나고 있다고 볼 수 있다.

역사 자체에 대한 관계에서 푸슈킨은 경직된 고대 인간 세계의 현실, 인간의 본성에 기반하지 않는 부자연스러운 현실에 대해서 유머러스한 태도를, 정통성을 내세우며 사실의 진위에 관계없이 움직이는 역사 진행에 대해서 비판적인 태도를 자신의 패러디로써 드러낸다고 할 수 있다.

3) 이 작품과 당시 사회 그리고 12월 혁명의 관계

푸슈킨은 이 패러디로써 셰익스피어의 작품 및 역사에 대해 공격적인 태도를 취하는 동시에 이 패러디를 도구로 하여 당시의 러시아 귀족 사회를 풍자하기도 한다. 작품 속에는 당시 귀족들의 일반적인 모습이 희화화되어 있다. 당시 시골 지주들의 생활상, 외국식 교육을 받았거나 외국물을 먹은 인텔리 귀족층의 '자신의 삶의 터전과는 유리된 공허하고 무의미한' 삶, 지주 부인이나 눌린 백작이 받은 교육의 무용성, 러시아의 시골에서 외국 유행에만 관심을 기울이는 얕은 문화의식, 그들에게 유용한 일을 제공하지 못하는 당시 발달되지 못한 러시아 사회, 또 그 사회 속에서 의미 있는 일을 찾으려고 애쓰며 일하지 않는 귀족층의 무위도식적인 생활, 금욕과는 거리가 먼 그들의 감정 생활, 그들의 감정적 유희와 본능적인 삶에 대한 애착이 적절한 세부묘사로써 사실적으로 그려진다. 이로써 이 작품은 원작에 대해 도구적 관계를 갖는 패러디로서 기능하는 것이다.

그런데 여기서 흥미를 끄는 것은 12월 봉기와 이 작품의 연관 관계이다 (푸슈킨이 이 작품을 쓴 날짜가 바로 그 날이라고 말하기 때문이다). 어찌 보면 12월 당원들과의 연결에 대한 언급은 역사 왜곡의 문제에 대한 암시로 보인다. 민중에게 정통성을 확립시킬 수 있는 신화를 창조하고 유포시킬 현실적인 힘이 있느냐 없느냐에 따라 권력이 바뀌느냐 바뀌지 않느냐 하는 문제가 결정되는데 12월 당원들은 그렇지 못하였고 그들의 드높은 이상은 묻힐 수밖에 없구나 하는 것을 푸슈킨이 말하려 한 것일 수도 있다. 『보리스 고두노프』의 메시지와 마찬가지로 역사가 합리적으로 진보하지 않는다는 사실에 그는 아이러니를 느꼈을 수도 있다.

그러나 또 달리 생각해 볼 여지도 있다. 푸슈킨은 오히려 당시(1825년 이전) 러시아 귀족층의 의식 및 행동과 12월 혁명의 실패 간에 긴밀한 관계가 있다고 생각했을지도 모른다. 『예브게니 오네긴』의 제10장(1830년)에서도 그는 러시아 귀족층의 의식이 아직 역사를 바꿀 수 없다는 것을 알고 있었

던 것 같다. 그는 당시 개혁의 목소리를 높이던 12월 당원들을 날카롭게 비판하기도 하였다:

"처음에 이런 음모들은
라피트와 클리코를 마시는 사이
친한 친구들 간의 논쟁이었을 뿐
반란의 학문은 가슴에 깊이
들어가는 것은 아니었지.
이 모든 것은 그저 권태,
젊은 머리를 할일 없이 굴려 보는 것,
경박한 어른의 기분 풀이였던 것이지……."[26]

V

결국 이 작품은 패러디로서 셰익스피어 작품 및 역사와의 관계에서 볼때는 정반대의 미학을 제시하며 원작의 부자연스러운 인간관 및 인물 형상화, 부자연스러운 서사적 상황, 또 이 작품이 기반한 신화 창조로서의 로마사를 공격하는 관계에 있으면서도 역사 및 역사적 인물에 대한 유머러스한 태도를 드러내기도 하고 또 당시 러시아 귀족층의 생활상과 내면 세계, 그리고 아직 사회의 개혁을 위해서 성숙하지 못한 그들의 의식 세계를 비판하기 위하여 원작을 도구로 사용한 것으로 여겨진다.

이로써 필자는 푸슈킨의 서사시 「눌린 백작」을 푸슈킨 자신이 셰익스피어와 역사에 대한 패러디라고 언급한 것을 존중하여 패러디로서 작품

---

26   А. С. Пушкин, *Полн. Собр. Соч. в 10 томах*(Москва: Художественная литература, 1975), т. 4, cc. 179-180.

에 접근하여 패러디가 원작과의 관계에서 필자에게 보여주는 의미들을 살펴 정리해 보았고 이는 다양한 해석을 받아온 이 작품의 풍부한 내용을 나름대로 파악하는 데 많은 도움이 되었을 뿐만 아니라, 나아가 인간과 사회, 역사에 대해 깊은 이해를 가졌던 푸슈킨에 대해 새삼 경탄하도록 하였다.

『뿌슈낀의 서사시』 서문*

　이 책에는 푸슈킨을 읽고 생각하기를 각별히 좋아하는 사람들이 모여 푸슈킨의 작품들 중에서 중요한 서사시들을 택하여 번역하고 나름대로 해설한 글들이 주로 담겨 있다. 푸슈킨의 작품 세계에서 서사시들이 차지하는 중요성에도 불구하고 여태껏 우리나라에 번역되어 있지 않아 안타깝던 차에 좀 더 많은 사람들이 푸슈킨의 작품에 대해 좀 더 많이 알게 되리라는 생각에서 부족한 대로 책을 내기로 하였다. 푸슈킨에 대한 개략적 소개와 한국에서 푸슈킨이 어떻게 수용·연구되었나 하는 것도 함께 수록하였다.

　푸슈킨을 읽고 생각하는 일, 그의 지혜를 배우는 일은 역자들 모두에게 참으로 아름답고 복된 일이었다. 더욱이 함께 모여 푸슈킨을 읽고 그에 대한 생각을 나눌 수 있었다는 것은 정말 보람 있는 일이었다. 게다가 우리의 생각을 모아, 푸슈킨도 기뻐할 '푸슈킨에 대한 또 하나의 기록'을 남긴다는 것에 대해 미력하나마 문화에 종사하는 인간으로서 의무와 자존심을 느꼈

* 1995년, 天池에서 출판된 『뿌슈낀의 서사시』(최선, 황성주, 이장욱, 이재필, 이규환, 김철균 엮어 지음)의 서문이다. 이 책을 보시고 몹시 기뻐하시면서 격려해 주신 당시 고려대학교 문과대학 학장이셨던 손재준 선생님께 감사드린다.

으며, 작업하는 동안 내내 우리 인간의 길을 비춰 주는 푸슈킨에게 감사하는 마음을 가졌다.

역자들의 소망은 푸슈킨의 등불이 우리 독자들에게 따스하게 비치는 것이니, 마음을 열어 다정하게 읽어주기를 바랄 뿐이다.

1995년 8월

인간의 본성과 삶을 찬미한 시인 푸슈킨*

　알렉산드르 세르게예비치 푸슈킨(1799-1837)은 영국의 셰익스피어, 독일의 괴테에 비견되는 러시아의 국민 시인이다. 우리나라에서 시를 잘 모르는 사람들도 소월의 시 한두 마디 정도는 암송할 수 있듯이 러시아인들은 그의 시를 즐겨 암송한다. 그는 일반 러시아인들에게 친근할 뿐만 아니라 러시아 문학인과 사상가들에게도 깊은 영향을 끼치며 널리 사랑을 받아왔다. 19세기의 러시아 작가들―레르몬토프, 고골, 톨스토이, 도스토예프스키, 체호프……. 그리고 20세기의 위대한 작가들―블록, 만델슈탐, 안나 아흐마토바, 파스테르나크, 츠베타예바, 조셴코, 플라토노프, 불가코프, 나보코프……. 이 모든 이들의 푸슈킨에 대한 애정은 그들로 하여금 작가 정신을 잃지 않고 글을 쓰게 한 힘이 되었다. 페레스트로이카가 시작된 1980년대 중반에도 러시아인들은, 피의 강을 건너 삶의 허약함을 확인해야 했던 그들의 모습을 푸슈킨을 읽으며 뒤돌아보았다. 이제 1990년대 끝에 와서 다시 푸슈킨에 대한 연구가 매우 활발한 것을 보니 러시아는 다시 그를 붙들고 2천 년대로 달려가려고 하나 보다.

　위에서 열거한 이름들만으로 우리는 러시아의 모든 위대한 작가들이

---

* 세계 시인선 44 『삶이 그대를 속일지라도』(민음사, 1997)에 붙인 글을 축약했다.

진정으로 푸슈킨을 모범과 스승으로 삼았음을 잘 알 수 있다. 그들이 작가 수업을 시작할 때 벗한 작품들이 또한 푸슈킨의 것이었음은 물론이다.

메레주코프스키가 망명지에서 '러시아가 있다는 것을, 또 있으리라는 것을 확신하려면 푸슈킨을 상기하면 된다'고 했듯이 푸슈킨은 러시아 정신의 대표이며 원천이다.

푸슈킨이 이렇듯 러시아인들의 사랑을 받고 러시아 정신의 모범으로 여겨지는 이유는 무엇일까?

또 러시아어의 정수로 여겨지는 그의 문학이 언어와 시대와 공간이 다른 우리에게 전할 수 있는 것은 무엇일까? 그의 작품을 읽고 남는 긴 여운의 비밀을 나름대로 생각해 보았다.

푸슈킨 문학의 한가운데 놓여 있는 것은 한마디로 인간의 본성과 삶에 대한 긍정이다. 그는 죽음이 사방에 널려 있고 그것은 질곡으로 우리를 조여 온다는 것을 알고 있었으면서도 그 가운데 자연의 이치에 따라 사는 인간 본연의 삶, 그것이 무엇보다도 소중하다는 평범한 진리를 우리에게 소박한 말로 전해 준다. 인간의 삶의 한켠에 절망, 고통, 이별, 망각, 불행이 있다면 다른 한켠에는 희망, 기쁨, 사랑, 재회, 기억이 있다는 것, 봄에 피어오르던 열정이 곧 시들면 가을의 성숙이 오고(『포도송이』), 슬픔이 밝고 (『그루지야 산들은 밤안개로 싸이고』), 쾌락의 흔적은 고통스럽다(『비가』)는 것을 말하며 인간이 이러한 '물결 무늬의 삶'의 음영을 보지 못하고 이를 받아들여 자연스럽게 살아가지 않을 때 인간은 균형의 자세를 잃게 되고 삶 가운데 죽음을 만나는 것이라고 그는 노래했다. 이러한 맥락에서 그는 자연스러운 인간의 상태는 기쁜 삶이요, 그 반대는 어두운 죽음이라고 보았다. 그는 부자연스러운 것은 결국 미망이며 본연의 자연적인 힘에게 자연히 패배한다는 것을 믿고 있었다(『부활』).

푸슈킨은 정신적·미적 원칙을 상실하고 자연과의 단절 속에서 사는, 마음의 눈을 잃은 많은 인간들을 떠나 아름다운 자연 속에서 영원히 꿈꾸는 자유를 원하고 현실 세계 자체를 떠나고 싶은 마음까지 품었지만 이 세상 속에서 자연의 목소리를 듣는 것 이상으로 욕심을 내면 그것은 지나친 일이어서 오히려 그를 더 옭아맬지도 모른다고 생각하고, 삶 한가운데서, 사람살이 속에서 들을 수 있는 자연의 소리, 그것이 축복인 것을 알고 삶의 길을 한 발짝, 한 발짝 가야 하는 것이 사는 자의 의무요, 숙명이며, 필연이라는 것을 알았다(「신이여 나를 미치지 않게 하소서」).

절망스런 현실 속에서 우울하고 애처로운 삶일지라도 희망을 품고 살아가노라면 슬펐던 일들, 그것 자체가 삶의 여정이어서 오래도록 아름답기만 하다(「삶이 그대를 속일지라도」)며, 삶을 그 고통까지도, 슬픔까지도 사랑하리라(「비가」)고 하였다.

그는 인간이 죽음을 향하여 살아나가지만 자신의 일, 창작으로써 평온과 자유를 지키며 인생을 견뎌갈 수 있으며(「시간이 되었다, 친구여」) 삶에 영감을 가지고 대하면 흐트러지고 무너져 내리기 쉬운 속에서도 순수의 기쁨을 느낄 수 있다는 것, 그것으로 자신이나 이웃 인간의 영혼의 고양을 이루면 그것이 바로 선 그 자체라는 것을 신조로 삼았다. 그는 자신의 삶이, 감정이, 정신이 귀중한 만큼 다른 사람의 삶이 귀중하다는 것을 잊지 않았다. 이는 그의 애정시(「나는 당신을 사랑했소」) 한 작품만 상기해 봐도 충분하다. 여기서 그는 사랑하는 이에게 '당신을 그토록 진정 사랑하지만 그것이 조금도 당신에게 짐이 되지 않도록 하고 싶다'며, 수줍음과 질투에 가슴 태우며 진정으로 더할 나위 없이 부드럽게 당신을 사랑하여 그 사랑은 당신이 다른 사람에게도 진정으로 사랑받기를 바랄 만한 정도라고 사랑을 표현한다. 이와 같이 그의 감정은 아픔이 따른다 해도 남을 향하여 부드럽게 열려 있다. 이렇게 다른 사물과 다른 사람에게 열려 있는 그의 태도는 푸슈킨이라는 인간과 그의 문학에 점점 빠져들게 하는 강한 흡인력이기도 하다.

인간의 독립성과 내직 자유에 대한 사상(「<핀데몬티> 중에서」), 장식적 문명주의에 대한 반항(「생각에 잠겨 교외를 거닐다가」)들은 서구의 휴머니즘 사상에 연결된 것들인데 푸슈킨에게는 이러한 것들이 조국의 자연, 자신의 구체적인 삶의 터전에 대한 사랑으로 훈훈하게 덮혀져 있다. 인간과 자연에 대한 사랑이 사회와 문화, 역사를 보는 맑은 눈으로 이어졌고 그래서 그의 척도는 인류만큼 긴 호흡을 가지는 것이다.

알렉산드르 세르게예비치 푸슈킨은 시간과 공간을 뛰어넘는 천재이지만 또 일정한 시간과 공간이 낳은 천재이기도 하다. 그가 태어나 글을 읽고 생각하며, 느끼고 사랑하며, 슬퍼하고 괴로워하며, 글을 쓰며 살았던 시기는 러시아의 19세기 초반이다. 그는 1799년 5월 26일(러시아의 구력, 현재의 달력으로는 6월 6일) 모스크바 근교에서 태어났다. 푸슈킨 자신이 항상 자랑스러워하던 대로 아버지는 6백년의 명성을 자랑하는 유서 깊은 가문에서 태어났고, 어머니는 아브라함 한니발의 손녀였다. 아브라함 한니발은 표트르 대제가 사랑하던 총신으로 아베시니아의 영주의 아들로서 콘스탄티노플에 볼모로 잡혀와 있었는데, 러시아의 사신이 러시아로 데리고 왔으며 표트르 대제가 그를 교육시켰다. 그는 죽을 때 장군이라는 높은 지위까지 올랐다. 푸슈킨이 태어날 당시 그의 아버지는 꽤 많은 영지와 천 명 정도의 농노를 가지고 있었지만 관리를 소홀히 한 관계로 항상 돈에 넉넉하지 못한 상태였다. 아버지는 경제적인 것이나 일상적인 것에는 별로 관심이 없는 당시 귀족 인텔리의 한 전형으로 사교를 좋아하고 외면적인 삶을 중요시했던 사람이었던 것 같다. 어머니는 전형적인 사교계 부인으로서 아버지와 마찬가지로 경제나 살림에 별 주의를 기울이지 않았고 특히 가정에서 애들을 돌보는 여자와는 거리가 멀었다. 그가 따뜻한 정을 느낀 사람은 살림을 돌봤던 외할머니와 유모였다. 어머니는 막내인 레프(푸슈킨에게는 두 살 위인 누나 올가와 여섯 살 아래인 남동생 레프가 있었다)를 귀여워한 반면 푸슈킨에게는 차갑게 굴었다. 푸슈킨은 자신이 귀족 출신이라는 것에 각별한 의미를 부여하였는데 그것은 귀족층이 경제적 의미에서나 사회적 의미에서 비교적 독립적인 계층으로서 그 나라의 문화를 가꾸어 간다는 뜻에서였다. 당시의 귀족들은 집에서 문학 모임을 자주 열며 여러 가지 문학, 문화 전반에 대해 이야기를 나누고 작품을 낭독하는 상당히 부러운 계층 문화를 가졌는데 문학 애호가인 푸슈킨의 아버지도 역시 빠듯한 가계에도 불구하고 그런 모임을 자주 열었고 그곳엔 카람진, 크릴로프, 주코프스키, 바튜슈코프 등 당대의 유명한 문학인들도 참석하였는데 어린 푸슈킨도 자주 그 자리에 있었다고 한다. 당시 문화인들은 외국 문화, 대개 프랑스 문화를 숭상하였으며 집에서는 프랑스어로 대화하였다. 푸슈킨은 어렸을 적부터 프랑스어에 매우 능했다(여덟 살 때부터 프랑스어로 시를 쓸 수 있을 만큼). 또 그의 아버지의 서재는 프랑스어로 된 책으로 꽉 차 있었다.

그의 높은 프랑스어 실력은 그가 서구 문화의 정수에 이르는 데 매우 중요한 역할을 하였다. 그는 프랑스어로 번역된 서양의 고전들을 깊이 읽을 수 있었고 이를 자기화하여 받아들일 수 있었던 것이다. 그가 다른 나라의 작품을 깊이 읽었다는 것은 그가 그것들을 읽고 개작을 시도한 데서도 잘 알 수 있다.

1811년 10월 19일에 알렉산드르 황제의 여름 궁전이 있는 차르스코예 셀로에 귀족 자제의 교육을 담당하는 기숙학교가 개교하였다. 그 학교는 여름 궁전 옆의 아름다운 4층짜리 건물로서 아름다운 정원이 딸려 있었고, 러시아에서 가장 유명하고 자유주의적인 성향의 엘리트 교육 기관인 만큼 좋은 선생님들의 질 좋은 교육을 제공하였다. 그 학교는 대부분 나중에 국가 기관에서 요직을 맡게 되는 귀족 자제들이 많이 다닌 곳이었으나, 푸슈킨도 여기에 들어가게 되었다. 이 학교는 철저한 기숙학교로서 방학 중에도 집에 가는 것이 금지되어 있었다. 푸슈킨은 이 시절부터 시를 썼고 그의 재능을 발휘한 것으로 알려지고 있다. 학교가 푸슈킨에게 준 가장 큰 의미는 그가 이곳에서 친구들과의 우정을 가꾸었으며 러시아의 민족 문화를 담당해야 한다는 엘리트로서의 소명감을 느낀 데 있다고 하겠다. 특히

1812년 나폴레옹 전쟁에서의 승리는 전 러시아인들에게 민족적 자긍심을 키워주었고, 젊은 지성들에게 끼친 영향은 참으로 크다. 교사들도 직접 창작을 하는 사람이 많았고 이들에게서 배운 바는 매우 귀중했다. 여기서 사춘기를 맞는 소년 푸슈킨은 사랑에 애태우기도 하였다. 이처럼 청소년 시절에 자기의 개성과 재능을 계발하고, 우정을 돈독히 하고 사랑을 느끼며 삶을 사랑하는 방법을 배우고 스스로 생각하는 힘을 길러 조국의 일원으로서, 인류 문화의 일원으로서 자신의 지성과 감성을 가꾼 것은 특히 요즘 같은 한국의 교육 환경 속에 있는 우리로서는 정말 부러운 점이다.

1817년 기숙학교를 중간 성적으로 졸업한 그는 외무부에 서기로 취직을 하였고 페테르부르그 콜롬나에 있는 작고 평범한 집에서 부모와 함께 살았다(당시 그의 부모는 이곳에 이사해 있었다). 그는 페테르부르그 사교계를 출입하며 재능 있고 재기 넘치는 젊은이로서 인기를 누렸고, 여인들을 정복하고 극장에 가고 밤을 새워 술을 마시며 정신없이 사교계의 생활에 빠졌다. 그러나 그의 내면은 이러한 외면적 삶에 일찌감치 지겨워하고 있었다. 그는 당시 사교계 사람들을 얼간이 바보들, 신성한 척하는 무식쟁이, 젠체하는 궁정의 신비주의자들이라고 평하고, 자신이 진정으로 좋아하는 사람들은 이성이 끓어오르고, 자유로이 생각하며, 아름다움을 추구하는 사람들이라고 생각했다. 그는 이 시절 술과 여자를 사랑했고 자유사상에 불타는 젊은이들의 모임에 참가도 하고 문학인으로서 새로운 글쓰기의 모임인 아르자마스에 많은 관심을 가졌다. 그 모임은 '문학 작품을 말하는 것처럼 써야한다'고 생각한 진보적 그룹이었다. 이 그룹이 해체된 이후 그는 <초록등>이라는 모임의 일원이 되는데 이 모임은 자유 진보 사상의 온상으로 나중에 12월 봉기의 싹이 되었다. 자유주의적인 사상에 젖어 있던, 균형 잡힌 인간 세계와 이상적인 사회에 대해 견식을 가졌던 푸슈킨이 당시 사회에 대해서 예리한 비판을 하였으리라는 것은 자명한 일이다. 세계 문화를 깊숙이 흡수하여 인류의 이상적 삶에 대한 안목이 형태를 잡아가고 있는 그에게 러시아의 현실은 너무도 몽매한 것이었으리라. 특히 피상적인 도시 문화, 사교계 문화는 곧 지겹고 역겨워졌을 것이다. 그는 자유사상을 표현하는 시들만이 아니라 사교계의 거물들에 대해서, 심지어 황제에 대해서까지 정치적인 풍자시를 썼고 이는 황제의 노여움을 사게 된다. 풍자의 정도가 알렉산드르 황제의 평판에 관계되는 파벨 1세의 살해에 관한 것(알렉산드르 1세가 아버지를 살해하는 데 암묵적으로 동의하였으리라는 소문은 궁정 사회의 아픈 문제로 파벨 1세 암살의 언급 자체가 불편한 테마였을 것이다)을 송시 「자유」에서 암시하는 데 이르자, 드디어 그는 시베리아 유형에 처할 지경에 이르렀으나, 그를 아끼던 카람진이나 주코프스키의 노력과 주선으로 이를 겨우 면하고 남부 지방으로 좌천을 받는다. 그러나 페테르부르그를 떠날 때 그는 이미 「루슬란과 류드밀라」의 작가로서 많은 사람들의 사랑과 관심을 받는 몸이었다. 당시 민족의식의 앙양과 함께 자국의 민속과 전설에 대한 높은 관심으로 이 작품은 커다란 인기를 누렸다. 1820년 5월 6일 남부로 떠나 5월 18일 예카테리노슬라프에 도착하자 학질에 걸렸는데 그것은 아직 차가운 강물에서 목욕을 했기 때문이라고 한다. 마침 그곳을 여행하고 있던 라예프스키 장군은 그가 병을 앓고 있는 것을 보고 상관인 인조프에게 허락을 얻어 요양차 그와 함께 카프카즈로 가족 여행을 떠났고, 푸슈킨은 5월 28일부터 9월 21일까지 남부 카프카즈와 크림으로 여행을 하다가 11월 중순 키쉬뇨프로 돌아왔는데 그것은 그의 상관인 인조프가 예카테리노슬라프에서 이리로 옮겨와 있었기 때문이었다. 당시 푸슈킨의 신분이나 직무는 꽤 자유스러웠던 모양으로 또 곧 카멘카로 여행하여 1821년 3월까지 머무르다가 키쉬뇨프로 돌아온 것으로 되어 있다. 그의 상관인 인조프는 매우 인자하고 관대한 사람으로, 페테르부르그에서의 사랑과 우정의 배신, 검열, 좌천 등으로 지치고 침울해하던 푸슈킨을 엄격하나 따뜻한 아버지처럼 대해 주었다. 그는 친구들 중에서 특히 표도르 톨스토이가 그의 우정을 배신하고 그를 모욕한 데 몹시 마음이 상하여 그곳에서 끊임없이 결투를 위한 사격 연습을 했다고 한다. 이러한 그의 처지에 당시 유행하던 바이런의 작품 세계가 매우 마음에 와 닿았으리라는 것은 이해할 만하다. 삶에 대한 실망, 타인에 대한 경멸, 자랑스런 고독, 상처 받은 심장의 고통 등 바이런의 작품의 테마는 곧 푸슈킨의 작품과 삶의 테마였다. 그리고 그곳에서 그는 오를로프 등 비밀 혁명 조직의 구성원들과 친교를 맺었고 그들은 당시 그의 사상에 커다란 영향을 주었다고 볼 수 있다. 키쉬뇨프에는 그리스인, 집시, 몰다비아인, 유태인, 터키인 등이 많이 있었으며 푸슈킨은 그들 속에 섞여 그들의 삶의 세계에도 친숙해졌다. 푸슈킨은 이곳에서 결투를 매우 자주 했던 것으로 알려지고 있지만 다른 한편 페테르부르그에서보다 훨씬 많이 자신만의 시간을 확보하여 독서 세계를 넓히고 생각을 가다듬은 것으로 보인다. 그의 친구들은 그가 키쉬뇨프보다는 좀 더 문화적인 도시 오데사로 옮겨가기를 바랐고 그렇게 주선하여 마침 오데사의 지사로 부임하는 세련된 유럽 신사인 보론초프 아래서 일하도록 하였다. 보론초프는 젊은이의 재능이 펼쳐질 수 있도록 하겠다고 약속하였다고 한다. 1823년 7월 3일 그는 오데사로 옮겨 갔고 곧 그곳 사교계에 들어가 젊은이들과 여자의 우상이 되었다. 그는 이곳에서 많은 여자들과 사랑을 나누었고 그중 보론초프 부인, 아말리야 리즈니치와 특히 가까운 관계를 가졌다. 이곳 사람들은 그러나 그의 기대와는 달리 피상적이고 허영에 휘둘리는 사람들로서 키쉬뇨프에 있는 사람들보다 사상적으로나 감정적인 면에서 껍데기뿐인 인간들이었다. 다만 알렉산드르 라예프스키(라예프스키 장군의 장남)만이 예외였는데 그는 매우 심한 회의주의자였다고 한다. 푸슈킨은 한때 그의 영향을 받은 것 같다. 당시 키쉬뇨프에 있던 그의 친구들은 푸슈킨이 당시 매우 비관적이고 우울했다고 말한다. 또 보론초프와의 껄끄러운 관계, 그의 부인과의 사랑도 그를 우울하게 했던 것 같다. 보론초프는 유럽식으로 세련된 사람이었으나 푸슈킨을 자기의 아랫사람으로만 생각하려 하고 그의 재능에 대해서는 인정하기 싫어하며 매사에 그의 자존심을 꺾었다. 푸슈킨은 여기서도 결국 심한 자유의 구속을 느끼게 되자 러시아로부터의 탈출을 꿈꾸기 시작했다. 보론초프는 드디어 황제에게 편지를 보내어 그를 북부 프스코프 현에 있는 푸슈킨의 부모의 영지인 미하일로프스코예로 보낸다. 1824년 7월 30일 그는 오데사를 떠난다.

1824년 8월 9일 그는 미하일로프스코예에 도착하였고 아버지의 감시를 받는다. 이미 그는 관직에서 쫓겨난 상태였다. 여기서 그는 보론초프 부인에 대한 그리움에 괴로워하였고 또 아버지와의 심한 마찰로 매우 절망적이 되었다. 아버지는 11월 중순 페테르부르그로 떠났고 그후 푸슈킨은 유모와 단둘이 거의 2년을 이곳에서 보낸다. 그 부근 트리고르스코예에 있는 오시포바 부인의 집을 가끔 방문하는 것이 유일한 사교였다. 그곳엔 처녀들의 시와 음악이 있었다.

1825년부터 푸슈킨은 여유로운 고독 속에서 점점 생각이 원숙해지고 자신이 무엇을 어떻게 써야 할지를 깊숙이 깨닫게 된다. 이제 그가 창작의 소명을 스스로의 내부에서 진정으로 느끼게 되었다고 말할 수 있겠다. 여기서 그는 인생과 사회와 역사에 대해 숙고하게 되고 주위의 세계에 대해 좀 더 진지해지게 되며, 그의 작품 세계는 좀 더 원숙한 경지에 들어가게 된다. 이 시기에 쓰인 작품들로는 「집시」(오데사에서 시작했으나 여기서 완성하였다), 『보리스 고두노프』, 「눌린 백작」, 『예브게니 오네긴』의 4장, 5장 그리고 그 외에 약 90편의 서정시들이 있다. 1825년 11월 19일 알렉산드르 1세가 죽고 니콜라이 1세가 왕위에 오르자 1825년 12월 14일에 12월 봉기가 일어난다. 푸슈킨의 가까운 친구들이 시베리아로 유형을 가게 되고 다섯 명은 교수형을 받게 된다. 푸슈킨은 이 다섯 명을 모두 잘 알고 있었다. 얼마 후 니콜라이 1세는 푸슈킨을 모스크바로 부른다. 그는 자신을 찬양하는 재능 있는 시인을 필요로 했던 것이다. 1826년 9월 8일 모스크바에서 황제와 만난 이후 푸슈킨은 그의 검열을 받는 조건으로 작품 쓰기를 허락받는다. 황제와 만나는 자리에서 그는 솔직한 태도로 자신의 정치적 견해를 말하며 자신이 혁명적인 사회 제도에 찬성하더라도 폭력과 무질서에 가담하는 일은 없을 것이라고 했으며 12월 당원들의 운명에 연민을 표시하고 그들에 대한 선처를 기대했던 것으로 보인다. 그는 모스크바에서 젊은이들에게 대대적인 환영을 받았다. 특히 그가 「보리스 고두노프」를 낭독했을 때 젊은이들은 눈물을 흘리며 감동했다고 한다. 인간과 역사에 대한 균형 잡힌 시각으로 창조된, 자국의 운명에 대한 드라마를 보면서 러시아의 진지한 젊은이들이 감동하며 푸슈킨을 아끼고 자랑스러워했으리라는 것은 쉽게 짐작이 가는 일이다. 다시 그의 도시 생활이 시작되었고 그는 모스크바와 페테르부르그를 왕래하며 작품을 썼고 사교계에도 드나들며 여인들을 사귀기도 하였다. 그는 이 당시에 '결혼을 하여 가정적으로 안정을 찾고 작품을 쓰려는 욕망'을 가졌다고 한다. 다시 도시 생활에서 내면적으로 황폐해지고 구속을 느낀 푸슈킨이 자신만의 보금자리를 가지려 했던 것은 당연한 바람이었을 것이다. 또 그는 검열과 관련하여 자기가 황제의 덫에 걸렸다고 부자유를 느끼게 된 것 같다. 특히 1828년에는 푸슈킨이 1821년에 썼던 서사시 「가브릴리아다」의 신성 모독성이 문제가 되면서 그는 황제에게 이 문제를 의논하여 대외적으로는 자신의 저작이 아니라고 부인하고, 황제는 이를 감싸줌으로써 푸슈킨은 더욱 황제에게 매이게 되었다.

1828년 말 푸슈킨은 아내가 될 나탈리아를 모스크바의 한 무도회에서 만나 사랑하게 된다. 그녀는 무척 아름답고 매력적인 여인으로 많은 사람들의 관심을 받은 여인이었는데 차가운 고전적 미인의 타입이 아니라 따뜻하고 낭만적인 표정을 지닌 미인이라고들 하였다. 푸슈킨은 1829년 4월에 그녀에게 청혼하나 어머니로부터 '그녀가 어리다'는 핑계의 거절 의사를 듣고, 1829년 5월 카프카즈로 여행하여 군대에 합류한다. 여기서 그는 용감하게 앞장서서 싸웠다고 한다. 1830년 4월 6일 그는 다시 청혼하여 1830년 5월 6일 약혼한다. 하지만 장모가 푸슈킨을 계속 못마땅하게 생각하여 푸슈킨은 언짢았던 적이 많았다고 한다. 혼인 비용으로 아버지는 그에게 볼디노에 있는 영지를 떼어주려 했고 그는 그것을 돌아보기 위해 9월부터 볼디노에 머무르게 되는데 그때 콜레라가 돌아 그는 모스크바로 돌아갈 수 없게 된다. 그러나 여기서 3개월 동안 그의 창작은 만개를 이룬다. 마치 결혼 후 더 이상 작품을 많이 쓰지 못할 것을 예견이나 한 것처럼 그는 인간과 세계에 대한 깊은 이해를 보여주는 수많은 주옥같은 작품들을 썼다(장편 운문 소설『예브게니 오네긴』완성, 단편 소설집『벨킨 이야기』, 서사시「콜롬나의 작은 집」, 소(小)비극들—「인색한 기사」, 「페스트 속의 향연」, 「모차르트와 살리에리」, 「석상 손님」—그 외에 많은 서정시들). 이러한 풍성한 창작 활동은 무엇보다 그가 방해받지 않고 자신만의 시간을 확보할 수 있었기 때문에 가능했다. 1831년 2월 18일 모스크바에서 결혼한 후 얼마간 아르바트 거리에서 살다가 장모와의 마찰 등으로 모스크바를 떠나게 된 그는 5월에서 10월까지 차르스코예 셀로에서 살림을 하다가 페테르부르그로 이사했다. 니콜라이 1세는 차르스코예 셀로에서 푸슈킨에게 외무성 관리의 봉급을 주며 표트르 대제에 관해 써보라고 권하였고 또 나탈리아에게는 궁정에 드나들도록 지시하였다. 나탈리아는 그 아름다운 자태와 우아한 옷차림으로 사교계에서 계속 성공하여 많은 사람들의 관심과 숭배를 받게 되었고 그녀도 그런 생활에 탐닉했던 것 같다. 푸슈킨은 그의 나이 어린 아름다운 아내가 필요로 하는 것을 다 해주려고 했지만(그 결과 경제적 궁핍이 심해지고 창작할 시간을 확보하지 못했다) 그녀가 너무 다른 사람들에게 애교를 부린다고 생각하여 경계하고 경고하곤 하였다. 특히 황제 니콜라이가 그녀에게 관심을 가짐으로써 푸슈킨은 몹시 어려운 처지에 빠지게 된다. 한마디로 그가 원했던 자신만의 가정 속에서의 안정과 창작이 전혀 불가능해지게 된 것이다.

푸슈킨은 자신의 이러한 처지를 황제에게 알리고 작품 소재를 위한 여행을 허락받아 4개월간의 휴가를 얻게 되며 1833년 8월에서 9월까지 푸가초프 반란의 근거지들을 답사하고 10월 1일부터 두 번째 '볼지노의 가을'을 보내게 된다. 여기서 그는 「청동 기사」, 「스페이드 여왕」, 「황금 닭」, 「안젤로」, 「푸가초프의 역사」(이때의 자료를 근거로 집필하여 1836년 「대위의 딸」을 발표한다)를 쓴다. 이 작품들은 인간과 역사의 관계에 대해 좀 더 깊은 성찰을 보여준다고 할 수 있다. 1833년 11월 페테르부르그로 돌아온 그는 황제 니콜라이가 점점 더 아내 나탈리아에게 깊은 관심을 보이는 것을 느낀다. 1833년 12월 30일, 황제는 친밀한 신하들과만 함께하는, 아니추코프 궁에서 열리는 파티에 나탈리아가 참여할 수 있도록 푸슈킨을 궁정 근위병으로 임명한다. 이는 보통 젊은 청년들에게 내리는 관직이어서 푸슈킨은 이를 매우 모욕적으로 생각하였다고 한다. 황제를 비롯한 모든 궁정의 사람들은 그의 태도가 처지에 걸맞지 않는다고 여겼을 것이며, 그 자신은 궁정의 모든 것에 실망을 품었을 것이다. 그러나 그의 자식들(그는 딸 둘, 아들 둘을 두었다)에 대한 의무 때문에 그는 이 관직을 받아들인 것 같다. 이때부터 푸슈킨은 점점 우울해지고 절망적으로 된 것으로 보인다. 가정의 파괴, 창작의 자유를 빼앗김, 자존심의 상처, 경제적 궁핍(푸슈킨이 가족의 범위에 넘치는 일이라고 반대하였지만 1834년부터 함께 살게 된 나탈리아의 언니들과 함께 사교계 생활을 하는 데 돈이 많이 들어 1835년에는 황제 개인 돈에서 거금 3만 루블을 꾸기도 했다), 이 모든 것이 함께 찾아왔고 그의 작품을 이해하지 못하는 비평은 혹독했으며 그에 대한 모함은 음흉했다. 게다가 1834년부터 페테르부르그의 사교계에 나타난 네덜란드 공사의 양아들인 프랑스인 당테스와 아내의 염문은 푸슈킨을 매우 날카롭게 만들었다. 1836년 여름에 이르러서는 페테르부르그 전체가 이에 대해 숙덕거렸다. 이러한 속에서도 푸슈킨은 자유와 독립을 얻으려고 황제에게 사직의 청원을 내는 등 나름대로 노력했고 아내에게도 경고했으나 실패했다고 볼 수 있다. 그것은 황제나 당시 귀족 관료들이 푸슈킨의 독립성 자체를 원하지 않았기 때문이다. 그는 그만큼 커다란 문화 현상으로서 그들에게는 낯설게 여겨졌기 때문이고 낯선 것은 그들에게 적과 다름없는 것이었다. 그는 1836년《동시대인》이라는 잡지를 발간하여 당시의 문단과 평단에 대항하고 러시아에 좋은 문화적인 지표를 주려고 끝까지 노력했다. 그러나 1836년 11월 그는 니콜라이 1세와 아내의 부정을 암시하는 익명의 편지를 받게 되고 그것을 쓴 사람이 게케른이라고 여겨(그가 공사의 신분이므로 결투를 신청할 수 없어서) 그의 양아들인 당테스에게 결투를 신청하였다. 그 편지는 실상 당시 귀족들 중 그를 미워하던 사람들이 쓴 것이었다. 게케른은 결투의 결과를 두려워하여 당테스로 하여금 나탈리아의 언니인 예카테리나와 결혼하도록 하였다. 1837년 1월 10일 혼인식이 있었으나 당테스는 계속 나탈리아를 따라다니면서 뻔뻔스럽도록 친밀히 굴었다. 그렇지 않아도 날카로운 상태에 있었던 푸슈킨에게 계속 비웃음 섞인 익명의 편지들이 날아들었다. 1837년 1월 26일 푸슈킨은 게케른에게 책임을 묻는 도전적인 편지를 쓰고 곧 당테스로부터 결투의 신청을 받고 1월 27일 결투하여 1월 29일 사망한다. 마지막까지 그는 죽음에 의연하게 대처하였으며 아무도 원망하지 않았다고 한다. 2월 1일 페테르부르그의 조그만 교회에서 장례식이 있었고 관은 2월 3일 밤 몰래 미하일로프스코예 부근의 스뱌토고르스크 수도원으로 옮겨진 후 2월 5일에 묻혔다. 푸슈킨은 이로써 자존심을 잃은 노예가 되기보다는 죽음을 선택하였다. 그의 빛나는 재능과 교양은 이와 같이 일생 동안 미개와 질투와 모함과 맞서야 했다. 그는 이 모든 투쟁 속에서 끝까지 자신을 지키고 용기와 희망을 잃지 않고 삶을 사랑하며 인간의 정신과 문화의 승리를 믿었다. 이로써 그는 작품으로써만이 아니라 삶의 모범으로서 우리 인류에게 우리가 인간임을 자랑스러워하도록 하였다.

푸슈킨의 모든 작품들 중에서 양적으로 볼 때 절반은 운문으로 되어 있다. 운문으로 된 작품들 중에는 소설, 희곡, 동화, 서사시 등도 포함되는데 이것들을 제외하고 순전히 서정시라고 부를 수 있는 것은 약 8백 편이 된다. 그 중에서 약 3백 편은 푸슈킨이 생전에 발표한 것들이다. 푸슈킨은 잡지 등에 발표했던 것들을 시집으로 만들어 출간하기도 하였는데 그는 보통 자신의 시들을 연대순으로 수록하였다. 이는 그가 자신의 시를 생애의 기록으로 보았다는 의미로 여겨진다. 그의 시들은 그의 생애의 분절에 따라 다음과 같이 크게 나눌 수 있다.

제1기: 1813-1817년 기숙학교 시절. 여러 작품을 모방하며 스스로의 창작 스타일을 찾던 시기

제2기: 1817-1820년 페테르부르그 시절. 자연과 여인의 아름다움, 자유, 사랑과 삶의 쾌락을 노래하던 시절.

제3기: 1820년 가을-1824년 가을. 남부 시절(키쉬뇨프, 오데사). 바이런의 주인공처럼 삶을 비관적으로 바라보며 유배지의 버림받은 신세를 한탄하기도 하고 고독을 아끼기도 하며 사랑과 이별의 기쁨과 슬픔, 삶의 의미에 대해 생각하던 시절.

제4기: 1824년 가을-1826년 가을. 북부 미하일로프스코예 시절. 진정한 작가로서의 소명에 눈뜨는 시기. 삶과 사랑에 있어서 가을을 보는 성숙함을 보인다. 역사와 사회에 대한 관심이 깊어진다.

제5기: 1826년 9월-1831년 2월 결혼 전까지. 1830년 볼디노의 가을이 포함됨. 인간에 대한 깊은 이해와 인간의 내면에 대한 탐구가 나타나던 시절.

제6기: 그 후 죽을 때까지. 1833년 볼디노의 가을이 포함됨. 문학, 역사, 삶, 죽음의 문제에 대한 전체적인 안목과 성찰을 보이던 시절이라 하겠다.

푸슈킨의 돈 후안의 파멸의 원인*

1

『돌손님』은 1826년에 이미 구상되어 1830년 볼지노의 가을에 완성되었으나 푸슈킨의 사후인 1840년에야 발표되었으며 1847년 처음으로 상연되었다. 푸슈킨은 몰리에르의 『돈 주안 또는 돌손님』(1665)에서 직접 자극을 받아 이 드라마를 쓰게 되었다고 했고 모차르트의 오페라 「돈조반니」에서 에피그라프와 몇몇 이름을 따오는 등 작품 탄생에 있어서 위의 두 작품과의 관계가 두드러진다.

푸슈킨의 다른 소비극들—「가난한 기사」, 「모차르트와 살리에리」, 「페스트 기간 동안의 향연」—과 마찬가지로 사건의 무대는 유럽 국가들로서 그 나라 작품의 모방처럼 보이나 작품의 전개나 메시지는 상이하다. 푸슈킨은 유럽의 작품들을 자신의 문제로 끌어 당겨서 읽었고 이를 기반으로 자신이 생각한 인간과 삶, 사랑, 예술. 죽음의 문제들을 독특한 장르로서 형상화했다.

1825년 이후 자국의 역사에 대한 관심으로부터 더 나아가 1830년에 이

---

* 『러시아어문학연구논집』 2권(1996), 521-542.

르러서는 인간사의 모든 것 속에서 삶과 역사의 본질을 꿰뚫어 보는 푸슈킨의 예지를 이 작품에서도 느낄 수가 있는데 이를 나름대로 읽어내는 것이 이 글의 목적이다.

2

1830년 볼지노의 가을에 쓰여진 『벨킨이야기』나 다른 소비극들처럼 이 작품도 비교적 빠른 기간에 씌어졌지만 브류소프가 "다른 소비극들과 마찬가지로 이 작품도 몹시 긴밀한 의미구조를 가지고 있어서 하나의 단어도 지나칠 수 없다"[1]고 보았듯이 매우 폭넓고 깊은 의미를 지니고 있는 작품으로 여겨진다.

이렇게 짧은 텍스트가 그렇게 긴밀한 의미구조로서 폭넓고 깊은 의미를 나타낼 수 있는 것은 이 텍스트가 이미 널리 알려져 있는 이야기를 소재로 삼고 있는 데다가(당시에는 몰리에르의 텍스트와 모차르트의 오페라가 러시아에 이미 널리 알려져 있었다) 대사나 극적 상황 설정이 여러 가지로 읽힐 수 있는 여지가 있어 독자들에게 텍스트의 대사 하나하나에 신경을 쓰며 푸슈킨의 돈 후안이 몰리에르나 모차르트의 돈 후안과 어떠한 공통점이 있고 어떠한 다른 점이 있는지 따지며 깊이 읽도록 하기 때문이다. 물론 이때 선(先)지식이 텍스트를 정확히 읽는 데 선입견으로 작용하여 방해가 될 수도 있다. 그러나 이는 실제적으로 텍스트를 읽을 때 독자의 문화배경이라는 폭넓은 개념으로 설명할 수 있듯이 독서 행위에서 항상 일어나는 일로서 아마도 그래서 끝없이 다른 해석이 있고 또 끝없이 다른 해석이 이루어져 가는지도 모른다.

알려진 바와 같이 이 작품은 매우 다양하게 해석되어 왔고 특히 돈 후

1　В. Брюсов. *Мой Пушкин*(М.-Л., 1929), 167-172.

안의 운명과 그의 파멸의 원인에 대해서 여러 가지 견해들이 피력되어 왔다: 누시노프, 마코고넨코, 쿨레쇼프 등은 이 작품 속에서 미학적, 쾌락적 원칙과 윤리적, 사회적 원칙의 괴리를 보았으며, 쾌락적 원칙에만 집착하는 자기중심적인 인간 돈 후안이 자신의 행복을 위하여 다른 사람을 짓밟았고, 타인의 인격에 대한 그러한 모욕은 결코 용서될 수 없다는 메시지를 읽었다.[2]

마코고넨코는 누시노프가 이미 상세히 연구했듯이 이 작품은 몰리에르의 돈 후안과 모차르트의 돈 조반니의 영향을 받아 르네상스의 정신을 표현하고자 한 푸슈킨의 의도를 나타내고 있다고 본다. 그는 토마셰프스키가 돈 후안을 '시공을 초월한' 인간형으로 파악하는 것을 비판하며 구코프스키의 견해를 따라 돈 후안을 르네상스적 인간으로 파악하고 이 작품을 개성, 정열, 아름다운 감정, 지상의 사랑, 예술, 용기, 자유를 찬양하고 한계를 뛰어넘는 젊은 의지를 기리는 르네상스 정신의 표현이라고 본다.

그러나 마코고넨코는 푸슈킨의 돈 후안 같은 인간을 이상화하여 바라볼 수 없다고 본다. 마코고넨코는 돈 후안을 이상화하는 사람들(모차르트, 호프만)이 대개 돈 후안이 강한 의지의 비범한 사람이고 승리를 위해, 타인을 지배하기 위해 태어난 인간이며 인간에게 가장 귀중한 사랑을 실현하는 점이 중요하다고 보지만 그는 돈 후안이 항상 더 완전한 만족을 향하여 매진하므로 결국 지상의 모든 삶이 그에게 보잘것없고 하찮아져서 자신이 속았다는 것을 확인할 수밖에 없게 된다는 사실이 중요하다고 본다. 마코고넨코는 돈 후안이 결국 이러한 일면적인 사고에 사로잡혀 피폐하게 되고 그가 돈나 안나를 유혹하는 것이 다른 사람에 대한 무시일 뿐 아니라 그녀에 대한 모독이라고 본다. 돈 후안이 돈나 안나가 기사단장의 과부라는 것을 알고 난 뒤 그것도 그녀의 남편의 묘 앞에서 그녀와 사귀고 싶어

2 И. Нусинов, *История литературного героя*(М., 1958), 378쪽; Г. Макогоненко, *Творчество А. С. Пушкина в 30-е годы*(Л., 1974), 218-230쪽; В. Кулешов, *Жизнь и творчество А. С. Пушкина*(М., 1987), 287-288.

하는 것, 또 남편의 석상을 밀회의 목격자로 초청하는 것은 신성 모독적일 뿐만 아니라 비도덕적이고 그로써 그는 사랑하는 여인을 모독하고 사랑의 감정 자체를 모독한다고 보았다. 마코고넨코는 결국 돈 후안의 사랑은 진정한 사랑일 수 없고, 그는 개인주의적으로 자기 마음 내키는 대로 행동하며 자유를 잘못 파악한 인간으로서 인간의 삶의 이상을 훼손하기 때문에 복수를 당하여 파멸하게 된다는 견해를 보였다.[3]

레스키스도 이 작품을 '한 가지 욕망에, 여기서는 쾌락주의에 지배된 인간'의 비극으로 파악하며 돈 후안이 좀더 날카로운 사랑의 감정을 맛보기 위해 결국은 죽음을 불러 들였다고 본다. 그의 파멸은 쾌락에만 집착한 사람의 불가피한 결말인데 이때 불행은 그가 다른 사람까지 파멸시키는 데 있다는 견해이다. 그는 푸슈킨 자신의 젊은 시절(1813-1820년 사이)의 헤도니즘에 대한 성찰 내지 객관화를 작품으로 만들었다고 본다.[4] 슈미트는 돈 후안이 시체를 무서워하지 않고 그 앞에서 제 마음대로 행동하는 것이나 죽은 사람을 밀회의 장소에 초대하는 것을, 부인의 부정한 행위를 목격하게 하려는 의도로 해석하고 신성 모독적이고 비도덕적인 악마적인 요구에 지배된 인간의 파멸로 파악하기도 한다.[5]

이 작품의 평자들 중에는 돈 후안의 사랑 속에 원래 죽음을 추구하는 데 카당적인 요소가 있다고 보는 사람들도 상당수 있다. 석상 앞에서 사랑을 고백하고 밀회를 얻어내고 죽은 사람과 키스하고 하는 것을 그의 사랑 속에 항상 죽음의 모티브가 있는 것으로 해석한다.[6] 바추로는 조금 견해를 달

---

3 Г. Макогоненко, *Творчества А. С. Пушкина в 30-е годы*(Л., 1974), 226-228.

4 Г. Лесскис, "Каменный гость(трагедия гедонизма)", *Пушкин. Исследования и материалы* 13, 1989, 134-145.

5 Wolf Schmid, *Puškins Prosa in poetischer Lektüre*(München, 1991), 328의 주석 59 참조.

6 Г. Лесскис, "Каменный гость (трагедия гедонизма)", *Пушкин. Исследования и материалы* 13, 1989, 144.

리 한다. 그는 유혹자 돈 후안이 영혼에 사랑을 간직하고 연인의 이름을 부르며 죽는 이상적 주인공이라고 해석한다. 그는 상황에 따라 인간은 거의 모순된 성격을 나타낸다고 보며 돈나 안나를 만나기 이전의 여인들에 대한 돈 후안의 태도는 진지하지 못한 유혹자의 것이었다고 말하고 있다. 그는 돈 후안의 죽음을 여지껏 유혹하는 방탕자가 진정한 사랑을 최초로 하는 순간에 파멸하는 것으로 보며 결국 그가 진정한 사랑을 했기 때문에 파멸하는 것으로 보았다.[7] 로자노프, 베일리, 예르마코프는 이 작품을 푸슈킨의 자서전적인 고백으로 파악한다. 베일리는 푸슈킨이 바로 앞둔 결혼을 파멸이라고 생각했다고 보았고[8] 로자노프는 당시 볼지노에서의 푸슈킨의 내적, 외적 상황과 돈 후안의 상황이 흡사하다고 보며 묘소의 돈 후안은 바로 콜레라 속의 푸슈킨이며 돈 후안의 유배는 볼지노의 생활을 말하고 이네자의 죽음은 콜레라로 죽은 사람들을 연상시킨다고 보았다.[9] 예르마코프는 이 작품에서 에로틱한 내용보다는 행동의 제한의 모티브가 중요하다고 보았다. 그는 돈 후안을, 우울한 이유를 자신을 둘러싼 상황과 인간들 탓으로 돌리며 스스로 생각하지 않는, 항상 행동 속으로 도피하는 사람으로 보았다. 예르마코프는 돈 후안에게 있어 행동하는 것은 생각하기를 피하는 것과 같다고 보았다. 그가 항상 용감하게 행동하고 주변과 싸우는 듯이 보이지만 그것은 그의 무의식 속에 석상을 죽인 죄의식이 있기 때문에 그것을 정면으로 들여다보는 것을 피하는 것이라고 프로이드적으로 해석한다.[10]

---

7 В. Вацуро, "Вступительная статья", *Повести покойного Ивана Петровича Белкина*(М., 1981), 16.

8 J. Bayley, *Pushkin* (Cambridge, 1971), 199.

9 В. Розанов, "Кое-что новое о Пушкине", *Пушкин в русской филосовской критике*(Москва, 1990), 187.

10 Н. Ермаков, *Этюды по психологии творчества А.С.Пушкина*(М.- П., 1923). 89-130.

로트만은 돈 후안을 복합적인 성격의 소유자로 보며, 돌손님과 돈 후안이 서로 상대방의 세계에, 즉 돈 후안은 죽음의 세계에, 돌손님은 돈 후안의 삶의 쾌락의 세계에 호기심을 가지고 있었기 때문에 돌손님이 찾아오고 돈 후안은 파멸하는 것으로 보았다.[11]

이 모든 평론들은 의견은 각기 다르나 모두가 돈 후안의 성격에 초점을 맞추고 있고 그의 파멸의 원인을 여기서 찾으려고 한다. 이는 특히 이 비극의 가장 드라마틱한 장면인, 돈 후안에 의해 초대된 석상이 나타나는 부분에서 독자가 강력한 충격 속에서 돈 후안은 어째서 석상을 초대하는 것일까 하는 의문과 함께 돈 후안의 성격과 행동, 또 그의 운명에 대해 생각하게 되기 때문이다.

도대체 무엇이 돈 후안으로 하여금 기사단장을 돈나 안나의 집인 밀회의 장소로 초대하게 하였으며 기사단장의 석상은 왜 나타나 돈 후안을 죽음의 세계로 끌고 가는가? 푸슈킨은 이러한 상황 설정으로써 무엇을 말하려 했을까? 필자는 이 문제에 대한 논의에 있어서 돈 후안의 성격에 대한 고찰과 아울러 돈나 안나라는 여인의 성격과 그 여인과의 만남이 갖는 의미가 좀 더 부각되어야 할 것으로 생각한다. 또 하나 염두에 두고 싶은 것은 후에 1833년의 「청동기사」, 1833년의 「스페이드의 여왕」, 1834년의 「황금닭」에서처럼 청동상이나 카드의 그림, 지붕에 꽂아 놓는 황금으로 된 닭 같은 '생명 없는 것'이 살아 움직여 주인공의 파멸을 부르듯이, 석상이 나타나 돈 후안이 파멸하게 된다는 점에서 이 작품이 이러한 후기 작품들과 긴밀한 연관을 맺는다는 점이다. 「청동기사」, 「스페이드의 여왕」, 또 「황금닭」과 마찬가지로 이 작품에서도 석상이 살아 움직여 주인공을 파멸시킨다. 「황금닭」에서는 황제 다돈이 샤마한의 공주에게 빠져 고자와의 약속을 저버리고 고자가 원하는 샤마한의 공주를 주지 않자 황금닭이 살아나 그를 쪼아 죽이고, 「청동기사」에서는 슬픔으로 정신이 나간 예브게니

---

11 Ю. Лотман, *Пушкин. Статьи и заметки 1960-1990*(Санкт-Петербург, 1995), 313-314.

가 아름다운 기적의 도시 페테르부르그를 건설한 표트르의 기마상을 향해 "좋아, 두고 보자" 하면서 불경스러운 행동을 했을 때 황제가 살아나 밤새도록 예브게니의 뒤를 무겁고 빠른 말발굽을 울리며 쫓았다. 또 카드 속 스페이드 여왕은 주인공 게르만이 백작부인과의 약속을 저버리고 리자와 결혼하는 것도 잊고 돈에 눈이 멀었을 때 살아 움직여 그를 파멸로 이끈다. 셋 모두 이들 형상들이 자기에게 준 혜택을 잊거나 그들에게 자신이 한 약속을 잊고 행동했을 때, 즉 그들에게 함부로 했을 때 복수를 당했다고 볼 수 있다. 물론 이들의 행동의 동기는 각기 다르다. 「청동기사」의 예브게니는 슬픔으로 광인이 되었기에 그렇게 행동하였고 「스페이드의 여왕」의 게르만은 탐욕 때문에, 「황금닭」의 황제 다돈은 애욕에 정신이 나가 그렇게 행동하였다.

이러한 관련 속에서 생각해 볼 때 석상이 살아 움직여 돈 후안을 파멸로 이끌고 가는 원인은 무엇일까?

3

작품 분석에 앞서 필자가 읽은 대로 이 작품의 개요를 소개할 필요가 있다고 여겨지는데 그것은 이 작품이 푸슈킨의 다른 작품들에 비해서도 평자들마다 상이하게 읽는 정도가 특히 심하여 사건의 전개를 파악하는 데 커다란 차이를 보이고 있고 또 이로 인하여 매우 상이한 견해를 나타내기 때문이다. 예를 들어 킨들러의 사전에 소개된 내용을 살펴보면:

기사단장을 살해해 유배당한 돈 후안이 라우라를 만나러 유배에서 돌아온다. 도중에 수도사로부터 기사단장의 미망인인 돈나 안나가 매일 기도를 하러 남편의 석상으로 온다는 말을 듣고 그녀를 사귀겠다고 결심한다. 그러다가 라우라의 야회에서 기사단장의 동생인 돈 카를로스를 만나는데 그가 라우라의 총애를 받게 된 것을 알자 결투를 청하고 숙녀 앞에서 냉혈한처럼 죽인다. 라우라는 그의 저항하기 어려운 유혹에 넘어간다. 돈나 안나를 유혹하려는 돈 후안의 목표는 변함이 없어 그는 수도사로 변장하고 남편의 석상으로 오는 돈나 안나를 좇는다. 과부로서의 역할에 충실하려고 하면서도 돈나 안나는 그에게 밀회의 약속을 해주고 돈 후안은 기쁨에 들떠 석상을 밀회의 장소로 와서 보초를 설 것을 청하니 석상이 고개를 끄덕여 레포렐로와 그는 경악에 빠진다. 돈나 안나와 만나는 자리에서 자기가 남편을 죽인 돈 후안이라고 고백하고 그녀는 결국 그에게 재회를 약속한다. 그 순간 석상이 들어와 돈 후안의 손을 잡고 땅 밑으로 꺼진다.[12]

위의 간추린 내용에 따르면 돈 후안이 살인인데 그가 기사단장을 정당하게 결투에서 죽인 사실은 드러나지 않는다. 또 돈 카를로스도 돈 후안이 먼저 결투를 청하여 죽인 것으로 되어 있다. 라우라와의 관계도 오랜 동안 친밀한 관계를 유지한 연인이라기보다는 돈 후안이 몹시 숭배하던 여인으로 읽혀졌다. 여기서 돈 후안이 돈나 안나를 사귀겠다고 결심하는 것은 바로 그녀가 자신이 살해한 기사단장을 매일 조상하러 오는 미망인이라는 사실 때문으로 보며, 돈 후안이 석상을 초대한 이유는 돈 후안이 밀회의 약속을 받아낸 뒤 기쁨에 들떴기 때문으로 본다.

위 몇 가지 점만 보더라도 필자가 읽은 것과는 다르게 읽었다는 사실을 금방 느낄 수 있는데 이는 단지 하나의 예일 뿐이다. 누시노프, 쿨레쇼프는 돈 후안이 남편을 죽이고 과부의 눈물을 보려고 한다는 레포렐로의 말에 무게를 주고, 돈 후안이 자기중심적 인간으로 자기가 죽인 사람의 과부를 유혹함으로써 인간을 이중으로 모독하는 사람이라고 보았다. 마코고넨코의 경우 돈 후안이 육체적인 사랑에 경도되어 있는 것을 읽는데 예르마코프는 돈 후안이 전혀 그렇지 못한 것으로 읽는다. 그만큼 이 작품의 대사나 상황 설정이 함축적이고 암시적이라 할 수 있겠다. 말하자면 산문적이

---

12   Kindlers neues Literaturlexikon Bd. 13, 742.

라기보다는 훨씬 시적 텍스트에 접근한다고 할 수 있다.

아래는 필자가 읽은 작품의 개요이다:

결투에서 기사단장을 죽여 유배를 당했던 돈 후안이 그곳의 풍경, 여자, 생활이 지루하여 왕의 허락도 없이 하인 레포렐로와 함께 마드리드로 잠입하여 연인인 라우라를 만나려고 한다. 마드리드로 들어오는 성문 입구에서 그는 지나간, 사랑했던 여자들을 추억하고 하다가 그가 결투에서 죽인 기사단장을 기리어 크게 석상을 세우고 매일 그곳에 기도하러 오는 아름다운 미망인 돈나 안나를 만난다. 돈 후안은 아무와도 이야기하지 않고 죽은 남편만을 몹시도 그리며 애도하는, 그에게는 매우 기이한 '기적 같이 아름다운' 여인인 돈나 안나를 사귀고 싶어 한다. 한편 라우라는 야회를 열어 그날따라 매우 멋지게 노래를 하다가 돈 후안이 지은 노래를 부르는 것에 분노한 돈 카를로스(기사단장 돈 알바르의 동생)의 사납고 격렬한 행동에 마음이 끌려 그와 함께 그 밤을 보내려고 하는 중에 돈 후안이 들이닥치자 그에게로 안긴다. 이에 돈 카를로스는 당장 결투를 하자고 덤벼들다가 돈 후안의 칼에 찔려 죽는다. 둘은 서로 오랜만의 해후를 즐긴다.

돈 후안은 수도사 이외에는 아무하고도 이야기하지 않는 돈나 안나를 사귀려고 수도사로 변장하고 석상 앞에서 매일 남편을 애도하는 그녀를 지켜본다. 결국 그에게 익숙해진 그녀가 먼저 말을 걸며 함께 기도하자고 한다. 이때 돈 후안은 사랑을 고백하며 죽은 남편 같이 사랑받을 수 있다면 죽어도 좋겠다고 말하며 그저 그녀를 바라볼 수 있게만 해달라고 애원한다. 이에 돈나 안나는 저녁 늦게 집으로 오라고 말한다. 돈 후안은 기뻐서 어쩔 줄 모른다. 그러면서 레포렐로에게 석상을 돈나 안나의 집으로 초대하여 보초를 서도록 청하라고 이른다. 레포렐로가 두려워하다가 겨우 말하자 석상이 고개를 끄떡이니 레포렐로는 무서워 어쩔 줄 모른다. 돈 후안이 나무라며 직접 석상을 초대한다. 그러자 석상이 또 고개를 끄덕인다. 돈 후안은 놀라며 그 자리를 떠난다. 그날 저녁 돈나 안나는 죽은 남편에 대한 질투로 괴로워하는 돈 후안에게 자신이 경제적 이유 때문에 어머니가 선택한 대로 남편과 결혼했던 것이라고 말한다. 그녀는 돈 후안에게 마음이 끌리는 것을 강하게 느끼며 남편에 대한 정절을 지켜야겠다는 생각으로 마음의 갈등을 느낀다. 그러면서 그녀는 돈 후안에게 비밀이 있으면 털어놓으라고 요구하자 그는 그렇게 되면 그녀가 자신을 증오할 것이라고 말한다. 그녀는 자신의 유일한 적은 남편의 살인자밖에 없으니 그녀가 그를 증오할 리는 없다고 말하자 돈 후안은 이때 자신이 돈 후안이라고 고백한다. 돈나 안나는 그러나 이미 돈 후안을 미워할 힘이 없었고 그에게 다시 만날 것을 약속하며 작별의 키스를 하는데 석상의 노크소리가 난다. 석상이 등장하자 돈나 안나는 쓰러지고 돈 후안은 그에게 와줘서 기쁘다고 말한다. 석상이 손을 달라고 하자 돈 후안이 손을 내미니 석상은 손을 꼭 잡고 돈 후안이 애원하는데도 놓아주지 않고 함께 땅 밑으로 꺼진다.

작품 해석에 있어서 필자가 기존의 대부분의 견해와 다르게 특히 중요하게 여기는 사항들은 다음과 같다:

1) 돈 후안은 그녀가 돈 알바르의 미망인이었기 때문에 사랑하게 된 것이 아니라는 점.

2) 돈 후안이 이기적으로 사람을 모독하고 살해하는 사람이 아니라는 것.

3) 돈 후안이 돈나 안나와의 사랑만이 진정한 것이고 다른 사랑은 그렇지 않다고 말하는 것은 현재의 그의 심정이라는 것.

4) 돈 후안은 죽음을 추구하지 않았다는 것. 그는 석상에게 손을 놓아 달라고 애원을 했다는 것.

4

위 네 가지 점을 고려하여 등장인물들의 대사와 행동을 중심으로 이들의 성격을 자세히 살펴보겠다.

가) 돈 후안의 성격의 가장 중요한 특징은 무엇보다도 삶에 대한 사랑이다. 그는 항상 정열을 지니고 행동하여 현재의 삶이 최대로 충만하도록 만들면서 산다. 이를 위하여 그는 규범도 규율도 뛰어넘을 수 있고 아무도 두려워하지 않는다:

돈 후안:
알아본들 큰일 날 것 없어. 왕만
마주치지 않으면 되지. 게다가 난
마드리드에서 아무도 무서워하지 않아.

레포렐로:
그래도 내일이면 왕도 다 알게 되지요.
돈 후안이 유배지에서 제멋대로
마드리드로 들어왔다는 걸요.[13]

그는 항상 새로운 것에 도전하며 생명, 현재, 사랑, 개성을 중요시하는 인간이다:

난 그곳에서 지겨워서 거의
죽을 뻔했다. 그곳 사람들은 정말 지겹고
그 나라 지형도 그래. 하늘은 어떠냐고? 안개 바로 그 자체야.
여자들? 너 알아듣겠니? 내 바보 레포렐로야,
그곳의 미인들 중에 가장 예쁜 여자들도

---

13 인용문들은 А. С. Пушкин, *Полн. Собр. Соч. в 10 томах*(Москва: художественная литература, 1975), т. 4를 사용하여 필자가 번역했다.

안달루지아의 제일 못생긴 시골여자와
바꾸지 않겠어, 진심이야.
그 여자들도 처음에는 내 마음에 들었었지.
푸른 눈에 하얀 피부, 그리고 수줍은 태도가.
아니 무엇보다도 새로움이 나를 사로잡았지.
그러나 다행스럽게도 곧 난 알아챘어,
그들과 알고 지내는 것조차 죄악이라는 것을.
그들 속엔 생명이 없어. 모두들 똑같은 밀납 인형 같애.

그렇다고 해서 그가 과거를 잊어버리는 인간은 아니다. 그러기에 그는
지나간, 사랑했던 여자들 하나하나를 다 기억하고 그녀들의 특징적인 미
를 잊지 않고 추억한다:

돈 후안:
(생각에 잠겨)
불쌍한 이네자여!
그녀는 이미 이 세상에 없지. 난 얼마나 그녀를 사랑했는지!

레포렐로:
이네자! 검은 눈동자⋯⋯. 오 그래요, 기억나요.
석 달 동안 쫓아다니셨지요.
악마도 돕는데 힘깨나 들었지요.

돈 후안:
7월⋯⋯ 밤에. 난 그녀의
슬픈 시선과 핏기 없는 입술에서

이상한 쾌감을 느꼈지. 이상한 일이었지.
너는 그녀를 미인이라고
여기지 않는 것처럼 보이는구나. 맞았어
그녀에게 정말 아름다운 데는 별로 없었지. 눈,
단지 눈만이 아름다웠어. 그리고 시선…… 그런 시선은
아무 곳에서도 본적이 없었어. 그녀의 목소리는
약하고 힘이 없었지. 병자처럼.
그녀의 남편이 잔혹한 못된 놈이었다는 걸
난 나중에야 알았지……. 불쌍한 이네자!……

레포렐로:
할 수 없지요, 그녀 다음에도 다른 여자들이 있었지요.

돈 후안:
맞아.

　돈 후안은 매우 직선적인 성격을 가지고 있다. 남의 눈치를 보지 않고 감
정에 충실하며 분노할 줄 안다. 아래의 대목은 라우라의 돈 후안에 대한 사
랑을 나타내주는 것 이외에도 돈 후안의 성격을 간접적으로 표현해 준다:

라우라:
당신, 격한 남자! 저한테 머물러요,
당신이 마음에 들어요; 나를 욕하며
이를 부드득 갈 때
당신은 돈 후안을 연상시켰어요.

돈 후안은 돈나 안나에게 여태껏 그녀처럼 진실로 사랑한 여자가 없었다고 말하는데 그것은 거짓이라기보다는 현재의 그의 진실된 심정이다.

그의 직선적인 성격에 비추어 볼 때 그가 돈나 안나를 유혹하기 위하여 일부러 입에 발린 말을 늘어놓는 것은 아니라고 여겨진다:

…… 그러나 당신을 보고 난 이후부터
난 완전히 다시 태어난 것 같소.
당신을 사랑하면서 난 선행을 사랑하게 됐소.
그리고 처음으로 선행 앞에 겸허하게
떨리는 무릎을 굽히오.

…… 그들 중 한 명도 여태껏
사랑한 적이 없소.

말하자면 그는 매번 첫사랑을 할 수 있는 인간인 것이다. 그는 완전한 삶을 원하기에 죽음도 두려워하지 않는다(로트만은 이를, 그가 경계를 뛰어넘는 것을 좋아하므로 삶에서 죽음으로 뛰어넘는 것을 원했다고 보았으며 그가 삶과 죽음의 마주침을 항상 자신의 삶의 기본으로 한다고 보았다). 그는 두려움을 가지게 되면 삶에 완전한 자유가 없다는 것을 잘 알고 있다. 또 완전한 사랑을 위하여 죽는 것이 더 좋다고 여겨지면 죽을 각오가 되어 있다:

…… 죽음이 뭡니까? 밀회의 달콤한 순간을 위해서
난 군소리 없이 목숨을 바치겠소.

그는 충만한 삶을 이루고 유지하기 위해 항상 떳떳이 행동하는 것을 원칙으로 삼는다. 라우라가 "돈 후안이 결투에서 정당하게 그의(돈 카를로스의) 친형을 죽였다"라고 말했듯이 그는 정당하게 행동하며 비열하거나 비겁하거나 교활하지 않다. 그는 양심에 거리낄 행동도 하지 않으며 잘못하는 일이 아니라면 자신이 원하는 바를 거리낌 없이 실행한다. 피 흘리는 돈 카를로스의 시체 앞에서 라우라에게 키스하는 것이나 기사단장의 석상 앞에서 그의 아내인 돈나 안나에게 구애하는 것도 역시 그런 맥락에서 이해할 수 있다(이 부분은 대부분 신성 모독적이라고 풀이되어 왔다).

수도사:
여기예요. 아내가 그에게 기념비를 세웠고
매일 이리로 그의 영혼의 평안을 기도하고
눈물을 흘리러 온답니다.

돈 후안:
그 무슨 기이한 과부인가요?
근데 못생기지 않았나요?

수도사:
우리 은둔자들은 여인의 아름다움에 마음을 팔수 없지요.
그러나 거짓말을 하는 것은 죄입니다. 성자라도 그녀의
기적 같은 아름다움을 인정하지 않을 수 없지요.

돈 후안:
고인이 공연히 질투심이 많은 것은 아니었군요.
그는 돈나 안나를 집 안에 붙들어 놓았지요.
우리들 중 아무도 그녀를 본 사람이 없지요.
나는 그녀와 이야기를 좀 하고 싶군요.

위에서 보듯이 돈 후안이 돈나 안나에게 관심을 갖는 것은 그녀가 그가 죽인 돈 알바르의 미망인이어서라기보다는 그녀가 매우 아름답다고 하고 그로서는 새로운 타입의 여인이기 때문이다. 레포렐로가, 그녀가 알바르의 미망인이라는 것을 다시 상기시킬 때 돈 후안은 전혀 개의하지 않는다. 그녀가 미망인이기 때문에 사랑하는 것도 아니고 그녀가 미망인이어서 사랑하는 것에 지장이 있다고도 생각하지 않는다:

레포렐로:
꼭 그래야만 하나요?
남편은 죽이고 그의 과부의 눈물까지 보고자 하다니요.
양심도 없군요!

돈 후안:
그런데 벌써 어두워졌구나.
달이 떠올라 어둠을 밝게 하기 전에
마드리드로 들어가자.

그가 비록 그녀가 베일을 쓰고 있어서 그녀의 아름다움을 제대로 보지 못했다고 하나 날씬한 발뒤꿈치를 보았고 레포렐로의 말대로 그는 자신의 상상력으로 여인의 아름다움을 완성시킨다. 상상력이 있기에 예술도 사랑도 가능하다:

돈 후안:
이 검은 상복의 베일 때문에 그녀는 전혀 보이지 않았어.
겨우 날씬한 발뒤꿈치를 보았을 뿐이야.

레포렐로:

주인님에겐 충분하지요. 순식간에

나머지를 그려낼 상상력이 있으시니까요.

화가보다 더 능숙한 상상력이요.

주인님에게는 어디서 시작하든지 매한가지지요.

눈썹에서도 좋고, 발에서도 좋지요.

또한 그는 진실을 귀중히 여긴다. 돈나 안나와의 만남도 진실에 기반한 진정한 만남이 되기를 원하기에 그는 그녀에게 자신이 남편을 죽인 사람이라고 고백한다.

돈 후안:

당신이 돈 후안을 만난다면

어쩌겠습니까?

돈나 안나:

그러면 전 그 악당의 심장을

단도로 찌를 거예요.

돈 후안:

돈나 안나,

어디 당신의 단도가 있소? 자 내 가슴이 여기 있소.

돈나 안나:

디에고!

뭐하는 거예요?

돈 후안:
저는 디에고가 아니라 후안이오.

　여기서 볼 수 있는 것은 바로 진실을 향해 위험을 무릅쓰고 나아가는 돈 후안의 용기이다. 돈 후안은 현재의 어떤 위험도, 죽음도, 진실을 말하는 것도, 무서워하지 않는다.

　모든 것이 현실의 순간을 즐기려는 그의 욕망을 위하여 존재한다고 여기며 오직 이 한 가지 욕망의 세계만을 알고 이 욕망을 유일한 가치로 삼고 이를 방해하는 것을 가차 없이 제거하는 잔혹한 파괴성과 자기중심적 세계를 보여주고 이기성과 거짓말, 교활함과 오만함으로 가득 차 있고 여인에 대해서는 조금치도 사랑의 감정을 느끼지 않는 몰리에르의 돈 후안과 푸슈킨의 돈 후안은 다르다. 그는 현재에 충실하고 생명을 중요시하며 항상 여인을 진정으로 사랑하며 또 진실을 서슴없이 말하는 용기를 보인다. 그는 잔혹성과는 거리가 멀다. 예를 들어 그가 이네자의 죽음을 슬퍼하며 그녀의 남편이 잔혹한 사람이었다는 것을 나중에 알았다는 것도 이런 맥락에서 해석할 수 있다. 즉 그녀의 남편이 그렇게 잔혹한 사람이었으면, 혹 자신이 그녀의 불행에 원인이 되는 일을 알고 있었다면 그녀를 파멸하도록 하지 않았으리라는 그의 마음을 읽을 수도 있다. 그가 돈 카를로스를 죽이거나 돈나 안나의 남편을 죽이게 된 것도 그의 책임은 아니었다. 그들은 스스로 결투를 원했으며 돈 후안은 라우라가 말했듯이 그들을 "정당하게" 죽인 것이다. 라우라는 그가 영원히 일을 저지르지만 그의 죄가 아니라는 것을 안다:

에이, 돈 후안,
안됐어요, 정말, 끝없는 망나니짓을 하지만-
그런데도 여전히 죄는 없는데……

이러한 돈 후안의 성격은 결국 파멸에 이를 수밖에 없다는 말인가? 그러한 주장에 쉽사리 동의하기 어렵다. 그가 돈나 안나를 만나지 않고 라우라만을 만났어도 파멸했을까 하는 의문이 들면서 돈나 안나와 라우라의 성격을 대비해 보게 된다.

　　나) 돈나 안나와 라우라
　　돈나 안나는 과거를 추억하는 여자, 전통, 규범을 중시하는 여자이다. 돈나 안나는 마드리드에 도착하자마자 라우라와 키스하고 또 돈 카를로스를 죽인 후 피 흘리는 시체 앞에서 라우라에게 키스하는 현재를 사는 인간 돈 후안과 전혀 다른 성격을 가지고 있다. 돈 후안이 죽음을 두려워하지 않고 양심에 거리낄 행동도 하지 않으며 자신이 원하는 바를 행할 때 남의 눈치를 보지 않는 반면 돈나 안나는 항상 남의 눈을 의식하고 규범을 중요시하며 정절을 지킨다. 사랑에 대해서도 적극적이라기보다는 수동적이다. 자기가 좋아해서라기보다는 경제적인 이유 때문에 또 어머니가 원했기 때문에 결혼을 했으며, 남편이 죽은 후에는 매일 남편의 무덤에 찾아가 그를 기리는 행위를 계속한다. 그러다가 돈 후안의 뜨거운 사랑을 받았을 때 그녀는 다시 수세에 처하고 뚜렷한 자기 점검도, 강렬한 사랑의 감정도, 확고한 의지도 없이 그의 사랑을 받아들인다. 돈 후안의 강렬한 감정 앞에 정복당하자 그녀는 그에게 자기 집으로 찾아오라고 먼저 제의한다. 그것도 밤늦게:

돈나 안나:
물러가세요 — 여기는 그런 말을,
그런 미친 말을 할 장소가 아닙니다. 내일
제게 오세요. 만약 당신이 제게 지금과
똑같은 존경을 유지하겠다고 맹세하신다면.
전 당신을 받아들이겠어요; 그러나 저녁에, 좀 늦게요, —

과부가 된 이후 아무도 만나지 않았어요…….

　　그녀는 적극적인 사랑의 태세를 전혀 가지고 있지 않으면서도 그로부터 사랑받고 싶어 한다. 그녀는 돈 후안이라는 현재, 삶의 기쁨, 진실의 위력에 압도당하지만 석상이라는 규범에도 압도당한다. 돈나 안나는 돈 후안의 힘과 열정에 굴복하여 돈 후안을 사랑하도록 되었지만 스스로 과거의 무게를 극복하지 못한다. 석상은 그녀의 모든 도덕관, 과거, 전통의 무거운 멍에로서 그녀에게 힘을 가지고 있다. 그녀가 적극적으로 사랑하는 태세를 지녔다면 남편이 살았거나 죽었거나 돈 후안에게 유혹당하지도 않았을 것이고, 또 그녀가 돈 후안을 사랑하는 마음을 스스로 가지게 되었다면 석상도 나타날 엄두를 못 내었을 것이다.
　　라우라는 돈나 안나와 전혀 다르다. 그녀는 영감, 심장, 정열, 시, 현재가 지배하는 세계를 지닌 돈 후안이 동류로 사랑하는 여자이다:

라우라:
오늘 전 자유로이 영감에 따랐어요.
노예 같은 기억이 아니라 심장이 탄생시킨 것처럼
노랫말이 흘러나오네요.

　　라우라는 돈나 안나와는 달리 사랑에 있어서도 능동적이고 적극적이어서 사랑하는 사람을 스스로 선택한다. 돈 카를로스가 그의 형을, 돈 후안을 몹시 증오하고 또 라우라가 그를 그리워하며 좋게 평가하자 몹시 화를 낸다. 그가 화를 내자 라우라는 그를 단번에 강하게 제지한다. 그러면서 그녀는 격렬하게 화를 내는 그를 마음에 들어 한다. 그의 심장과 감정의 강렬함을 높이 사는 것이다. 그녀는 현재를 즐기고 미래를 생각하지 않는다. 물론 과거에도 집착하지 않는다. 그녀의 가장 중요한 점은 그녀가 자기 방의 주인이라는 점이다. 돈나 안나가 자기 방에 있으되 석상이 찾아오자 나가라고 하기는커녕 그것에 압도당하는 데 반해 라우라는 자신이 자신의 공간을 완전히 지배한다.

돈 카를로스는 이러한 라우라의 힘에 정복당한다. 그러나 항상 미래에 대한 걱정으로 현재의 아름다움을 보지 못하는 그에게 걸맞게 그는 행복한 순간을 맛보기 이전에 죽게 된다. 평자들 중에는 라우라의 쾌락주의가 자신이나 다른 인간을 파멸시킨다고 주장하기도 한다. 또 이러한 쾌락주의의 종말을 『스페이드의 여왕』에 나오는 백작부인의 추한 모습에서 찾기도 한다(레스키스). 그러나 이러한 주장에는 무리가 있는데, 라우라가 파멸했다는 흔적은 어디서도 찾아볼 수가 없다. 라우라가 돈 카를로스를 파멸시킨다는 주장에도 동의하기 어렵다. 돈 카를로스는 자기와는 전혀 어울리지 않는 라우라와 사랑을 하려 했기 때문에 파멸한다. 또 돈 후안이 등장했을 때 돈 후안에게 이끌리는 라우라의 마음을 억지로 결투를 해서라도 차지하려고 했기 때문에 파멸한다. 아래의 두 대목은 라우라와 돈 카를로스가 얼마나 서로 다른 세계관의 소유자인가를 보여준다:

돈 카를로스:
그대는 젊군……. 그리고 앞으로도 5-6년은 아직 젊겠지. 그대의 주위에
아직 한 6년은 남자들이 모여들어 그대를 안아주고 얼러주고 선물을 주고 밤의 세레나데를
부르고 밤에 대로에서
그대로 하여 서로 죽이고 하겠지. 그러나 세월이 가고
그대의 두 눈이 움푹 꺼지고 눈꺼풀이 주름져 검어지고
그대의 머리타래에 흰머리가 희끗희끗하고
사람들이 그대를 노파라고 부르게 되면,
그때, 그대는 뭐라고 할 거요?

라우라:

그때요? 뭐 하러

그런 것에 대해 생각해야 하나요? 무슨 말이 그래요?

당신은 항상 그런 생각만 하나요?

이리 와요, 발코니를 열어요. 하늘이 얼마나 고요한가요;

따뜻한 공기는 미동도 없고 밤은 레몬과

월계수 냄새가 나고, 밝은 달은

짙푸른 하늘에 비치고, 야경꾼들은 길게 늘여 외치네요: "쾌청!"

그런데 멀리, 북쪽에, 빠리에는 아마도 하늘은 구름으로 덮였고

차가운 비가 오고 바람이 불겠지요.

그러나 무슨 상관이에요? 내 말 들어요, 카를로스,

제가 요구하니 미소를 지으세요.

　　라우라와 돈 후안이 다른 점은, 라우라는 돈 후안을 사랑하지만 그에게 집착하지 않고 그의 성격을 인정하며 그가 달라지기를 기대하지 않는다. 그녀는 돈 후안을 믿지 못할 연인이자 진정한 친구라고 말하며 자신도 현재를 즐기며 살아간다. 돈 카를로스가 단둘이 밀회하며 라우라에게 돈 후안을 사랑하느냐고 물었을 때 라우라는

지금 이 순간에요?
아니요, 사랑하지 않아요. 저는 동시에 두 사람을 사랑할 수 없어요.
지금은 당신을 사랑해요.

　　라고 답한다.

　　라우라에 대해서는 돈 후안도 마찬가지의 태도를 보인다. 라우라와 돈

후안이 서로 비슷한 것을 확인하고 재회를 기뻐하는 대목을 살펴보자. 이 대목은 베일리가 지적했듯이 마치 잘 어울리는 오랜 부부 같은 그들의 관계를 잘 보여준다:

라우라:
당신은 내 친구!……
멈춰요…… 시체 앞에서!…… 그를 어떻게 하지요?

돈 후안:
내버려둬. 날이 밝기 전에 일찍
긴 망토를 입고 내가서
십자로에 눕혀 놓을게.

라우라:
다른 사람들이 그대를
알아보지 못하도록만 조심하세요.
일 분 늦게 나타나길
얼마나 잘했는지 몰라요! 그대 친구들이 여기서 만찬을 했거든요. 지금 막 나갔어요.
그들을 만났으면 어쩔 뻔했어요!

돈 후안:
라우라, 그를 사랑한지 오래됐어?

라우라:
누구를요? 보아하니, 헛소리 하는군요.

돈 후안:

자 고백해 봐,

나 없는 동안 몇 번이나 나를 배반했지?

라우라:

당신은요?

돈 후안:

말해 봐…… 아니, 나중에 얘기하자.

5. 돈나 안나와의 만남과 돈 후안의 파멸

그러나 돈 후안은 불행하게도 라우라와 전혀 다르게 자신에게 어울리지 않는 돈나 안나를 만나 그녀를 사랑하고 그녀에게 집착하게 되었다. 돈 후안은 돈나 안나에 대한 집착으로 그녀의 모든 것을 차지하려고 한다. 그 결과 그는 석상을 질투하게 된 것이다. 자신이 사랑에 의한 결혼을 하지 않았다는 돈나 안나의 말도 달래지 못했다. 왜냐하면 그가 그녀를 만나고 사랑하게 되었을 때 그녀가 남편에게 몹시 정절을 지키며 죽은 남편을 애도하는 여인이었기 때문이다.

그의 머릿속에는 항상 그녀가 사랑했던 남편에 대한 생각이 떠나질 않았고 그는 그것을 벗어나고 싶은 탈출구로서 그를 초대하여 끝장을 보고자 하는 마음을 가졌던 것으로 보인다. 그가 승리하는 데서 즐거움을 느끼기 때문에 바로 그런 여자를 사랑했다고 보는 마코고넨코의 견해에 동의하지 않는다. 그는 석상이 드리워진 그녀를 만났던 것이고 그녀를 사랑하게 되었다. 돈 후안은 그녀를 드리운 석상의 무게를 강하게 느끼고 석상에게 질투를 느끼며 그를 물리치려고 한다. "그녀 없이 석상이 지겨워한다고 생각해"라고 말하는 데서 볼 수 있듯이 돈 후안은 석상을 살아 있는 사람으로 생각하며 돈나 안나에게 드리워져 있는 전통, 과거, 규범을 질투하고 도전하려 한다. 돈 후안은 돈나 안나의 남편의 석상을 보고

그가 여기 얼마만한 거인으로 세워져 있는지!
저 넓은 어깨 하며! 무슨 헤라클레스 같아.
그런데 고인 자체는 키가 작고 말랐었지.

　라고 생각하는데 이는 돈나 안나와의 관계에 있어서 기사단장보다는 그 석상이, 즉 그녀의 살아 있는 남편보다 오히려 그녀에게 드리워진 과거가 그에게 감당하기 힘든 센 적임을 말하는 것이다. 돈 후안은 이제 돈나 안나와의 완전한 만남을 위하여 목숨을 두려워하지 않고 이에 도전한다. 그는 돈나 안나의 남편이었던 돈 알바르에게 개인적으로 적대감을 느끼는 것은 아니다:

…… 그는 내 칼에 부딪혀 죽었지.
마치 침에 꽂힌 잠자리처럼 ― 그래도
자존심 강하고 용감했지 ― 엄격한 정신을 가졌었지.

　레포렐로가 석상을 상기시키고 과거와 규범을 상기시킬 때 돈 후안은 석상을 밀회의 현장으로 불러 보초를 서라고 한다. 그녀와의 밀회의 현장으로 그를 불러들여 자신의 완전한 승리를 확신하고 싶어 하는 것이다. 그는 석상과 대결하여 그녀의 마음을 송두리째 차지하여 자신의 자유롭지 못한 상태에서 벗어나려 한다. 말하자면 결투의 의지이다. 갈등을 결투(이 드라마에서 세 가지 결투가 나온다. 돈 알바르, 돈 카를로스, 석상인 돈 알바르

와의 결투가 그것이다. 돈 알바르의 경우에는 아마도 원칙의 충돌이나 명예의 문제였던 것 같고, 두 번째 경우에는 라우라로 인한 갈등의 해결책이라고 할 수 있겠고, 세 번째 경우에는 돈나 안나로 인한 것이다)로서 해소하고자 한다. 이 세 번째 갈등에는 물론 그녀에게 가장 큰 책임이 있다. 그녀의 태도가 확실하지 않았던 것이다. 그녀도 분명 돈 후안에게 큰 관심이 있었던 것으로 보인다. 그녀는 돈 후안에게 결국 먼저 말을 걸었고 그에게 사랑의 말을 하도록 이끌어 내며 그 사랑의 강도를 확인하려 하며 밀회를 약속한다. 그들의 첫 대화는 이미 그들 사이의 감정이 상당히 무르익어 있었다는 것을 나타내 준다:

돈나 안나:
전 당신이…… 전 이해하지 못하겠어요…….

돈 후안:
아, 제가 보면 압니다: 당신은 모든 것을 다 알고 계세요!

돈나 안나:
제가 뭘 안단 말이시죠?

돈 후안:
그래요, 전 수도사가 아니에요―
당신의 발아래 용서를 간청합니다.

돈나 안나:
오, 하느님! 일어나세요, 일어나세요……. 당신은 도대체 누구세요?

돈 후안:

희망 없는 열정의 불행한 희생물입니다.

돈나 안나:

오 내 하느님! 게다가 여기서 이 무덤 앞에서!

물러가세요.

돈 후안:

일 분만, 돈나 안나,

일 분만이라도!

돈나 안나:

누군가가 나타난다면!……

돈 후안:

울타리는 잠겼어요. 일 분만!

돈나 안나:

자, 뭐예요? 당신이 요구하는 것은 뭐예요?

****

돈나 안나:

그런데 당신은 이미 오래전부터 저를 사랑하시나요?

돈 후안:

오래전부터인지 아닌지, 저도 잘 모르겠습니다만
제가 아는 것은 다만 그때부터 비로소 제가 순간의 삶의
가치를 알게 되었고, 그때부터 비로소 행복이라는 단어가
무엇을 의미하는지 깨닫게 되었다는 겁니다.

돈나 안나:
물러가세요 ― 당신은 위험한 사람이에요.

돈 후안:
위험한 사람이라구요? 뭐가요?

돈나 안나:
당신의 말을 듣기가 두려워요.

돈 후안:
말을 않을게요; 당신을 보는 것이 유일한 기쁨인
이 사람을 쫓지만 말아주세요.
저는 전혀 무슨 딴 방자한 생각을 하지 않아요.
전 아무것도 요구하지 않습니다, 다만 전 당신을
보아야 합니다, 제가 살아 있도록 선고 받은 동안은요.

돈나 안나:
물러가세요 ― 여기는 그런 말을,
그런 미친 말을 할 장소가 아닙니다. 내일
제게 오세요. 만약 당신이 제게 지금과
똑같은 존경을 유지하겠다고 맹세하신다면.

전 당신을 받아들이겠어요; 그러나 저녁에, 좀 늦게요, ―

과부가 된 이후 아무도 만나지 않았어요…….

말하자면 그녀는 남자의 정열에 강하게 이끌리고 또 자신도 남자에게 사랑을 받기를 원하면서도 스스로 어쩔 줄 모르고 상대방에게도 확신을 주지 못하는 성질이다. 돈 후안이 약속한 대로 돈나 안나를 만나러 갔을 때 그녀가 처음으로 하는 말은 그녀의 이러한 성격을 대변한다:

돈나 안나:

저는 당신을 맞아들였어요, 돈 디에고; 다만

제 슬픈 이야기가 당신을 지루하게 할까봐

두렵군요; 가련한 과부인 저는 항상

저의 상실을 기억하지요. 사월처럼

눈물을 미소와 섞으면서요.

돈 후안은 석상이 불러서 왔다는 말에 "그래 내가 불렀고 너를 보니 기쁘다"고 말하는데 이는 죽음을 환영한다기보다는 석상에게 꿀리지 않고 맞수로서 끝까지 대항하는 것이라 볼 수 있다. 왜냐하면 그가 손을 달라고 하자 돈 후안이 손을 내미니 석상이 꼭 누른다. 이 때 돈 후안이 손을 놓아 달라고 간청하는 데서 우리는 죽음의 손아귀에서 빠져나오려는 돈 후안의 의지를 볼 수 있다. 돈 후안은 두려워하지는 않으나 석상의 무거운 손누름으로 파멸한다. 그의 파멸에 가장 근본적인 원인은 돈나 안나라는 여인을 만나 그에게 집착한 점이지만 직접적인 원인은 그가 석상과 대결하는 데 있어서 너무 서둘러 그가 자기 집으로 석상을 초대하지 않고 돈나 안나의 집으로 초대한 점이다. 그는 처음에는 석상을 자기 집으로 초청하려 했다. 돈나 안나와 만난 이후에 그를 집으로 오라고 했어도 되었고 또 그와 만난

이후에 돈나 안나에게 갈 수도 있었다. 그러나 그는 좀 더 빨리 돈나 안나
의 집에서 확실히 완전한 승리를 확인하려 했다.

돈 후안:
레포렐로야, 자 어서
석상에게 우리 집으로 오라고 초청해 —
아니, 우리 집이 아니라 — 내일, 돈나 안나네 집으로 오라고해.

레포렐로:
석상을 손님으로 청해요? 뭐 하러요?

돈 후안:
이제 그녀와
이야기하라고 그러는 것은 정말 아니고 —
내일 저녁 좀 늦게 돈나 안나에게로 와서
문에서 보초를 서라고 청하거라.

　현재를 지배하는 인간 돈 주안은 그런데 돈나 안나로 인하여 자신에게
모순되게도 과거에 너무 집착했다. 돈 후안은 헤도니즘으로 하여 파멸했
다기보다는 자신의 본성에 어울리지 않게(무리하게) 과거에 집착하는 여자
를 사랑하게 되어 과거에 도전하고, 그것에 서둘러 승리하려고 했기 때문
이다. 그러나 그녀에게 드리워진 과거의 힘은 아직도 매우 무거웠다. 과거
는 그가 생각하고 싶어 하던 대로 힘이 없는 것이 아니었다:

돈 후안:
넌 그가 질투라도 할 거라고 생각하니?

이미 정말 안 그럴 거야; 그는 현명한 사람이니
죽은 후에는 잠잠해졌음에 틀림없어.

　결국 과거의 힘이 현재가 지배하는 인간을 파괴하게 된 셈이다. 그런 의미에서 돈나 안나는 그에게 운명의 여인, 죽음을 부른 여인이었고 돈 후안과 달리 라우라가 죽지 않은 이유는 라우라가 돈 후안과는 달리 그런 사람에게 집착하지 않았기 때문이라고 볼 수 있다.
　간추려 말하자면 돈 후안은 현재를 위해 모든 것을 투여하며 항상 새로운 것에 도전하며 물러서지 않고 그것을 쟁취하려 하다가 운명적으로 돈나 안나라는 과거와 규범의 멍에를 지닌 여인을 사랑하게 되었고 그녀와의 완전한 사랑을 위해 과거와 규범 자체에 결투를 신청하여 승리하려고 지나치게 집착하고 서두름으로써 파멸하게 되었다.

6

　푸슈킨은 현재의 삶의 위력에 대해 찬란한 색채를 주지만 현재의 이름으로 서둘러 모든 것을 이겨내려고 도전할 때의 위험을 동시에 보여준다. 또 과거의 문제를 잊지 않고 풀려고 하고 극복해야 하지만 그것을 너무 의식하고 그것에 집착하여 그것에 의해 파멸되지 않도록 주의하여 삶이 앞으로 나아가도록 할 것을 가르쳐준다.
　과거 청산은 과거에 집착하여 그것에 승리하려고 서두르는 데 그 의미가 있는 것이 아니라 삶이 충실히 앞으로 나아가도록 하여 자연스럽게 그것에 승리하는 데 있다.

「안젤로」에 나타난 푸슈킨의 셰익스피어 읽기*

1

1834년 푸슈킨이 서사시 「안젤로Анжело」를 발표했을 때, 벨린스키를 포함한 비평가들이 이 작품을 혹평하는 데 맞서서 푸슈킨은 「안젤로」가 그가 쓴 작품 중에서 가장 좋은 작품이라고 스스로 평했었다. 푸슈킨은 이 작품을 1833년 삶과 역사에 대한 그의 시선이 완숙해진 시기에 완성하였고 이 작품에 대한 스스로의 평가도 역시 이러한 때 나온 것으로 우리는 그의 말에 주목하지 않을 수 없다.

그러나 부당하게도 이 작품은 당시뿐만 아니라 오늘까지도 그리 좋은 평을 받지 못하여 왔다. 그것은 이 작품이 셰익스피어의 『되는 되로Measure for Measure』와 매우 유사하여 단순한 모방이라고 치부되는 경우가 많았기 때문이다. 소련 안에서 이 작품은 1966년까지 '수수께끼 같은' 작품이라는 평을 받아왔다. 그 뒤 레빈, 로트만, 슈테인, 알렉세예프 등의 노력으로[1] 이

---

* 「러시아어문학연구논집」 3권(1997), 305-322.

1 Ю. Д. Левин, "Анжело", *Шекспир и русская литература XIX века*(Ленинград, 1988), 188; Ю. М. Лотман, "Идейная структура поэмы Пушкина 「Анжело」", *Пушкин*(Санкт-Петербург, 1995), 237-254; А. Штейн, "Пушкин и Шекспир", *Шекспироведение 2 т.* (Москва, 1977), 149-

작품에 대한 관심이 높아지기 시작하였으나 작품 해석은 매우 다양하다. 작품의 가치 평가에 있어서도 푸슈킨 학자들은 조심스러운 태도를 보이고 있다.

러시아 이외의 나라에서 이 작품은 기비안, 미르스키, 베일리[2] 등에 의해 주목을 받기는 했는데 모두가 한결같이 푸슈킨이 셰익스피어의 『되는 되로』를 다시 쓰면서 형식을 바꾸고 많은 부분을 잘라내어 양을 줄이고 응축시켰다고 말하는데 아쉽게도 피상적이고 추상적인 차원의 연구 수준을 크게 넘지 못한다.

서사시 「안젤로」에 대한 연구는 푸슈킨의 이 작품에 대한 강한 애정에 비추어 볼 때 미흡한 것이 사실이다. 푸슈킨은 이 작품의 기초가 된 셰익스피어의 드라마 『되는 되로』를 지속적이고 깊은 관심을 가지고 경탄하며 읽었고 번역까지 계획했었으며 실제로 22행까지 번역을 진행하였다. 「안젤로」에는 셰익스피어의 『되는 되로』에서 그대로 따온 부분이 상당히 많고 이는 이 작품이 『되는 되로』의 축약된 번역이라는 주장의 근거가 되기도 하였다. 그러나 「안젤로」를 읽으면서 푸슈킨이 왜 번역을 시도했을까? 또 왜 이를 중단하고 원작을 변형시켜 개작했을까? 『되는 되로』의 어떤 점이 그토록 푸슈킨의 흥미를 끌었을까? 그는 이 이야기의 어느 부분이 그렇게 마음에 들어서 짧게 압축하려고 했던 것일까? 그가 읽어낸 이야기의 어느 부분이 마음에 들지 않아 다른 이야기를 써 보고자 한 것일까? 등의 의문이 드는 것은 당연하다. 독자는 푸슈킨이 셰익스피어의 작품을 자신의 삶과 연결된 강렬한 독서 체험으로서 읽고 여기에서 한 걸음

175; M. Алексеев, "Пушкин и Шекспир", *Избранные труды. Пушкин. Сравн.-исторические исследования*(Ленинград, 1984), 253-293.

2   George Gibian, "Measure for Measure and Pushkin's Angelo", PMLA, 66(1951), 426-431; D. S. Mirsky, *Pushkin*(London, 1926); Samuel Cross and Ernest J. Simmons, *Centennial Essays for Pushkin*(Cambridge, Mass., 1937); John Bayley, *Pushkin: A Comparative Commentary*(Cambridge, 1971).

더 나아가 새로운 작품을 창조한 과정을 재구성해 보고 싶은 생각이 드는 것이다. 이러한 그야말로 창조적인 읽기의 과정을 재구성해 보려면 우리는 두 작품을 꼼꼼히 비교하며 읽어서 푸슈킨이 셰익스피어의 어떤 점들은 그대로 살렸고 어떤 점들은 변화시켰나를 자세히 살펴보고 그 원인에 대해 생각해 봐야 한다. 본 논문은 푸슈킨의 셰익스피어 읽기의 재구성을 나름대로 시도하여 푸슈킨의 「안젤로」해석에 또 하나의 시각을 열고자 한다.

2

이 두 작품의 사건은 매우 유사하다. 두 작품의 공통된 줄거리를 살펴 보자.[3]

통치자 공작이 나라의 기강을 엄하게 세워 다스리지 않고 죄를 제대로 징벌하지 않자 백성들이 타락하는 것을 보고 스스로 개탄하여 자신은 잠시 권좌를 떠나고 대신 금욕적이고 근엄한 대리 통치자 안젤로로 하여금 엄격한 법 집행을 하여 통치하도록 권력을 이양한다. 금욕적인 안젤로는 나라의 기강을 바로잡으려고 사문화된 법률들 중에서 결혼하지 않은 처지로 정을 통한 자는 사형에 처한다는 조항을 찾아내어 그것을 적용하기 시작한다. 최초의 희생자는 클로디오(클라우디오)[4]라는 좋은 가문의 청년으

---

3 셰익스피어의 「되는 되로」의 원본은 *Measure for Measure*, ed. J. W. Lever(London and New York; Arden Shakespeare, 1965)을 사용하였다. 우리말 번역으로는 한로단(『셰익스피어 전집』, 정음사, 1983년)과 신정옥(『말은 말로 되는 되로』, 전예원, 1994년)의 것이 있다. 푸슈킨의 「안젤로」원본은 A. C. Пушкин, *Собрание сочинений*, т. 3(Москва, 1974)를 사용하였다. 우리말로는 이규환 (『뿌슈낀의 서사시』, 天池, 1995, 167-206)이 번역, 소개한 바 있다.

4 다른 이름들은 셰익스피어의 작품에 등장하든 푸슈킨의 작품에 등장하든 우리말로는 거의 같이 발음되는데 이 이름만은 셰익스피어의 작품에서는 클로디오, 푸슈킨의 작품에서는 클라우디오로 발음되

로서 그는 결혼하기로 예정된 줄리엣과 사랑을 나눈 대가로 사형에 처해 지게 되었다. 그는 감옥으로 끌려가던 중에 한량인 루치오를 만나 수도원 에서 수녀가 되려는 자신의 여동생 이사벨라에게 찾아가서 자기의 불행을 알려 그녀가 안젤로에게 구명을 호소하게 해달라고 청한다. 루치오는 클로디오(클라우디오)의 청을 받아들여 이사벨라가 있는 수도원으로 가서 이사벨라를 만나 말을 전하자 이사벨라는 이를 침착하게 받아들이고 그와 함께 안젤로에게 가서 애원한다. 이사벨라는 안젤로에게 대담하고 간곡하게 오빠를 구해 달라고 애원하며 자비를 청한다. 그녀는 모든 인간이 약하여 죄를 범할 수 있다고 하며 안젤로에게 자꾸만 자신도 마찬가지의 죄를 범할 수 있으니 오빠를 용서해 달라고 한다. 안젤로는 그녀에 대한 정열에 문득 눈을 뜨게 되고 그녀에게 자신과 동침하면 오빠를 살려주겠다고 말한다. 그녀는 순결이 무엇보다도 중요하다고 하면서 명예를 더럽힐 수 없다고 말하며 거절하고 오빠를 만나 죽을 준비를 하라고 말하나 클로디오 (클라우디오)는 제발 살려달라고 한다. 한편 공작은 이 모든 것을 몰래 지켜보고 있다가 안젤로를 사랑하는 마리아나로 하여금 그녀가 이사벨라인 것처럼 안젤로를 속여서 밀회하게 하고 클로디오(클라우디오)를 구하려고 한다. 그러나 안젤로는 마리아나(안젤로는 그녀를 이사벨라라고 여겼을 것이다)와 동침한 후 약속을 지키지 않고 클로디오(클라우디오)를 처형하라는 전갈을 보낸다. 이에 공작은 감옥 안에서 열병으로 죽은 한 죄수의 목을 베어 안젤로에게 가져가게 하고 다시 백성들 앞에 돌아온다. 거리에서 이사벨라가 궁전으로 돌아오는 공작에게 엎드려 안젤로를 고발하자 안젤로는 자신의 죄를 인정하고 죽음을 각오하지만 마리아나와 이사벨라의 간청에 의해 죽음을 면하고 용서받는다.

므로 두 작품에 공통적인 성격을 논할 때는 푸슈킨의 인물이기도 하다는 것을 밝히려고 괄호 안에 병기하였다.

위에서 소개한 바와 같이 셰익스피어의 『되는 되로』와 푸슈킨의 「안젤로」의 커다란 줄거리와 주요 인물들의 성격은 거의 동일하다. 이러한 유사성 속에 차이점들이 두드러지는 바 그중 중요한 것들은 아래와 같다.

1) 제목의 차이
푸슈킨은 『되는 되로』의 중심인물 안젤로를 제목으로 하였다.

2) 셰익스피어의 5막 극을 푸슈킨은 서사시로 만들면서 3부로 나누었고 축약하는 과정에서 푸슈킨은 여러 부차적인 기능을 하는 구성을 없애버리고 사창가에 속하는 오보던과 같은 창녀나 폼페이와 같은 저열한 인물들이 나오는 장면을 없앴다. 이사벨라, 안젤로, 클로디오에 집중하고 특히 그 인물들 상호간의 부딪침의 순간들에 집중하였다. 푸슈킨은 셰익스피어에게서, 이사벨라와 안젤로가 두 차례 만나는 장면에서 오간 대화, 그리고 이사벨라와 오빠 클로디오 간의 대화, 그리고 맨 마지막에 안젤로를 살려 달라고 애원하는 마리아나와 이사벨라의 대사를 상당 부분 그대로 가져왔다.

3) 푸슈킨은 셰익스피어의 드라마 형식을, 서사시를 틀로 하여 드라마 부분을 도입하는 혼합 형태로 바꾸었다. 이 과정에서 서사적 화자가 나타나게 된 것은 중요한 변화이다.[5]

---

5 이러한 장르의 혼합은 셰익스피어의 「되는 되로」가 참고한 당시의 작품들 ― 조지 웻스턴(George Whetstone)의 드라마 「프로모스와 카산드라」(The Right Excellent and Famous Historye of Promos and Casandra, 1578)에 나타난다. 웻스턴은 그가 지랄디 친티오(Giraldi Cinthio)의 소설 『헤카토미티(Hecatommiti)』(1565) 중 Part II, Decada 8, Novella 5에서 주제를 가져왔다고 했다. 재미있는 것은 친티오가 나중에 이 이야기를 드라마 「에피티아」(Epitia, 1583)로 썼고 웻스턴은 나중에 소설 「오렐리아」(Aurelia, 1952)로 썼다고 한다. ― 의 장르와 비교해 볼 때도 흥미로운 점이다. 당시에는 타락한 대행 통

4) 무대가 비엔나에서 이탈리아로 옮겨졌다.

5) 셰익스피어의 작품에서 마리아나는 안젤로와 약혼한 사이로 처녀의 몸이었으나 푸슈킨의 작품에서 마리아나는 이미 안젤로와 결혼한 사이이다.

6) 셰익스피어의 공작은 전지전능한 신격을 가진, 권위 있는 통치자인 데 비해 푸슈킨의 공작은 예술과 문학을 좋아하고 상상력을 지닌 인자한 노인이고 셰익스피어의 공작만큼 권위적이지 않다.

7) 푸슈킨의 작품은 공작의 용서로 문득 끝을 맺는다. 여기에는 셰익스피어의 극에서와 같이 공작과 이사벨라의 결혼도 없고 희극적으로 끝나지도 않는다.

4

위에서 살펴본 바, 두 작품은 상당히 유사하면서도 몇 가지 두드러진 상이점들을 가지고 있다. 위에서 지적한 상이점 1), 2), 3), 즉 제목, 구성, 장르의 변화는 푸슈킨이 『되는 되로』를 읽으면서 어떠한 부분에 강한 매력을 느꼈는지 잘 말해준다. 이러한 상이점들에 푸슈킨이 셰익스피어의 작품을 압축시켜 단일한 사건으로 재창조하면서 의도한 것 — 안젤로와 이사벨

치자, 변장하는 황제, 동침하는 여자가 뒤바뀐 이러한 이야기들이 널리 퍼져 있었다고 한다. 셰익스피어의 드라마를 소설로 만들었던 찰스 램(Charles Lamb)의 소설집 『Tales from Shakespeare』의 제5판이 푸슈킨의 서재에 있었던 것으로 보아 푸슈킨은 소설로도 읽었으리라고 연구자들은 말한다. 셰익스피어 연구가 중에 1878년 헤르비누스처럼 푸슈킨이나 푸슈킨의 이 작품을 전혀 알지 못했으나 『되는 되로』가 소설이었으면 좋았겠다는 견해를 피력한 사람들이 있었다고 한다.

라, 두 인물의 복합성과 내면적 갈등 — 이 두드러진다. 푸슈킨 자신이 말했던 바와 같이 그가 셰익스피어에 몰두하게 된 것은 셰익스피어의 인물들이 살아 있는 인간들로서 다면성과 복합성을 지녔기 때문이었다. 푸슈킨은 여러 가지 주제에 대해 자신의 짧은 언급들을 모은 작품 「Table-talk」에서 "셰익스피어에 의해서 창조된 인물은 몰리에르의 그것처럼 어떤 특정한 열정이나 악덕의 전형이 아니다. 그들은 여러 가지 열정, 여러 가지 악덕들로 가득 찬, 살아 있는 존재이다. 상황은 관객 앞에서 그들의 다양하고 다면적인 성격을 펼쳐 보이게 한다. …… 안젤로는 위선자이다. 왜냐하면 그의 외부로 나타나는 행동은 숨은 열정에 모순되기 때문이다! 이 인물은 얼마나 심오한가!"라고 말했었다.[6] 실제로 푸슈킨은 셰익스피어의 작품을 재창조하면서 안젤로라는 인물에 집중하기 위해 모든 주변적인 저열한 인물들과 사건들을 생략하고 단순화하고 가장 중요한 갈등에 초점을 맞추었다. 이로써 푸슈킨은 셰익스피어의 인물 성격화의 깊이에 라신느 비극의 순수성과 집중성을 조합하려고 시도한 셈이다. 그가 관심을 가졌던 것은 여러 인물들이 등장하여 인간사의 제반 문제를 제시하는 산만하고 장황한 르네상스 극의 통합성과 풍요로움이 아니라, 위기 상황에 처했을 때 인물이 예기치 않게 부딪치게 되는 자신 속의 내면적 갈등이다. 푸슈킨은 광범위한 사회적 저변을 다루기보다는 개인의 내면 심리에 관심의 초점을 두었던 것이다. 따라서 셰익스피어의 작품의 중심을 이루는 사회 전체의 죄악과 타락, 정의, 법, 권위의 문제는 푸슈킨에게 있어서 상당히 약화되어 부차적으로 처리되어 있다. 푸슈킨이 안젤로에 대해 무엇보다도 커다란 흥미를 느낀 점은 법 뒤에서 죄악을 범하는, 이상적인 통치자에 대비되는 위선적인 통치자의 문제라기보다는 그의 원칙과 열정 사이의 균열이었다. 그의 이사벨라와의 만남은 그의 내면의 열정을 일깨워 주고 외부와 내부의 잠재적 균열을 드러내 주었다. 푸슈킨이 경탄한 것은 셰익스피어가 탐

---

6 А. С. Пушкин, *Собрание сочинений*, т. 7(Москва, 1976), с. 178.

구한 이와 같은 인간 본성의 진실이었던 것으로 보인다. 이미 「작은 비극들」(1830년)에서 푸슈킨은 인물의 내면적 갈등이 폭발하는 위기의 순간을 향하여 모든 극적 장치를 집중시키는 고밀도의 드라마 형식을 사용하여, 열정에 사로잡힌 인물들이 몰락하는 과정을 극화하였는데 「안젤로」도 이러한 관심의 연장선상에 있다.

셰익스피어어의 『되는 되로』와 푸슈킨의 「안젤로」 두 작품 모두에서 갈등은 정절이라는 원칙과 성적 욕구의 열정을 축으로 하여 움직인다. 인물들은 그들의 성과 정절에 대한 태도로 성격화되어진다. 한편에는 정절보다 사랑을 우위에 두다가 감옥에 갇힌 줄리엣과 클로디오(클라우디오), 그리고 육체적 사랑을 금하는 것은 인간의 본성에 어긋나는 것이라고 분명히 말하는 루치오가 있고 다른 한편에는 안젤로와 이사벨라가 있다. 안젤로와 이사벨라는 성에 대해 억압된 생각을 가지고 있으며 정절이라는 원칙에 대해 경직된 태도를 보인다. 그들 둘에게 정절은 다른 어떤 가치보다도 중요한 덕행이었다. 이 원칙 때문에 그들은 클로디오(클라우디오)가 마땅히 죽어야 된다고 생각한다. 안젤로는 금욕의 법을 어긴 사람은 마땅히 죽어야 된다고 고집하고 이사벨라는 오빠의 목숨보다 순결이 더 중요하다고 생각한다. 극 중에서 피상적으로 볼 때는 안젤로가 유혹하는 자, 사악한 강탈자로, 이사벨라는 성녀 같은 자, 희생당하는 자로 보이지만 둘은 매우 유사하다. 둘 다 타협을 모르는 절대적인 원칙주의자이며 완벽주의자들로서 그들은 인간의 본성을 인정하지 않고 그로 인해 생기는 실수도 인정하지 않으려고 한다. 안젤로는 준엄하고 엄격한 금욕주의자로서 자신이 원칙에 어긋나는 일을 하리라고는 생각지도 못하는 사람이며 남이 법과 원칙에 어긋나는 일을 하는 것을 용납하지도 못한다. 셰익스피어 작품에서 공작은 안젤로가 준엄하고 확고한 금욕주의자('A man of stricture and firm abstinence'(I.iii.12))로서 찔러도 피 한 방울 나지 않을 고지식하고 정확한, 감각적인 쾌락을 모르는 사람이라고 말하며, 푸슈킨의 화자는 그가 엄격하게 도덕을 지키는 데다가 일하고 연구하고 금욕을 지키느라 창백해진 사람이고, 법의 울타리 안에 자신을 가두는 사람이라고 말한다.

Lord Angelo is precise;

Stands at a guard with Envy; scarce confesses

That his bloodl flows; or that his appetite

ls rrore to bread than stone. (Shakepeare, I, iiii, 50-3)

Был некто Анжело, муж опытный, не новый

В искусстве властвовать, обычаем суровый

Бледнеюший в трудах, ученье и посте.

За нравы строгие прославленный везде

Стеснивший весь себя оградою законной,

С нахмуренным лицом и с волей непреклонной

(Пушкин I, iii, 1-6)

안젤로나 이사벨라나 머리로만 살려고 하는 인간들로서 그들은 정상적 인간의 감정에 닫혀 있었다. 안젤로는 법의 노예처럼 살았고 이사벨라는 규율의 노예로서 삶에 열려 있지 못했다. 그 둘은 정절을 중요시하고 엄격한 금욕 생활을 하며 다른 사람들과 유리된 상태에서 살고 있었다. 인간과 자연의 세계에 닫혀 있는 이 두 사람은 서로 다른 원칙을 내세우지만 결국 클로디오(클라우디오)를 죽음으로 몰고 가고 있었다. 드라마는 이 둘의 절대적인 규준이 인간사의 복잡성과 인간 내면의 본성의 복합성에 직면하여 어떻게 허물어지는가 하는 것을 보여주고 있다. 인간의 삶이라는 것은 절대적인 규준이 적용되기에는 너무나도 복잡한 다중적인 것이다. 안젤로와 이사벨라의 만남은 안젤로에게는 자신의 원칙에 어긋나는 열정을 일깨우게 하고 이사벨라에게는 자신의 정절, 순결, 금욕이 자신의 본성에 배치되는 것이었음이 드러나면서 둘은 위기에 몰리게 된다.

안젤로의 위기는 자신이 전혀 상상하지 못했던 상황을 맞이함으로써 그를 지탱하고 있던 원칙을 송두리째 내던져야 하는 데 있었다. 안젤로는 인간으로서 잠재되어 있던 성적 욕구를 느끼게 되었던 것이다. 그는 자신의 피의 힘을 인정하고 당황한다.

Blood, thou art blood. (Shakepeare, II, iiv, 15)

Нескромной красотою

Я не был отроду к соблазнам увлечен

И чистой девою я побежден. (Пушкин, II, I, 10-12)

그런데 그가 성적 욕구를 느끼게 된 것은 그 자신이 숭배하는 순결과 금욕의 덕성을 이사벨라가 지녔기 때문이었다. 이사벨라의 그러한 점이 바로 그의 성적 욕구를 일깨운다는 것은 인간의 본성이 얼마나 복잡한가 하는 것을 단적으로 말해준다. 인간이 모두 약하니 자비를 베풀어야 하고 안젤로도 클로디오(클라우디오)와 같은 실수를 범할 수 있을 것이며 그럴 때 클로디오(클라우디오)는 그렇게 심하게 벌하지 않으리라고 말하여

If he had been as you, and you as he,

You would have sliw'd like him, but he like you

Would not have been so stem. (Shakespeare, II, ii, 64-6)

Когда б во власть твою мой брат был облечен

А ты был Клавдио, ты мог бы пасть, как он,

그로 하여금 '타락된' 충동, 즉 성적 충동을 일깨우는 이사벨라에 의해 안젤로는 자신의 욕망의 실제와 그 위력에 직면하게 되는 것이다. 이제 안젤로는 다른 사람들보다 더 잔인하고 간교하며 위선적이 된다. 그가 일단 자신의 본능에 따라 움직이게 된 이상 그는 그의 지위와 평판을 그것을 위하여 이용하려 하고 그가 원했던 것을 얻은 뒤에도 클로디오(클라우디오)를 죽이라고까지 하는 것이다. 그의 정체성은 무너지고 남에게 보이는 것과 원래의 자신의 모습, 나타나는 모습과 숨겨진 모습, 공적인 것과 사적인 것 사이의 균열이 나타난다. 그의 금욕이 무방비하게 유혹 앞에서 무너질 때 그는 이사벨라를 만나기 전에 모르고 있었던 자기 자신의 실체를 인식하게 된다.

이러한 내적인 모순은 이 작품의 악역을 맡은 안젤로에게서는 비교적 확연하게 드러난다. 그러나 이사벨라에 대해서는 셰익스피어나 푸슈킨 모두보다 모호한 입장을 취하면서 간접적으로 이사벨라의 가치 기준에 문제점이 있다는 것을 암시한다. 엄격한 수도원 생활을 하는 여자로서 오빠의 목숨을 살려달라고 애원해야 하는 현실에 직면하게 되면서 자신의 원칙에 머무를 수 없게 되었을 때, 이사벨라는 안젤로도 클로디오(클라우디오)처럼 죄악을 범할 수 있는 욕망을 가지고 있다는 그녀의 논거를 자기 자신에게는 적용시키지 않는다. 그녀는 자기 자신의 정절의 고수에 대해서는 추호도 의심치 않았던 것이다. 그녀의 행동은 이처럼 앞뒤가 맞지 않는다. 그녀가 처음 오빠의 사건을 들었을 때 그녀의 반응은 놀랄 만큼 침착하다. 그녀는 놀라지도 분노하지도 않고 인간의 본성에 비추어 자연스러운 일인 것처럼 받아들인다. 이는 그녀가 순결한 세계만을 고집하고 인정하는 것과는 전혀 다른 반응이다. 독자는 그녀의 수도원으로의 은둔이 아마도 그녀의 본성 속에 있는 성적 욕망(자신도 의식하지 못하는)을 부정하고 유혹의 가능성으로부터 자신을 멀리하려는 의도에서 비롯된 것일 수 있다고 의심하게 된다. 이러한 자기 내부의 모순이 자기도 모르게 그녀로 하여금 안젤로를 성적으로 자극하는 말을 하도록 했는지도 모른다. 셰익스피어에서 푸슈킨이 상당 부분 그대로 옮겨온 안젤로와 이사벨라의 두 번의 만남의 대화 속에는 이사벨라의 내면적 모순을 드러내 주는 애매한 부분들이 상당히 많다. 안젤로가 그녀 자신의 육체의 선물(그녀는 선물을 기도라고 표현한다)을 받게 되리라는 착각을 일으키도록 하거나(『되는 되로』제2막 제2장, 「안젤로」제1부 제13장)

Isabella   Hark, how I'll bribe you: good my lord, turn back.

Angelo   How! Bribe me?

Isabella   Ay, with such gifts that heaven shall share with you. (Shakespeare, II, ii, 146-8)

Она; "Постой, постой!

Послушай, воротись. Великими дарами

Я задарю тебя...... прими мои дары,

Они не суетны, честны и добры,

И будешь ими ты делиться с небесами" (Пушкин, I, xiii, 2-6)

영혼을 버리느니 육체를 버리겠다며 오빠의 목숨을 구하는 것은 여하한 경우라도 죄가 아니라 자비이며 그것을 위해 자신이 죄를 다 감수하겠으며 그것을 위하여 기도하겠다고 말하여 (선물을 기도라고 표현했기 때문에 기도는 육체의 선물을 연상시킨다)(『되는 되로』제2막 제4장, 「안젤로」제2부 제3장)

I had rather give my body than my soul.

(Shakespeare, II, iv, 56)

Скорее, чем душою,

Я плотью жертвовать готова. (Пушкин, II, iii, 11-12)

It is no sin at all, but charity.

(Shakespeare, II, iv, 66)

Тут милость, не а грех. (Пушкин, II, iii, 18)

안젤로에게 그녀가 안젤로의 욕구에 기꺼이 응할 준비가 되었다는 뜻
으로 받아들여질 수 있게 말하는 것들이 그러하다.
　그리고 채찍 자국을 루비처럼 두르고 기다리던 잠자리에 들듯이 죽겠
다는(『되는 되로』제2막 제4장, 「안젤로」제2부 제3장)

As much for my poor brother as myself;

That is, were I under the terms of death,

Th'impression of keen whips I'd wear as rubies,

And strip myself to death as to a bed

That longing have been sick for, ere I'd yield

My body up to shame. (Shakespeare, II, iv, 99-104)

Для брата, для себя решилась бы скорей,

Поверь, как яхонты, носить рубцы бичей

И лечь в кровавый гроб спокойно, как на ложе,

Чем осквернить себя. (Пушкин, II, iii, 37-40)

대사도 마조히스틱한 성적 쾌감 내지 죽음 같은 성행위를 연상시키는 무척 애매한 표현이다. 『되는 되로』에서 옷을 벗고 침대에 눕듯이 죽겠다고 하는 표현과 「안젤로」에서 침대에 눕듯이 피의 무덤으로 누우리라고 하는 표현 사이에는 차이가 있긴 하지만 그 의미적 기능은 유사하다.

또 막상 자신에게, 동침을 하자는 안젤로의 제안이 오고 오빠가 그것을 기대하는 기미를 보이자 그녀는 오빠에게 매우 심한 욕을 하며 신경질적으로 반응하는데 이는 그녀의 심리적 혼돈을 보여주는 것이다. 누이동생을 회생시켜 살겠다는 것은 근친상간자와 같다는 둥, 어머니가 아버지를 배신한 침대에서 태어난 게 아니냐는 둥 강한 욕을 하며 적나라한 침대의 장면을 연상하는 것, 또 그것을 연상하면서 도가 지나칠 정도로 분노하는 것은(『되는 되로』 제3막 제1장, 「안젤로」 제2부 제6장)

0, you beast!

0 faithless coward! 0 dishonest wretch!

Wilt thou be rrade a man out of my vice?

Is't not a kind of incest to take life

From thine own sister's shame? What should I think?

Heaven shield my mother play'd my father fair:

For such a warped slip of wilderness

Ne'er issued from his blood (Shakespeare, III, I, 135-42)

Трус! тварь бездушная! от сестрина разврата

Себе ты жизни ждешь! Кровосмеситель! нет,

Я думать не могу, нельзя, чтоб жизнь и свет

Моим отцом тебе даны. Прости мне, боже!

Нет, осквернила мать отеческое ложе,

Коль понесла тебя!

(Пушкин, II, vi, 60-63)

그녀가 무의식으로부터 의식의 표면으로 떠오르는 자신의 내부에 존재하는 욕망을 인정하기 싫고 또 이것에 직면해야 하는 두려움 때문이 아니었을까?

문제가 좀 더 복잡한 것은 이사벨라의 정절이 내면적 가치보다 평판에 대한 집착이라는 느낌도 들기 때문이다. 수치(shame, стыд)라는 말은 평판 때문에 그녀가 자신의 욕망을 억제하려 한 것이 아니었나 의심하게 한다.

클로디오(클라우디오)의 명예가 죽음 앞에서 의미가 없어졌듯이, 생에 대한 본능적인 애착이 수치감을 앗아갔듯이 그녀는 자신의 욕망 앞에서, 평판과 원칙이 사라져가는 것을 두려워한 것은 아닐까? 그녀는 자신이 흔들릴수록 더 심한 욕을 오빠에게 퍼부은 것일 수 있다. 이사벨라가 정절이 절대적인 가치, 평판이 절대적인 가치라고 생각하는 것은 현실과 본성의 복잡성 안에서 공허할 뿐이었다. 삶에 대한 사랑, 사랑에 대한 욕구는 어떤 추상적이고 차가운 덕성의 원칙으로도 억제될 수 없었다. 그녀는 전체적으로 볼 때 그녀의 성을 완전히 벗어날 수 없었다. 이러한 이사벨라의 모습을 푸슈킨은 화자의 입을 통하여 더욱 강조하고 있다. 푸슈킨이 셰익스피어의 『되는 되로』의 안젤로 등의 인물들이 위기에 처하게 되는 상황들을 설정, 그들의 내면의 갈등을 축으로 사건을 압축 재구성하는 과정에서 셰익스피어의 인간 탐구에서 가장 감명을 받은 부분을 그대로 옮겨와 대화로 처리했고 제목도 안젤로로 바꾸었고, 또 장르를 서사시와 극의 혼합으로 바꾸어 화자로 하여금 대화를 선별적으로 삽입하고 사건 진행을 조종하게 하여 사건 진행을 가속화하였다는 것은 앞서 지적한 바다. 그런데 가끔 이 화자는 아이러니컬한 어조로 드라마 형식에서는 뚜렷하게 나타나지 않는 의미적 배경을 도입하거나 강조하는 역할을 하기도 하였는데 특히 이사벨라를 형상화하는 데 자주 아이러니를 사용했다.

제1부 8장에서 루치오가 클라우디오의 사건을 설명할 때 직설적이고 거북한 표현을 하는 것을 듣고 이사벨라가 놀라지 않는 이유를 푸슈킨의 화자는 그녀가 하늘의 정기처럼 맑은 영혼을 가졌기(Она чиста была душою как эфир) 때문이라고 하는데 독자는 어색하고 과장된 그 말에 대해 의심쩍은 생각을 갖게 되며 화자의 말 속에서 아이러니를 느끼게 된다. 제2부 4장에서 안젤로의 방을 나오는 이사벨라가 마치 법의 여신, 정의의 여신, 자유의 여신을 연상시키듯, 간구하는 맑은 시선과 오른손을 하늘을 향하여 들어 올리는 모습이 화자에 의해 묘사되는데 이는 그녀의 내면의 모순(자신도 아직 의식하지 못한)을 두드러지게 하는 효과를 가진다. 또 제3부 3장에서 마리아나가 홀로 창가에 앉아 실을 짜며 무엇인가를 기다리며 울고 있을 때 이사벨라가 천사처럼 나타난다고 표현되었으며 제3부 제7장에서 이사벨라는 또다시 파계자를 동정한 천사에 비유되었다(Изабела душой о грешнике, как ангел, пожалела).

천사 같이 순결한 모습을 보이는 이사벨라 속에 얼마나 커다란 갈등이, 자기도 모르는 또는 인정하고 싶지 않은 성에 대한 욕구가 잠재해 있나를 생각하면 이 아이러니는 사실상 매우 신랄한 정도라고 하겠다. 또 이는 천사라는 이름을 가진 안젤로가 사악함과 내부의 균열을 지닌 것과 함께 더욱 아이러니의 색채를 짙게 한다. 제2부 2장에서 이사벨라와 안젤로의 대화를 화자가 야릇하다고(странный разговор) 성격화하는데 이는 이 두 사람의 대화가 내면의 갈등을 드러낼 것을 화자가 미리 암시하는 것이라고 여겨진다.[7]

사랑을 위하여 정절을 희생한 줄리엣과 달리 위기에 봉착하여 내면의 모순 속에 허우적거리던 이사벨라는 결말에 가서 자신의 성을 인정하고

---

7 이 화자를 우리는 작가에 의해서 형상화된 아이러니를 모르는 또 하나의 인물로서 상정할 수도 있다. 이때 그는 푸슈킨의 단편모음집 『벨킨이야기』에 나오는 '자신의 시점에서만 사건을 바라보는 순진한 화자들'과 같은 종류의 인물인 것이다.

책임감을 느끼게 된다. 인간이 약하다는 의미에서 용서해야 한다는 점뿐만이 아니라 그녀 자신이 인간의 본성을 가지고 있다는 것을 자각하고 인정하게 되는 것이다.

안젤로와 이사벨라의 절대적 규준에 관한 신뢰는 법에 대한 태도에서도 드러난다. 이는 안젤로에게 더 해당되는 것이다. 법은 그에게 절대적이며 그가 클로디오(클라우디오)를 처벌하는 근거가 된다. 그러나 작품은 법이 절대적일 수 없다는 것을 드러낸다. 통치자가 너무 법조문에 매이고 개별적인 경우를 고려하지 않을 경우, 시대착오적이고 현장성이 없는 법을 적용하려고 하는 경우, 객관과 공정성을 잃게 되는 경우가 종종 생기는 것이다.

위에서 살펴본 바와 같이 푸슈킨이 셰익스피어의 『되는 되로』에서 읽어낸 것은 인간들이 스스로 설정한 절대적 원칙의 허구성이다. 두 작품은 규범, 법의 추상성과 현실의 구체성, 객관성과 주관성, 보편성과 개별성의 대비를 보여주고 이러한 문제와 연관하여 개인이 어떻게 위기를 맞고 내면의 갈등이 표출되는가, 즉 규범, 관습, 법, 고정관념들이 본성의 진실 앞에서 힘을 잃게 되고 원칙에 얽매여 있던 인물들이 자신들의 실체를 인식하게 되는 과정, 자기 폭로의 과정을 다루었다. 안젤로는 자신의 정절과 법에 대한 엄격성과 경직성이 공허한 것이었다는 것을 깨달으며 이사벨라는 안젤로에게 오빠의 목숨을 간청하는 과정에서 자비와 본성을 배우고 클로디오(클라우디오)는 그의 명예에 대한 생각이 삶에 대한 애착 앞에서 힘이 없다는 것을 절감하는 것이다.

5

위에서 살펴본 바와 같이 푸슈킨은 인물 내부의 모순을 절묘하게 형상화한 셰익스피어를 경탄하며 읽었음에도 불구하고 나름대로의 변화를 줌으로써(차이점 4), 5), 6), 7)) 셰익스피어와 구별되는 독자적인 작품 세계를 창조하였다. 가장 커다란 차이는 사건의 분위기이다. 우선 사건의 무대가 비엔나에서 이탈리아로 바뀌었다. 푸슈킨의 「안젤로」의 첫 구절에는 서사적 화자가 등장하여

그 언젠가 행복이 넘치는 이탈리아의 한 도시에
아주 마음씨 좋은 늙은 공작이 다스리고 있었네.

В одном из городов Италии счастливой
Когда-то властвовал предобрый, старый Дук

라고 마치 옛날이야기를 하는 듯한 어조로 말하는데 이는 비엔나의 어두운 분위기에 대비되어 밝은 느낌이 드는 동시에 시간과 공간이 그리 중요하지 않다고 말하는 느낌을 준다. 셰익스피어의 『되는 되로』는 비엔나라는 부패와 방종과 윤리적 타락의 도시, 그 도시의 법과 통치에 관한, 사회 전반에 대한 이야기이지만 푸슈킨의 안젤로에서는 초두부터 정치적, 사회적인 면이 중심 문제가 아니라는 인상을 준다.[8] 실상 푸슈킨의 『안젤로』에서는 통치자 및 체제에 대한 비판적인 태도로 풀이될 수 있는 부분들이 전혀 나타나지 않는다. 예를 들어 『되는 되로』 제2막 제2장에서 이사벨라가 안젤로에게 거인의 힘을 가지셨으니 참으로 훌륭하시나 그 힘을 거인처럼 쓰는 것은 포악한 일이라고 하는 부분,

Isabella

O, it is excellent

---

8   러시아의 푸슈킨 학자들은 이 작품을 무엇보다도 우선 역사의 발전 및 통치자의 문제와 연관하여 보는 경우가 많다. 이규환도 이 작품을 역사와 올바른 정치 지도자에 대한 당시의 푸슈킨의 탐색이 응고된 결과물이라 보았다. 이규환, 「안젤로를 통해 본 뿌슈낀의 정치관」, 『뿌슈낀의 서사시』(천지, 1995년), 193.

To have a giant's strength, but it is tyrannous

to use it like a giant (II, ii, 100-110)

또 우리는 자기와 남을 똑같이 저울질할 수 없다며 높은 지위에 있는 분이 성자를 조롱하면 재치는 농담이 되지만, 서민이 그러면 신성 모독이 된다며

We cannot weigh our brother with ourself.

Great men may jest with saints: 'tis wit in them,

But in the less, foul profanation (II, iii, 127-9)

장교들은 홧김에 함부로 말해도 그만이지만, 졸병들이 하면 불경죄가 되고

That in the captain's but a choleric word,

Which in the solider is flat blasiphemy (II, ii, 131-2)

권력을 가진 자는 다른 사람과 같은 과오를 저지르더라도 그 과오를 가릴 수 있는 처방약을 가지고 있다며 안젤로에게 스스로에게 솔직해져 보라고 하는 부분들,

Because authority, though it err like others,

Hath yet a kind of nmcine in itself

That skins the vice o'the top. Go to your bosom,

Knock there, and ask your heart what it doth lmow

That is like my brother's fault. (II, ii, 135-9)

또 제2막 제4장에서 안젤로가 자신의 처지를, 신하들이 국왕을 숭앙한 나머지 자신의 의무를 저버리고 애정이 담겨 있지만 어리석은 충성심으로 그 앞에 몰려들어 오히려 무엄한 일을 저지르는 것과 비유하는 것을

and even so

The general subject to a well-wished king

Quit their own part, and in obsequiious fondness

Crowd to his presence, where their untaught love

Must needs appear offence. (Il.iv.a26-30)

푸슈킨의 「안젤로」에서는 볼 수 없는데 이는 로트만이 추측한 바대로 당시의 정치적 상황과 연관된 것으로 보인다.[9] 그러나 푸슈킨이 선차적으로 관심을 가졌던 것은 아무래도 사회 전반의 타락이나 법과 정의의 문제, 통치자의 문제라기보다는 개인의 내면적 열정에 기인하는 실존적 위기의 문제였던 것으로 보인다. 그래서 사회와 인간의 타락상, 짐승 같은 본능의 세계가 푸슈킨의 작품에서는 전면에 부각되지 않은 것이다. 그렇다고 개인의 구체적 문제가 정치적, 사회적, 역사적 문제로 확장된다는 메시지가 배제된다는 말은 아니다.

안젤로의 욕망은 푸슈킨에게 있어서 덜 어둡고 죄악시된다. 셰익스피어의 안젤로가 육체적인 욕구를 강하게 느끼고 스스로를 태양 아래 썩어가는 시체 같은 타락한 인간이라고 보는 데 비해

Angelo

---

9   로트만은 이 작품을 12월 당원들의 봉기와의 연결 구도에서 보고 당시에 퍼져 있었던 가짜 왕과 진짜 왕 이야기, 알렉산드르 1세가 돌아오리라는 민중들의 신화와 연결시켜 보고 있다. 로트만은 푸슈킨이 이러한 정치적인 문제에 대해서 썼으면서도 이를 감추어야 하는 고충 때문에 셰익스피어의 작품에 나오는, 정치적 색채를 띤 부분들을 다 없앴으리라고 추측한다.

who sins most, ha?

Not she; nor does she tempt; but it is I

That, lying by the violet in the sun,

Does as the carrion does, not as the flower

Corrupt with virtuous season. (II, ii, 164-8)

푸슈킨의 안젤로는 정신적인 애정과 육체적인 애정을 구별하지 않는다. 셰익스피어의 안젤로에게 정욕이 문제라면

I have begun,

And now I give my sensual race the rein:

Fit thy consent to my sharp appetite. (II, iv, 158-60)

푸슈킨의 안젤로에게는 사랑이 문제인 것이다.

Ужель ее люблю я? Когда хочу так сильно

Услышать вновь ее.......

(Пушкин, II, i, 5-6)

셰익스피어의 이사벨라는 오빠와 다툰 후에도 계속 순결이 오빠의 목숨보다 중요하다고 절대적으로 말하지만(More than our brother is our chastity. II, iv, 184) 푸슈킨의 이사벨라는 오빠를 용서한다. 셰익스피어의 이사벨라의 경직성이 푸슈킨의 이사벨라에게는 약화되어 있다. 그녀는 비록 혼란속에 있으나 오빠를 사랑하는 마음, 인간을 용서하는 마음을 품고 있다. 이는 셰익스피어의 안젤로가 욕정으로 가득 차게 된 것에 비해 안젤로가 사랑으로 괴로워하는 모습과 상통하는 데가 있다. 둘에게서 타인에 대한 사

랑에 열려 있는 마음을 느낀 베일리는 둘 사이의 상호적인 사랑의 가능성까지 본다.[10]

결과적으로 타락의 늪에서 허우적거리고 그것에 대한 극도의 경계심(자신에 대해서나 남에 대해서나)을 보이는 셰익스피어의 인물들과는 좀 달리 푸슈킨의 인물들은 인간을 사랑하는 마음과 용서하는 마음을 가진 사람들이라는 점이 두드러진다. 이들은 좀 더 인간의 본성에 순응하여 자연스럽게 살아가는 사람들이다. 이는 마리아나의 인물 설정에도 마찬가지로 해당된다. 셰익스피어의 작품에서는 마리아나가 안젤로의 약혼녀이긴 해도 아직 처녀이지만 푸슈킨의 작품에서 마리아나는 이미 안젤로와 결혼한 사이이다. 셰익스피어의 안젤로는 마리아나와의 약속을 지키지 않은 셈이었다. 물론 그가 법에 저촉되는 일을 한 것은 아니었지만 사랑이나 연민을 그녀에게 품지 않았으니 그녀의 지참금에 대한 기대가 없어지자 파혼했을 것이다. 셰익스피어의 마리아나가 처녀라는 사실은 이사벨라의 행동에 좀 더 아이러니컬한 색채를 준다. 그녀는 정절을 사랑하지만 자신의 정절을 소중히 여길 뿐 마리아나의 처녀성은 소중히 여기지 않는다. 안젤로와 마리아나가 혼전에 관계를 맺는 것은 클로디오와 줄리엣이 지은 바로 그 죄에 해당하지 않는가! 그것을 주선하는 이사벨라의 정절에 대한 원칙은 실로 의심쩍은 것이다. 푸슈킨의 마리아나는 이미 안젤로와 결혼한 사이여서 이 모든 어색함과 부자연스러움으로부터 벗어나 있다.

공작의 인물 형상화에서 두 작품은 상당한 차이를 보인다. 두 작품의 공작은 성격으로나 연령으로나 서로 매우 다르다. 셰익스피어의 공작은 Cinthiio의 Epitia에 나오는 신성로마제국의 이상적인 황제인 막시미안과 로마황제 세베루스(Severus)의 혼합으로 보인다. 당시에는 로마 황제 세베루스가 가장을 하고 다녔다는 이야기가 널리 퍼져 있었다. 그래서 셰익스피어는 이 드라마의 무대를 독일적이면서도 로마적인 신성로마제국의 수도

---

10   John Bayley, 190-1.

비엔나로 택한 것이라고 하겠다. 셰익스피어 작품의 통치자의 신성은 대행인 안젤로에 대비되고 있다. 푸슈킨은 공작을 덜 정치적인 인물로, 좀 더 낭만적이고 엄격하지 않은 인물로 그렸다. 셰익스피어의 공작은 현세적으로나 정신적인 측면에서 통치자로서나 중매인으로서 완전한 권위를 갖고 있는 데 비해 푸슈킨의 공작은 그렇지 않다. 푸슈킨의 공작은 무엇보다도 자비로운 인물로서 예술과 학문을 사랑하고 덕치를 주로 하는 사람이지만 셰익스피어의 공작은 진정한 의미의 법과 정의를 실현하는 인물이다. 셰익스피어의 공작은 "법의 정신이란, 안젤로는 클로디오처럼 처벌받아야 하고 죽음에는 죽음으로, 급한 것에는 급한 것으로 여유에는 여유로, 비슷한 것은 비슷한 것으로, 말은 말로, 되는 되로 갚는 것"이라고 말하는(제5막 제1장) 강한 법의식을 지닌 인물이다.

but as he adjudg'd your brother,

Being criminal in oouble violation

Of socred chastity and of promise-breach

Thereon dependent, for your brother's life,

The very mercy of the law cries out

Most audible, even from his proper tongue:

'An Angelo for Claudio; death for death.

Haste still pays haste, and leisure answers leisure!

Like doth quit like, and Measure still for Meausre'. (V, I, 401-9)

그는 신성한 정의를 사용하는 사람이고 모든 면에 있어서 공정하려고 하며 법에 따라 정의와 자비를 조화시키려고 한다. 법의 준수와 사회 정의의 문제는 셰익스피어의 이 작품 전체에 해당하는 것이기도 하다. 제5막 제1장에서 이사벨라가 '오빠가 죽을죄를 저질렀으니 당연히 받아 마땅한

벌을 받았을 뿐'이라며 법을 인정하고 '안젤로는 사심을 품기는 했지만 실행하지는 못했으니 그냥 두라'며 마음에 품은 생각은 사실이 아니고 뜻은 생각에 불과하다고 말하는 부분에서도

My brother had but justice,

In that he did the thing for which he died:

For Angelo,

His act did not o'ertake his bad intent,

And must be buried but as an intent

That perish'd by the way. Thoughts are no subjects;

Intents, but merely thoughts. (V, i, 446-52)

우리는 푸슈킨의 공작이나 이사벨라에게는 없는 법의식을 볼 수 있다.

공작의 형상의 차이는 작품의 결말과도 연관된다. 셰익스피어의 결말은 클로디오와 줄리엣의 결혼, 안젤로와 마리아나의 결혼, 공작과 이사벨라의 결혼이다. 여기에는 모든 인물들이 정의와 자비의 균형 속에서 응분의 징벌이나 보상을 받는 희극적인 결말의 원리가 적용되어 있다. 이러한 결말은 갈등과 뒤틀림의 해결과 조화와 질서의 세계로의 복귀를 의미한다. 그러나 푸슈킨은 결말을 열린 상태로 둔다. 자기 내면의 모순과 자신의 삶의 부자연스러움을 느낀 이사벨라가 수도원으로 돌아갈 것인지 아닌지에 대해 푸슈킨은 침묵한다. 이는 셰익스피어 당시 희극의 관습적 결말이었던 결혼, 여기서는 동시에 이루어지는 여러 쌍의 결혼에 비해 삶의 모습에 좀 더 가까운 자연스러운 처리라고 하겠다.

공작이 안젤로를 용서하는, 푸슈킨의 결말은 정의보다는 자비와 용서에 연관되어 있고 이 용서는 죄의 계량이나 응분의 대가의 성격을 지니지 않는 인간사의 복잡성에 대한 이해에 기인하는 무조건적 성질의 것이다. 푸

슈킨은 결말에서 법과 정의란 인간사의 복잡성을 해결하는 데 부적합하다고 말하는 듯하다.

6

이로써 셰익스피어의 『되는 되로』와 푸슈킨의 「안젤로」를 비교하여 푸슈킨의 셰익스피어 읽기의 의미를 추측해 보았다.

두 작품은 공히 인간의 외면적인 삶을 규제하고 지탱하는 그릇된 이상이나 원칙이 무너질 수밖에 없다는 것, 또 인간의 본성이란 어떤 경직된 코드로써 포괄될 수 있는 것이 아니라는 생각을 나타내 주었다. 안젤로의 금욕의 원칙, 이사벨라의 순결, 클로디오(클라우디오)의 명예 이 모든 것이 그들의 내면에 자리한 본성의 힘에는 무력하다는 것을 보여주었다. 안젤로의 욕망이 이사벨라를 만나며 표면에 떠올라 일으키는 갈등, 이사벨라의 말과 행위의 모순, 죽음 앞에서 눈 녹듯 사라지는 명예심, 이 모든 것들은 본인 자신들에게도 놀라운 것들이었으며 이는 인간의 본성을 작가가 파헤쳐 조명한 것이다. 푸슈킨의 『되는 되로』의 주인공 안젤로라는 인물에 대한 관심과 『되는 되로』를 기초로 한 「안젤로」라는 작품의 창조는 그가 1825년 「눌린 백작」에서 셰익스피어의 「루크레치아의 강간」을 패러디했을 때의 관심과 그 바탕을 같이 한다.[11] 「눌린 백작」에서 푸슈킨은 정절의 화신으로 여겨지는 루크레치아의 신화를 패러디하였다. 그는 루크레치아의 신화가, 인간 본성의 진실에 기반하지 않은 남자들에 의해서 만들어진 신화라는 것을 폭로하려 했다. 루크레치아의 강간과 그로 인한 그녀의 죽음이라는 것이 자신과 남편의 명예를 위한 옹호라는 측면에서 어색하게

---

11 H. K. Moon and Sun Choi, 「Lucretia Demythologised: A Comparative Study of Pushkin's Count Nulin and Shakespeare's Rape of Lucrece」, 「고려대학교 인문논집」 40호, 1995, 53-74.

제시된 이야기로 파악한 푸슈킨은 이를 패러디함으로써 '명예'나 정절을 영광스러운 일로 칭송하는 것이 무의미하다는 것을 드러내었다. 「안젤로」에서도 「눌린 백작」에서와 마찬가지로 정절이 통치 이데올로기로 등장하여 사회화된 것에 대한 비판도 마찬가지로 읽을 수 있었다. 또 진실에 관계없이 역사가 진행될 수 있다고 믿는 안젤로의 허위성의 폭로도 루크레치아의 신화를 깨뜨리려는 그의 의도의 연장으로 볼 수 있다. 푸슈킨은 『되는 되로』를 읽으며 이렇게 「눌린 백작」을 쓸 때와 동일한 문제를 생각하였던 것으로 보인다. 즉, 인간의 본성에 어울리지 않는 원칙이나 관념의 우상을 파괴하려는 의도를 가졌던 것이다. 인간이 스스로 설정한 절대적 규준이나 그들이 추구하는 원칙들이 인간 본성에 비추어 볼 때 얼마나 거짓되고 잘못된 것인가 하는 것을 보여주고 싶었던 것이다. 그런 것들을 정식화하고 경직화하고 절대화하는 것은 그야말로 푸슈킨이 본질적으로 반대하는 바다. 닫힌 인간, 고정관념은 항상 푸슈킨이 부수려고 도전해 왔던 것들이었다. 이제 셰익스피어의 『되는 되로』를 경탄하며 읽으면서 푸슈킨은 다시 한번 이러한 메시지를 표현할 기회를 보았던 것이다.

그리고 그가 재창조한 작품에는 세계문화의 지혜를 자기화하여 자연스럽게 표현하는 그의 능력으로 하여 러시아 독자들이 이해하기에 좀 더 친숙한 러시아성이 나타나게 되었다. 즉, 사랑과 자비, 삶에 대한 경외, 그리고 인간에 대한 부드러운 이해의 향기가 작품을 감싸고 있는 것이다.

푸슈킨과 20세기 러시아문학*

1

이 글은 러시아문학의 중심인 알렉산드르 세르게예비치 푸슈킨 Aleksandr Sergeyevich Pushkin이 러시아 문학에서 가지는 특별한 위치에 대한 것이다. 이러한 주제에 대해서 글을 쓰자니 '자기 나라의 문학에 지대한 역할을 한, 한 외국 작가를, 그리고 그가 자기나라의 후대 문학에 미친 영향을 어떻게 우리나라의 독자에게 소개할 수 있을까?' 또 '그것은 우리의 독자들에게 어떤 의미를 가질 수 있을까?' 하는 문제들이 새삼 커다란 어려움으로 다가온다.

필자는 푸슈킨을 어느 정도 소개하고 그와 밀접한 관계를 보인 20세기 작가들의 작품들을 이들과 연관된 푸슈킨의 작품과 함께 살펴보면서 둘의 영향 관계에 대해 서술하는 식으로 글의 순서를 잡았는데 아는 것도 적은 데다가 우리 독자들의 문학적 지식 및 체험에 대한 식견도 적은 터여서 아무래도 부족한 점이 많은 것 같다. 아무튼 러시아 문학의 정수가 어떻게 전해오고 보전되어 왔는지 알아보고 그것이 인류 보편의 삶과 문화에 어떤

* 「외국문학」 제54호(1998), 36−52.

의미가 있는지 생각해 보는 계기를 삼으려고 아는 것을 나름대로 정리해 보았다.

2

알렉산드르 세르게예비치 푸슈킨(러시아 구력으로 1799. 5. 26.-1837. 1. 29., 현재 달력으로 1837. 6. 6.-1837. 2. 10.)은 러시아문학의 아버지로 불리며 러시아 문학인들의 예술적 척도, 윤리적 척도로 여겨진다. 이러한 현상은 우리나라의 문학은 물론 다른 외국 문학에 비해서 상당히 특이한 현상이라 하겠다. 실상 푸슈킨은 러시아문학의 한가운데에 자리하여 명실 공히 러시아 작가들의 모범과 스승으로 살아왔다. 러시아가 있다는 것을, 또 있으리라는 것을 확신하려면 푸슈킨을 상기하면 된다고 말하듯이 그는 러시아가 자랑하는 러시아 정신의 대표이며 원천이라 할 수 있다. 한 나라에 그런 작가가 존재하려면 그것은 작가의 천재적 역량만으로 가능한 것은 아닐 터이다. 이는 동시대나 후배 작가들이나 문학 비평가들이 자국의 문학을 몹시 사랑하고 그것에서 삶의 지침을 알아내려 캐 읽고 또 자신이 발견한 것을 그와의 연관 속에서 계속 써나가며 그것을 문학의 전통으로 만들어낸 데 원인이 있겠다. 또 이러한 일이 간헐적으로 진행되는 것이 아니라 지속적으로 진행되었기에 가능한 일이었다. 동시대 작가들의 좋은 작품들을 진정으로 좋아하고 아끼며 선배 작가들의 전통을 진정으로 이어나가며 소중히 여길 때 한 민족의 작가 의식은 다져지고 문학은 면면하고 늠름하게 흐르는 것이다. 또 그러기 위하여 특별히 푸슈킨을 필요로 했을 수도 있다. 많은 러시아 작가들은 푸슈킨과의 줄기찬 대화 속에서 글을 써나갔다. 푸슈킨 자신이 선배 작가들, 호라즈에서 셰익스피어와 괴테와의 긴밀한 대화 속에서 자신의 작품을 써갔듯이.

19세기 러시아 작가들은 자신들에게 많은 영향을 끼친 푸슈킨에 대해 여러 가지 말로 경의를 표하였다.[1] 20세기를 전후하여 나타난 '베히'[2] 중심의 신사고 운동가들과 상징주의자들도 푸슈킨의 전통을 이어 가는 것을 자신들의 과제로 삼았다. 그들은 푸슈킨이 아름다운 문학으로써 인간의 감정을 고양하고 선을 불러일으켰다고 말하며 푸슈킨의 문화적 가치를 표트르 대제가 러시아에 대해 지니는 의미에 종종 비유하였다.[3] 나중에 망명한 시인 그리고리 이바노프가 1917년에 푸슈킨의 지고의 가치가 그가 삶과 예술에 있어서 영웅적이면서도 관조적이었다는 데 있다고 한 말은 러시아의 20세기 작가들의 운명을 생각해 볼 때 특히 인상적이다. 그리고리 이바노프는 푸슈킨에게 있어서 불행한 삶에 대한 의식이 조화로운 예술적 형상과 동시에 나타날 수 있었던 것은 그가 어린아이처럼 깨끗한 영혼으로 삶을 명확하게 있는 그대로 볼 수 있는 용기가 있었기 때문이라고 본

---

1 고골은 푸슈킨을 200년에 한 번 나타날 작가라고 평했고 푸슈킨의 죽음을 균형 잡힌 정신세계를 가진 위대한 인간의 상실로서 애도했다. 레르몬토프는 푸슈킨의 죽음에 바치는 시에서 푸슈킨이라는 위대한 인물이 궁정의 시시한 무리들의 함정에 빠져 죽게 된 것에 분노했다. 19세기 후반에 와서 투르게네프는 개인의 내면적, 윤리적 자유를 가르쳐주었다는 점에서 푸슈킨을 높이 평가했고, 도스토예프스키는 전 인류의 통합을 위한 푸슈킨의 능력과 애정으로 러시아문학이 세계 문화에 참여하게 된 점을 강조했다. Н. В. Гоголь, "Несколько слов о Пушкине", в кн.: *Дань признательной любви*(Лениздат, 1979), с. 7- 22; И. С. Тургенев, "Речь по поводу открытия памятника А. С. Пушкина в Москве", в кн.: *Дань признательной любви*(Лениздат, 1979), 34-46; М. Достоевский, *ПСС в 30 томах*, т. 26(Ленинград, 1984), с. 136-149.

2 이들의 사상은 『인텔리겐찌야와 혁명』(이인호, 최선 편역, 홍성사, 1981)에서 읽을 수 있다.

3 В. С. Соловьев, "Судьба Пушкина", в кн.: *Пушкин в русской философской критике*(Москва, 1990), с. 15-40; М. О. Гершензон, "Мудрость Пушкина", в кн.: *Пушкин в русской философской критике*(Москва, 1990), с. 207-243; Д. С. Мережковский, "Пушкин", в кн.: *Пушкин в русской философской критике*(Москва, 1990), с. 92-160; В. В. Розанов, "О Пушкинской академии", в кн.: *Пушкин в русской философской критике*(Москва, 1990), с. 174-181.

다.[4] 프롤레트쿨트가 푸슈킨 무용성을 주장하고 미래파가 푸슈킨을 현대의 증기선에서 던져버리라는 혼란의 시기 이후 1921년 다시 푸슈킨은 진정한 시인의 모범으로 찬미되었다.[5]

1930년대부터의 스탈린식 사회주의 리얼리즘 속에서 푸슈킨은 전제정권과 용감히 맞서 싸운 투사로서, 동시에 사회주의의 미래를 예견했고 지도자를 중심으로 사회주의 건설에 매진하게 하는 작가로서 우상화되었다.[6] 그러나 작가들의 푸슈킨과의 진정한 내적 대화는 항상 이어져 왔고(안나 아흐마토바, 마리나 츠베타예바, 보리스 파스테르나크), 스탈린 죽음 이후 1950년대 해빙의 노래들 속에서 다시 푸슈킨은 그들의 산책길의 반려였고 1960년대 농촌소설에서도 그의 작품의 영향을 직접적으로 볼 수 있으며 이제 1990년대에 이르러 다시 사회주의 리얼리즘 문학에 대한 반성의 척도로, 혼란 속에 있는 현재의 문학 풍토에 경종을 울리는 존재로 다시 한가운데 있다.

3

위에서 언급한 모든 러시아 작가와 시인들의 작품 속에는 푸슈킨이 깊숙이 배어 있다. 그들이 자신들에게로 푸슈킨을 불러오는 것은 그들에게 과거로의 도피를 의미하는 것이 아니고 푸슈킨의 도움으로 환히 자기의 삶의 현장을 긴 안목으로 바라보기 위해서였다. 20세기 러시아 문학인들

---

4 Георгий Иванов, Творчество и ремесло(푸슈킨스키 돔의 연구원 세르게이 키발닉이 타자로 친 텍스트에서).

5 А. А. Блок, *Собрание сочинении в 8 томах*, т.6(Москва-Ленинград, 1962), с. 160-168.

6 예를 들어 푸슈킨 사망 100주년 기념제를 앞둔 시점의 1937년 1월 5일자 프라브다 신문 사설 「Перед Пушкинскими днями」를 보시오.

의 가장 큰 어려움은 사회주의 사상 속에서 진정으로 인간답게 사는 길이 어떤 것인가, 진정한 작가의 길은 어떤 것인가를 제시하는 것이었다. 그런데 종종 사회주의 리얼리즘 문학의 경직된 현실은 이를 억압하는 메커니즘으로 작용하였다. 작가들은 홀로 길을 찾아 떠나야 했으며 스스로 자신의 길의 정당함을 확인하기 위해서 푸슈킨을 가슴에 품어야 했다. 이 글에서는 마야코프스키, 불가코프, 플라토노프를 중심으로 20세기 문학인들이 진정한 삶을 모색하고 형상화하는 데 있어 푸슈킨이 어떠한 역할을 하였나 하는 것을 몇몇 작품을 중심으로 살펴보려고 한다. 블라지미르 마야코프스키는 혁명과 함께 자라나 혁명의 현실에 실망하여 자살하였으나 스탈린이 그를 사후 소련 최대의 시인으로 찬양한 이후 소련을 대표하던 시인으로 추앙되던 시인이었다. 그는 일반적으로 모든 과거의 문학을 부정한 것으로 알려져 있는데 그가 푸슈킨에 대해서 가진 생각을 작품 속에서 살펴보는 것은 그래서 좀 더 의미가 있을 것으로 생각되었다. 안드레이 플라토노프와 미하일 불가코프는 1920년대와 1930년대 초 높은 평가를 받기도 하였으나 1930년대가 진행되면서 소련 문학비평계의 강한 비판의 화살을 받고 오랜 동안 침묵되었다가 1990년대 초 러시아 문학비평계가 오랫동안의 침체와 허위 의식에서 벗어나며 가장 활발한 논의의 대상이 되었던 작가들이다. 이들의 푸슈킨에 대한 애정은 각별했다. 플라토노프에 대해서는 그의 비평문으로써 그의 푸슈킨에 대한 관계를 주로 이야기하는데 여기서는 그보다 그의 작품 「예피판의 수문들」을 중심으로 살펴보겠고, 불가코프에 있어서는 그의 푸슈킨의 시 「겨울 저녁」에 대한 각별한 애착의 원인을 생각해 보려고 한다.

3. 1. 마야코프스키의 푸슈킨

마야코프스키는 자신이 창작한 푸슈킨 탄생 125주년 기념 시 「축시」와 관련하여 1924년 5월 26일 <문학과 연극의 과제들에 관한 토론>에서 다음과 같이 말했다. "여기 아나톨리 바실례비치 씨는 제게 선조들에 대한 존경심이 없다고 저를 비난하고 계시지만 한 달 전 작업 중에 브릭은 내가 외우고 있는 『예브게니 오네긴』을 낭송하기 시작했는데 나는 귀를 뗄 수 없어 끝까지 귀를 기울였고 이틀 동안이나 아래 4행시의 매력에 사로잡혀 있었습니다.

나는 알고 있소, 내 운세가 이미 다했다는 것을.
허나 나의 삶을 지속하기 위해서
나는 아침마다 확신해야 하오
낮이 오면 그대를 만날 수 있으리라고.

우리가 수백 번 이 예술 작품으로 돌아가 이 극도로 성실한 창조적인 방법을 배우게 될 것은 물론이지요. 이 방법은 실로 나에게 받아들여져 기록하라 요구하는, 마음속 깊이 느껴진 생각들에 진정한 형식을 주는 것들입니다. 그런데 현대 작가들에게서는 이러한 작품을 전혀 볼 수 없습니다. 이 말은 '푸슈킨으로 돌아가자'라는 구호와 물론 전혀 다릅니다. 이 문제에 대한 제 입장은 축시에 들어 있습니다."[7]

마야코프스키가 푸슈킨의 『예브게니 오네긴』 중에서 특히 위의 구절을 인용한 이유는 그의 시인으로서의 운명에 대한 자각이었을 것 같다. 그가 사랑하는 연인, 또 혁명의 조국, 진정한 혁명예술을 보기를 희망하며 살아가지만 자신은 결국 파멸할지 모른다는 예감이 혁명의 스피커로서 울부짖던 이미 고독한 그에게 찾아들었던 것일까? 1912년 마야코프스키가 「미래파 선언」(1912년)에서 모든 19세기 대가들을 현대의 증기선에서 던져 버리자고 외쳤을 때 이 대가들의 리스트는 푸슈킨을 시작으로 하였다. 그러나

---

7   В. В. Маяковский, *Собрание сочинении в 8 томах, т.4*(Москва, 1968), с. 479

그는 곧 푸슈킨의 의미에 대해 깨닫게 되며 특히 자신과의 혈연으로서 자각하게 된다. 시의 불멸에 대한 믿음과 시인의 자유와 역할에 대한 고심은 두 시인을 특히 가까이 묶어주는 끈이었다. 두 시인 모두 문학이 사람들에게 유익한 일을 하여야 하리라는 데 동의하였지만 그것은 군중에 영합하거나 비평가에게 아부하지 않는 진정한 예술가의 질 높은 작업에 의한 것이어야 한다는 견해를 가졌다.[8] 푸슈킨은 자신의 시인으로서의 생애를 마감하는 시 「기념비」에서 자신의 창작을 인간의 정신에서 비롯된 경이로운 업적으로 보았으며, 선량한 감정과 자유 및 동정을 일깨운 데 그 의미가 있다고 보았다.

나는 경이로운 기념비를 세웠다네.
그리로 가는 민중의 길은 잡초로 덮이지 않으리.
굽히지 않는 고개를 쳐들고
알렉산드르의 기둥보다 더 높이 솟은 내 기념비.

결코, 나는 죽지 않으리, 영혼은 신성한 리라 속에 남고
내 유해는 부활하여 썩지 않으리,
그리하여 나는 이 세상에 단 하나의 시인이라도 살아 있는
그 날까지 칭송받으리.

내 명성은 위대한 러시아 전체에 퍼져 나가고
이 땅에 사는 모든 종족들이 나를 부르리,
자존심 높은 슬라브 자손들, 핀랜드인들, 아직은 미개한 퉁구스,

---

8 1918년의 비평문 「누구나 이 책을 읽어야한다」, 1925년 1월 9일의 제 1차 프로레타리아 작가회의 연설, 1927년의 「단지 추억만은 안됩니다」, 언어예술기반의 확장, 1930년 3월 25일의 20년 창작활동기념 붉은 출판 콤소몰의 집에서 행해진 연설 등. В. В. Маяковский, *Собрание сочинении в 8 томах, т.1* (Москва, 1968), с.397-399; т.4, с.480-484; т.5, с.516-530; т.8, 346-360.

그리고 초원의 친구 칼므크인들도.

그리하여 나는 오래도록 사람들에게 사랑받으리,
리라로 선량한 감정을 일깨웠고
나의 잔혹한 시대에 자유를 외쳤고
쓰러진 이들에게 동정을 호소했으므로.

오 뮤즈여, 신의 명령에만 복종하라.
모욕을 두려워하지 말고, 월계관을 요구치 말라.
칭찬도 비방도 무심히 여기고
바보들과 시비를 가리지 말라. (1836)

위 시에서도 나타나는 바, 예술의 독립성에 대한 생각은 그의 일관된 입장이었다. 시인은 군중과 비평가, 권력의 간섭에 맞서 꼿꼿이 예술의 자율성을 옹호하여야 하며 그것으로 사람들에게 유용한 일을 한다고 생각했다. 1830년에 쓴 아래 시에서 그는 진정한 자신의 세계에 머무르면서 내면의 소리에 귀 기울이고 성실하게 작업해 나가는 작가의 자세에 대해서 말한다:

시인에게
시인이여! 사람들의 사랑에 연연해하지 말라.
열광의 칭찬은 잠시 지나가는 소음일 뿐
어리석은 사람들의 심판과 냉담한 군중의 비웃음을 들어도
그대는 강하고 평정하고 진지하게 남으라.

그대는 황제: 홀로 살아라. 자유의 길을

가라, 자유로운 지혜가 그대를 이끄는 곳으로,
사랑스런 사색의 열매들을 완성시켜 가면서
고귀한 그대 행위의 보상을 요구하지 말라.

보상은 그대 안에 있다. 그대는 그대의 가장 높은 판관이다,
누구보다도 엄격하게 그대 노고를 평가할 수 있으니.
그대는 그대의 작업에 만족했느냐, 준엄한 예술가여?

만족했다고? 그러면 대중이 그것을 힐난하며
그대의 불꽃이 타오르는 제단에 침 뱉고
어린애처럼 소란하게 그대의 제단을 흔들지라도 그냥 그렇게 두라. (1830)

예술과 예술가의 자유와 자율에 관한 생각은 그의 생애 마지막에 이르러 좀 더 구체적인 표현으로 나타났다:

<핀데몬티> 중에서
여러 사람의 머리를 돌게 하는
그 무슨 쩡쩡 울리는 권력, 내겐 귀중하지 않아.
세금 흥정하는 달콤한 자리에
황제들의 분란을 중재하는 자리에
있지 못해서 불평하지도 않아.
출판사들이 바보 같은 독자들을 마음껏 속이건
잡지 편집에 민감한 검열이 풍자가에게 압력을 넣건
크게 마음 쓰지 않아.
이 모든 것은, 아다시피 그저 말, 말, 말뿐인 것.
내게는 다른, 더 나은 권리가 소중해,

다른 더 나은 자유가 절실해:

황제에게 얽매이건 군중에게 얽매이건

매한가지 아닌가? 그런 따위 상관없어.

아무에게도

신경 쓰지 말고 오직 자신을 위하여

행하고 기쁨을 줄 것이야. 권력에도 영예에도

양심과 사상과 목을 굽히지 말고

마음 내키는 대로 이리저리 떠다니며

자연의 신성한 아름다움에 경탄하며

여러 가지 예술과 영감의 창조물 앞에서

감동에 취해 기쁘게 떠는 것

이것이 행복이지! 이것이 권리지……. (1836)

　권력과 이권에 초연하고, 평론이나 검열의 말의 남용, 진실과 동떨어진 공허한 말잔치에 신경쓰지 않고, 황제의 비위를 맞추거나 군중에게 아부하지 않고 자신의 양심과 사상과 자존심을 지키며 자연의 아름다움과 예술의 세계에 머무르는 것, 그것이 예술가의 행복이며 권리라고 시인은 말한다. 이러한 생각에는 예술가의 독립성과 내적 자유에 대한 사상이 바탕이 되어 있다. 얼핏 보기에 마야코프스키의 문학관은 푸슈킨의 예술의 자율성에 대한 태도와 거리가 있는 것으로 보인다. 그는 예술의 유용성에 더 관심을 보인 시인이다. 마야코프스키는 혁명 이후 다양한 연설들에서 혁명 문학을 위해 목청을 높였고 사회주의 국가의 문화 건설에 기여하여 유용한 역할을 하려고 온 힘을 다 하였지만 줄곧 계급투쟁과 혁명 이데올로기의 이름 아래 질 낮은 문학이 판치는 것을 경고했었다. 혁명 예술, 프로레타리아 예술이라는 이름 아래 예술도 아닌 진부한 소음이 문단을 휩쓰는 것을 증오했다. 결국 그의 모순은 자율성과 유용성의 양립 불가능이었다. 「축시」는 마야코프스키의 푸슈킨에 대한 이러한 태도를 집중적으로 보여준다. 「축시」는 화자 마야코프스키가 푸슈킨 동상으로 다가가 그와 대화를 하는 것으로 시작한다. 유일한 대화의 상대자로 푸슈킨을 선택하고 그의 손을 꼭 잡고 끌어당기며 마야코프스키는 자기 주위의 아무하고도 이야기하고 싶지 않은 심정을 푸슈킨에게 토로하고 질 낮은 낡은 시가 징징거리는 것을 꼬집으며 정말 시인이 너무 부족한 당시 러시아의 상황을 보고 푸슈킨이 살아 있지 않은 것을 개탄한다.

아마도
나
혼자
정말로 애석해 할 거요
오늘
당신이 살아 있지 않다는 것을.
살았을 때
당신과
대화해야 했었는데
…….

라며 푸슈킨과 자신의 동일성을 시대의 진실을 표현하는 새로운 언어, 적확한 언어를 위하여 낡은 언어와 투쟁하는 외로운 모습에서 보았다:

우리에 의해
서정시는
총검으로
수없이 공격당했소.

우리는 말을 찾으니
정확하고
발가벗은.

    그는 죽은 뒤 이러한 이유로 푸슈킨과 나란히 위대한 시인으로 영원히 남으리라는 것을 확신한다.

    이 시에서 또 하나 강조되는 점은 당시의 푸슈킨을 추종한다고 하는 사람들이 그를 미라로 만드는 경향이다. 마야코프스키는

나는 당신을 사랑하오,
살아 있는 당신을,
미라가 아닌.

    라고 말하였다. 이로써 마야코프스키는 푸슈킨 문학의 용감성이 현재적 의미로 되살아나야 한다는 것을 주장한 것이다. 그런데 그가 생각한 '유용성'이란 것이 너무 근시안적이었다.

나는
선동문학을
당신에게 맡길 수 있었을 텐데
…….

현재
우리의 펜은 —
총검이자
갈퀴의 톱니, —

'폴타바'보다 더 심각한
혁명의 전투를,
오네긴의 사랑보다
더 웅장한
사랑을 쓰오.

라고 했을 때 문학의 '유용성'에 대한 그의 시선이 성급하고 강박적이어서 이미 그가 시인으로서 막다른 골목을 가고 있다는 느낌을 갖게 된다. 이것이 바로 파멸로 치달은 마야코프스키의 운명이었다.

3. 2. 안드레이 플라토노프의 푸슈킨

플라토노프의 푸슈킨과의 관계는 그의 비평문 「푸슈킨—우리의 동지」[9]로서 널리 알려져 있다. 이 비평문에서 그는 푸슈킨의 서사시 「청동 기사」를 중점적으로 논하면서 그가 푸슈킨의 작품에서 읽어낸 표트르와 민중에 관한 견해를 피력하였는데 그것은 여러 가지 점에서 그가 표트르에 대해 쓴 소설 「예피판의 수문들」에 나타나는 견해와 다르다. 필자는 그의 비평문이 아무래도 스탈린 시대의 공식적 문학비평의 입장을 그가 수용하거나 수용하려고 애쓴 결과라고 여긴다. 우선 푸슈킨의 서사시 「청동기사」를 간단히 소개하고 플라토노프의 비평문의 요지를 적은 다음 「예피판의 수문들」을 살펴보면서 필자는 플라토노프가 소설 속에서 좀 더 필자가 보기에 푸슈킨의 「청동기사」에 접근하는 표트르상(像)을 형상화했다는 주장을 해보려고 한다.

푸슈킨의 서사시 「청동기사」에서는 표트르 대제의 페테르부르그 건설과 관련된 사건이 작품의 중심 줄거리로 등장한다. 표트르 대제는 일련의

---

9 А. П Платонов, "Пушкин наш товарищ(1937)", в кн.: *Собрание сочинений в 3 томах*, т. 2(Москва, 1985), с. 287-300.

개혁 정책을 통해 18세기 초 유럽 제국 가운데 후진국에 속해 있던 러시아의 면모를 일신시키고 국가 발전의 토대를 마련한 인물이다. 그의 서구화 정책은 후진 러시아의 아시아적 잔재를 일소하고 서구의 모델에 따라 국가를 발전시킨다는 야심에 찬 계획이었다. 표트르 대제는 제위 기간 중 국가의 활동 영역을 넓히기 위해 여러 대규모 토목공사를 진행시켰다. 그 중에서도 페테르부르그 건설은 그의 가장 위대한 업적으로 꼽힌다. 그런데 이 도시는 늪지에 건설되어 배수에 결함을 지니고 있었다. 「청동기사」는 페테르부르그에서 1824년 실제로 일어난 대홍수를 배경으로 하여 한 가난한 관리가 홍수로 인해 불행을 맞아 파멸해 가는 비극적 이야기를 그리고 있다. 푸슈킨은 이 서사시에서 표트르 대제의 위업을 찬양하면서도 이 사업이 한 개인에게 초래한 비극적 상황을 보여주어 페테르부르그 건설이 지닌 문제점을 부각시키고 있다. 가난하지만 근면하고 성실한 말단 관리 예브게니는 네바 강 하구에 사는 과부의 외동딸 파라샤와 결혼하여 행복한 가정을 꾸리려는 계획으로 가슴 벅차 있다. 홍수로 네바 강이 범람하고 페테르부르그가 물에 잠기는 재난을 맞은 예브게니는 연인 파라샤를 잃게 된다. 예브게니는 그 뒤 실의에 빠져 거리를 전전하다가 반미치광이가 된 어느 날, 그는 표트르 대제가 자신의 불행의 주범이라고 생각하여 표트르의 기념비 청동 기마상을 향해 "기적의 건설자여, 어디 한번 두고 봅시다"라고 악의에 찬 말을 내뱉으며 대든다. 그러자 격노한 청동기사가 그를 추격해 오고 예브게니는 공포에 떨며 내내 쫓기다가 숨을 거둔다. 몇 달 후 사람들은 그의 시체를 파라샤의 집 문지방에서 발견하고 묻어준다.

플라토노프는 자신의 비평문 「푸슈킨—우리의 동지」에서 위대한 기적의 건설자 표트르 대제와 예브게니가 동등한 힘으로서 역사 발전의 원동력이 된 것이라고 「청동기사」를 해석했다. 또 두 힘이 화해에 이를 때 진정으로 살기 좋은 삶이 이루어지는 것이라고 보았다. 그렇지 않을 때 표트르는 강력한 국가 권력으로서 모든 것을 기적의 청동으로 변화시키더라도 그 주위에는 이별한 인간들이 몸을 떨고 있을 것이고 예브게니는 제한된 세상 속에서 보잘것없이 살다 죽을 것이라고 말한다. 플라토노프는 푸슈킨이 그 둘이 미래에 화해하게 될 것을 믿었으며 그것은 비평문을 쓰는 1937년에 이미 이루어져 있다고 말했다. 플라토노프는 "만일 그가 자신의 시적 사상이 사회주의 이상과 합치된다는 것을 알았다면 기뻐했을 것이다. 표트르라는 현상이 반복되기를 꿈꾸던 그는 모든 표트르의 건설 프로그램이 매달 완성되고 있는 현재를 예감했을지도 모른다. 만일 푸슈킨이 현재를 산다면 그의 작품은 사회주의를 고무시키는 데 원천이 되었을 것이다. 푸슈킨—우리의 동지 만세!"라고 글을 마친다.

플라토노프가 강조하고자 한 바는 국가 건설과 개인의 행복이 함께 이루어져야 하고 또 이루어질 수 있다는 점이다. 여기서 그는 푸슈킨이 페테르부르그라는 도시가 늪지에 위치한 자연적 조건 때문에 모든 것을 잃은 한 인간이 자신의 동상에게 어쩌다가 대들었다고 계속 뒤쫓아 오는 기적의 건설자의 모습과 그것 때문에 공포에 떨다 파멸하게 되는 예브게니에 대해서 전혀 주의를 기울이고 있지 않다.

그러나 1927년에 쓰여진 소설 『예피판의 수문들』에서는 표트르에 대한 견해가 다르다. 이 소설은 18세기 초 표트르 대제가 국가 건설을 하는 과정에서 일어난 실화를 기초로 쓰여진 것인데 그 내용을 간단히 살펴보면: 표트르 대제는 외국과의 활발한 무역을 위하여 발틱 해, 흑해 그리고 카스피 해를 연결하는 예피판 운하의 건설을 추진한다. 표트르의 이러한 야심찬 계획에 참여하고자 이미 러시아에서 성공적으로 공사를 했던 형의 편지를 받고 영국인 토목기사 베르트란은 약혼녀 메리를 두고 러시아로 건너온다. 그의 목적은 부와 명예를 얻어 영국으로 돌아가 메리와 행복한 결혼생활을 하는 것이었다. 그러나 프랑스인에 의해 만들어진 이 수문 건설 계획은 러시아의 자연과 민중에 대해 알지 못했다는 치명적인 결점을 갖고 있었다. 베르트란은 그가 떠나자마자 변심하여 다른 남자와 결혼한 약혼녀의 배신으로 커다란 심리적 고통 속에서 또 현장의 여러 어려운 여건과 싸우며 힘겹게 공사를 해나가지만 결국 실패하여 감옥에서 살해당한다.

이 작품에서는 자연과 민중에 대항하여 문명화와 개발의 기치 아래 인위적으로 그것을 정복하려는 표트르의 강력한 의지와 민중을 지나치게 혹사하고 공사 관계자들을 징계하는 강압적인 통치 스타일의 희생양으로서 베르트란의 파멸이 부각되어 있다. 표트르의 '인간 개개인의 행복을 망각한 사회 건설', '인간의 한계를 인정하지 않는 진보를 향한 매진'이 결국 인간을 죽음과 황폐화에 이르도록 하는 것이다. 또한 그의 의지가 실현되지 못했을 때, 그의 권위가 손상되었을 때 그가 보이는 가차없음은 푸슈킨과 플라토노프를 각별히 긴밀하게 연결해 주고 있다. 가난한 관리로서 황제에게 봉사하며 소박한 꿈을 가지고 사는 사람이었으나 크나큰 불행으로 정신이 나가 황제의 권위에 도전했을 때 가차없이 징벌을 당하고 마는 푸슈킨의 예브게니처럼 플라토노프의 베르트란도 전심전력을 다해 황제에게 봉사하나 그의 뜻을 거스르게 되었을 때 죄 없이 그의 희생자가 되는 것이다.

3. 3. 미하일 불가코프의 푸슈킨

폭풍이 눈보라를 말아 올리며
하늘을 먹구름으로 뒤덮었네.
폭풍은 짐승처럼 울부짖는가 하면
아이처럼 울음을 터뜨리고.
낡은 초가지붕 위에
돌연 서걱이는가 하면
때늦은 나그네처럼
우리의 창을 두드리네.

우리의 낡은 오두막은
슬프고도 어둡네.
이제는 늙어 버린 내 유모,
창가에 앉아 왜 말이 없소?
내 친구, 유모,
폭풍의 울부짖음에 지쳤음이오?
물레 가락의 덜덜거림에
조는 것이오?

내 불행한 젊은 날의
착한 동반자, 유모, 우리 한잔해요,
슬프니 마셔요; 술잔이 어디 있소?
마음이 좀 즐거워지리다.
내게 노래해 주오, 박새 한마리가
바다 너머 고요히 사는 이야기를,
내게 노래해 주오, 한 처녀가
이른 아침에 물 길러 가는 이야기를.

폭풍이 눈보라를 말아 올리며
하늘을 먹구름으로 뒤덮었네.
폭풍은 짐승처럼 울부짖는가 하면
아이처럼 울음을 터뜨리고.
내 불행한 젊은 날의
착한 동반자, 유모, 우리 한잔해요,
슬프니 마셔요; 술잔이 어디 있소?
마음이 좀 즐거워지리다. (1825)

불가코프는 푸슈킨의 위의 시를 자신의 주요 작품들에 인용하였다. 푸슈킨의 생애의 마지막 날들을 극화한 「마지막 날들」(1934-35년에 쓰여 1943년 모스크바에서 초연)에는 물론 그의 결산 대작인 소설 『거장과 마르가리타』(1928-1940 사이 창작됨)에서도 이 시가 인용되어 있다. 「마지막 날들」에서는 이 시가 네 번이나 여러 인물들에 의해 낭송되어 진정한 작가의 사회 및 역사 속에서의 의미에 대해 알려주면서 작품 전체를 지배하고 있고, 소설 『거장과 마르가리타』에는 한 허위 의식에 빠진 시인으로 하여 자신이 가짜라는 것을 인식하게 하는 계기가 되는 작품으로서 기능하고 있다. 푸슈킨의 많은 시들 중에서 그가 미하일로프스코예에 유배되어 있을 때 쓴 이 시가 특별히 그의 마음을 끈 이유는 무엇일까?

이 시의 공간은 시인의 오두막이다. 이 오두막은 한가롭지만 어둡고 슬프다. 바깥에 폭풍이 치고 먹구름이 뒤덮였을 때 만약 안이 밝고 포근하기만 하다면 그것은 환상이거나 거짓되고 그릇된 눈먼 삶이 아니면 철저하게 고립된 이기적인 삶일 것이다. 시인은 현실의 폭풍이 짐승 같은 또 성숙하지 못한 어린애 같은 모습을 띠고 우리의 삶을 위협하고 우리의 평범한 일상을 방해할 때, 물 길러 가는 처녀의 이야기와 박새 한 마리 고요히 지내는 이야기를 들으며 인간이 평화롭게 사는 모습을 잊지 않고 또 다른 세계가 있다는 믿음으로 겨울밤을 지내보자고, 또 제정신으로 견디기 어려울 때 약간 술을 마시며 이 긴 겨울밤을 지내보자고 말한다. 이 시는 작가가 어두운 세월을 살아간다는 이야기를 넘어 위태한 세월 속에 자기 세계를 지키고 살려는 모든 사람들의 이야기일 수 있다.

불가코프가 푸슈킨과 자신과의 가까운 혈연관계를 느끼고 삶의 의미를 스스로 다지기 위해 특별히 이 시를 가슴에 새긴 것은 그가 처한 현실이 억압과 박해의 폭풍우라고 여긴 때문일 것이고 그 현실을 살아가는 최선의 방법으로서 그는 이야기가 흐르는 어둑하고 조그만 오두막을 꿈꾸었던 것 같다. 『거장과 마르가리타』에서 거장의 창작실의 평안과 행복 같은. 그러나 이 소설에서 그런 창작실은 지상에 없다.

4

위에서 살펴보았듯이 작가들이 사물을 볼 때 푸슈킨과 함께하려 했던 것은 그가 문제를 인간의 편에서 인간답게 사는 것의 시각에서 균형 있게 평정하게 관찰하는 지혜와 용기를 가졌었고 그 뒤의 작가들은 그것을 등불로 삼아 자신의 문제를 보려고 한 때문이다. 그러한 의미에서 푸슈킨은 그들의 예술적 윤리적 척도였다. 이렇게 푸슈킨의 정신은 계속 이어져 오고 있다.

'주인 잃은 옥좌'와 '빌려 입은 옷'*
푸슈킨의 『보리스 고두노프』와 셰익스피어의 『맥베스』

1

푸슈킨의 셰익스피어 읽기는 1823년 오데사에서 시작되어 1824년 8월 이후 미하일로프스코예에서 이어지며 역사물과 『맥베스』, 『햄릿』, 『리차드 3세』 등을 포함한 비극이 그가 당시 주로 많이 읽었던 작품이었다고 한다. 미하일로프스코예 시절 그는 남부 시절과는 좀 다르게 러시아성에 관심이 많았고 자기 나라의 이야기를 쓰려고 했으니 셰익스피어 읽기의 영향 아래 태어난 자국의 역사 쓰기의 결과물이 『보리스 고두노프』라고 할 수 있다.

푸슈킨 생존 당시부터 『보리스 고두노프』와 셰익스피어의 작품들 사이의 관계가 항상 언급되어 왔으며 특히 『보리스 고두노프』와 『리차드 3세』,

---

* 「주인 잃은 옥좌Untenanted Throne'와 '빌려 입은 옷Borrowed Robes'」, 『뿌쉬낀 탄생 200주년 기념 국제학술대회(1999년 11월 26-27일) 발표 논문 자료집』, 63-88. 푸슈킨의 23장으로 된 『보리스 고두노프』와 셰익스피어의 『맥베스』를 비교하여 문희경 교수와 공동으로 발표했다. 주석이 포함된 글은 『러시아연구』 제9권 제2호(1999)에 영어로 실렸다.

『헨리 4세』, 『맥베스』, 『존 왕』과의 병행관계에 대한 연구가 주종을 이루었고 두 작가의 작품에서의 민중의 요소나 보리스와 『햄릿』의 클로디오, 맥베스와의 유사성에 대한 언급과 함께 두 작품 및 작가의 유사성과 상이성에 대한 논의가 계속 이어져 온다.

『보리스 고두노프』와 『맥베스』는 모두 왕이나 왕이 될 사람을 살해하고 군주가 된 찬탈자를 다루는 작품이다. 그러나 이 작품들이 찬탈자를 다루었다는 점 외에 특히 긴밀한 연관성을 지니는 것은 두 작품 모두에서 옷과 연극적 행위가 작품의 구성 요소로서 두드러진 역할을 한다는 점이다. 두 작품은 모두 찬탈자가 왕의 옷을 입게 되는 문제, 옥좌에 오르게 되는 문제로 시작된다. 『맥베스』에서는 맥베스가 전장에서 돌아왔을 때 왕위에 오르리라는 마녀의 예언을 들은 후 왕이 그에게 코도의 작위를 수여했다는 말을 들은 그는 "왜 나에게 빌린 옷을 입히는가?"라고 묻는다. 『보리스 고두노프』에서는 보리스가 '빈 옥좌'에 오르기를 요청 받는 것으로 시작된다.

찬탈자가 정통성의 상징인 옷이나 옥좌, 왕관을 차지하고 양심의 가책을 느끼다가 단죄받는다는 표면적 차원에서 이 작품을 본다면 옷이나 옥좌 그리고 찬탈자와의 관계는 매우 간단할 것이다. 즉 입어서는 안 될 옷, 앉아서는 안 될 옥좌의 문제가 되는 것이다. 그러나 이 두 작품에서 보여지는 빌린 옷과 빈 옥좌, 인물들의 연극적 행위는 통치권의 외면적인 상징 및 정치적 행위와 그 내면적 실체와의 불일치라는 좀 더 근본적인 문제를 제기한다. 이는 통치권의 정통성 및 정통화의 문제, 통치자의 외관과 실체의 관계에 대한 사색과 함께 자연적 존재로서 인간과 공적인 권위로서의 인간, 정치적 존재로서의 인간이 빚는 갈등의 성격을 생각해 보는 하나의 계기가 될 수 있을 것이다.

본 논문은 두 작품을 구체적으로 비교하면서 이러한 문제를 고찰해 보고자 한다.

2

우선 『맥베스』를 이러한 측면에서 살펴보자. 사실 『맥베스』는 표면적으로 볼 때 위의 문제를 우선적으로 제기하지는 않는다. 오히려 그 반대이다. 그것은 이 작품의 탄생 배경과 깊은 관계가 있다. 셰익스피어가 이 작품을 썼을 때 영국은 엘리자베스 여왕이 죽은 후 스코틀랜드의 왕을 제임스 1세로 추대하여 아무런 피를 보지 않고 계승의 문제를 해결하였다. 그들 이전의 '메리의 피비린내 나는 역사'와 함께 계승의 문제는 매우 심각한 성질의 것으로서 모든 영국인들이 불안하게 생각하던 것이었다. 셰익스피어의 역사물에는 이러한 불안과 자신의 입장이 간접적으로 나타나 있고 제임스 1세 앞에서 공연한 이 작품은 먼 스코틀랜드의 역사를 다루고 있으나 당시의 정치적 상황과 무관하다고 할 수 없다. 제임스 1세가 작중 인물 뱅코우의 후예인 것을 감안한 이 작품은 정통적인 왕을 찬양하는 일종의 아첨이라고도 할 수 있다. 그러나 제임스가 즉위한 후 정치적 상황도 그가 원하던 대로 안정된 것은 아니었다. 1605년 왕을 살해하려는 가톨릭 극단주의자들의 음모가 있었으며, 이런 상황에서 왕의 살해와 찬탈의 문제는 매우 민감한 정치적 파장을 고려하지 않을 수 없었던 것이다.

셰익스피어의 작품 중 중세 영국의 역사를 다룬 역사극과 비극의 일부들은 대개 권위, 왕권, 권력, 찬탈, 정통성의 문제를 다루는 정치적인 성격을 강하게 띤다. 셰익스피어가 정치적 권위의 문제에 대해 깊은 관심을 가졌다는 것은 의심의 여지가 없는 일이다. 그가 찬탈의 문제를 끊임없이 다루면서 생각한 문제도 바로 이것이다. 그의 역사극은 헨리 볼링부루크의 찬탈에서 시작하여 계속 몇 세대에 걸쳐 일어난 살해를 동반한 왕권 투쟁 및 권력 투쟁을 다루다가 랭카스터가(家)와 요오크가(家)가 헨리 튜더의 기치 아래 통합될 때까지를 다룬다. 셰익스피어의 이런 사극들에는 튜더 왕조가 신성하게 인정된 정통적 왕조로 찬양되고, 이 왕조는 정치적 안정과 선을 의미하고 있다는 메시지가 부각된다. 즉 국가는 사회적이고 세속적인 의미에서뿐만 아니라 형이상학적인 의미에서, 우주 질서의 기능으로서, 신에 의해 창조되고 인도되는 제도이며, 군주는 자연적인 존재인 동시에 신비한 존재로서 제임스 1세는 프란시스 베이컨의 말을 빌리자면 바로 '정치적 존재와 자연적 존재의 완전한 합일'이라는 메시지가 전면에 부각되었다. 『맥베스』에서 이러한 왕의 모습은 살해된 왕 덩컨의 아들 맬컴이 도움을 청하는 영국 왕이자 성인인 에드워드에 대한 묘사에서 잘 나타난다. 에드워드 왕은 의술로는 고칠 수 없는 사람들의 병을 낮게 하고 예언의 재능도 있는 하늘이 신성을 내린 사람으로 표현된다(제4막 3장). 이러한 군주는 물론 신의 선택된 대리인으로서 지상에서 통치하며 그의 신성불가침 권리를 주장할 수 있었다. 이러한 이데올로기로 볼 때 반역과 찬탈은 신과 신의 대리인인 왕을 거역하는 범죄이다. 영국의 가장 이상적인 왕으로 간주되어 온 헨리 5세가 자신의 아버지 헨리 4세의 찬탈의 오점을 극복하지 못하고 전장으로 나가기 전 기도하는 모습에서 우리는 이러한 이데올로기의 좋은 예를 본다.

O! Not to-day, think not upon the fault

Not to-day, O Lord!

My father made in encompassing the crown. (IV, I, 312-14)

오, 주여, 오늘만은
오, 오늘만은 왕관이 탐나 저지른
제 아버지의 실수를 생각 마소서.

이러한 이데올로기는 물론 당시 왕권의 강화와 정통화를 위한 것이었고 왕은 연극이라는 수단을 동원하여 이러한 이데올로기를 유포함으로써 자신의 정치권력과 도덕적 위력을 강화하려 하였다고 볼 수 있다.

그러면 『맥베스』는 어떤가? 이 작품도 물론 이러한 메시지를 보내고 있고 또한 이는 셰익스피어가 의도한 바이기도 하다. 그것은 셰익스피어가 홀린쉐드의 이야기 중 도날드와 맥베스의 이야기를 혼합하여 극적인 설정을 하고 정치적으로는 좀 더 보수적인 색채를 띠도록 현저한 변화를 준 데서 잘 드러난다. 원래 연대기에서는 덩컨은 좀 더 젊고 유약한 왕이었다. 그러나 셰익스피어는 덩컨을 성스럽고 나이든 사람으로 변화시키고 맥베스 자신도 이점을 인정하게 만든다.

this Duncan

Hath borne his faculties so meek, hath been

So clear in his great office, that his virtues Will plead like angels, trumpet-tongued, against

The deep damnation of his taking off;

And Pity, like a naked new-born babe,

Striding the blast, or heaven's Cherubins, hors'd

Upon the sightless couriers of the air,

Shall blow the deed in every eye,

That tear shall drown the wind--I have no spur

To prick the sides of my intent, but only

Vaulting ambition, which o'erleaps itself

And falls on th'other side--(I, vii, 16-28)

더구나 덩컨 왕은 너무나 겸손하게

왕권을 행사해 왔으며, 높은 자리에서

너무나 깨끗하였기에, 그의 덕행이

그를 제거하는 이 크게 저주받을 일에 맞서,
나팔 혀를 단 천사처럼 애원할 것이다:
그리고 연민은 갓 난 벌거숭이 아기처럼
돌풍을 타고, 혹은 하늘의 천사처럼
보이지 않는 바람의 말 위에 올라앉아,
이 끔찍한 행위를 만인의 눈 속으로
불어넣어, 눈물이 바람을 잠재울 것이다.
내 음모의 옆구리를 찌르는 박차는 오직
치솟는 야심뿐, 너무 높이 뛰어 올라
건너편에 떨어지지.

그렇게 선한 덩컨 왕을 죽이는 맥베스는 더욱 악한 사람으로 보여진다. 셰익스피어의 극에서는 그렇지 않으나 원래의 이야기에서는 맥베스가 왕에게 원한을 품을 만한 이유가 있는 것으로 되어 있다. 특히 눈에 띄는 변화는 뱅쿠오에 관한 것이다. 바로 이 점이, 앞서 이야기했듯이 셰익스피어가 제임스 1세를 의식하고 있다는 느낌을 주는 부분이다. 홀린쉐드 이야기에서 뱅코우는 맥베스와 함께 공공연히 반역에 가담하는 사람이다. 셰익스피어는 이러한 뱅코우를 죄 없는 피해자로 만들고 반역을 맥베스 부부의 비밀스런 살해로 바꾸어버렸다. 셰익스피어는 또한 덩컨의 실정을 만회하는 맥베스의 10년간의 통치에 대해서는 생략하여 시선의 촛점이 맥베스의 악행과 양심의 가책에 놓이도록 하였다.

인물 성격의 이러한 변화뿐만이 아니라 극 속의 이미지나 암시들도 대부분 이러한 보수적인 이데올로기를 나타내고 있다. 예를 들어 작품에서 덩컨을 살해한 자는 자연의 질서를 파괴한 사람으로 제시되고 있다. 왕의 살해는 온 자연을 소용돌이 속에 몰아넣으면서 자연의 법칙에 어긋나는 현상을 불러일으킨다. 살인이 일어나는 날, 밤이 낮을 억누르고 사납고 위엄 있는 매가 한낱 올빼미에게 당하며, 덩컨의 온순한 말은 야생마처럼 복종을 거부하는 듯 날뛴다. 살인자 맥베스가 통치하는 스코틀랜드는 병든 나라로 묘사되고 있다. 이 모든 이미지들 뒤에는 왕의 신성함과 덩컨이 대표하는 정당하고 진정한 왕의 신성성에 대한 생각이 놓여 있다. 물론 진정한 왕은 덩컨만이 아니라 모든 정통적인 왕을 의미하는 것이다. 이처럼 '왕에 반역하는 자는 자연의 질서를 파괴하는 자'라는 생각 속에, 왕권은 신으로부터 부여받은 것이며 왕은 신의 대리인으로서 지상을 통치한다는 이데올로기가 놓여 있음은 물론이다. 극의 종말이 맥베스의 죽음으로 끝나고 정통적이고 정당한 통치자가 옥좌를 차지함으로써 국가에 질서와 안정이 회복된다는 것은 이러한 이유에서이다. 이렇게 볼 때 극 전체는 반역과 찬탈이 응징되고 정통성이 유지되는 이야기, 왕권의 신성불가침의 사상을 지지하는 이야기이다.

그러나 왕권의 신성불가침 사상의 유포가 셰익스피어의 유일한 의도였다면 왜 셰익스피어는 맥베스를 우리의 연민을 불러일으키는 비극적 인물로 제시한 것일까? 도대체 그가 지속적으로 찬탈자의 문제에 관심을 둔 이유는 무엇일까? 찬탈자-왕의 문제야말로 정치적 권위로서 '왕과 인간으로서의 왕'의 분열을 가장 잘 보여주고 이로써 정통적 권위의 본질을 의문시하는 기회를 주는 가장 좋은 소재가 아닌가? 이러한 문제를 다룬다는 것 자체가 왕권의 신화를 파괴하는 효과를 일으키게 될 수 있으며, 게다가 찬탈자 맥베스가 우리의 연민을 일으키는, 양심의 가책을 느끼며 고뇌하는 인간이라는 사실은 왕의 정치적 권위와 인간으로서의 실존 사이의 균열에 대한 질문을 제시할 수 있게 한다. 이는 바로 당연시되는 견해, '정치적 존재와 자연적 존재의 완전한 합일'로서의 왕, 정치적 안정과 선을 의미하는 왕권의 정통성에 대한 도전을 의미하는 것이다. 실상 맥베스에서 이러한 정통적 권위에 대한 의문은 여러 면에서 제시되고 있다.

첫째, 신성한 덩컨의 왕조가 안정되고 평화적인가? 짧은 기간 내에 맥

도날드와 코도의 반역이 있었으며 이는 또 곧 맥베스의 찬탈로 이어진다. 코도와 맥베스의 병행적 관계는 코도의 작위가 맥베스에게 내려지면서 강하게 강조된다. 이러한 반역과 찬탈이 어쩌다 일어나는 성질의 것이 아니라 습관적으로 일어나는 점이다. 맥베스와 코도의 병행적 관계는 덩컨의 두 사람에 대한 신뢰와 그들에 의한 배반, 또 둘의 의연한 죽음으로 강조된다. 코도에 대해서 덩컨은 말했다.

There's no art
To find the mind's construction in the face:
He was a gentleman on whom I built
An absolute trust. (I, iv, 12-14)

얼굴에서 마음의 생김새를
알아내는 기술은 없구나:
그는 내가 절대적으로 신뢰한
신하였느니라.

덩컨의, 사람을 쉽게 믿는 성품과 외관을 뚫고 실체를 볼 수 있는 능력의 결핍은 그가 마키아벨리적인 통치자가 아니며 그 자신 이전의 배반으로부터 아무런 교훈을 얻지 못했다는 것을 알려준다. 그리고 그가 실수를 되풀이한다는 점은 그가 의무, 충성, 신뢰가 존재하지 않는 정치 세계에서 효과적으로 통치하는 데 적격자인가 하는 의문을 품게 한다. 덩컨의 아들 맬컴은 반면 덩컨의 합법적 후예로서 스코틀랜드를 구제하게 되는데 그는 외관에 대해서 의문을 가지며 덜 믿고 그의 필요에 맞추어 상황을 조작하는 데 능하다. 그가 맥더프를 시험하는 길고도 지루하기까지 한 대사는 맥더프까지도 속게 되는 연기 능력을 단적으로 보여준다. 여기서 우리는 왕이 신의 대리인으로서, 결점이 없는 인간으로서, 선량함과 자비로움으로 통치한다는 생각에 대한 거부를 볼 수 있다. 자비스럽고 지혜로운 덩컨 왕이 정치를 제대로 하지 못하며 오히려 정치를 하는 데 있어서 그처럼 사람을 잘 믿고 솔직하고 선량하면 실패한다는 점을 알 수 있다. 그와는 매우 대조적인 아들 맬컴은 밝고 어두운 요소를 동시에 가지고 있다. 그는 아버지에 비해 마키아벨리적인 정치적 행위의 논리를 잘 이해하는 사람이다.

이제 맥베스의 경우를 이러한 측면에서 자세히 살펴보자. 맥베스는 통치자의 정체가 무엇인가 하는 문제를 좀 더 확연하게 제시한다. 극의 초두부터 나중에 왕이 되는 맥베스는 정통성을 타고난 사람이 아니라 매우 모호한 정체를 가진 사람으로 제시된다. 극의 초두에서 이미 마녀는 그가 글라미스와 코도의 영주이며 후에 왕이 될 것을 예언하니 맥베스는 당황해서 말한다.

By Sinel's death I know I am Thane of Glamis;

But how of Cawdor? The Thane of Cawdor lives,

A prosperous gentleman; and to be King

Stands not within the prospect of belief

No more than to be Cawdor. (I, iii, 71-75)

사이넬의 사망으로 내가 글래미스의 영주인

사실은 안다. 그러나 코도란 웬 말이냐?

코도 영주는 잘 살고 있는 분이며,

왕이 되는 것은 코도가 되는 것보다

더 믿을 가망이 없는 일.

극이 진행되는 동안 맥베스는 글라미스와 코도의 영주, 그리고 왕의 세 역할을 다 하게 된다. 그가 코도의 작위를 받았을 때 그는 '왜 나에게 빌린 옷을 입히는가?'라고 묻는다. 그는 새로운 위치를 차지하는 것을 옷을 갈아입는 것으로 생각하며 이 옷을 입는 이미지는 극 전체에 퍼져 있다. 뱅코우는

New honours come upon him,

Like our strange garments. cleave not to their mould,

But with the aid of use. (I, iii, 145-7)

새로운 영예가 그에게 쏟아졌으니
낯선 의복처럼, 입어보지 않고는
몸에 꼭 들어맞지 않는 법이라오.

　라고 말하며, 앵거스는 귀족들이 맥베스에 대해 생각한 바를 대표해서 말한다:

now does he feel his title

Hang loose abut him like a giant robe

Upon a dwarfish thief. (V, ii, 20-22)

지금 그는 자신의 왕권이
난쟁이 도둑놈이 걸친
거인의 옷처럼 헐렁하다는 것을.

　이 부분에서 어쩌면 더 중요한 점은 단순히 왕의 옷이 맥베스에게 너무 크거나 그에게 속하지 않는 옷이라는 생각보다는 모든 인간은 옷을 입어

외관을 갖추어 무대 위의 배우처럼 연기한다는 점이다. 극의 말미에 모든 권력과 야심의 공허함을 절실히 느끼면서 인간의 삶의 무상함을 토로하는 맥베스의 유명한 대사에서 맥베스는 삶이란 우리에게 잠시 동안 주어진 소란스러운 이야기와 연극에 불과하다고 한다.

To-morrow, and to-morrow, and to-morrow,
Creeps in this petty pace from day to day,
To the last syllable of recorded time;
And all our yesterdays have lighted fools
The way to dusty death. Out, out, brief candle!
Life's but a walking shadow; a poor player,
That struts and frets his hour upon the stage,
And is heard no more; it is a tale
Told by an idiot, full of sound and furry,
Signifying nothing. (V, v, 19-28)

오는 날과, 오는 날과, 오는 날이
이렇게 답답한 걸음으로, 하루, 하루,
기록된 시간의 마지막 순간까지 기어가는구나.
그리고 우리의 모든 지난날들은 우리 바보들이 한줌 흙,
죽음으로 가는 길을 밝혀 주었도다. 꺼져라, 꺼져라, 짧은 촛불이여!
인생은 한갓 걸어 다니는 그림자에 불과한 것, 불쌍한 배우처럼
주어진 시간 동안 무대에서 활개 치고 안달하다
더 이상 들리지 않는다네, 그것은 백치가 지껄이는 이야기,
소음과 광기로 가득 차 있으나,
아무런 의미가 없구나.

우리가 무대 위의 배우에 불과하다는 이 대사는 보편적인 성질의 것이지만 『리차드 2세』와 연관시켜 생각해 볼 때는 좀 더 정치적인 의미를 띠게 된다. 리차드는 이 극에서 군주는 짧은 얼마간 연기를 하는 사람으로 나타난다. 리차드는 그래서 자신은 몸은 하나이나 여러 사람의 역할을 한다고 말한다.

맥베스에서처럼 인생은 잠시 우리가 역할을 연기하는 이야기일 뿐이다:

For God's sake let us sit upon the ground,

And tell sad stories of the death of kings--

How some have been deposed, some slain in war,

Some haunted by the ghosts they have deposed,

some poisoned by their wives, some sleeping killed;

All murdered--for within the hollow crown

That rounds the mortal temple of a king

Keeps Death his court, and there the antic sits

Scoffing his state and grinning at his pomp,

Allowing him a breath, a little scene

To monarchize, be feared, and kill with looks,

Infusing him with self and vain conceit,

As if the flesh which walls about our life

Were brass impregnable; and humoured thus,

Comes at the last, and with a little pin

Bores through his castle, and farewell king! (III, ii, 155-70)

위애서 인용한 『리차드 2세』 3막 2장에서도 나타나듯이 통치자가 잠시 동안 무대 위에서 연기하는 사람이라면 통치자는 신으로부터 선택받은 신성불가침의 인간이 아니고 아무나 왕의 옷, 옥좌, 왕관 같은 통치자의 외관을 갖추면 얼마동안 연기를 하게 되는 것이다. 이런 의미에서는 모든 옷은 빌리는 옷이며 모든 옥좌는 임대하는 것이다. 그렇다면 찬탈은 원래의 범죄적 성격을 잃게 된다. 정치 행위 자체가 권력을 향한 투쟁이고 연극인 것이다. 이제는 통치자가 통치권을 어떻게 정통화하여 통치하느냐만이 문제가 된다. 이런 의미에서 맥베스는 이러한 마키아벨리적인 정치적 게임을 잘 해내지 못했다. 그는 새 작위에 대해 항상 당혹감을 느꼈으며 왕의 옷을 입고 몹시 불편해하였다. 그는 보수적인 정치 이데올로기인 왕권의 신성불가침 사상을 스스로 깊숙이 내면화했기 때문에 오히려 파멸한다. 그는 자신이 정통적인, 진정한 왕을 죽였다는 사실에 몹시 죄책감을 느끼는 것이다. 그래서 그는 그 옷 속에서 몹시 괴로워하였다. 우리는 그 옷 때문에 괴로워하는 인간 맥베스에게 연민을 느끼게 된다. 정치라는 연극을 하는 인간의 고뇌, 정치적 존재와 자연적 존재로서의 왕 사이의 갈등이, 그 필연적 갈등이 우리에게 연민을 주는 것이다.

3

셰익스피어의 작품의 이면에 느껴지는 빌려 입은 옷과 그 속의 인간의 관계, 정치적 존재와 인간적 존재로서 왕의 인격의 분열은 바로 푸슈킨의 작품이 시작되는 지점이다. 푸슈킨의 작품에서는 이 관계가 작품의 전면에 나타난다.

푸슈킨이 사건의 진행을 따온 카람진의 역사(История государства русского, 1816-1829년 사이 출판)는 1818년 9권이 출판된 이후 제10권과 11권이 1824년 출판되었다. 카람진의 역사 제10권, 제3장에 쓰여진 보리스의 이야기는 다음과 같은 내용을 담고 있다. 1월 7일 표도르가 사망하자 백성들은 그의 영혼이 유약했던 것을 잊고 그가 통치하던 시절의 행복한 나날에 대해 감사하고 그의 죽음을 애통해하며 아버지라고 불렀다. 옥좌가 주인을 잃고 비어 있게 되자 황후 이리나는 남편의 유언인지, 자신의 의사인지, 아마도 보리스의 생각인지 왕좌에 오르려고 하지 않았고 보리스는 이미 다 자기 사람들을 곳곳에 배치하여 그들은 보리스의 뜻대로 움직였다. 이리나는 곧 수녀원으로 들어갔고 보리스도 같이 들어갔는데, 2월 17일 전(全) 러시아인의 대표가 보리스를 황제로 추대하기로 결정했고 2월 20일 통보했다. 보리스는 처음에는 왕관을 거절하였지만, 결국에는 이를 받아들여 통치를 하였다. 그런 중에 위장한 디미트리가 나타나 폴란드와 가톨릭 세력을 업고 러시아를 침공하고, 1605년 모스크바에 나타나 보리스의 아들을 죽이고 황제가 된다.

카람진은 보리스의 불행과 러시아의 불행이 모두 보리스가 디미트리를 죽였기 때문에 일어난 일이라고 생각하며 보리스, 그리고리 둘 다 교활하다고 표현한다. 마리나와의 혼인에 관해서도 그리고리가 매우 정략적인 계약을 한 것으로 되어 있다. 결국 카람진은 그리고리가 왕위에 오른 것도 다 보리스가 디미트리를 죽였기 때문에 일어난 일이라는 견해를 보이며 보리스 통치 시기는 가짜 황홀(皇笏) 아래 정치가 진행되었다고 하고 있다. 카람진의 역사는 보수적인 역사관을 보여주는 것으로서 통치자의 도덕성, 정통성, 신성불가침성을 옹호하는 역사서로 읽혀질 수 있는 가능성이 높다.

그러나 이것을 기반으로 드라마를 쓴 푸슈킨의 견해는 다르다. 정통성에 대한 문제, 통치자에 대한 문제는 당시 푸슈킨이 깊은 관심을 가졌던 문제였다. 알렉산드르 1세가 옥좌에 오르려고 아버지를 살해하도록 시켰으리라는 소문(푸슈킨은 그것을 시 「자유」에서 간접적으로 시사했다)이 아직 떠돌던 이 시기에 푸슈킨은 당시 젊은이들과 함께 진보적 정치사상을 논하며 이상적 정치 형태에 대한 모색을 하면서 통치자의 실체에 대한 강한 관심을 보였던 것이다.

푸슈킨은 카람진의 역사서를 보며 이런 생각을 했을 것이고 또 셰익스피어의 작품을 읽으면서도 역시 그런 생각을 했을 것이다. 그리고 셰익스피어가 찬탈자-왕을 다루었듯 그도 찬탈자-왕을 다룬 드라마를 집필하였다. 푸슈킨의 작품에서는 그러한 통치자 두 명, 보리스와 위장 디미트리를 다루었는데 왕의 실체와 외형의 괴리 및 그것에 대한 인식의 표현이 작품 전체에 걸쳐 두드러지게 나타난다. 작품은 제1장에서부터 옥좌에 오르는 걸 번거롭다 마다하며 연극을 하는 보리스를 보여주는 것으로 시작하며 귀족들은 속으로는 반란을 꾀하면서도 겉으로는 신하의 역할을 한다. 1장 91행 이후, 제2장에서는 옥좌에 오르게 하는 거대한 연출이 준비되고 3장에서는 백성들도 연극을 한다. 4장에서는 보리스가 옥좌에 오르면서 연극을 하는데, 이 장은 사태를 파악한 슈이스키의 안면 바꿈으로 끝난다. 5장에서 피멘이 이야기하는 대사 중에는 왕관이 무거워지면 수도복을 입는 왕들에 대한 이야기와 친위대원까지 두건을 쓰고 수도복을 입는 실체와 외형의 괴리가 언어화되고 6장에서는 수선스런 총주교와 수도원장들의 대화에서 우리는 그들이 자신의 안위만을 생각하고 엄숙한 자태와는 전혀 다른 실체를 가지고 있는 것을 알게 된다. 8장에서 옷을 갈아입은 그리고리와, 실체와 이름의 괴리를 보이는 수도승들, 그리고 보초 또한 본연의 자기 임무와는 다른 모습을 보인다. 9장에서 귀족들의 하인이 스파이인 것이 드러나고 슈이스키의 축배가 거짓인 것이 드러난다. 10장에서는 "무거워라, 황제의 왕관이여" 또

Пустое имя, тень -

Ужели тень сорвет с меня порфиру

Иль звук лишит детей моих наследства? (「Царские палаты」 2)

실체 없는 이름, 그림자가 -

이 설마 내 자색 옷을 벗기겠는가?

이름 소리가 내 자식들의 제위를 빼앗겠는가?

    위와 같은 독백에서 외관이 지배하는 것이 현실 정치라는 것을 알기에 그는 그토록 두려워함을 알 수 있다. 11장에서도 가톨릭 신부가 속세 앞에 위장하여 세인을 속여야 하는 필요에 관해 이야기한다. 디미트리로 가장한 그리고리가 '옷을 보니 고국의 것이로다'라고 언급하는 부분에서 그가 자신이나 다른 사람이나 외관의 문제에 신경을 쓰는 것을 알 수 있다. '시인(그리슈카의 옷자락을 붙잡고)'이라는 무대 지시에서 우리는 시인이 참칭자의 실체가 그리고리라는 것을 알면서 그를 황태자라고 부르는 느낌을 받는다. 중요한 것은 그리슈카의 옷자락, 참칭자의 외관이 현실 정치를 지배한다는 사실이다. 12장은 그 자체가 가장무도회이고 가장하는 마리나, 가장하는 사람들이 보여진다. 13장에서는 실체와 외관, 가장과 진실한 감정 사이의 갈등이 표면화된다. 마리나는 외관만을 중요시하며 디미트리는 실체와 외관의 고리를 모든 사람이 알고 게임을 한다는 것을 알고 있다. 14장에서는 참칭자가 가장과 실체 사이에서 가책을 느끼는 것이 나타나고 15장에서 모든 사람들이 보리스의 내면에 대해 알고 있으면서 모른 척 가장한다. 병사들 또한 겉과 속이 다르다(16장). 진실을 말하는 사람은 오직 철모를 쓴 바보뿐이다(17장). 잡혀온 러시아 포로의 말에서 참칭자의 실체에 관해 백성들도 알고 있다는 것이 표현되며(18장) 전쟁에 패한 후 잠드는 황태자를 보게 되는데 여기서 두드러지는 것은 모든 것이 이미 각본대로 움직이게 되어 있다는 점이다(19장). 20장에서 보리스의 유언은 현실 정치에 있어 실체와 외관에 관한 정치적 감각을 보여준다. 21장에서 아파나시 푸슈킨의 적법한 황제 및 더 적법한 황제에 관한 언급은 그가 황제의 적법성이 어디에 근거를 두고 있는가를 꿰뚫고 있다는 반어적 표현이라고 하겠다. 23장 마지막 장면은 외관과 실체의 괴리가 당연시되어 있고 연극의 연출 같은 정치의 실체를 눈앞에서 확인한 백성들을 보여 준다(이제껏 그들의 장단에 따라 춤을 추며 연극의 기획에 따라 함께 연극을 했던 그들은 이제 모든 옥좌는 비어 있는 옥좌이며 모든 옷은 원래 임자가 있는 것이 아니고 정치는 연극과 가장에 의해 이루어진다는 것을 깨닫고 자신들도 그것의 일원이었다는 것도 깨닫는 것이다).

위에서 대강 살펴보았듯이 『보리스 고두노프』에는 '실체와 외관의 괴리는 정치적인 무대에서는 전제된 사실이며 통치 행위는 짜인 연극이라는 메시지'가 작품 전체에 배어 있다. 작품의 서두부터 『보리스 고두노프』는 빈 옥좌에 오르는 문제와 그 자리에 오를 사람의 자격 시비, 그리고 통치자가 될 사람의 위장과 연극에 대한 말이 전면에 부상된다. 제1장에서부터 푸슈킨은 진실과 충성과 정통성, 자연적 질서가 정치 체계를 지배한다는 어떠한 환상도 허락하지 않는다. 정치의 세계는 위장의 세계, 연극의 세계이고 또 대부분의 사람들이 이것을 의식하고 있다는 것을 보여준다. 보로틴스키가 슈이스키에게 이 소동이 어떻게 끝날 것 같으냐고 물었을 때, 슈이스키는 서슴지 않고 이 모든 것이 연극이며 모두가 그 안에서 역할을 맡고 있다고 생각하는 바를 밝힌다.

Чем кончится? Узнать не мудрено:

арод еще повоет да поплачет,

Борис еще поморщится немного,

Что пьяница пред чаркою вина,

И наконец по милости своей

Принять венец смиренно согласится;

А там - а там он будет нами править

По-прежнему.

어떻게 끝나냐구? 그거야 뻔한 일이오.

백성들은 좀 더 통곡하며 울부짖을 것이고,

보리스도 술잔을 앞에 놓은 술꾼처럼

아직은 약간 더 얼굴을 찡그릴 테지만

결국에 가서는 자비를 베풀어 공손하게

왕관을 받아들이는 것에 동의할 것이오.

그리곤 그 자리 — 그 자리에서 이전처럼 우리를

지배할 것이오.

　　슈이스키는 보리스가 황태자 디미트리를 살해했다는 것을 알고 있다.

하지만 그것을 폭로하는 그의 말은 매우 시사적이다.

Он, признаюсь, тогда меня смутил

Спокойствием, бесстыдностью нежданной;

Он мне в глаза смотрел как будто правый:

Расспрашивал, в подробности входил -

И перед ним я повторил нелепость,

Которую мне сам он нашептал. (сцена 「Кремлевские палаты」)

솔직히 말하면 그때 보리스는 나를

태연함과 예기치 않은 뻔뻔스러움으로 당혹시켰소.

그는 죄 없는 사람처럼 내 눈을 들여다보았소.

이리저리 캐묻고 상세한 사항으로 들어갔소.

그리고 나는 그가 내게 속삭여 주는

헛소리를 그 앞에서 그대로 되풀이했소.

여기서 우리는 보리스가 자기 자신의 죄를 감추고 효과적으로 옥좌에 오르기 위해서 연극을 하는 사람일 뿐 아니라 다른 사람들까지 연극을 하도록 하는 게임의 명수인 것을 알 수 있다. 슈이스키는 그렇게 하지 않을 경우 자신에게 다가올 위험을 잘 아는 사람이기에 함께 연극을 하게 되는 것이다. 슈이스키는 보리스가 도살자의 사위이며 보리스 자신도 겉으로는 다르게 보일지 몰라도 도살자라고 말하며 그가 옥좌에 앉는 것보다 자신들이 옥좌에 앉을 권리가 훨씬 더 많다고 생각한다. 극의 맨 끝에서 맬컴이 맥베스를 도살자라고 부르는 것에 비해 보리스는 극의 처음에서부터 그렇게 칭해지고 있다. 그러나 그들은 보리스가 백성들에게 사랑과 공포를 불러일으켜 그들을 사로잡을 줄 알았다는 것을 인정하고 또 그 자리에 앉는 것은 그가 대담하기 때문이라는 것을 안다. 정통성은 바로 통치자와의 혈연관계라기보다는 마키아벨리가 인정한 바대로 군주로서의 자질인 공포와 애정으로 백성들을 사로잡을 수 있는 기질과 능란한 거짓말과 위선으로서 강력한 통치를 할 수 있는 대담한 사람이 옥좌에 오른다는 것을 푸슈킨은 보로틴스끼와 슈이스키를 통하여 말하고 있다(마키아벨리, 『군주론』, 김영국 역, 161-163, 167쪽)

이런 생각은 극의 끝에서 그리고리가 옥좌에 오름으로써 그 정당성이 증명된다.

극의 처음 부분 1장에서 4장까지 보리스가 계속 옥좌에 오르기를 거절하고 백성들이 애원하고 결국 보리스가 받아들이는 사건은 전체가 연극적인 성질을 띠고 있는데 이는 극 전체의 음조를 지배하고 있다. 보리스나 귀족들이나 성직자들이나 백성들이나 위장 디미트리나 모두 거대한 드라마에서 하나의 역할을 담당하고 있고 또 그것을 의식하고 있다. 이처럼 옥좌에 오르기를 거절하고 사양하는 보리스의 모습은 셰익스피어의 리차드 3세에서도 나타나는 바 이는 정통화의 전략이다. 그의 거절은 백성들에게 옥좌에 오를 것을 애원하게 만들고 그에게 그가 백성들에 의해 정당한 방법으로 추대되었다는 말을 할 수 있게 하는 것이다. 보리스에게 울며불며 애원하는 백성들에 대한 장면은(3장) 정치적 게임의 연극적 성격이 잘 나타나는 아이러닉한 장면이다. 의미도 모르는 채 게임에 참여하느라 아이를 바닥에 내팽개치는 어머니, 또 양파를 눈에 문질러 눈물을 짜내려는 사람들 모두 연극을 한다.

4장의 보리스는 귀족들 앞에서

Обнажена моя душа пред вами:

Вы видели, что я приемлю власть

Великую со страхом и смирением. (сцена 「Кремлевские палаты」)

그대들 앞에 내 마음을 다 보였소.
그대들은 내가 두려움과 겸손한 마음으로
위대한 권력을 받아들이는 것을 보았소.

라고 말한다. 그러나 이 대목의 아이러니가 두드러지게 나타나는 것은 이 연극의 세계에서는 아무도 자신의 마음을 그대로 다 보이는 사람이 없기 때문이다.

보리스가 자신에게 솔직해지는 곳, 자신의 영혼을 들여다보는 곳은 혼자 있을 때이다. 그는 양심의 가책을 느끼며 백성들에 대한 원망도 하고 가족의 불행에 대해서 한탄하기도 한다. 이때 그는 정치적 행위를 할 때의 그와는 전혀 다르다. 자신의 원래의 모습을 마스크 뒤에 감추고 상황에 따라 역할을 달리 하는 것은 슈이스키도 마찬가지이다. 그도 정치적으로 능란한 게임을 하기 위해서는 연기를 잘 하는 것이 중요하다는 것을 잘 알고 있다. 진실, 충성, 의무, 정직은 통치자에게나 귀족에게나 백성에게나 아무

런 의미가 없다. 슈이스키는 백성에 대해서 말한다:

Но знаешь сам: бессмысленная чернь

Изменчива, мятежна, суеверна,

Легко пустой надежде предана,

Мгновенному внушению послушна,

Для истины глуха и равнодушна,

А баснями питается она. (сцена. 「Царские палаты」 2)

아시는 바이오나, 우매한 천민들은

변덕이 심하고 반항적이며 미신을 믿으며

헛된 희망에 쉽게 몸을 바치고

순간적인 사주에 복종하나이다.

그들은 진실에는 귀멀고 무관심하며

꾸며낸 이야기를 먹고 살아가옵니다.

　마키아벨리가 생각한 백성들의 속성을 그대로 잘 나타낸 이 말은(『마키아벨리』, 김영국 역, 161, 168), 역사 무대 전체를 보고 넓게 생각하면, 꾸며낸 터무니없는 이야기가 무대에서 잠시 공연되는 것, 이것이 바로 정치의 과정이요, 역사라는 의미를 갖는다. 실체가 아니라 외양이, 내면의 진실보다 바깥에 보이는 것이 중요하며 정통성 자체보다는 정통화의 과정이 중요한 것이다. 훌륭한 군주란 권력투쟁을 효과적으로 수행하여 권력에 이르고 그것을 잘 유지하는 사람이다. 진실이나 덕을 지니는 것보다 더 중요한 것은 그렇게 보일 수 있도록 게임을 잘하는 것이며 그 게임의 룰을 이해하는 것이다. 그런 의미에서 보리스는 훌륭한 정치가이다. 그는 백성들의 속성도 잘 알고 있고 귀족들의 속성도 잘 알며 효과적으로 그의 사람들을 심어

정보를 수집할 줄도 알았다. 1825년 9월 13일 뱌젬스키에게 보내는 편지에서 푸슈킨은 '정치적인 관점에서 보리스를 본다'고 한 바와 같이 푸슈킨은 정치적 인물로서 보리스에 관심을 가졌다. 역사적인 충돌의 시기에 있으면서 사회적인 갈등 안에 있으면서 구제도를 파기하고 신제도를 도입하는 과정에 처한 유능한 정치가로서 보리스를 바라본 것이다. 푸슈킨은 카람진이 이반 4세의 행위를 묘사하는 것이 유치하고 순진하다고 보았으며 살해도 정치적 투쟁의 일환으로 보았다. 그가 타키투스의 티베리우스에 대한 단죄적 묘사에 대해 불만을 가진 것도 이와 맥을 같이 한다(리디야 로트만은 보리스 고두노프의 마키아벨리즘에 관해 주목하면서 보리스 고두노프가 마키아벨리적 의미에서 매우 우수한 군주라고 본다(『보리스 고두노프』, 1996, 주해 159쪽)).

또 아들에게 옥좌를 넘겨주는 장면에서도 통치 수단으로서 마키아벨리적인 것의 필요불가결성을 우선시킨다. 그는 아들에게 정통성이 있는 옥좌를 넘겨주는 것을 강조하고 그러나 이것이 반역과 반란을 막는 아무런 보장이 되지 않는 것을 경고하고 권력 유지에 대한 충고를 한다. 그는 슈이스키를 고문으로 추천하고 유능한 바스마노프로 하여금 군대를 지휘하도록 하라고 한다.

보리스가 자신도 '믿을 수 없다'고 말한 슈이스키, '공손하면서도 대담하고 교활한 자'(10장)인 슈이스키의 자질, 일 처리에 있어 믿을만하고 냉철하며 좋은 가문의 노련한 사람을 쓰라는 말은 그가 인격과는 상관없이 겉으로 나타나는 특징을 높이 사며, 즉 현실 정치의 능력을 보며 그것이 중요하다고 판단하는 것이다. 그것은 바스마노프의 경우에도 마찬가지다. 결국 그는 이러한 판단 때문에 스스로 자신의 후손을 파멸시키는 데 일조하기도 하였지만. 즉 마키아벨리적인 사고는 마키아벨리적인 사고 자체의 함정을 가지는 것이다. 그러나 우리는 그의 유언에서 마키아벨리적인 군주상 이상의 것을 보는 것도 사실이다. 맬컴과 마찬가지로 우리는 보리스의 현실 정치에 있어서의 능력과 이상적 군주가 가져야할 덕목을 모두 추구하는 이상적인 군주에 대한 견해를 본다. 어쨌든 『보리스 고두노프』에 지배하는 정치 논리는 마키아벨리적인 것이 전제되어 있고 옷과 실체, 옥좌와 그곳에 앉는 인간의 관계는 맥베스에서처럼 은닉된 성질의 것이 아니라 작품의 표면에 드러나 있다.

그리고리의 경우에는 극이 진행되는 동안 옷 갈아입기가 계속적으로 진행된다. 수도승의 두건 아래서 황제가 되려는 꿈을 꾸었으며 평민의 옷을 갈아입었다가 황태자의 외관을 갖추며 드디어 황제의 옷을 입게 된다. 대주교는 그리고리가 황태자의 이름을 훔쳐 입은 옷처럼 입었다고 말하며 그 옷을 찢기만 하면 실체가 드러나리라고 말한다.

Бесовский сын, расстрига окаянный,

Прослыть умел Димитрием в народе;

Он именем царевича, как ризой

Украденной, бесстыдно облачился; (「Царская дума」)

그는 파렴치하게도 황태자의 이름을
훔쳐 입은 옷처럼 입었나이다.
그러나 옷을 찢기만 하면 ─ 그 스스로
벌거벗은 채로 창피를 당하리이다.

그러나 옷 자체는 아무나 걸칠 수 있는 것이라는 것을 독자들은 이미 보리스의 경우를 통하여 알고 있다. 둘의 경우 모두 외관과 실체 사이의 분열이 나타난다. 사랑에 빠진 그리고리가 자신의 실체를 드러내는 곳은 마리나에게 사랑을 고백하는 장면이다. 그는 자신의 모든 계획이 수포로 돌아갈 것을 감수하고 위장과 연극을 벗어 던진다.

Я миру лгал; но не тебе, Марина

Меня казнить: я прав перед тобою.

Нет, я не мог обманывать тебя.

Ты мне была единственной святыней,

Пред ней же я притворствовать не смел;

나는 세상을 속였소. 그러나 마리나, 당신은
나를 벌하지 못하오. 난 당신 앞에 정당하오.
결코, 나는 당신을 속일 수 없었소.
당신은 내게 유일하게 신성한 것이었소
그 신성한 것 앞에 난 감히 가장할 수 없었소.

그러나 마리나는 그가 실체를 내보이는 것을 원하지 않는다. 그것은 게임의 법칙에 어긋나는 것이다. 그녀에게 중요한 것은 외관이지 그의 정체가 아니다. 그리고리가 우려했던 대로 그녀는 그 자신이 아니라 그의 옷을 선택한 것이었다. 그리고리의 실체에 대해서 관심이 없는 것은 마리나뿐이 아니다. 모든 사람들이 그것에 대해 관심이 없고 그의 외관으로 인해 일어날 수 있는 실제 이익에 대해 관심이 있을 뿐이다. 그리고 그것을 그리고리 자신이 알고 있다.

Димитрий я иль нет - что им за дело?

Но я предлог раздоров и войны.

Им это лишь и нужно, (「Ночь. Сад. Фонтан」)

내가 디미트리이건 아니건 그들에게 무슨 상관이요?
나는 반목과 전쟁의 구실일 뿐이오.

그들에게 필요한 것은 이것뿐이오.

  그리고리가 옥좌에 오르는 것은 어떤 영웅적 행위에 의해서 일어나는 일이 아니다. 그가 옥좌에 오르는 것은 그가 기회를 포착하고 연극 계획을 세우고 그리고 그것을 잘 연출하면 된다. 그래서 그는 전투에 패배하고 나서 19장에서 잠이 든다. 이제 필요한 것은 그리고리가 황제로 선언되는 절차뿐이었다. 정통성의 외관을 부여하고 허구를 사실로 만들고 참칭자를 황제로 변하게 하는 성공적 연기만이 요구되는 것이다. 극 중에 나오는 푸슈킨은 이러한 계기를 만들어 낸다. 그는 그리고리를 황제로 선언하고 그리고리는 몇 마디 말과 몸짓으로써 참칭자에서 황제로 되는 것이다. 여기에서 다시 한 번 종교는 권위의 정통성을 위해 쓰여지고 그리고리는 정통성의 피를 갖는, 신이 인정한 군주가 된다.

Не гневайте ж царя и бойтесь Бога.

Целуйте крест законному владыке;

Смиритеся, немедленно пошлите

К Димитрию во стан митрополита,

Бояр, дьяков и выборных людей,

Да бьют челом отцу и государю. (「Лобное место」)

폐하를 노엽게 하지 말며, 신을 두려워할지어다.
적법한 황제의 십자가에 입을 맞추시오.
순종하라, 그리고 당장 대주교의 처소로
디미트리 황태자께 귀족, 서기,
그리고 백성들의 대표를 보내라.
아버지 군주에게 머리를 조아리라.

이제 보리스가 잠시 차지했던 옥좌는 다시 그리고리에게로 넘어가고 그가 잠시 빌려 입었던 옷은 그리고리가 입게 된다. 그리고 이것은 모두의 연극의 결과로서 일어난 일이다.

마지막 백성들의 침묵에서 이제 모두들 정치적 게임의 본질과 정치 세계의 메커니즘을 인식한 점을 느낄 수 있는데 이제 그들에게 중요한 것은 옥좌에 앉은 사람이 자기에게 불리한 일을 하는가 아닌가 지켜보는 일이다. 즉 이제 정치의 마키아벨리적인 세계를 이해한 백성들의 자세가 문제되는 것이다. 이제부터가 문제인 것이다.

4

이 두 작품은 두 작품 모두 권력의 실체와 권력의 속성에 관심을 보였다는 점에서 유사하며, 이런 의미에서 서로 비교하는 것이 의미를 갖는다. 더욱이 서로 다른 시대와 다른 역사적 배경을 지닌 이 두 작품이 정치를 보는 시각에서 서로 상통하는 점을 갖는다는 것은 이 두 작품의 내용이 오늘날의 정치에도 의미를 가질 수 있다는 점 또한 시사한다. 오늘날의 문제는 두 작품에서 보는 것처럼 정치 세계에 실체와 외관의 균열이 존재하고 통치자는 공적 권위로서의 존재와 자연적 존재로서의 괴리 때문에 갈등한다는 고전적인 의미의 것이 아니다. 오늘날의 문제는 진정한 권위의 상실이며, 어느 옷도 옥좌도 이제 권위를 상징할 수 없는 시대가 된 것에 있다. 올해 내내 시끄러웠던 옷 로비 사건과 이를 둘러싼 연극적 행위가 권력을 가진 자의 권위의 상실과 이에서 오는 천박함을 잘 보여준다.

5

두 작품을 읽고 현재의 우리의 상황을 돌아보며 필자들은 몇 가지 생각을 하였다. 오늘날의 문제는 두 작품에서 보는 것처럼 정치 세계에 실체와 외관의 균열이 존재하고 통치자가 공적 권위로서의 존재와 자연적 존재로서의 괴리 때문에 갈등한다는 고전적인 의미의 것이 아니다. 오늘날의 문제는 백성들은 이미 아무 권위도 인정하지 않고 통치자도 정통적 권위를 수립하려고 노력하지 않는다는 점에 있다. 이제는 옷이 진정 권위를 상징할 수 없는 시대가 된 것이다. 올해 내내 우리나라에서 꽤나 시끄러웠던 고위층의 옷 로비 사건은 이런 점에서 여러 가지 생각을 일으키는데 가장 중요한 것은 권위와 부의 상징이라고 여겨지는 값비싼 옷을 걸치기 위해 무척이나 천박한 방법이 동원되었다는 것이 드러나고 그들의 연극적 행위의 실체가 밝혀지면서 더욱더 옷이나 의자 등의 외관이 권위를 상징하지 않도록 하는 데 일조하였다는 사실이다. 예전에는 옷과 옥좌의 권위는 남아 있었다. 그것들에 자신을 맞추려는 노력을 하고 그것이 버거워서 그것과 실체 사이에서 갈등하였다. 맥베스나 보리스의 경우 그 갈등의 정도가 매우 컸다. 그러나 이제는 그렇지 않다. 이제 사람들은 아무나 그 옷을 입는다는 사실을 알고 있고 때에 따라서는 자격이 전혀 없는 사람이 옷을 입으며 옷을 입고도 전혀 걸맞지 않은 행동을 한다는 사실마저 알게 되었다. 또한 권력층도 옷을 입은 채 전혀 걸맞지 않은 행동을 한다. 즉 왕관이 버거워질 것이 없어졌으며, 옥좌의 광채가 두려워질 일도 없어졌다. 이제 자리에 앉는 사람은 그것에 맞는 행동을 해야 한다는 의식이 희박해졌다. 아무나 앉을 수 있는 것은 물론, 앉아서도 그것에 맞는 권위나 품위를 갖추어야한다는 생각이 없어졌고 책무에 대한 생각도 없어졌다. 그래서 모두가 "평등"해진 상태가 되고 질서의식이 희박해졌다. 이제 세상에는 품위가 없는 인간들이 넘쳐흐르게 되며 옥좌라는 것, 옷이라는 것은 우연적이고 일시적인 의미를 띠게 되고, 탐욕의 보금자리로서의 의미만을 지니게 되는 것이다. 그래서 위정자도 백성들도 혼란 속을 걸어간다.

『벨킨이야기』에 나타난 모순성과 웃음*

1

필자는 푸슈킨의 『벨킨이야기』(1830)¹를 읽으면서 이 작품에 나타나는 중심적 의미가 인생의 모순성이라고 여기게 되었고, 이 작품에 인생의 어떠한 모순성이 표현되고 있나, 이러한 모순성을 작가는 어떻게 바라보나, 이러한 것을 쓴 작가의 산문 정신은 무엇인가, 이는 어떠한 소설적 장치를 통하여 나타나고 있나 하는 데 대해 이리저리 생각해 보았다. 이 글은 이런 생각들을 정리한 것이다. 우선 작가의 인간 탐구의 특성 및 인생관이 잘 드러나는 이 작품의 서술구조를 일별하고 그가 서술구조를 통하여 인생의 모순성을 형상화하는 양상과 이 모순성에 대한 작가의 태도로서 두드러진다고 느껴지는 웃음의 성격과 의미에 대해 말하려고 한다.

---

* 『러시아어문학연구논집』 7권 0호, 2000, pp. 43-75.

1　A. C. Пушкин, *Полное собрание сочинения в 17 т., т. 8*(M., 1995)를 텍스트로 썼다.

2

단편 소설집 『벨킨이야기』의 복잡하고 독특한 서술구조는 벨킨의 형상에 대한 논의가 매우 분분하도록 했다. 다섯 편의 단편 소설들 앞에 붙여진 '간행자로부터'에서 간행자가 이야기의 작가를 벨킨이라고 내세우기 때문에 학자들은 벨킨과 푸슈킨의 관계에 대해 여러 가지로 생각하였다. 또 이와 관련하여 푸슈킨과 간행자와의 관계, 벨킨과 각 단편의 화자와의 관계, 화자와 인물들 간의 관계에 대한 다양한 의견이 개진되어 왔다. 대부분의 학자들은 소설집 초두에 나오는 간행자를 푸슈킨과 동일시하거나 간행자 뒤에 푸슈킨이 숨은 것으로 보고 푸슈킨과 벨킨에 관해 여러 가지로 말한다. 예를 들어 벨킨은 푸슈킨이 소설을 처음 쓰기 때문에 비평가들 앞에서 자신의 정체를 감추기 위한 장치라고도 하고, 벨킨은 푸슈킨과는 거리를 두고 설정된 소박하고 순진한 사람으로서 들은 대로 충실히 기록하는 사람이라고도 하고, 벨킨은 이중성과 애매성을 띠는 실체가 불분명한 존재이나 이야기의 허구적 작가라고도 한다. 그런가 하면 벨킨이 화자라고도 하고 또 각 이야기에서, '간행자로부터'에서 언급된 대로, 벨킨에게 이야기를 들려준 사람들이 화자라고도 한다.[2]

푸슈킨과 벨킨의 관계 및 소설의 서술구조와 관련하여 필자에게 가장 설득력을 가지는 견해는 비노그라도프와 보차로프, 그리고 슈미트의 견해이다. 세 학자 모두 이야기의 서술구조의 층위를 간행자, 벨킨, 화자, 인물

---

2 С. Г. Бочаров, *Поэтика Пушкина*(М., 1974); В. Виноградов, *Стиль Пушкина*(М., 1941); В. Вацуро, Вступительная статья, Повести покойного Ивана Петровича Белкина(М., 1981); Г. И. Макогоненко, *Творчество А. С. Пушкина в 1830-е годы(1830-1833)*(Ленинград, 1974); В. Шмид, *Проза Пушкина в поэтическом прочтении「Повести Белкина」*(С-Петербург, 1996); В. Е. Хализев, С. В. Шешунова, *Цикл А. С. Пушкина「Повести Белкина」*(М., 1989); Б. Эйхенбаум, *О Прозе*(Л., 1969); 김진영, 「산문 작가의 탄생: 푸슈킨과 벨킨」, 『슬라브학보』 10권(1995); 백준현, 「푸쉬킨의 벨킨 이야기에 나타난 벨킨과 역사성의 문제」, 『슬라브학보』 제12권 2호(1997).

들로 구분하고 벨킨을 푸슈킨의 대리인으로서 단편 소설의 작가로 보았다. 이들은 '간행자로부터'에 나오는 간행자, 이웃 지주, 벨킨, 모두 앞으로 나오는 각 단편의 서술구조에서 화자나 인물로서 아무런 역할을 수행하지 못한다는 점에 주목한다. 비노그라도프는 간행자를 푸슈킨으로 보고 제목에 바로 이어 나오는 폰비진의 『미성년』에서 따온 서사(序詞) 및 각 단편들의 서사가 간행자에게 속한다고 보며 벨킨에게 이야기를 들려준 사람들을 각 단편들의 화자들로 보아 간행자와 화자 사이에 벨킨이 존재한다고 보았다. 그는 벨킨을 푸슈킨과 소설에 표현된 세계 사이에 존재하는 프리즘이자, 이야기 화자와 구별되는 허구적 작가로서 화자의 문체와 간행자의 문체 사이의 매개자로서 이들 사이를 오가는 일련의 그림자로 보며[3], 벨킨의 형상 자체는 애매하고 소설에 나오는 여러 다른 목소리들과 결합하기도 하고 대척적인 관계를 보이기도 하는데, 이는 현실을 재현하는 훌륭한 방법이라고 말한다.[4] 보차로프는 벨킨을 '인물화된 산문', 즉 푸슈킨이 소설의 산문적 세계를 받아들이는 매개로 본다.[5] 그러나 벨킨 자체는 관계일 뿐 아무런 특징이 없는 형상으로 그의 특징은 영(零)에 가깝도록 그려져 있다고 보며 바로 이것이 현실주의 작가로서 그의 구성적 기능을 두드러지게 하는 것이라고 본다.[6] 슈미트는 위 두 비평가를 비판적으로 수용하면서 간행자를 푸슈킨과 엄격히 구별한다. 슈미트는 벨킨을 소개하는 '간행자로부터'에 나타난 벨킨의 우습고 그로테스크하고 부조리한 면을 간행자와 이웃 지주의 탓으로 보며 간행자의 말로써는 벨킨의 정체에 대해 알 수 없으나, 벨킨이 이어지는 이야기들에서 이야기의 숨은 의미를 상징적으로 암시하고 예고하는 숨은 작가의 역할을 하는 것으로 본다. 그는 『미

---

3 В. Виноградов, *Стиль Пушкина*(М., 1941), 538.

4 같은 책, 539.

5 С. Г. Бочаров, *Поэтика Пушкина*(М., 1974), 144-145.

6 같은 책, 143.

성년』에서 따온 서사를 간행자가 쓴 것으로 보고 간행자가 벨킨과 미트로판을 혼동하고 있다고 본다. 흥미로운 것은 슈미트가 벨킨이 여러 사람으로부터 이야기를 들었다고 하는 말에서 푸슈킨이 여러 세계 문학 작품들에서 슈제트를 가져와 러시아문학에 적용시켰다는 것을 읽는다는 점이다.[7] 그의 『벨킨이야기』 연구는 실상 상호텍스트성에 가장 많은 관심을 보이고 있다. 그는 비규정적인 벨킨이나 이웃 지주, 그리고 간행자가 시작되는 다섯 단편들 앞에 놓여 이야기의 의미가 다양하게 분화되는 데 기여한다고 보았다. 이렇듯 세 학자는 모두 벨킨의 정체불명성에 의견을 모은다. 그의 정체는 불분명하거나 애매하고 이중적이며 다른 화자들과의 경계가 희미하다는 것이다. 보차로프는 벨킨이 비규정적 인물인 것이 바로 대상을 정확하고 날카롭게 서술하려는 푸슈킨의 의도에 부합하는 바, 소설의 구성적 역할에 중요하다고 보며, 비노그라도프는 벨킨의 애매성이 바로 독자로 하여금 그의 형상을 소설 안에서 찾도록 자극한다고 말한다.[8] 슈미트도 벨킨의 정체불명성에 대해 언급했다는 것은 위에서 지적했다.

이 지점에서 필자는 견해를 달리 한다. 필자는 벨킨을 소설의 작가 — 물론 실제 인물이 아니라 푸슈킨이 꾸며낸 인물로서 작가로 내세워진 인물이면서, 독자의 측면에서 보면 단편소설의 추상적 작가라고 본다. 그러나 필자는 벨킨이 충분하게 실존적인 모습을 띠고 있다고 본다. 바로 다섯 이야기들 앞에 붙인 '간행자로부터'는 작가 벨킨이 자기 자신에 대해 소개하고 있는 허구적인 글이 아닌가! '간행자로부터'에서 작가 벨킨은 그를 이해하지 못하는, 주변에 있는 인물을 통하여 자신에 대해 소개하여 자신의 모순적 삶의 모습을 보여 주고 있다. 슈미트는 벨킨과 푸슈킨의 작가로서

---

7 B. Шмид, *Проза Пушкина в поэтическом прочтении* 「*Повести Белкина*」(С-Петербург, 1996), 46-48. 러시아의 푸슈킨 학자들보다 더 철저하게 푸슈킨의 산문 텍스트를 운문 텍스트로 읽는 볼프 슈미트의 연구는 필자에게 푸슈킨의 산문을 읽는 방법을 가르쳐 주었고 푸슈킨의 산문에 대한 글을 쓰는 데 큰 도움을 주었다.

8 B. Виноградов, *Стиль Пушкина*(М., 1941), 543.

의 전기적 상황과의 관련성, 벨킨과 당시 문단과의 연관성을 언급할 뿐이고, 보차로프는 '간행자로부터'는 벨킨에 대한 이야기이기는 하지만 벨킨이 쓴 이야기가 아니라고 본다. 필자의 견해는 다르다. 필자의 견해로는 '간행자로부터'에서 작가 벨킨은 다섯 이야기의 작가(숨은 작가)로서 벨킨 자신의 삶의 부조리를 표현하고 있다. 푸슈킨은 '간행자로부터'에서 자신의 분신, 이 소설의 작가로서의 푸슈킨, 즉 소설의 추상적 작가인 벨킨의 전기를 꾸며내어 그의 삶의 성격을 보여주고 독자로 하여금 앞으로 읽을 소설들을 쓴 작가에 대해서 알려준다. 벨킨은 누구인가? 그의 삶의 성격은 어떠한가? 우리는 그를 소개하는 이웃 지주와 간행자의 말로써 벨킨에 대해 상상하게 된다. 비노그라도프나 보차로프, 슈미트 모두 간행자나 이웃 지주의 말로써는 벨킨에 대해 거의 전혀 알 수 없다고 한다. 예를 들어 보차로프는 벨킨이 '여성에 대해서는 지대한 인력(引力)을 느낀 것 같사오나 그의 수치심은 실로 처녀다운 것이었다'는 이웃 지주의 말로부터 벨킨이 전혀 아무런 성격을 드러내지 못하는 한 예를 본다.[9] 그러나 필자는 이 부분을 다르게 읽는다. 필자에게 이 부분은 벨킨의 내면적 열정을 보여주는 부분인 것이다. 그것은 필자가 동양적인 문화를 체화하고 있기 때문에 행동하지 않는 열정이 더 깊을 수 있다는 것을 생각하기 때문인지도 모르겠다. 이와 같이 간행자나 이웃 지주의 말을 대하는 태도는 독자마다 다를 수 있다. 간행자나 이웃 지주의 말을 다 믿을 수는 없지만 이들의 말에서 전혀 벨킨에 대해 정보를 얻을 수 없는 것은 아니다. 물론 간행자나 이웃 지주가 벨킨을 제대로 알고 있는 것은 아니다. 오히려 그들이 크게 잘못 알고 있다는 생각이 드는 것도 사실이다. 그러나 이들의 말을 들으며 우리는 이들의 시각을 거리감을 가지고 파악하면서 벨킨을 살펴볼 수 있다. 그는 성질이 겸손하고 온유한 것 같으며, 감정이 부드럽고 소박하고, 오로지 문학에만 관심을 쏟는 사람으로 다른 일에는 무능하며 또 전혀 관심이 없는 것 같

---

9   C. Г. Бочаров, *Поэтика Пушкина*(M., 1974), 143.

다. 50루블과 25루블을 구별하지 못하는, 이야기 잘 하는 가정부에게 영지 관리를 맡긴다든지, 장부 검사를 할 때 코를 곤다든지 하는 지주의 역할을 제대로 해내지 못하는 사람이다. 또 그의 상속녀가 그를 전혀 모른다는 것도 그가 이상할 만큼 사람들과 만나지 않고 살았거나 다른 일에 그로테스크할 만큼 게을렀거나 하는 것을 보여준다. 그러나 그는 현실에서 여러 사람의 말에 귀를 귀울이며(벨킨이 쓴 이야기는 실상 여러 인물들이 이야기해준 것이라고 벨킨의 원고에 쓰여 있다) 그들의 살아가는 모습을 관심을 가지고 관찰하며 이로부터 훌륭한 소설을 쓴 사람이다. 이웃 지주는 그가 현실에서 유래한 이야기들을 썼을 뿐이며 지명은 근처에서 따온 그대로 썼고 이름만을 좀 바꾸었을 뿐이라고 말하며 이는 작가의 재능의 부족, 상상력의 부족을 말하는 것이라고 하지만, 이는 소설 속의 사건이 마치 현실에서 일어나는 듯한 느낌을 이웃 지주에게 불러일으킨 때문이라고 할 수 있다. 작가 벨킨은 인간사에 대하여 호기심을 가지고 일화를 듣고 인간에 대해 깊이 생각하고 인간성을 통찰하여 그가 인간에 대해 이해한 것이 소설적 장치를 통하여 선명하게 모습을 드러내도록 한다. 현실에서 잘 안 보이는 것을 보게 만들고 좀 더 깊게 느끼도록 그는 시간과 공간을 뚜렷하게 설정하고 장면, 인물, 행위를 치밀하게 배열하고 단어를 함축적으로 사용하며 문체와 서술구조를 정교하게 다듬었다. 특히 인물과 화자의 시점, 그 둘 사이의 관계, 또 이들을 보는 자신의 시점을 드러내는 데 예리하고 공정하게, 그러나 결코 자신의 정당함이나 예리함을 과시하지 않고 내면적 열정을 품고 겸손하고 따뜻하게 이야기를 해나간다. 그는 어휘는 물론 숫자나 음성적 요소에 이르기까지 텍스트의 모든 미세한 부분에 신경을 쓰고 있다. 푸슈킨은 자부심을 가지고 말했었다. 바로 벨킨처럼 글을 써야 한다고.

그의 가장 큰 공적은 역시 정교한 서술구조이다. 그가 의식적으로 이러한 서술구조를 만들어냈다고 말할 수도 있겠고 그의 객관적이고 포괄적인 인간 탐구의 산문 정신이 자신이 쓴 이야기들의 서술구조에 가장 뚜렷하게 나타났다고 말할 수도 있을 것이다. 그의 서술구조의 성격은 뒤에 이 야기들을 살펴보는 과정에서 구체적으로 언급될 것이지만 간단히 간추려 본다면 작가 벨킨은 간행자나 이웃 지주로 하여금 자신을 소개시키는 과 정에서 이 두 사람보다 상위에서 이들을 객관적인 시점으로 바라보며, 이 어지는 이야기에서 여러 인간들을 등장시키고 그들이나 그들에 대한 이야 기를 하는 화자에 대해 적정한 거리를 취하고 있다는 점이다. 그가 쓴 소설 들 속의 사건에 대해서 그가 여러 인물들로부터 들었다고 하는 전제부터 가 사건에 대한 객관적 거리를 담보하는 데 일조한다. 즉, 이야기를 듣는다 는 행위 자체가 성숙한 인간에게는 사건과의 거리를 취하게 해주며 또 이 야기를 듣고 쓰기까지 벨킨이 인간들에 대해 생각하게 되는 시간과 노력 을 말해주기 때문이다. 여기서부터 독자는 벨킨과 화자 및 인물들 간의 거 리를 전제하게 된다. 작가가 서술의 대상(화자 및 인물)에서 일단 거리를 취 하게 된다는 것은 그 대상을 일의적으로 규정하지 않고 다의적으로 보는 것을 말함이다. 작가 벨킨은 이런 눈으로 사물을 다중적인 시각에서 객관 적으로 조명하여 복잡한 관련성 속에 얽혀 있는 인생의 총체성을 제시하 여 독자들로 하여금 세상을 다각도로 열린 시각으로 보도록 끌어들인다. 그러면 이상적인 단편 작가인 벨킨의 운명은 어땠나? 그는 당시 문단으로 부터 이해받지도 못했고, 그와 알고 지내던 사람은 그의 소설가로서의 능 력에는 전혀 관심이 없을 뿐 아니라 또 그의 초고들이 도배 등 제가사잡용 (諸家事雜用)으로 쓰였다는 사실도, 또 간행자의 현학적 말투와 앞뒤가 안 맞는 행동거지에서 느껴지는 당시 문단의 수준 등에서 우리는 그가 그를 이해하지 못하는 사회적, 문학적 현실 속에 살았던 것을 알 수 있다. 그의 죽음 또한 그러하다. 그가 감기열이 났을 때 열병으로 심해졌으나 티눈 같 은 것을 잘 고치는 의사의 손에 맡겨졌다는 것에서 짐작할 수 있듯이 의사 도 제대로 만나지 못하고 부조리한 죽음을 맞는다.

　그처럼 훌륭한 소설을 쓴 이상적인 소설가 벨킨은 자신과 모순되는 현실 속에서 부조리한 삶을 살았고 부조리한 죽음을 맞았다. 기존의 사회현실과 작가의 순수 사이의 긴장관계는 작가 벨킨의 삶의 성격이다. 그는 모순성의 삶의 한가운데 있었다. 그리고 푸슈킨은 독자들로 하여금 그에 대해 연민을 느끼게끔 한다.

위에서 필자는 소설가 벨킨의 공적(功績)인 소설의 서술구조의 특성, 그것이 보여주는 포괄적이고 총체적인 인간 탐구의 산문 정신과 그의 삶 및 죽음의 관계, 그 부조리, 모순성에 대해 언급하였다. 이제 그를 소개한 간행자와 이웃 지주에 대해 살펴보자. 간행자는 모든 일을 정확하게 처리하려는 출판인임을 과시하며 고풍스럽고 복잡한 문장으로 아는 체, 똑똑한 체하느라고 애쓰지만 그런 태도에 어울리지 않게 내용은 그의 판단의 어리석음을 말해주고 있어서 그 불균형이 우스꽝스럽다. 그가 벨킨의 신상 문제를 묻기 위해 접촉한 사람은 우선 작가의 정신세계를 아는 데는 관심이 없는 사람으로 보이며 질문 사항들도 그의 작가로서의 특징을 알기 위해서라고 볼 수 없는 것들이다. 게다가 이웃 지주의 편지를 받고 그것을 가장 정확하고 믿을만한 정보로 여긴다는 것도 그의 판단의 편협성을 보여준다. 또 아무 생략이나 주석이나 첨가 없이 이웃 지주의 편지를 게재하겠다고 해놓고 금세 자기 말을 번복하며 주를 달고 생략하는 자가당착을 보인다.

이웃 지주 역시 부자연스럽게 점잔 빼는 고풍스러운 말투로 벨킨의 정체에 대해 자기 자신의 가치관에 입각해서 말한다. 그러나 독자는 그가 작가 벨킨의 실체에서 가장 중요한 것을 놓치거나 잘못 판단하는 모순성을 목격하고 우스운 느낌을 갖게 된다. 그는 자신의 영지 경영의 꼼꼼함과 대비되는 벨킨의 지주로서의 무능함을 주로 말하며 그 과정에서 자신의 철저함을 과시하기도 한다. 그는 벨킨의 재능을 추측하지도 못하고 작가 계층 자체가 미성숙한 인간들이라고 여기며 자기가 작가로 여겨지는 것을 부끄러워한다는 것을 슬쩍 드러내 보이면서 작가 계층을 경멸하기도 한다. 이 둘이 보이는 편협성과 자가당착은 작가의 우월한 시점의 눈으로부터 날카롭게 포착되어 있고 작가 벨킨이 처한 부조리한 현실을 드러내는 기능을 하고 있다.

그러면 벨킨을 굴절시켜 소개하는 부분인 '간행자로부터'는 무엇을 나타내려고 하는 것일까? 이 단편소설집에서 '간행자로부터'라는 특수한 부분은 어떤 기능을 하는 것일까? 푸슈킨은 어째서 이웃 지주, 간행자의 말과 행동의 모순을 보여주면서 작가 벨킨이 처한 부조리한 상황을 드러내는 것일까?

'간행자로부터'를 읽으면서 우리는 아무도 간행자나 이웃 지주의 말을 곧이곧대로 믿지 않고 이웃 지주의 말대로 뒤에 소개하는 이야기들이 실제로 일어난 일이라는 것을 믿지 않는다. '간행자로부터'라는 부분 때문에 우리는 소설 속의 현실이 벨킨이 만들어낸 허구(虛構)적 현실이라는 것을 인식하게 되고 그 사실을 명심하게 된다. 즉, 작가는 허구적 말하기의 문제를 다섯 단편 소설들에 앞서 각 소설의 내용과 무관하게 다루고 있다. 여기서 작가는 자신의 철학적, 문학적 견해를 직접적으로 드러낸다기보다는 자기가 쓴 작품과 말하자면 유희를 벌이고 있다. 이로써 작가는 자신이 쓴 이야기에 대한 거리를 담보한다. '간행자로부터'가 시작하기 전에 제목에 이어 바로 붙여진 서사(序詞)에서 허구와 현실을 혼동하는 말이 폰 비진의 『미성년』으로부터 취해진 것도 이런 맥락에서 해석할 수 있다. 작가는 자신과 달리 허구와 현실을 구분하지 못하는 사람들의 대화를 인용함으로써 그들의 의식을 폭로하고 이와 대조되는, 허구와 현실을 구분하는, 작가의 자의식을 드러내고 있다. 서사는 물론이고 '간행자로부터'의 내용인 문학인들에 대한 이웃 지주의 견해, 간행자의 현학적 말투 등은 모두 이러한 작가의 자의식 — 자신의 이야기의 위상에 대한 인식 — 을 보여주는 방법들이다. 결국 앞으로 소설 안에서 일어나는 사건이 허구라는 것에 대한 의식을 독자로 하여금 잊지 않도록 하려는 장치이다. 그럼으로써 작가는 현실과 삶에 대한 독자의 성찰과 판단을 유도할 수 있게 된다.[10] 이는 뒤에서 낭만적 아니러니와 연결하여 언급되겠으나 케테 함부르거가 말하는 유머적 서사와 연관이 있는 생각이다. '간행자로부터'에서는 푸슈킨이 자기의 작품과 벌이는 유희로서 낭만적 아이러니, 유머적 서사가 나타나 있는 것으로 볼 수 있다. 여기서 푸슈킨이 객관적 거리를 가지고 산문을 쓰는 자신을 형상화하는 눈은 작가 벨킨의 역량에서 드러나듯 부조리와 모순을 바라볼 수 있는 눈이고 동시에 벨킨을 동정하고 이해하는 따뜻한 눈이다. 작가의 간행자와 이웃 지주에 대한 눈도 마찬가지로 객관적 거리감을 가진 눈인 동시에 그들에 대한 호의도 보여주는 눈이다. 이웃 지주가 벨킨의 어리석음에도 불구하고 벨킨과의 우정이 손상되지 않았다고 하는 부분에서 그가 벨킨과 다르면서도 벨킨을 이해하고 아끼는 마음을 느껴지면서 우리는 작가가 이웃 지주에게 보내는 호의를 느낄 수 있으며, 또 간행자가 주 없이, 첨삭 없이 이웃 지주의 편지를 게재하겠다고 말하면서도 여자와 관계된 벨킨의 이야기를 줄여버리는 것을 이야기하는 주석에서 간행자의 벨킨에 대한 자기 나름의 배려 및 아끼는 마음을 볼 수 있기에 우리는 간행자에 대해서도 날카로운 비판의 시선만을 보낼 수 없게 된다. 이처럼 푸슈킨은 자신의 작품의 위상, 자신의 작가로서의 자아인식을 표현하는 데 있어서 자신이 처한 상황을 공정하게 그리고 자유로운 거리를 가지고 조감할 수 있도록 하는 장치로서 '간행자로부터'를 나중에 덧붙였다고 볼 수 있다.

3

이어지는, 벨킨이 쓴 이야기들 속의 인간의 삶과 죽음 역시 모순적이다.

---

10   이는 뒤에서 낭만적 아이러니와 연결하여 언급되겠으나 케테 함부르거가 말하는 유머적 서사와 연관이 있는 생각이다. '간행자로부터'에서는 푸슈킨이 자기의 작품과 벌이는 유희로서의 낭만적 아이러니, 유머적 서사가 나타나 있는 것으로 볼 수 있다.

벨킨의 눈은 삶의 모순성을 그 자신이 처한 모순적인 삶의 한가운데서 포착하였던 것이다. 벨킨은 인생의 모순적인 모습을 인식하고, 위에서 벨킨의 예술적 솜씨에 대해서 말한 바와 같이 모든 소설적 장치를 동원하여 인생을 총체적으로 제시하고 있다.

각각의 이야기의 내용을 살펴보면 「발사」는 실비오라는 모순에 가득 찬 인간이 자기보다 더 멋있는 포즈를 취하는 것으로 보이는 백작에 대한 복수심으로 일생 동안 총 쏘기를 연습하며 사는데, 발사하려고 마음먹는 순간 쏘지 못한다는 이야기이고,

「눈보라」는 소설과 삶을 동일시하는 모순성에서 비롯된, 계획된 결혼식은 눈보라로 인하여 거행되지 못하고 눈보라 속에서 처음 만난 젊은 남녀의 우연한 결혼이 운명적인 결혼이 된다는 이야기이다.

「장의사」는 죽은 사람과 더 가까운 감정적인 유대를 느끼며 살아가는 모순적인 인간이 죽은 사람들을 집들이에 초대하여 꿈속에서 그들과 파티를 연다는 이야기이고,

「역참지기」는 딸에게 지나친 집착을 보이던 아버지가 젊은 남자와 함께 아버지를 몰래 떠난 딸이 행복하게 지내는 것을 직접 보고도 인정하기 싫어하며 과거에 딸과 함께 살았던 역참에서 계속 상실만을 생각하며 딸을 그리워하면서 딸이 죽기를 바라는 모순적 인간의 이야기이며,

「귀족 아가씨 농촌 처녀」는 귀족 신분이면서 귀족 신분이 아닌 모습으로 행동해야 하는 모순적 상황 속에서 만나 진정한 사랑을 하게 되는 젊은 남녀의 이야기이다.

필자가 위의 내용을 전달받은 것은 소설적인 장치의 힘에 의해서이지 화자를 믿거나 등장인물의 심리에 동조해서 그들의 말을 그대로 받아들이지 않은 결과라고 할 수 있다. 앞에서도 언급했지만 위 다섯 이야기에서 작가가 모순과 부조리에 가득 찬 인생과 현실에 대한 인식을 전해주는 장치로서 그의 서사구조는 중요한 역할을 한다. 작가 벨킨은 여러 인간들을 등

장시키고 그들이나 그들에 대한 이야기를 하는 화자에 대해 적정한 거리를 취하여 인생을 다중(多重)적인 시각에서 객관적으로 조명하여 복잡한 관련성 속에 얽혀 있는 인생의 총체성을 제시하는 것이다. 이야기의 화자는 하나의 독립적 인물로서 윤곽을 뚜렷이 나타내기도 하지만 그렇지 않기도 하다. 또 소설의 작가 벨킨에게 근사(近似)하게 접근하기도 하고 또 그와 상당한 거리를 두고 있기도 하다. 그러나 이 모든 경우에 작가 벨킨은 화자로 하여금 말을 하게 하면서도 그 말에서 그 말에 대한 작가의 객관적 시점이 느껴지도록 하고 있다.

　이야기를 전달하는 인물 화자가 뚜렷이 나타나는 경우는 「발사」와 「역참지기」인데 이 이야기들의 주인공들뿐만 아니라 화자들 또한 모순에 찬 인생을 살아가는 것을 작가는 우월한 객관적 시점에서 보여주고 있다. 예를 들면 「발사」의 앞부분, 즉 화자가 실비오에 대해 소개하는 부분에서 우리는 화자의 말을 따라가면서 실비오를 눈앞에 그리게 되는데 시간이 갈수록 독자는 화자의 말을 신뢰할 수 없게 되며 그의 실비오에 대한 발언의 진실성을 의심하게 된다. 그것은 화자의 말 속에서 우리가 그의 판단의 한계성을 보는 작가의 시점을 획득하게 되기 때문이다. 화자는 우선 실비오가 신비하게 보이는 이유로서 들고 있는 몇 가지 점들, 즉 그가 군인이 아니면서 젊은 군인들 곁에 있다는 것, 그가 낡은 옷을 입고 말을 타지 않고 항상 걸어다니는 것, 그러면서 술을 많이 준비하는 식사를 대접하는 것, 또 그가 책이 많은데 책을 기꺼이 빌려주고 돌려달라고 하지 않고 대신 빌려간 책을 돌려주지 않는다는 것, 그가 훌륭한 총 솜씨를 지닌 사람으로 그의 소일은 총쏘기라는 것 등인데, 여기서 독자는 실비오가 신비로운 인물이라기보다는 스스로 모순적인 행동을 보이며 갈등 속에 사는 신비로울 것 없는 인간이라는 것을 조금씩 생각해보게 된다. 실비오는 나이가 들어 하는 일 없이 젊은 사람들에게 폼을 잡으며 술과(그가 초대하는 식사에는 '샴페인이 강물처럼 철철 넘쳤다'라는 부분에서 그가 술을 즐겼다는 것을 추측해 볼 수 있다) 총쏘기, 카드놀이로 소일하며(카드놀이를 하지 않는다고 말하면서도 그가 카드놀이 하는 동안 줄곧 침묵을 지키는 버릇이 있다고 화자가 말하는 부분에서, 또 새로 온 장교만이 그 것을 모르고 문제를 일으킨 것으로 보아) 공허한 생활을 하며 지내는 사람이라고 생각하게 된다. 그러나 화자는 실비오가 결투에 대해서 말하기 싫어하는 것을 그가 그냥 자신의 비상한 총솜씨 때문에 누구를 죽여서 가슴 아프기 때문이라고 생각하고 또 외모만 봐도 비겁함이 있으리라고 전혀 의심할 수 없는 사람들이 있는 법이라고 생각한다. 독자는 점차로 화자의 사고의 지평이 좁다는 것도 느끼게 되며 실비오의 정체에 대해 점점 더 화자의 말을 비판적으로 생각하면서 들을 태세가 된다.

그런데 다른 한편 독자는 화자가 이러한 시점(視點)을 갖는 것을 이해하는 작가의 시선을 동시에 느끼게 된다. 재미라고는 전혀 없는 시골 도시, 그곳에서 관심을 끄는 실비오, 그들이 즐기러 갈 수 있는 곳이라고는 술과 카드놀이가 있는 그의 집뿐임을 생각할 때, 또 소설적인 공상을 하는 화자를 생각할 때 그를 멋있게 생각하는 것도 또한 무리가 아니라는 생각을 갖게 되는 것이다.

실비오나 백작이 직접화법으로 자신의 말을 하는 부분에서 우리는 그들의 말을 통하여 그들의 심리나 사건의 실체에 점점 파고들어가게 되는데 그때 우리는 화자가 함께 있다는 생각을 하며 이를 듣게 된다. 또 화자는 자신의 존재를 실비오나 백작의 독백 중간에 끼어 들어 상기시키기도 한다. 실비오, 백작, 화자의 정체는 이러한 서술구조를 의식하며 행한 꼼꼼한 독서 이후에 나름대로 독자에게 전해져 오는 것이다. 실비오는 우리나라 1980년대 기성 체제에 반발하는 삶에 몰두하며 으쓱거리고 살다가 좌절하고 그 이후 과거 자기 모습에 대한 미련을 버리지 못하고 과거 자기의 원칙과 태도를 고수하며 현실에서 고립되어 외롭고 부자연스러운 생활을 하게 되는 한 젊은이의 삶에 대한 이야기를 상기시킨다. 실비오는 나폴레옹 전쟁 이후 자유주의가 풍미하던 시절 젊음을 구가하며 살다가 백작이 나타나자 좌절하나 자신의 과거에 집착하며 사는 한 젊은이의 이야기라고 볼 수 있다. 그는 백작이라는 새로운 현실 앞에서 좌절하지만 과거 자신의 생활에 집착하여 계속 젊은이들 근처에서 살아간다. 그러나 할 일이라고는 술과 도박뿐이고 그는 자신이 제일 멋있지 않은 것에 분노하며 모욕받았다고 생각하면서 분풀이하여 현실에서 승자가 되고 싶다는 생각을 품으나 현실에 대한 증오를 품고 살아간다. 여기서 문제가 되는 것은 현실이 옳다거나 그르다거나 하는 것이 아니라 현실에서 승자가 되고 싶으면서도 현실을 받아들이지 않고 또 못하는 인간의 모순된 심리에 관한 것이다. 능력은 있으되 할 일이 없는 실비오, 시대적 모순이자 실존적 모순을 보이는 실비오는 1부의 끝에서 현실 속으로 뛰어들려고 한다. 그러나 그는 2부에서 이미 현실에서 낙오된 스스로를 인정하지 않을 수 없게 된다. 자신에 대한 자각 속에서 자신의 초라함을 느끼며(그러나 계속 멋있게 보이려는 의도를 품고 죽음까지도 무릅쓰는지도 모른다) 전투에 나가 죽게 된다. 그는 새롭게 변화한 현실 속에서 백작이 총을 쏜 그림에 다시 총을 쏘아 인생에서 패배한 경쟁자의 흔적을 남기는 일 이외에는 아무 할 일이 없었다. 그가 설 자리는 아무 데도 없었던 것이다. 여기에서 중요한 것은 그가 굉장한 각오를 하고(1부 끝에서 실비오는 화자에게 이제는 아마도 다시 보지 못할 거라고 비장한 각오로 말한다) 현실에 뛰어들었을 때 이미 아무런 일을 할 수 없는 인생의 모순성이다. 이러한 모순적인 존재로서 불행하게 생을 마감한 실비오에 비해 백작의 삶은 다르게 진행된다. 모든 것을 부여받았으면서 그것을 고마워할 줄 모르고 실비오의 질투를 이해하지 못하고 기꺼이 목숨을 내던질 태세가 되어 있었던 백작은 자신이 가진 것의 소중함을 인식하고 그것을 지키려고 비겁하기까지한 행동을 한다(두번 째 결투에서 누가 먼저 쏘는가를 다시 정하도록 제비뽑기 하는 것을 허락하는 것).

1부에서 실비오를 경탄하던 화자는 실비오의 고백을 들은 후 그의 모순적인 모습을 느끼고(화자는 실비오의 말을 듣고 이상하고 모순된 감정이 자신을 휩싸는 것을 느낀다) 세상에 대한 생각이 달라졌으리라고 여겨진다. 2부에서 그는 자신의 시골 영지에서 외로움을 느끼며 조심스레 살고 있는 현실을 인정하는 인간으로 보인다. 이제 그가 경탄하던 실비오에 관한 기억은 파리를 쏘아 죽이던 우스꽝스러운 인물에 대한 것으로 남아 있다. 백작에 대한 경탄, 현실에서 성공한 모습에 대한 경탄이 과거 실비오의 낭만주의 소설의 주인공 같은 비밀에 찬 모습에 대한 경탄을 대체하고 있다. 그리고 그는 더 이상 실비오에 관해 큰 관심을 보이지 않고 무심히 그가 전투에 나가 죽었다고 들은 사실만을 말한다. 시대가 삼켜버린 실비오라는 모순된 인물은 그를 신비스럽게 여겼던 화자의 뇌리에서도 완전히 지워져버리는 셈이다. 화자 또한 그러한 현실의 법칙을 인정하고 살아가는 한 외로운 사람일 수밖에 없는 것이다.

「역참지기」에서도 역시 작가의 화자와 인물에 대한 관계는 마찬가지다. 작가가 서술 대상인 화자와 인물들로부터 거리를 취하고 있다는 것은 작품의 초두에서부터 느껴진다. 화자는 소설의 초두에 역참지기 계층에 대한 매우 동정적인 태도를 보이고 그들의 고생스러운 처지와 그들의 선량함에 대해 말한다. 여행객들은 모두 그들을 함부로 대하고 그들은 부당하게 취급당한다는 투다. 그리고 그들이 사회적으로 낮은 계층이고 관등이어서 고생이 심하고 부당하게 학대받는다고 말한다. 또 그들은 평화로운 사람들이며 친절하고 사교성이 좋은 사람들이며 그들의 이야기로부터 재미있고 교훈적인 이야기를 들을 수 있다고 한다. 그런데 그가 그렇게 생각하는 이유로 말하는 것 중에, 예를 들어 역참지기가 비가 오면 빗속으로, 진창 속으로 이 마당 저 마당을 뛰어다니며 마구를 챙겨야 한다고 하는 말 등에서 독자는 그가 역참지기가 으레 해야 되는 일을 하는 것에 대해서 너무 동정적으로 말하는 것이 아닌가, 그가 일방적인 생각을 하는 것은 아닐까 생각해보기 시작하게 된다. 그가 관등순으로 결국 인생이 흘러가는 것이라고 하는 말을 듣고 또 그가 소설 출판을 계획하고 있다는 말을 들으면서 독자는 점점 그의 가치관 및 그의 삶의 모습에 관심을 가지게 되며 그가 소설 쓰기를 하려는 범속한 아마추어라는 것에 생각이 이르게 된다. 또 그렇게 역참지기 계층을 불쌍히 여기는 그가 삼손 브린과 두냐를 대하면서 그들과 친밀감을 느끼는 것은 역참지기라는 계층이라기보다는 두냐의 여자로서의 매력이라는 점을 우리는 알게 된다. 한편 우리는 여기서 자기애에 빠져서 딸을 보는 삼손 브린이 두냐에게서 보지 못하는 면, 예를 들어 두냐가 남자를 적당히 알고 있으며 사교계에 나가도 될 만큼 시골의 역참과는 어울리지 않는 여자라는 것을 아는 화자의 시점을 지니게 된다. 그러나 그 다음에 그가 두냐에게 키스를 청하는 장면은 우리로 하여금 작가의 그에 대한 시점을 생각해 보게 한다. 그리고 그의 말에서 우리는 그가 어울리지 않는 운문까지 구사하며 자기 체험을 말하는 아마추어 작가로서 좀 바람기도 있는 센티멘탈한 사람이라는 것을 다시금 확인하게 된다:

…… Много могу я насчитать поцелуев

С тех пор как этим занимаюсь

Но ни один не оставил во мне столь долгого столь приятного воспоминания

…… 나는 키스라는

이 행위를 시작한 이래로

많은 키스를 헤아릴 수 있지만 그 어떤 키스도 내게 이렇게 오랜 동안 기분 좋은 기억을 남기지는 못했다.

　화자가 두 번째로 역참을 찾아갔을 때 자기가 쓸 책에 수록할 이야기를 들을 목적으로도 브린에게 술을 다섯 잔이나 권하고, 눈물을 소매로 훔쳐 가며 이야기하는 브린을 드미트레프의 아름다운 발라드에 등장하는 티렌 티이치와 비교해서 관찰하고 두냐가 불쌍하다고 생각하는 사람이다.

소설의 끝 부분에서도 이 화자는 돈이 넉넉하지 않은 사람으로서 두냐에 대한 추억과 아마도 두냐를 혹시 만날 수 있을지 모른다는 희망을 가지고 꽤 큰 돈을 들여가며 역참지기를 찾아가자 뚱뚱한 양조장집 마누라가 나올 때 그는 들인 돈이 아깝다는 생각을 하다가 그 마누라의 아들로부터 두냐의 행복해 보이는 모습을 전해 듣고 너무나도 황량한 브린의 무덤을 보면서 그녀가 역참지기의 무덤에 와서 찬 땅에 오래 엎드려 가슴 아파했다는 것을 안 다음에 돈을 아깝게 생각하지 않는다는 결말에서 우리는 그가 속으로 무슨 생각을 하고 있을까 곰곰이 생각해 보게 된다.

이렇게 화자의 정체에 대해 생각해보게 되는 과정에서 우리는 화자의 말에 대해서 또 그가 재구성한 삼손 브린의 말에 대해서 거리를 가지고 이야기를 읽게 되며 쓰여 있는 말 뒤의 진상을 꼼꼼히 생각해보며 사건의 진상을 전체적으로 파악하게 되는 것이다. 즉, 우리는 화자가 말해주고 알려준 모든 정보를, 즉 화자의 층위에서 일어난 모든 정보를 작가의 시점으로부터 다시 생각해보는 독서 행위를 요구당하게 되는 것이다. 그 결과로서 인물들이 처한 현실이나 그들 자신의 모순성이 느껴지는 몇 가지 예를 소설의 진행의 차례대로 들자면 다음과 같다:

딸을 진정한 모습이나 그녀의 욕망을 모르고 아내 대신으로 생각하며 그녀와 함께
영원히 살고 싶어하는 브린;
행운을 잡을 기회가 온다고 여겨지자 아버지를 속이고 민스키를 몰래 따라가는 두냐;
두냐에게서 계속 헤어날 수 없고 두냐를 사랑하면서도 미래에 대해 고민하지

않을 수 없는 민스키;

딸과 함께 살고 있던 자신의 집에 손님으로 와 있던 민스키의 집에 살고 있는 딸을 손님처럼 찾아온 브린;

페테르부르그에서 딸의 행복을 보고서도 믿기 싫어하는 브린;

자신을 떠나간 딸의 아름다움을 넋을 놓고 바라보는 브린;

다정한 마음의 소유자이면서 자신의 상황에 갈등을 느껴 브린을 계단 밑으로 밀어뜨리는 민스키;

딸이 어떤 모습으로라도 돌아오기를 바라지만 그렇지 않을 것을 알고 차라리 죽기를 바라는 브린;

여섯 필의 말이 끄는 마차에 세 아들, 유모, 강아지까지 데리고 찾아온 귀부인 두냐의 모습과 그녀가 버린 아버지의 황량한 무덤;

아버지가 죽은 후에야 그의 무덤에 찾아와 찬 땅에 한참을 엎드려 있는 두냐의 심리

그런데 이런 모순성은 소설의 모든 장치에 의해서, 아주 미세한 장치에 의해서도 느껴진다는 것을 지적하는 의미에서 위에서 든 예들 중에서 '딸과 함께 살고 있던 자신의 집에 손님으로 와 있던 민스키의 집에 살고 있는 딸을 손님처럼 찾아온 브린'이라는 생각을 하게 하는 데 기여한 음성적인 수단에 대해 잠시 눈을 돌려보자:

в Бурю, в крещенский мороз уходит он в сени, чтобы только на минуту отдохнуть от крика и толчков раздражённого постояльца.

눈보라 치는 겨울 혹한에도 그는 한 순간만이라도 신경이 곤두선 숙박인의 고함과 떼밀음을 피하려면 현관 마루로 나와 있어야 한다.

и (Минский) так полюбился доброму смотрителю, что на третье утро жаль было ему расстаться с любезным своим постояльцем.

사람 좋은 역참지기는 그(민스키)를 매우 좋아하게 되어 셋째 날 아침 자기에게 머물렀던 다정한 숙박인과 헤어지는 것이 못내 섭섭했다.

но военный лакей сказал ему сурово, что барин никого не принимает, грудью вытеснил его из передней и хлопнул двери ему под нос.
Смотритель постоял, постоял - да и пошёл.

그러나 졸병은 그에게 거칠게 주인님이 아무도 접견하지 않는다고 하며 그를 현관으로부터 가슴으로 밀어내고 그의 코앞에서 문을 쾅 닫았다. 역참지기는 얼마간 머물다가, 머물다가 마침내 물러갔다.

위의 첫 번째 문장에서 постояльца, 두 번째 문장에서 постояльцем, 세 번째 문장에서 постоял, постоял이라는 단어가 포함하는 음성적 요소의 반복은 위에서 필자가 말한 두 남자의 뒤바뀐 위치에서 브린이 느끼는 모순적 심리에 대한 생각(화자의 입으로는 말해지지 않는)을 더욱 뒷받침하게 된다.

위에서 음성적인 측면을 잠시 보았지만 소설적 장치란 크게 보면 인간과 관계되는 모든 것을 관찰한 결과를 작가가 소설 속의 말로 드러내는 데 있어서 자신이 관찰한 것을 독자가 효과적으로 받아들이도록 모든 말들을 배열하는 것이라고 볼 수 있다. 그래서 만족을 주는 작품일수록 소설의 내용이 인생의 기본적인 요소들과 관계되는 것들 ― 인생의 모든 단계, 인간의 오감, 의식주 ― 을 고루 건드리는 그런 작품일 것이라고 여겨진다. 작품 속의 사건이 탄생, 결혼, 죽음, 사랑, 이별, 계절, 연도(年度), 때, 날씨, 먹는 것, 마시는 것, 옷, 집, 돈, 시각, 청각, 촉각 등 이 모든 것들과 골고루 연결될 때 독자는 풍성한 만족감을 느끼게 될 것이다. 『벨킨이야기』는 작은 양의 단어로써 이 모든 것들을 담아내어 풍성한 만족감을 주는 작품이라고 생각된다. 필자의 눈에 띈 촉감의 한 예를 들어보겠다.

첫 번째, 화자가 역참을 찾았을 때 브린이 주는 인상은 생기 있고 매끈하다. 그는 오십 세가량 된 생기 있고 건장한 남자로서 긴 초록빛 프록코트에 예전에 받은 훈장 세 개를, 그것도 항상 자랑스레 걸고 있었기 때문에 리본 끈이 닳아 반들반들해졌음이 분명한 훈장 세 개를 달고 있었다.

Вижу, как теперь, самого хозяина, человека лет пятидесяти свежего и бодрого и его длинный зелёный сертук с тремя медалями на полинялых лентах.

두 번째, 그를 찾았을 때 그가 주는 느낌은 반대로 생기 없고 꺼칠꺼칠하다. 역참지기는 오랜 동안 면도를 하지 않은 채 꺼칠꺼칠한 털가죽 외투 밑에서 자고 있었던 것이다.

Смотрель спал под тулупом…… давно не бритого лица.

이는 민스키가 꺼칠꺼칠한 털모자와 털목도리, 털가죽 외투를 벗고 아름다운 남자로 모습을 드러낸 것과 대조를 이룬다

Сняв мокрую косматую шапку, отпутав шаль и сдернув шинель проезжий явился молодым стройным гусаром с черными усиками.

「눈보라」에서는 화자가 하나의 인물로서 나타나지는 않는다. 화자는 상당히 벨킨에 근접하여 인물들을 우월한 시점에서 평가하고 있다. 우리는 소설의 첫 부분부터 이를 목격할 수 있다. 그러나 우리는 소설이 진행됨

에 따라 이 화자가 보지 못하는 많은 부분을 작가가 보고 있다는 것을 점점 느끼게 되며 사건의 진상을 꼼꼼히 생각해야겠다는 긴장을 느끼게 된다. 화자가 블라지미르와 마랴가 사귀게 되는 처음 장면을 이야기할 때 우리는 그의 벨킨에 근접하는 우월한 시점을 알게 되며 그의 이야기에 빠져들어간다. 프랑스 소설로 교육을 받았으니 당연히 기구한 사랑을 해야겠다고 생각하는 마랴 가브릴로브나의 사랑의 대상으로 선택된 가난하고 물론 부모가 반대할 만한 블리디미르가 똑같은 열정으로 불타고 있었다는 것은 물론이라고 화자가 말할 때, 또 지극히 당연한 결과로서 먼저 블라디미르의 머릿속에 비밀 결혼이라는 생각이 떠올랐고 마랴의 소설적인 상상력을 물론 만족시켰다고 말할 때 우리는 화자의 두 인물에 대한 객관적 시점을 느끼고 마랴의 소설적인 공상을 현실에 옮기려는 무모함과 블라디미르의 현실적인 속셈을 간파하게 된다. 우리는 소설에 얹히고 눌려 실제로 낭만적이지 않은 남자를 낭만주의 소설의 주인공으로 상상하고 사랑한다고 여기는 마랴와 꼼꼼한 실리적 계산을 하며 달콤한 프랑스 소설에 나오는 달콤한 말로 마랴를 유혹하는 블라디미르에 대해 알게 되며 이들의 갈등, 또 이들 내부의 갈등이 예고되는 것을 느낀다. 그러나 계속되는 화자의 말만 가지고는 우리는 사건의 진상을 완전히 알 수 없는데 예를 들어 마랴가 동의한 블라디미르의 마지막 계획에 대한 화자의 말, 마랴가 결행 전날 밤잠을 이루지 못하고 고민하는 부분을 묘사하는 장면들에서 우리는 화자의 시점이 작가의 시점과 같은 것인지 조금씩 자신이 없어지게 된다. 또 블라디미르가 눈보라 속에서 헤매고 난 후 그가 부모님의 허락에도 불구하고 전쟁터로 가버리는 데서 우리는 사건의 진상을 파악하는 데 화자의 도움을 받을 수 없다. 그는 혼인식 사건 이후 블라디미르가 마랴의 집에 오지 않는 이유를 부모의 냉대 때문이라고 말한다(Владимира давно не видно было в доме Гаврила Гавриловича. Он был напуган обыкновенным приёмом). 또 2부에서 블라디미르에 대한 마랴의 추억이 신성한 것 같다며 그녀를 슬픈 정절을 간직한 여자로 표현하는 것을 보고 독자는 화자의 말만으로는 사건의 진상을 파악하는 것이 어렵다는 것을 느끼면서 스스로 사건의 진상을 파악하려는 읽기에 들어가고 말해지지 않는 곳에서 작가의 생각을 들을 태세가 된다. 그렇게 해서 전달받은 이야기의 내용을 말해보자면 다음과 같은 모순적인 상황들, 심리, 행동들이다:

비밀결혼을 하도록 하기까지 수많은 계획을 세우고 공을 들인 블라디미르가 교회로 가는 날 블라지미르가 혼인식 입회인을 구하는 데 시간을 쓸데없이 많이 소비하는 반면 혼인식을 하게 될 교회까지는 보통 20분 거리여서 두 시간이나 남았는데도 눈보라를 만나자 침착하지 못하고 너무나 초조해하다가 길을 잃고, 일이 그릇되자 진상도 제대로 알아보지 않고 그냥 포기해버리는 것(그래서 눈보라로 인하여 그들의 계획이 전혀 이루어지지 못하고 생면부지의 사람끼리 결혼하게 된 것은 반은 운명의 탓, 반은 인간의 탓이라고 할 수 있다. 화자가 마랴를 운명과 마부의 기술에 맡기자고 했을 때 이는 스스로 말을 몰았던 마부인 모순적 인간 블라디미르에게도 해당되는 말이다 (Поручив барышню попечению судьбы и искусству Терёшки-кучера......);

혼인식 이후 마리야가 그리워하는 사람이 그녀가 실망을 느낀 블라디미르가 아니라 아마도 그녀와 혼인하고 떠나버린 바람 같은 낯선 신랑 부르민이라는 점;

부르민이 진정 사랑하는 여인을 만났을 때 과거 자신의 장난기에 의한 결혼 때문에 결혼을 포기해야 되는 심정과 그것을 극복해 보려는 희망;

결혼을 포기해야 되는 바로 그 순간 그의 극복의 의지에 대한 선물인지 마리야가 자신의 아내인 것이 밝혀진다는 점 등이 그것이다.

「장의사」의 경우에는 화자가 단어를 극도로 아껴 장의사가 행하고 느끼는 것을 묘사하고 있기 때문에 화자의 위상을 파악하기가 어렵다. 소설의 암시적인 성격이 아드리얀을 여러 측면에서 바라보게 하기 때문이다. 다만 화자가 셰익스피어나 월터 스코트가 무덤 파는 사람들을 쾌활하고 농담을 좋아하는 사람들로 그린 것은 독자들의 상상력을 자극하기 위한 장치였을 뿐 진실성을 결여하고 있다고 하며 아드리얀은 그의 생업에 어울리게 침울하고 생각에 잠겨 있다고 말하는 부분에서 작가와 화자의 괴리가 느껴지는데 실상 아드리얀이 침울한 것은 그가 세상 사람들과 잘 어울리지 않고 자기 장사의 이득에 관계되는 것만을 생각하기 때문이다. 또 화자가 자신은 장의사의 딸들의 유럽식 의상에 대해 다른 작가들처럼 묘사하지 않고 다만 노란 모자와 빨간 구두를 신었다는 것만을 지적하고 넘어가겠다고 말하는 부분에서 작가는 화자에 대해 비판적인 웃음을 띠고 있다고 느끼게 되는데, 그것은 화자가 장황한 묘사를 피하겠다고 하면서 오히려 우스꽝스러운 묘사를 하게 되기 때문이다. 게다가 화자가, 물질적 이득만을 생각하는 폐쇄성과 장의사라는 직업의 성격의 그로테스크한 결합의 지배가(이는 장의사의 간판에 잘 나타난다) 낳은 모순적 삶에서 아드리얀이 스스로 벗어나는 용기를 보이는 것을 짐작하지 못했을 것 같은 생각이 든다. 아드리얀이 꿈속에서 힘껏 팔뼈를 뻗치며 포옹하려는 뼈들뿐인 죽은 쿠릴킨을 밀쳐 버리는데도!

「귀족 아가씨 - 농촌 처녀」의 경우에는 벨킨에 가장 근접하는 화자가 등장하는 것으로 보이는데 이는 대화가 무척 많이 들어 있고 화자가 그들의 행동을 비판적으로 평가하는 경우는 별로 없기 때문이다. 리자와 알렉세이의 상황적 모순이 결국 해결되리라는 작가의 메시지는 소설 여기저기 숨어 있는 것으로 보이는데, 예를 들어 소설의 앞부분에서 알렉세이의 연애편지가 아쿨리나라는 이름을 가진 여자를 통하여 사랑하는 여인에게로 가도록 되어 있는 부분에서도 이를 느낄 수 있다. 리자의 발은 알렉세이와 리자의 관계의 성격을 잘 드러내주는데 처음 알렉세이를 만나러 갈 때 리자는 완벽한 아쿨리나의 차림을 하였지만 신발만은 트로핌이 특별히 만들어준 알록달록한 짚신을 신었었다. 리자가 완전히 괴상하게 불란서 인형처럼 치장을 하고 알렉세이 앞에 나타났을 때, 그녀가 양껏 교태스럽게 신발을 걸치고 일부러 살짝 드러낸 그녀의 작은 발만은 알렉세이의 마음에 들었었다. 결국 알렉세이가 좋아한 것은 어떤 모습을 했건 리자의 발이다.

위에서 살펴보았듯이 벨킨은 인간들이 모순적 현실 한가운데 살아가고 인간 자체가 모순성을 지닌다는 것을 보았다. 그런데 이러한 모순성에 대처하는 자세는 인간마다 다르다. 벨킨 자신의 경우에는 자신에게 맞지 않는 환경 속에서 자신에 충실한 채 원망 않고 부드럽게 살아가며 훌륭한 작품을 남겼다고 할 수 있다. 소설의 등장인물들의 경우 행복과 불행, 자유와 부자유는 이러한 모순적이고 부조리한 인생과 현실에 어떻게 대처하느냐 하는 데 따라 결정 되었다.

실비오, 브린, 블라지미르는 인생과 현실의 모순을 보지 못하거나 인정하기 싫어하며 자신들의 불행이 모순을 인정하지 못하는 자신의 행동에서 결과한 것이라는 것을 알지 못하고 운명의 탓, 남의 탓으로 돌린다. 또한 이들은 모두 주위와의 진정한 대화가 단절된 상태에 있다. 그리고 스스로와의 솔직한 대화에도 무능하다. 그들은 자기 자신을 포함한 인생의 모순성을 인정하지 못하고 자기 의식 속에 폐쇄되어 부자유스럽게 살다가 파멸한다. 실비오는 벨킨이 가지는 여유, 인생에 대해 웃음을 띠는 여유를, 또 아마도 백작이 가지고 있다고 여겨지는 (실비오의 풍자시에 대해 답장으로 농담 삼아 쓴 백작의 풍자시는 너무나 기발하고 예리하고 쾌활한 웃음을 자아내는 것으로 실비오에게 보였었다) 그런 여유의 눈에 대해 분노하는 폐쇄적인 사람이다. 소설의 말미에서 "당신들 둘이 농담을 한다는 게 진실이냐구요?" 라고 묻는 백작부인에게 그는 "그는 항상 농담을 하지요……. 한번은 농담 삼아 내 뺨을 때렸고, 농담 삼아 여기 이 모자를 뚫었었고, 방금도 농담 삼아 저를 비껴 쏘았지요. 이젠 저도 농담이 좀 하고 싶군요……"라고 말한다. 그러나 그가 할 수 있었던 것은 농담이 아니라 분노와 좌절이었다. 「눈보라」의 블라디미르는 현실적인 계산을 하며 살았으나 오히려 그것에 차질이 오고 그때도 삶의 모순성을 인정하지 못하고 파멸한다. 반면 농담조의 말을 태평하게 하여 여자들의 관심을 끄는 부르민은 농담하듯이 혼인을 했던, 어쩌면 삶의 모순성을 이미 인정하고 있었던 사람이라고 하겠다. 그러나 벨킨은 백작과 부르민에게 그 농담의 정도가 여유라고 보기에는 너무 정도가 지나친 경우, 남을 상하게 하고 자신도 다치게 된다는 것을 체험하도록 하는 균형된 시각을 잃지 않는다. 마리야는 2부에서는 1부에서 보이던 자신의 모순성을 인정하고 이제 삶의 전략을 넉넉하게 세우는 여자가 되어 있다.

「장의사」와 「농촌 처녀 - 귀족 아가씨」의 경우에는 모순성을 인정하고 자신의 삶의 지평을 넓히는 계기가 주인공들에게 주어지는 행복한 결말을 보이고 있다. 벨킨은 부자유스러운 인간들을 비판적인 눈으로만 보는 것이 아니라 이들을 동정하고 있다 화자의 이들에 대한 동정 어린 발언이나 벨킨이 이들을 명분 있는 싸움으로 나가게 한 것이 이를 말해준다 하겠다.

또 모순적인 현실을 간파하고 겸허하게 이를 인정하고 자기의 운명을 개척해 나간 행복한 인간들 — 백작, 부르민, 마랴, 장의사, 리자, 알렉세이에게도 벨킨은 그들의 과오를 잊지 않고 그들이 극복할 수 있을 만한 벌을 그들에게 주었다.

4

벨킨이 인물들이나 화자보다 높은 눈높이에서 객관적인 거리를 가지고 그들의 인생을 다면적, 다중적으로 바라보며 총체적으로 제시하는 데 있어서 특히 두드러지는 것이 바로 벨킨이 이야기 속에서 일으키는 웃음이다. 그는 모순적인 삶, 그리고 그것에 대처하는 인간들의 모습을 그리면서 벨킨은 불행한 사람을 보거나 행복한 사람을 보거나 대체로 웃음을 잃지 않는다. 그 웃음의 성격은 다양하다. 소설 발표 당시부터 이 소설이 굉장한 웃음을 선사했다는 것은 바라틴스키나 큐헬베커의 반응으로부터 이미 잘 알려져 있다. 이 작품에 대한 수용의 커다란 부분은 '유쾌한 조롱', '선량한 마음에서 나오는 웃음', '패러디', '아이러니', '장난기', '천재의 장난', '우스 갯소리', '재미있는 작품', '농담'이라는 반응이었는데, 이 말들은 모두가 웃음과 연결되어 있다. 실상 이 작품이 일으키는 웃음은 여러 가지 성질의 것이다.[11] 쓴웃음, 어처구니없고 황당해서 나오는 웃음, 속으로 막 웃고 싶으나 크게는 못 웃고 킥킥 웃게 되는 웃음, 가슴 흐뭇한 미소, 환하게 웃는 웃음들이 있는데, 크게 두 가지로 나눈다면 인물들의 생각이나 행동을 보고 독자가 그들에 대해 거리감을 가지고 그들의 어리석음을 보거나 그들이 처한 부조리한 상황을 보고 우스꽝스럽거나 재미있어서 웃게 되는 경우와 인물들의 생각이나 행동이 흐뭇한 미소를 띠게 하는 경우가 있다고 여겨진다. 전자의 경우는 아이러니, 풍자와 가까이 연결되어 있고 후자는 유머와 가까울 것이다. 아이러니, 풍자, 유머 및 이에 인접한 문학비평적 개념들 — 패러디, 그로테스크, 코믹(희극성) — 은 매우 그 경계가 불확실한 것들일 뿐만 아니라 각 학자들마다 다르게 규정하고 있고 또 일상에서 이 개

---

11 웃음에 대해서는 여러 가지의 이론이 있다. 베르그송과 프로이트, 바흐틴은 주로 비판적, 공격적 성격의 웃음과 구속에서 벗어나는 해방감에서 웃는 웃음을 이야기한다. 프로이드는 웃음의 효과로서 심리적 비용의 절감, 억압의 해소를 말하고 베르그송은 웃음이 생명이 있는 것, 자연스러운 것에 죽은 것, 굳어진 것, 기계적인 것이 연결되었을 때 나오는 것이라며 웃음의 사회적 성격을 주로 논한다. 바흐틴과 리하초프의 경우에는 웃음의 공식적 규범의 파괴성에 관심을 둔다. 우리말로 된 책이나 연구들로서 지그문트 프로이트, 임인주 역, 『농담과 무의식의 관계』(열린책들, 1997); 앙리 베르그송, 정연복 역, 『웃음』(세계사, 1992); 이인영, 「반텍스트와 반복의 기호학-17세기 러시아 웃음문학을 중심으로」, 『러시아 연구』 제 4권(서울대학교 러시아연구소, 1994년), 117-144; 백용식, 「자살의 모티브와 희극성, 그리고 풍자성」, 『러시아어문학 연구논집』 제5집(한국러시아문학회, 1999년), 129-148; 백용식, 「마야꼬프스끼의 목욕탕 — 서사구조와 풍자」, 『러시아 연구』 제9권 제1호(서울대학교 러시아연구소, 1999년), 113-151; 안병팔, 「현대 러시아 유머의 언어학적 분석 — 현대 러시아 유머 작가 자도르노프의 작품을 중심으로」, 『러시아어문학 연구논집』 제5집(한국러시아어문학회, 1999년), 5-36을 들 수 있다.

넘을 사용하는 경우에도 사람마다 다르게 이해하고 있는 경우가 많다.[12] 아이러니와 유머의 경우는 더더욱 그러하다. 사전들[13]에서 유머를 찾아보면 사전에 따라서는 희극적인 것과 같은 것으로 보기도 하지만 대부분의 경우 유머의 개념 설명에는 희극적인 것의 한 종류로서 바깥으로 보기에는 우스우나 안으로는 진지한 면을 느끼게 하는 점, 사색, 관조하는 자세가 포함되는 점, 웃음의 대상에 관해 진지한 태도를 보이며 대상의 우스꽝스러움에도 불구하고 진실한 면을 이해하는 점, 조롱하는 파괴적인 웃음이나 우월하게 내려다보고 웃는 아이러니나 풍자와 달리 우리의 결함이나 어리석음이 우리의 선량함 등 장점의 이면이라는 것을 인식하고 호의적으로 미소를 짓는 점, 부자연스럽고 어리석은 것을 넘어 건강하고 자연스러운 세계관에 도달하는 것, 인간의 자기비판의 수단이자 자기주장의 수단이라는 점이 변별적인 자질로서 언급된다. 아이러니는 지성, 객관, 냉철함, 우월감, 회의, 조롱과 연결되는 반면 유머는 본성, 화해, 용서, 호의, 여유 등과 연결되어 있는데 이는 우리가 일상에서 이 단어들을 사용할 때 느끼는 것이기도 하다.

그런데 이 개념들, 특히 아이러니는 철학자들과 작가들이 매우 다양하게 사용하는 과정에서 그 어원과 원래의 좁은 의미에서 벗어나 점점 더 확장된 내포를 가지게 되었다. 그런 과정을 살핀다는 것은 흥미로운 과제이겠으나 필자의 능력 밖의 일일 뿐만 아니라 이 글과 직접적인 상관이 없

---

12 우리말로 된 것들 중 유머와 희극성에 관해서는 위에서 소개한 논문들을 참조할 수 있으며, 그 중에서 이인영의 논문은 풍자와 패러디에 대해서도 다루고 있다. 풍자를 다룬 논문으로 김규종, 「1920년대-30년대 소련 풍자에 대하여」, 『러시아어문학 연구논집』 제4집(1998년), 205-219; 이규환, 「살뜨이꼬프-시체드린의 장편소설 "골로블료프가의 사람들"에서의 풍자적 심리주의에 대하여」, 『러시아어문학 연구논집』 제4집(한국러시아문학회, 1998년), 67-79, 패러디를 다룬 논문으로 최선, 「뿌슈낀의 "눌린 백작"은 무엇을 겨냥한 패러디일까?」, 『러시아연구』 제4권(서울대학교 러시아연구소, 1994년), 177-195.

13 Краткая литературная энциклопедия, т. 8(Москва, 1975), 1012-1018, юмор; Gero von Wilpwert Sachwörterbuch der Literatur, 340, Humor, Словарь литературоведческих терминов(Москва, 1974), 145-149, Комическое.

을 것이고, 다만 이들이 이 개념을 가지고 세계와 인간을 탐구하는 데 있어서 발견한 결과, 또는 세계와 인간을 탐구하다가 부딪히게 된 이 개념에 대한 정의나 언급들은 비록 이것들이 그들의 사상사와 문화사적 맥락에서 이루어진 것이나 보편적 타당성을 지니고 있고, 필자의 경우에는 문학작품을 이해하는 데 중요한 도움을 주었으며, 특히 『벨킨이야기』에 대한 생각을 좀 더 진전, 심화시킬 수 있는 계기가 될 수 있었기 때문에, 산문 정신과 연관하여 이 개념들에 대해 잠깐 언급하려고 한다. 산문 정신 및 소설의 서술구조와 연관하여 중요하다고 여겨지는 것은 넓은 의미의 아이러니에 대한 정의들이다. 예를 들어 인생의 복잡성과 가치의 상대성에 대한 인식을 표현하는 것, 직설법으로서 가능한 것보다도 더욱 광범위하고 풍부한 의미를 표현하는 것, 지나치게 단순하거나 지나치게 독단적이기를 피하고 궁극적으로 균형 잡힌 넓은 시야를 성취하기 위한 것,[14] 굳어진 위치나 거짓된 정체를 버리도록 하는 간접적인 호소를 하는 것, 경험의 폭을 넓히고 창조적 정향 수립을 하게 하는 것[15] 등의 정의가 그것인데 이는 인생을 다의적, 총체적으로 보려는 작가정신과 직접적으로 연결되어 있다고 여겨진다. 토마스 만이 아이러니를 인생이라고 부르는 그 복잡하고 의심스러운 것에 대해서 우리들이 가지는 가장 심오한 지혜라고 보았을 때 이는 소설가 정신을 넘어 인간 정신의 핵심으로까지 아이러니를 확장하는 것으로 보인다.[16] 토마스 만이나 하이네, 플로베르, 괴테 등의 작가들에게 있어서 신은 전지전능하고 초월적이며, 절대적이고 무한하고 자유롭기 때문에 특히 뛰어난 아이러니스트이며 이에 반해서 아이러니의 희생자는 시간과 사물에 사로잡히고 잠겨 있으며 맹목적이고 우발적이며 제한되고 구속되어 있었다. 신의 응시는 절대적인 예술의 응시이며 그것은 절대적인 사랑이

---

14   D. C. Muecke, 『아이러니』, 문상득 역(서울대학교출판부, 1980), 44.

15   Dieter Wellershof, "Beipflichtendes und befreiendes Lachen", *Das Komische*, 425-426.

16   D. C. Muecke, 『아이러니』, 문상득 역(서울대학교출판부, 1980), 61.

면서 동시에 절대적인 허무주의이며 무관심이고 아이러니스트는 인류 전체를 인간 조건에 내재해 있는 아이러니의 회생자로 본다는 말은 작가의 산문정신의 핵심으로 아이러니를 본 것이라고 말할 수 있다.[17] 독일 낭만주의 철학자들과 연관하여 언급되는 낭만적 아이러니는 슐레겔의 아이러니 개념에서 비롯되어 이후 독일 철학가들의 중요한 논쟁의 대상이 되었다. 슐레겔은 아이러니가 창조적 진술의 절대성과 조건성, 불가능성과 필요불가 피성 간의 해결할 수 없는 모순에 대한 감정을 포함하고 또 유발한다고 보았는데 슐레겔의 아이러니는 괴테나 다른 낭만주의자들과는 달리 계몽주의의 기본 원칙인 자율적인 개인의 자유로운 자기사고로부터, 피히테적인 과장된 낭만주의적인 주관주의로부터, 자기 자신만을 중심으로 하는 관념론으로부터 벗어나 인간이 생각하고 만든 모든 것이 불완전한 것이라는 자각, 진리는 상대적이며 진리라는 것은 인간의 사고로서는 도달할 수 없다는 자각, 모든 것에 항상 유보적으로만 동의할 수 있다는 자각에서, 즉 절대적인 것에 대한 추구에서 나온 것이었다.[18]

슐레겔의 아이러니는 독일의 철학에서 아이러니와 유머에 대한 긴 논쟁을 낳았다. 철학자들은 자신의 철학적 원칙에 따라 아이러니에 대해 다양한 태도를 보였다. 헤겔이 주관적 낭만주의를 싫어한 것은 슐레겔 및 슐레겔의 아이러니 개념을 계속 혐오한 이유인 것이고, 끝없는 회의의 철학가 키에르케고르에게 있어서 이러한 사유 방식은 긍정적으로 풀이되었으며, 마르크스는 아이러니스트를 멈칫거리는, 떠도는 사유가들로서 비판하였다.[19]

그런데 아이러니를 논한 이들 철학가들이 이미 아이러니와 유머의 개

---

17 같은 책, 60-67쪽.

18 Wolf Rasch, Nachwort, Friedrich Schlegel, Dichtungen und Aufsätze, hrsg. v. Wolfdietrich Rasch(München, 1984), 765.

19 E. Behler, Klassische Ironie, Romantische Ironie, Tragische Ironie(Darmstadt, 1972), 104-133.

념 내포에 합의를 보지 못하고 있었다. 이는 이 개념들 자체가 가지는 혼란의 여지 때문이기도 하겠고 다른 한편 이들의 논쟁이 개념의 혼돈으로 이어지는 계기가 되었다고 볼 수도 있겠다. 유머의 개념을 문학적 사실주의의 핵심 원리로 상정하고 독일 19세기 작가들의 작품에 접근했던 프라이젠단츠[20]는 헤겔이 주관적 유머를 낭만적 아이러니와 등치시켜서 슐레겔과 졸거를 비판한 데[21] 대해 비판적인 입장을 취하고 졸거, 슐레겔의 미학에서 자신의 생각의 정당성을 보았고 그들의 미학이론 중에서 그런 부분들을 부각시켜서 이들에게서 또 이들이 분석한 호프만에게서 이미 문학적 사실주의의 선조로서의 유머의 개념이 형성 되었다는 논지를 전개시키며, 슐레겔의 '유머Humor' 개념, 졸거의 상상력Einbildungskraft, (현실에) 적용된 상상Angewandte Phantasie이라는 개념에서 예술적 자율성을 잃지 않으면서 경험적 현실주의에 빠지지 않고 현실을 재현하는 방법의 가능성을 보았고 이어서 헤겔의 객관적 유머Objektive Humor 개념과 '대상 속에서 내면화함 Verinnigung im Gegenstand' 개념에서 문학적 사실주의의 원리를 읽었다. 그는 슐레겔의 유머 개념을 주관적 자아가 객관적 현실과의 영원한 투쟁 속에 나타나는[22] 산문적 현실 일반을 포섭하는 적용된 상상으로 보아 졸거와 연결시켰고,[23] 또 졸거에게서 유머가 바깥으로부터 침투한 현실이 내면에, 상

---

20 Wolfgang Preisendanz, Humor als dichterische Einbildungskraft, Studien zur Erzählrunst des poetischen Realismus(München, 1976). 프라이젠단츠에 대한 우리말로 된 소개로서 고영석, 「19세기 독일 리얼리즘의 특징과 "사랑의 미로"」, 백낙청 편, 『서구 리얼리즘 소설 연구』(창작과 비평사, 1982), 269-276.

21 G. W. F. Hegel, Werke in zwanzig Bänden, 13, Vorlesungen über die Ästhetik, Suhrkamp Verlag(Frankfurt am Main, 1970), 93-99.

22 Wolfgang Preisendanz, Humor als dichterische Einbildungskraft, Studien zur Erzählkunst des poetischen Rcalismus(München, 1976), 24.

23 같은 책, 25.

상에게 실현되는 진정한 좀 더 높은 현실을 보게 하는 개념이라는 것과 [24] 유머에는 개별성, 주관성보다 보편성이 중요하다는 생각을 읽어냈다.[25] 이어서 그는 헤겔이 객관적 유머 개념의 핵심인 '대상 속에서 내면화함에서 객관성과 독창성이 융합되고 외적으로 존재하는 것이 내적 존재와 화해하는 것을 보았으며, 자유로운 문학적 작품이 일상적 외적 현실, 산문적 삶 속으로 들어와 화해를 이루는 것을 당시 문학의 과제로 여겼다고 말한다.[26] 이로써 그는 두 낭만주의 철학가의 유머 개념 및 헤겔의 객관적 유머와 자신의 유머 개념을 자연스럽게 연결시켰다. 이제 프라이젠단츠에게 있어서는 아이러니의 아들이 유머였고 예술 작품에서 예술적 진술의 타당성과 최종적 타당성의 문제가 전면에 있는 아이러니와 달리 유머에서는 예술과 경험적, 실제적, 역사적 현실과의 관계가 문제되는 것이다. 그는 유머를 인간 사이의 이해, 의사소통의 전략이라는 넓은 의미에서 보았고, 모방적 문학(산문과 드라마)의 형식원리로서 작가의 주관성과 사물의 객관성을 지양시켜 하나로 묶어주는 개념으로 사용하였다. 그의 아이러니 개념은 예술가의 자기 진술에 관계되는 낭만주의 철학가들이 사용한 의미의 아이러니와 유사한 개념으로 보인다. 그래서 그의 아이러니 개념은 그의 유머 개념이 넓게 정의된 데 비해 토마스 만이나 괴테가 의미한 것보다 좁게 정의되었다는 느낌이 든다.

이제 푸슈킨의 아이러니와 유머로 돌아가 보자. 인생의 모순성을 총체적으로 제시하는 벨킨의 시점을 언급했을 때 그가 인물들 위에서, 화자보다 상위의 눈높이에서 세상을 바라본다고 했을 때 이는 바로 넓은 의미에서의 아이러니적 거리를 서술 대상에 가지고 있다는 말에 다름 아니다. 이렇게 보면 넓은 의미의 아이러니는 벨킨의 서사구조의 보편적 특징을 지

---

24 같은 책, 42.

25 같은 책, 120.

26 같은 책, 133.

칭하는 개념이 된다. 푸슈킨의 벨킨은 토마스 만이 말하는 산문정신을 구현한 사람으로 볼 수 있을 것이며 그가 인물과 화자를 보는 시점은 바로 위에서 말하는 넓은 의미의 아이러니 정신이라고 할 수 있을 것이다.[27] '간행자로부터'는 벨킨의 자기 작품에 대한 진술로서 낭만적 아이러니 및 프라이젠단츠의 아이러니 개념에 부합하고, 이는 케테 함부르거가 말하는 유머적 서사라고 할 수 있을 것이다.[28]

또한 벨킨의 소설이 프라이젠단츠가 말하는 유머를 가진 작품임에도 틀림없다. 인간 사이의 이해, 의사소통의 전략이라는 넓은 의미에서의 유머, 작가와 현실의 대립을 지양시켜 하나로 묶어주는 원리로서의 유머는 『벨킨이야기』를 관류하는 정신이다.

벨킨의 소설에서 느껴지는 웃음도 위에서 소개한 아이러니와 유머의 개념의 내포와 깊이 연관되어 있다. 벨킨의 웃음에서 인생의 모순성을 관찰, 인식하는 과정에서 나오는 웃음을 아이러니와 연관된 웃음이라고 말할 수 있겠고, 호의와 타협, 화해와 긍정에서 나오는 가슴에서 우러나는 웃음을 유머적 웃음이라고 볼 수 있을 것이다. 웃음에 있어서도 아이러니의 신랄성과 유머의 따뜻함에 대해 말할 수 있겠다. 이러한 두 종류의 웃음이 느껴지는 대목을 작품마다 한두 군데씩 지적해 보면

1) 전자의 경우

'간행자로부터'에서는 간행자와 이웃 지주의 말에서 그들의 말의 내용과 스타일의 부조화와 그들의 사고의 편협성과 타성, 또 벨킨의 생애를 보면서 인생이 모순적이고 부조리하다는 것을 인식하며 웃음을 짓게 된다. 부조리와 코믹이 연결되어 있다.

---

27 안삼환, 「토마스 만의 반어적 서술 기법」, 백낙청 편, 『리얼리즘과 모더니즘』(창작과 비평사, 1983), 221-245.

28 Käte Hamburger, *Die Logik der Dichtung*(Frankfurt/M., 1977(1970)), 138-144.

「발사」: 실비오가 '쿠즈카, 총' 하며 벽에 파리를 눌러 죽이는 것을 상상하고는 큰일이나 되듯이 야단하며 파리를 죽이는 실비오의 공허한 삶과 이상 심리에 대해서 웃게 된다. 실비오의 집에서 새로 온 장교가 카드놀이 할 때 보이는 실비오의 습관을 몰라서 오해하여 실비오에게 청동 촛대를 던졌는데 화자와 그 동료들이 그가 필시 결투로 죽었으리라고 예상하며 곧 있을 결원에 대해 말하며 다음 날 벌써 그가 아직 살아 있는지를 물어보았는데 그 장교 자신이 나타나자 그에게도 같은 것을 묻는 부분에서 산 사람에게 아직 안 죽었느냐고 묻는 그들의 사고 및 행동의 불합리성에 대해 웃지 않을 수 없다.

「눈보라」: 사람들이 마랴 가브릴로브나를 자신의 신붓감이나 자기 아들의 신붓감으로 여기고 있다는 데서는 인간의 본성에 기인한 이기성이 웃음을 자아낸다. 마랴 가브릴로브나가 프랑스 소설을 읽으며 자란 터라 당연히 사랑에 빠져 있었다는 등 블라디미르와의 연애관계에 대해 표현하는 부분, 또 그녀가 집을 떠나기 전날 밤 쓴 편지들, 그것을 두 개의 불타는 하트가 그려진 툴라의 봉인으로 편지를 봉하는 것 등에서 삶과 소설을 혼동하는 마리야의 미성숙함과, 그것을 이용하는 블라디미르의 교활함이 웃음을 일으킨다.

「장의사」: 아드리얀과 제화공 슐츠의 대화 "산 사람은 장화 없이도 잘 돌아다니지만 죽은 사람은 관 없이는 못 살지요……. 허지만 거지가 죽으면 공짜로 관을 가져간다니까요"에서 죽은 자와 산 자를 구별하지 못하는 이들의 의식의 부조리성에, 상인들의 말의 자동화에 대해 웃게 된다.

「역참지기」: 화자가 마지막으로 역참을 찾아갔을 때, 뚱뚱한 양조장집 마누라가 미인인 두냐 대신 나타나는 부분은 인생의 어처구니없는 흐름에 대해 웃게 만들고, 브린이 민스키에게 찾아가서 과거의 병사가 찾아왔다고 전하라는 부분이나 마부에게 두냐의 거처를 알아내던 방법을 보고는 브린이 교활한 것을 보고 놀라면서 기막혀서 웃음이 나오게 된다. 그의 두

냐를 데려올 수 있겠다는 잘못된 판단 및 집착과 대조되며 이 교활한 노력
은 쓴웃음을 일으킨다.

「귀족 아가씨 - 농촌처녀」: 소설 첫 부분 베레스토프와 무롬스키에 대한
묘사에서 그들의 사는 방식이 폐쇄적이고 편향적이어서, 또 그 정도가 너
무 심하다고 느껴져서 웃게 된다. 또 영국광(狂) 무롬스키가 진짜 러시아
지주라고 불리는 사실에 기막혀서 웃게 되며, 자기가 근방에서 제일 현명
한 사람이라고 자처하는 베레스토프가 반복하여 곰과 연결될 때, 또 영국
광 무롬스키를 둘러싼 모든 것이 영국식인데 바로 영국식으로 꼬리를 자
른 암말이 그를 땅바닥에 내팽개치게 될 때 웃게 된다. 잭슨 양이 "40세의
경직된 영국 여자였는데 분을 하얗게 바르고 눈썹을 그렸으며 1년에 『파
멜라』를 두 번씩 되풀이해 읽고 그 대가로 2000루블을 받고 이 야만적인
러시아에서 권태로워 죽을 지경이었다"는 말에서 우리는 그녀의 부자연
스러움, 편협함, 무가치함, 공허함에 대해, 또 그녀가 영국 여자라는 사실
하나 때문에 쓸데없이 돈을 지불하는 무롬스키에 대해 웃게 된다.

2) 후자의 경우:

위의 웃음과는 좀 성격을 달리 하는 웃음, 즉 흐뭇한 미소를 짓게 하는
부분들을 예를 들기 전에 이런 미소도 종종 다른 종류의 웃음들과 섞여 있
는데 이러한 미소가 우세하게 여겨진다는 점을 밝혀둔다. 예를 들어 보면:

'간행자로부터': 이웃 지주의 편지 속에서 벨킨과 둘의 우정이 손상되지
않았다고 하는 부분에서 벨킨과 다르면서도 그를 이해하고 아끼는 마음이
드러난 것을 느끼고 독자는 미소를 짓게 되고 간행자 자신의 말에서는 그
가 주석 없이, 첨삭 없이 이웃 지주의 편지를 게재하겠다고 말하고 여자와
관계된 벨킨의 이야기를 줄여버리는 것을 이야기한 주에서 그의 벨킨에
대한 자기 나름의 배려 및 벨킨을 아끼는 마음을 볼 수 있기에 우리를 미

소 짓게 한다.

「발사」: 백작 내외가, 화자가 그들의 화려한 살림을 보고 주눅이 들어 있다가 이야기하기 시작한 것을 보고 기뻐했다고 하는 부분에서 동등한 인간관계의 시작, 감정의 교류를 느낄 수 있기에 흐뭇하다.

「눈보라」: 눈보라 속으로 귀중품함을 들고 나가는 마랴를 보거나 나중에 부모가 용서하고 혼인을 허락하는 부분, 부르민이 교회에서 결혼식을 할 때 그녀가 예뻐 보였다는 말에서 그들의 건강한 삶에 대한 태도가 웃음 짓게 한다. 소설의 말미에서는 부르민에게 고백을 받아내려는 마랴의 전략이나 부르민이 마랴의 약점을 찌르면서 그녀에게 자신의 내면을 고백하며 자신을 받아주기를 희망하는 것에서 미소를 짓게 되는데, 둘의 대화에서 서로 자기에게 유리하게 상황을 이끌고 가려는 투지가 보이기 때문이다. 그 치열한 노력은 그 고백을 하고 나서 만약 마랴가 그 여자가 아니었더라도 둘이 결합했을 것이라고 생각하게 될 정도이다. 이러한 마랴나 부르민의 삶을 개척하고 문제를 해결하려는 의지가 우리를 미소 짓게 한다.

「장의사」; "오, 그런가," 하고 기쁨에 넘쳐서 말하며 딸들을 부르라는 부분에서 독자는 그가 죽음의 어둠과 침울에서 벗어나 밝은 빛 속에서 삶을 느낀다는 것을 알게 되어 축복하고 싶어 미소를 보낸다.

「역참지기」: 브린이 소년들에게 호도를 나누어주고 피리를 잘라주는 것을 보고 그의 황폐한 삶 속에 한 가닥 온기를 느끼게 되며 화자가 5코페이카를 받았으면 하는 소년에게 5코페이카를 주며 흐뭇해하는 부분에서 그 흐뭇함은 곧장 독자에게 전염된다.
「귀족 아가씨-농촌 처녀」: 영국식으로 꼬리 잘린 암말로 인한 화해 이후 서로를 방문하며 혼인 전략을 꾸미는 부분 등 많은 부분에서 밝은 미소를 짓게 된다. 특히 아버지와 아들의 대화 중 아들이 아버지에게 복종하겠다고 그러고 아버지는 아버지대로 그것을 격려하는데, 둘 다 자기의 계획이 있는 상황에서 서로를 오해하고 있을 때 그들의 자기 의지를 실현시키려는 건강한 태도를 보고 흐뭇한 미소가 나온다. 또 정체가 탄로날까 봐 걱정을 하면서도 알렉세이 앞에 분칠하고 나타나 그를 시험해보고 싶은 마음을 느끼고 가난한 농촌 처녀의 발아래 엎드리는 알렉세이를 보고 싶은 욕망을 느끼는 리자에 대해서 그 건강한 삶에 대한 투지와 용기에 대해 미소 짓게 된다.

위에서 살펴보았듯이 푸슈킨의 벨킨은 인간들의 행동과 사고의 편협성, 타성, 공허함, 무가치함, 폐쇄성, 교활함, 불합리성, 미성숙을 보고 인생의 부조리와 모순을 인식하며 지적이고 냉철하며 신랄한 웃음을 웃기도 하고, 모순적인 인생살이에 대한 인식을 넘어 인생살이의 모순성을 극복하려는 의지에 보내는 성원으로서, 모순적인 인생 속에서 인간의 건강한 감정을 유지하는 데 대한 찬탄으로서, 인생의 모순성에 보내는 화해로서 웃음을 보내기도 한다. 이 웃음은 푸슈킨이 궁극적으로 지향하는 바라고 여겨진다. 이는 모순적이고 불합리하고 복잡한 현실을 보는 따뜻한 이해의 눈으로서 웃음인 것이다.

5. 맺음말

푸슈킨은 『벨킨 이야기』에서, 『미성년』으로부터 취한 서사와 꾸며낸 작가 벨킨의 생애를 소개하는 '간행자로부터'를 소설들 앞에 붙여 소설 속에서 일어나는 사건에 대해 성찰과 판단을 유도하는 거리감을 확보하고, 이어지는 이야기들에서 정교한 서술구조를 통하여 인간들을 다면적 다중적으로 바라보아 그들의 인생과 현실의 모순성을 파헤쳤다. 또 푸슈킨은 인생의 모순성에 대해 냉철하고 신랄하게 지적인 웃음을 웃기도 하고 이 모순성에 대해 이해와 화해의 따뜻한 웃음을 보내기도 한다. 필자는 푸슈킨이, 벨킨이 그랬듯이 함께 웃으며 인생의 모순성을 인식하고 이해하고 또 그것과 화해하고자 하는 바람을 가져본다.

푸슈킨을 통해 보는 눈먼 아버지와 딸의 관계
오이디푸스, 리어왕, 브린, 심봉사와 딸들*

1

푸슈킨의 「역참지기」(1830년)[1], 소포클레스의 비극 세 작품[2] 『오이디푸스왕』, 『클로노스의 오이디푸스』, 『안티고네』, 셰익스피어의 『리어왕』[3], 『심청전』[4]을 부녀관계를 중심으로 나란히 읽으면 인간의 눈멂과 사랑의 힘의 관계를 공통적인 주제로 볼 수 있다.

이 글은 인간의 눈멂의 원인은 무엇인가? 그 양상은 어떠한가? 그것은 인간에게 어떤 고통을 가져오는가? 사랑은 눈멂에 어떤 역할을 하는가? 하는 문제들에 대해서 정리한 것이다.

* 『러시아어문학연구논집』 8권(2000), 5-31.

1   А. С. Пушкин, *Полное собрание сочинений в 17 т.*, Т. 8(М., 1995)를 텍스트로 썼다.

2   소포클레스, 천병희 옮김, 『소포클레스 비극』(단국대학교 출판부, 1998년).

3   윌리엄 셰익스피어, 최종철 옮김, 『리어왕』(민음사, 1997년).

4   김기동, 전규태 편, 『한국고전문학 100』(서문당, 1994년).

서구 문학에서 종종 다루어지는 '의식에 갇힌 눈먼 남성'이라는 주제는 오페라 리골레토의 인기가 증명하듯이 항상 공감을 불러일으키는 바이다. 필자가 이러한 문제에 관심을 가지게 된 것은 푸슈킨의 「역참지기」를 읽으면서부터였는데 이 글은 이러한 문제의식을 가지고 푸슈킨의 「역참지기」 및 서구의 고전 작품들과 우리의 고전 작품을 읽고 그러한 남성들과 그들의 딸에 대해서 생각한 바를 엮어서 적어 본 것이라고 할 수 있다.

2

위 네 작가의 작품을 부녀 관계를 중심으로 관찰한 이유는 이 작품들에 공통적으로 불행을 겪는 아버지, 그것도 아내가 없는 아버지와 그가 몹시 사랑하고 의지하는 딸이 등장한다는 표면적인 이유 이외에도 이러한 관찰이 줄 수 있는 인간 조건의 보편적인 면에 대한 이해 때문이었다. 이 작품들에 나타나는, 아내가 없는 아버지와 딸의 관계에서 두드러지는 것은 아버지가 딸에게 아내의 역할까지 기대하게 되고 또 딸은 그것을 기꺼이 받아들인다는 점이다. 그러나 둘 사이에 성적인 교류나 이에 대한 기대는 전혀 없는 것이 이 두 남녀 관계의 특징이다. 이 작품들을 해석하는 데 있어서 아버지와 딸의 관계를 프로이드에 의지하여 무의식의 차원에서 성적인 욕망이 개재한 경우로 보는 견해들도 있지만 필자는 남녀 관계가 성적인 교류 이외에도 여러 가지 면이 있다고 보는 입장이다. 또 이 남녀 관계는 남성이 생계를 꾸려가고 여성이 집안일을 담당한다는 가족 내의 성 역할 분담의 관계로 설명되지도 않는다. 여기서 아버지가 여성인 딸에게 기대하게 되는 역할이란 의식주를 해결하는 데 필요한 바느질, 식사 준비, 집안 꾸미기 등 여러 가지 집안일을 돌보는 것 이외에도 생계를 꾸려가는 것, 아버지가 곤경에 빠졌을 때 그를 구하는 것, 아버지의 감정을 어루만지고 그를 이끌어 가는 것들을 말한다. 그렇다면 위의 부녀 관계를 규정짓는 가장 중요한 성질은 무엇인가? 위의 작품들에 등장하는 아버지들은 표면적으로 볼 때, 그냥 아내가 없는 아버지들보다 더욱 불행한데 그것은 그들이 실제로 눈이 멀었기도 하고 또 상징적으로 눈이 멀어 있기도 하며 그 눈멂 때문에 심한 고난을 당하기 때문이다. 위에서 소개한 작품들에 등장하는 안티고네, 코딜리어, 심청은 아버지에 대한 사랑과 효성을 지닌 여성들로서 눈먼 아버지를 정신적으로, 물질적으로 돌보아 독자들을 감동시켜 온 인물들이고 푸슈킨의 두냐도 아버지를 보살피며 역참의 모든 일을 이끌어 나가는 여성으로서 독자의 머리에 강하고 신비로운 인상을 길게 남긴다. 이러한 아버지와 딸의 관계를 규정짓는 가장 중심적인 사항은 맹목의 남성과 그를 사랑하여 돌보는 여성이라고 할 수 있겠다. 이러한 관점에서 아버지와 딸의 관계를 살펴보면 성적인 교류나 전통적인 성 역할 분담 이외에 맹목의 남성은 여성에게 보편적으로 무엇을 기대하는가(스스로 의식하든 그렇지 않든 간에) 하는 것을 살펴볼 수 있다고 여겨진다. 남성과 여성의 관계를 이러한 관점에서 살펴보는 것은 여성학에서 주로 다루어지는 논점들, 즉 가부장제와 여성 억압, 생산구조와 여성 해방, 여성 억압과 생태계 파괴 등의 문제와 간접적으로 연관되기도 하지만 이러한 관찰의 주안점은 인간의 맹목과 그것을 치유하는 사랑이라는 보편적인 문제이다. 눈먼 아버지들이 처한 상황과 그들의 성격과 행동, 그들의 불행과 고통의 원인을 살펴보고 그들이 어떻게 불행에 대처하는가, 이때 그들이 사랑하는 딸은 아버지에 대해 어떤 태도를 취하는가, 그녀들의 성격과 행동은 어떤가를 구체적으로 비교해 보며 아버지와 딸의 관계, 성적인 교류가 전제되지 않은 가장 가까운 가족관계로서의 남자와 여자의 관계 속에서 이들을 살펴봄으로써 남자의 속성과 남자가 기대하는 구원의 여성상은 어떤 것인가, 궁극적으로 인간의 눈멂과 사랑의 힘의 관계는 어떠한가 하는 인간 조건 일반에 대해 생각해 보고자 한다.

3

위의 작품들에 등장하는 아버지들이 삶을 꾸려갈 때 이들이 가까이 느끼는 인간은 딸 하나뿐이다. 이들은 모두 아내가 죽은 홀아비 신세로서 그 딸에게 의지하고 그 딸을 사랑하며 살아간다. 불행한 그들에게 딸은 유일한 위안이며 의식주를 해결해 주며 생계를 꾸려주기도 하고 또 나중에는 그들을 눈뜨도록 하는 존재이다. 그러면 먼저 그들의 불행한 처지는 어떠하며 그들의 불행의 원인은 무엇인가를 살펴보자.

소포클레스의 『오이디푸스왕』과 『클로노스의 오이디푸스』에 등장하는 오이디푸스는 스핑크스의 수수께끼를 풀어 테바이의 왕이 된, 인식 능력과 언어 감각이 뛰어난 사람으로서 자신의 인식 범위 안에서 최선을 다하여 판단하고 행동하며 살아가는, 의지가 강한 인간이다. 그래서 그가 생모를 죽이게 되고 생모와 결혼하게 된다는 신탁의 언어를 들었을 때 그것을 믿고 이 운명을 피해 보려고 자신의 나라를 떠나와 방랑하였던 것이다. 그는 자신의 의식과 행동으로써 그것을 피하는 것이 가능하다고 여겼다. 그가 자기의 진짜 생부인 라이오스 왕을 죽이고도 하등의 회의(懷疑) 없이 살아가고 있었던 것도 자신의 의식과 이에 기반한 행동에 대한 자신감에서였다. 그러다가 나라에 불행한 일이 닥쳤을 때 그는 강력하고 현명한 통치자답게 자신의 사명에 투철하며 자신감을 가지고 전력을 다한다. 그는 다른 사람보다 자기가 더욱 많이 나라를 걱정하고 있으며 '나라의 질병'의 원인을 제공한 자뿐만 아니라 범인과 연관된 모든 사람에게 엄한 벌을 내릴 것인데 그것은 자신에게도 통용되는 일이라고 말한다. 그러다가 이 일을 전력을 다하여 처리하려는 과정에서 그는 자신의 정체를 알게 된다. 처음에 예언자가, 오이디푸스 자신이 범인이라는 진실을 말했을 때 그는 그것을 자신의 의식 속에 받아들이지 못한다. 그는 예언자와 크레온이 공모하여 자신을 쫓아내려는 것이라고 생각하며 분노한다. 그러나 사건이 진행되면서 자신의 정체를 점점 명확히 알게 되며 자신의 정체를 확실히 알게 된 후 죄의식에 시달리며 자신의 두 눈을 왕비였던 어머니이자 아내였던 이오카스테의 시체에서 뽑아낸 황금 브로치로 찌른다. 눈이 멀게 된 오이디푸스가 자신은 죄가 없다고 여기기 시작하여 죄의식으로부터 벗어나려고 했을 때는 시기가 이미 늦어 그는 아들들과 권력으로 인한 알력을 느끼게 되고 나라를 떠나 방랑하게 된다. 이국을 방랑하는 동안 딸 안티고네는 아버지 오이디푸스의 눈과 지팡이가 되어 그를 보살핀다. 그 덕분에 오이디푸스는 고통의 구렁텅이에서 다시 일어나 강력한 힘을 가진 영웅으로 높여져[5] 인간으로서의 존엄을 되찾으며 자연으로 돌아가게 된다. 사자의 입으로 소개되는 오이디푸스의 죽음의 장면

왜냐하면 그때 그분을 없애 버린 것은/신의 불을 내뿜는 번개도 아니고 갑자기 바다에서/일기 시작한 폭풍도 아니기 때문입니다./아니 그것은 신들께서 보내신 사자(使者)이거나, 아니면 사자(死者)들의 세계가/대지의 견고한 토대가 그분이 고통당하지 않도록/호의에서 열렸던 것입니다. 그분의 호송에는 비탄도, 질병도, 고통도 수반되지 않고, 어떤 인간의 그것보다 더 경이로운 것이었으니까요.(『클로노스의 오이디푸스』, 1658-1665행)

　에서 우리는 그의 죽음이 경이롭고 장엄한 것이었음을 알 수 있다. 그의 삶의 이러한 성공적인 마무리는 안티고네의 희생이 없이는 불가능했을 것이다. 위에서 살펴보았듯이 오이디푸스는 자신의 인식 즉 언어와 의식에 기반하여 판단하고 행위하며 최선을 다하여 살아갔으나 동시에 또는 바로 그 때문에 자신의 의식과 언어에 갇혀 살아가면서 그 이외의 가능성에 대해서는 전혀 생각해보지 않았었다. 그는 자신의 이해, 자신의 판단에 대

5　천병희, 「소포클레스 비극의 이해」, 『소포클레스 비극』(천병희 옮김)(단국대학교출판부, 1998년), 486.

한 반성적 사고 없이 그것을 믿고 행동했던 것이다. 그러나 오이디푸스를 가두어 실체에 눈멀게 한 의식과 언어가 또 그가 자신의 정체에 대해 끝까지 알려고 노력하게 되는 바로 그 동력이기도 했다. 그가 사자로부터 신탁의 말을 듣고 그 범인을 잡으려고 사건의 진상을 낱낱이 밝히는 것은 바로 그의 의식이 요구했던 바이다. 그의 의식은 눈에 보이는 외관을 뚫고 실체에 접근하려고 했고 실체에 접하자 죄의식에 시달리게 된다. 여기서 또다시 그의 의식과 판단이 문제가 된다. 그가 자신의 의식과 판단으로 자신의 운명을 계산적으로 예측하며 미리 그것에 대처하려 했던 것처럼, 이제 자신의 정체를 알았을 때 자신도 어찌지 못하는 자신의 한계, 인간의 조건을 인정하지 않는 자신의 의식과 판단으로 자신을 괴롭힌다. 그를 고통 속으로 몰아넣은 과오는 자신의 이해 능력이나 지식에 대해 확신을 가진 것, 신 앞에서 겸허하지 않았다는 데 있을 뿐만 아니라 모든 것을 자신의 의식으로 정리하고 판단하려 한 데에도 있다. 지상의 삶에서 오이디푸스를 황금처럼 빛냈던 그의 의식과 언어가 바로 그 자신을 맹목과 부자유로 옭아맸으며 그를 고통 속으로 떨어뜨렸던 것이다. 오이디푸스는 언어와 의식이 있기에 세상의 의문을 풀고 자기 자신을 판단하는 지점에 도달하지만 또 그 자신의 성급하고 독단적인 판단은 그를 파멸시키기도 했다. 이 작품에 나타나는 비극적 세계인식이란 바로 인간이 언어와 의식(사고)을 가짐으로써 어쩔 수 없이 고통을 느낄 수밖에 없는 모순성의 인식을 말하는 것이 아니겠는가? 소포클레스는 오이디푸스를 통하여 인간이 사고와 언어, 의지를 가지고 있어 모든 것을 다 만들어낼 수 있으나 또 다른 한편 바로 그것의 덫에 걸려 파멸하는 것, 즉 인간이 자신의 사고의 상대성과 자신의 언어의 한계성을 인식할 수 없어 결국 파멸로 치닫게 되는 인간 조건의 모순성을 보여주었다. 이는 『안티고네』에 나오는 코러스(안티고네, 332-375행)의 경고에서 이미 말해진 바, 인간은 자연을 정복하는 재치가 뛰어난 존재로서 언어와 사고로써 문명을 건설하는 존재이나 그러한 재능을 가진 인간은 때로는 선의 길을, 때로는 악의 길을 가는 것이다.

또 『오이디푸스왕』의 마지막 코러스의 구절

우리의 눈이 그 마지막 날을 보기 전에는
인간 어느 누구도 행복하다고 일컫지 말라.
삶의 저편으로 건너가 고통에서 풀려날 때까지는.(오이디푸스왕, 1528-1530행)

은 바로 인간이 삶의 저편에 가서야 비로소 모순적인 인간 조건을 떠나 고통에서 풀려나 자연으로 돌아간다는 말이리라. 오이디푸스가 자기의 정체를 알았을 때 그는 인간의 삶이 고통일 뿐이라고 느끼는데 이러한 오이디푸스를 보고 가장 절실하게 느껴지는 것은 인간이 자연으로부터 유리되어 고통에 내맡겨져 있다는 점이다. 자연에서 떨어져 정향을 잃은 인간은 자신 속에 갇혀서 자신의 판단이 그릇될 리가 없다고 생각하고 행동한다. 오이디푸스가 자신의 판단으로 양부모를 떠났으며, 라이오스 왕을 죽였으며 자신의 판단으로 자신의 눈을 찌르듯이 인간은 자기에서 벗어나지 못한다. 그가 자신을 미워하며 눈을 찌른 후 딸들이 평안하게 살기를 바라면서도 딸을 놓지 않고 데리고 가려 하고 딸들의 세계를 지배하려고 하는 것도 그의 자기중심적 사고와 내면적 모순성을 드러낸다고 하겠다. 이렇듯 인간은 자기중심적인 거짓된 확실성 속에 스스로를 가두고 그 안에 갇혀 부자유를 자처하는 모순적 존재이다. 인간은 언어도 담론도 지니고 있지 않은 자연, 거칠고 부드러우며 사랑스럽고 끔찍하며 연약하고 전능한 자연에서 떨어져 모든 것을 자기의 언어와 의식으로 이름하며 자신의 의식에 근거하여 자연을 정의하고 스스로 자기를 벌하기도 한다. 오이디푸스가 우리에게 일깨워 주는 것은 인간이 자신의 진실에 이르는 길은 진정으로 멀고 험하다는 점이다. 인간이 이 막막한 세상, 자연과 유리된 인간들로 만들어진 거짓된 확실성에 맞서는 방법은 자연에 가까이 다가가 존재의 조건을 깨닫는 것이다. 언어와 의식이 초래한 인간의 근본적인 소외를 직시하는 방법은 인간 조건의 이러한 모순성에 대한 깨달음과 반성이다. 즉 인간의 사고와 언어에는 한계가 있다는 것, 인간이 자신의 자로 자연의 법칙을 잰다는 것은 불가능하다는 것을 깨달아야 인간은 자유를 획득한다. 오이디푸스가 왕국을 떠나 방랑하다가 죽음에 임할 때 그가 자신의 고통을 이기고 인간 조건을 깨닫고 자신을 찾고 신의 용서를 느끼며 자연으로 돌아가는 것은 그가 자연에 열리게 된 때문이다. 황금의 지위를 가졌으나 내적으로 눈멀어 있었던 오이디푸스는 자신의 의지로 자신의 실체를 알게 되나 그의 의식과 판단은 황금 브로치로 그의 눈을 찌르게 했었다. 허나 결국 그는 오랜 방랑 생활 동안 안티고네의 도움으로 내적으로 눈을 떴고 자연으로 돌아갔다고 말할 수 있다.

리어 왕의 경우에도 이러한 점에서 오이디푸스와 유사하다. 리어 왕은 유능한 통치자로서 권위 있는 왕이었으나 아첨과 복종에 익숙하여 사물을 제대로 보지 못하고 자기의 의식과 언어에 갇혀 파멸의 길을 갔다. 나이가 들어 딸들에게 권력을 넘겨주려 하지만 자신의 권력을 완전히 포기하지는 않으려 하고 모든 것을 자기 마음대로 행하려 하는 모순적 행동에서 리어의 파멸이 비롯된다. 그는 자신의 힘이 모든 것에 다 미칠 수 있어야 한다고 생각하여 딸들의 감정에까지 개입하고 싶어 한다. 그는 딸들에게 자기에 대한 감정을 강요하고 싶어 했고 사랑하는 막내딸에게는 더욱 그러했다. 리어는 자신의 땅을 나누어주면서 그에 대한 보상으로 딸들에게 사랑을 확인하고 자신에게 복종하고 자기를 따를 것인지 다짐해 두고자 한다. 그리고 자신이 사랑을 받는 정도를 언어로써 계량한다. 그는 이 계량에 기반하여 판단하여 자신이 딸들의 감정을 지배할 수 있으리라고 믿었고 자신도 권력을 누릴 수 있으리라고 생각했다. 아무도 그것이 가능하리라고는 보지 않았지만 충신 켄트 이외에는 아무 말 하지 않고 있었을 때 막내딸 코딜리어가 그의 의식과 언어를 거부하자 그는 매우 노하고 자포자기한 심정이 되어 나머지 두 딸들에게 그녀에게 줄 땅마저 나누어주고 코딜리어를 저주한다. 가장 사랑하는 딸에게서 자신이 받아들여지지 못하는 것에 무척 섭섭했을 것이다. 그는 그런 섭섭한 마음에서 더 마구 눈먼 길을 간다. 코딜리어가 떠난 후 그는 곧 그가 권력과 바꾼 보상이 너무 공허하다는 것을 뼈저리게 체험한다. 그는 리건에게 자기를 받아줄 것을 요구할 때도, 고너릴에게 다시 돌아가려고 할 때도

"네게 내린 왕국의 절반을 잊지는 않았겠지."(2막 4장, 182-183행);
"(고너릴에게) 너와 함께 가겠다. 너의 오십 명은 스물다섯의 갑절이므로 사랑 또한 두 배다.(2막 4장, 265-266)

  라고 말하며 아직 계량의 원칙을 지킨다. 그를 전혀 사랑하지 않으면서 권력의 획득을 위하여 거짓말을 한 딸들의 본심을 알게 되면서 그는 심술이 더욱 심해진다. 그것은 그의 권력욕에 대한 반증이기도 하고 그가 자신을 남성으로 의식하며 우월하다고 생각하기 때문이기도 할 것이다. 이는 리어 왕이 사냥을 한다거나 맹렬히 화를 낸다거나 하는 거구의 남성으로서 묘사되어 있는 데다가 그의 대사 곳곳에서 우리는 이러한 그의 생각을 읽을 수 있다. 예를 들어 1막 4장에서 그가 큰딸에게 "난 부끄럽다, 네 힘으로 내 남성을 흔들다니"라고 말하는 부분이나 2막 4장에서 "여자들의 무기인 눈물로 이 남자 뺨을 더럽히지 않도록 해주소서" 같은 대목에서는 남성 우월적인, 갇힌 생각이 직접적으로 나타나 있다. 이렇듯 자신의 의식과 언어만을 믿고 자신이 모르는 세계에 대해 눈멀어 있던 그는 자식들로부터 거부당하는 쓰라림 속에서 방랑하는 동안 온통 고통에 내맡겨지나, 다른 한편 사물에 눈을 뜨면서 코딜리어의 진심을 알게 되고 인간의 언어, 제도, 의식 모두에 대해 새로운 인식을 하게 된다. 황야의 폭풍우 속을 헤매며, 자연의 모습을 자기가 생각하던 도덕적 질서가 깨지는 상징으로 보면

서 리어는 이곳에서 새로 태어나고 인간의 새로운 질서를 알게 된다. 그는 인간을 불쌍한 발가벗은 두 발 달린 비천한 짐승이라고 느끼며 다른 인간들을 이해하고 동정하며 자신에 대한 자각에 이른다. 이제 그는 자신의 한계를 인식하고 자기중심적인 사고에서 벗어나 다른 사람들의 삶에 눈뜨고 인간 보편에 대한 인식을 하게 된다. 이때 그는 이 세상의 지위와, 권력의 헛됨을 보기도 하며 권력과 영광과, 후회와 복수의 세상을 포기하려고 한다. 이러한 인식에 도달하게 된 것은 그가 고통과 상실을 경험한 때문만이 아니라 그가 세상의 진실을 인식하려는 욕구(의지)와 노력이 있었기 때문이다. 그의 이러한 인식 과정은 그의 인간으로서의 존엄을 보여준다. 자신의 삶을 지탱했던 자신의 의식과 언어, 즉 자신의 삶의 정향을 상실한 채 고난과 고독 속에서 인간의 허위성과 권위의 잔인함을 식별하고 계급과 의복을 뚫고 들어가 그 밑에 있는 보편적인 인간성을 보게 되며 권력과 지위가 다 헛되다는 것을 알게 되는 것은 바로 눈먼 상태에서 눈뜬 상태로의 변화를 의미한다.[6] 그의 이러한 인식의 끝에는 세상에서 제일 중요한 것이 사랑이라는 결론이 밑줄 쳐 있다. 그가 원하는 것은 사랑하는 코딜리어와 사는 것, 그것뿐이다. 그러나 셰익스피어는 리어의 인식 과정의 결론 너머까지 말하고 있는 바, 인간이 깨달음에 도달하는 것은 항상 때가 늦어 스스로 파멸하고 남을 파멸시킬 수밖에 없다는 것, 즉 모순적 존재로서 인간의 비극성을 보여준다. 그래서 그는 코딜리어를 다시 만나는 기쁨을 누리자마자 그녀의 죽음을 보게 되며 가슴이 터져 죽는다. 이 작품에서도 우리는 인간이 자신의 의식과 판단에 의해 행위하지만 반면 인간은 바로 그 의식과 언어에 갇히고 눈먼 채 고통을 당하는데 그것은 그가 모르며 어찌할 수 없는 세계가 있다는 것을 인정하지 못하기 때문이라는 점, 또 인간은 바로 의식과 판단이 있으므로 고통 속에서 이를 깨달으며 인간의 가치들을

---

6 브래들리, 허필숙 옮김, 「리어 왕 2」, 『리어 왕』(윌리엄 셰익스피어 지음, 최종철 옮김)(민음사, 1997), 308.

지켜가기도 한다는 점을 읽게 된다. 소포클레스의 작품과 셰익스피어 작품의 상이점은 리어왕에서는 인간이 그런 고통 속에서 계속 사랑에 목말라 하면서 자신의 잘못으로 인해 사랑하는 사람을 상실하는 고통을 겪으며 죽어간다는 점이 결말로서 제시된 점이라 하겠다. 셰익스피어는 인간 존재가 자기 자신의 존재의 성질과 그의 지상에서의 위치, 그에게 가장 소중한 것을 깊이 깨달을 때까지 밟지 않으면 안 되는 가시밭길의 끝에 죽음이 있다는 것을 보여준다. 이 죽음이 오이디푸스의 죽음에 비해 불행하게 느껴지는 것은 사실이다. 지상에 사랑의 법칙과 사랑을 담은 사람은 있으나 그것이 꽃피워 갈 공간은 없다는 것을 절감한 채 애석하게 죽은 리어가 불쌍하게 여겨지기 때문이다. 리어의 죽음은 오이디푸스의 그것처럼 자연으로 돌아간다는 느낌을 강하게 주지 않는다. 그러나 극의 끝에 단추를 푼 채 죽는 리어를 보면서 그가 이 지상이라는 갇힌 세계에서 해방되는 것을 느낄 수 있고 그 외에 다른 사람들의 여러 죽음 이후 모든 고통이 사라지고 조용해지는 느낌을 주는 것은 사실이다.

푸슈킨의 삼손 브린은 힘없는 사회의 계층으로 볼 때 말단이고 높은 관등의 관리들로부터 마구 취급당할 수 있는 사람으로서 오이디푸스나 리어왕과는 신분상의 처지가 매우 다르다. 오이디푸스나 리어왕이 누구나 부러워하던 최고의 권력에 있던 사람들이었던 데 비해 브린은 그렇지 않다. 그러나 이들은 사회제도의 틀 안에서 언어와 의식을 형성하고 그것에 기반하여 도식적으로 세상을 대한 점에서는 모두 동일하다. 브린도 오이디푸스나 리어처럼 자신의 일에 충실했고 만족하고 있었고 그들처럼 나름대로 확고한 세계관을 가지고 있었다. 그는 뱌젬스키 공의 말처럼 역참의 독재자로서 자신의 역참이라는 왕국에서 자기 마음대로 생각하며 부러울 것 없는 생활을 하고 행복한 심정으로 딸과 함께 살고 있었다. 딸은 집안 살림을 모두 꾸려가고 아버지의 일을 도우면서 그와 함께 지내고 있었다. 딸이

15세가 되어 사랑하는 사람을 만나고 그를 따라 떠나게 되자 아버지 브린은 충격 속에 병이 났다가 그녀를 찾아 걸어서 고난의 여행길을 떠난다. 그는 그녀를 도로 데려오려고 하고 그녀가 자신을 따라 올 것이라고 믿기도 한다. 그는 딸이 사랑하는 민스키를 단지 그에게서 딸을 앗아간 적이라고 여기며 딸이 브린만을 사랑하는 것이 아니라 민스키도 사랑한다는 사실을 보지 못한다. 걸어서 딸을 찾아 헤매며 고난을 겪다가 딸을 보게 되었을 때 그는 어둠을 지나 순간적으로 눈을 뜬 것으로 보인다.

처음 두 방은 어두웠다. 세 번째 방에는 불이 켜져 있었다. 그는 열린 문으로 다가가서 멈춰 섰다. 아름답게 장식된 방안에는 민스키가 생각에 잠겨 앉아 있었다. 두냐는 아주 멋지고 화려한 옷차림으로 민스키가 앉은 안락의자 팔걸이에 앉아 있었다. 마치 자기 말의 영국제 안장에 앉은 여자 기수처럼 그녀는 빛나는 손가락에 민스키의 검은 고수머리를 감으면서 사랑스럽게 민스키를 보고 있었다. 불쌍한 역참지기! 딸이 그에게 이토록 아름다워 보인 적이 없었다. 그는 자기를 잊고 그녀를 바라보는 것을 즐겼다. "거기 누구예요?" ─ 그녀가 고개를 들지 않은 채 물었다. 그는 여전히 침묵하였다. 대답을 듣지 못하자 두냐는 머리를 들었다. …… 그리고 비명과 함께 양탄자 위로 쓰러졌다.

여기서 그는 행복한 생활을 이루려고 고심하는 민스키와 그를 사랑하는 딸의 다정한 모습을 보게 되었고 딸이 행복해하고 그래서 그토록 아름다워 보이는 것을 자기를 잊고 바라보지 않을 수 없었다. 자기를 잊었을 때, 바로 그가 자신의 의식의 틀에서 벗어났을 때 그는 침묵 속에서 실상을 볼 수 있었다. 그러나 그는 이후 곧 도로 자기의 틀 속으로 들어가 눈을 감아 버리려고 했고 결국 죽을 때까지 갈등 속에서 술로 세월을 보낸다. 삼손 브린의 고통은 '돌아온 탕자'라는 그림이 그의 의식을 지배하였고 그는 그 이외의 삶의 행로를 인정할 수 없는 데서 비롯되었다. 그는 삶이라는 혼란 덩어리를 '돌아온 탕자'라는 스토리로 모두 정리하여 그 언어로써 자신과 딸의 삶을 규정하고 있었다. 아들이 집을 떠나 비참하게 지내다가 다시 아버지의 품으로 돌아오는 것을 자신의 머릿속에 당연시하고 있는 그에게 딸이 집을 떠난 경우는 더더욱 말할 것도 없는 일이었으리라. 자식이 그의 집을 떠나면 탕자가 되고 비참해져서 다시 돌아온다는 생각으로 자신의 삶을 고정화시킨 그는 그런 가정 아래 모든 것을 정리하며 살아가고 있었다. 자신의 이러한 생각이 자연적인 삶과 어긋난다는 것을 그는 전혀 생각하지 못하고 있었다. 그는 딸이 성장하여 다른 남자를 사랑하고 그 사람으로 하여금 사랑에 눈뜨게 하고 그리고 그와 함께 행복하게 살 수 있어야 한다는 자연적인 흐름, 삶의 조건을 받아들이지 못한다. 또 그는 그 자신을 포함한 인간의 사고와 행위의 상대성(열린 가능성)을 자각하지 못한다. 딸이 자신과 다른 것을 원했고 또 그것을 이룬다는 것, 사회적인 제약을 벗어나는 일이 일어날 수 있다는 것 등 이 모든 삶의 실체는 그의 언어 밖에 있는 셈이었다. 그는 자기의 언어, 자기의 의식 속에 갇혀 살아갈 뿐 자신의 언어와 의식은 고정된 것으로 바꿀 수 없었고 그것에서 물러날 수도 없었다. 자신의 협소한 관점을 절대화하여 실체를 보지 못하고 자기의 의식 속에 갇혀서 자기도 이해할 수 없는 외국어(독일어인데 그는 독일 의사와 민스키 사이에 오간 독일어로 된 대화를 알아듣지 못한다)로 풀이된 탕자의 그림을 자기 식으로만 이해하며 딸의 사랑이 자기에게만 고정된 것이라고 믿고 있었던 눈먼 그는 바로 그 딸로 인하여 여행을 하며 세상에(현실에) 눈을 뜨게 된다. 그러나 그는 자신의 언어에 맞게 그에게로 돌아오지 않는 딸을 원망스러워한다. 자신의 사고와 언어를 인정받고 싶어 하지만 그렇지 못한 사람의 비틀어진 행동을 보이는 것이다. 딸을 몹시 기다리면서도 딸이 차라리 죽었으면 좋겠다고 심한 말을 하며 자포자기한 고통스러운 심정으로 딸을 저주하는 것도 이러한 이유에서이다. 그가 마신 술은 탕

---

7   А. Н. Архангельский, *Герои Пушкина*(Москва, 1999), 180.

자의 그림과 마찬가지로 실체를 가리려는, 눈먼 상태에 있으려는 그의 엉성하고 무력한 무기였다. 두냐가 떠났을 때 한 번도 그녀가 민스키와 행복하게 살리라고 생각하려 하지 않는 것이 바로 그의 고통의 시초로서, 사물을 있는 그대로 보지 않는 것, 자연스런 삶의 흐름을 인정하지 않는 것, 자신의 생각이 상대적이라는 생각을 못하는 것, 모든 것을 언어로써 정리, 고정화할 수 있다는 생각에서 벗어나지 못하는 것, 그것들이 바로 그의 고통의 원인이었던 것이다. 그러나 그가 자신의 한계를 인식하고 순간적으로 진실에 눈을 떴을 때 자기중심적인 사고에서 벗어나려고 했는가? 아니다. 그는 사랑하는 딸과 사는 것이 불가능한 일이라는 것을 인식하나 그것을 자신에게 인정하기보다는 딸이 부정한 행동을 했다고 단죄하는 것으로 실체를 들여다보는 것을 피하고 갈등하며 상실감 속에서 죽어간다. 결국 그는 자신의 언어와 의식으로써 실체에 맞서 보려 하다가 시련과 진통을 겪으며 죽음으로 간다. 이로써 푸슈킨은 브린을 통하여 리어왕이나 오이디푸스의 삶에서 보는 것처럼 인간이 스스로 언어와 의식으로써 자신의 테두리를 정하고 그 힘으로 버티어 가는 그의 세계 자체에 대한 재고, 부정이 없이는 인간은 자유로워질 수 없는 모순적 존재라는 것을 보여주었다. 브린은 그들과 달리 끝내, 아마도 무덤 속에서도 자유로워지지 못했는데 그래서 화자가 생전 처음 보는 그토록 황량한 그의 무덤은 인간 존재가 자기 자신의 존재의 성질과 그의 지상에서의 위치를 깨달았지만 그것과 화해하지 못하고 걸어간 고통의 길의 증거인 것이다. 이 황량한 무덤이 바로 푸슈킨의 「역참지기」에 나타난 인간 이해가 이 글에서 다루는 작품들 중에서 아마도 가장 현실주의적이리라는 생각이 들게 하는 지점이다. 푸슈킨은 「역참지기」뿐만 아니라 이 이야기가 들어 있는 단편 소설집 『벨킨이야기』 전체에서 인생의 모순성을 직시하고 그것을 진정한 산문 정신으로써 정교한 서술구조를 통하여 탁월하게 제시하였다.[8]

---

8   최선, 「『벨낀이야기』에 나타난 모순성과 웃음」, 「러시아어문학 연구논집」, 제7집(한국러시아문학회,

심청전의 심봉사는 남부러운 줄 모르고 잘 살다가 이십에 눈이 멀게 되고 가세는 기울었으나 현철한 아내에게 의지하며 살아왔고 그녀가 죽은 후 딸 심청에게 의지하며 살아왔다. 그는 어려운 처지에서도 딸을 열심히 키웠고 그녀가 11세가 된 이후에는 딸의 동냥으로 살아가나 남부러운 줄 모르게 행복하다. 어느 날 심청이 장 승상 부인에게로 불려가 늦도록 돌아오지 않자 그는 허전함을 느끼며 기다리다가 혼자 마중 나갔다가 물에 빠지게 되었는데 그는 그를 건져준 화주승의 말을 그대로 믿고 눈을 뜨고 싶은 강한 의지 때문에 공양미 삼 백석을 성급하게 약조한다. 또 그의 약조를 중이 믿지 않자 무시당한다고 생각하여 더더욱 고집스레 큰소리를 치며 자기의 언약에 스스로를 옭아맨다.

"여보소, 대사가 사람을 몰라보네. 어떤 실없는 사람이 영하신 부처님 전 빈말을 할 터인가. 눈도 못 뜨고 앉은뱅이마자 되게 사람을 너무 자미없이 여기는고. 당장 적어. 그렇지 않으면 칼부림 날 터이니."(한국고전문학 100, 34쪽)

여기서 우리는 육체적으로 눈이 멀었을 뿐만 아니라 자기의 언어와 생각에 갇혀 내적으로도 눈이 먼 그를 만난다. 그가 내적으로 눈이 먼 것은 갑작스러운 일이었을까? 그의 신세가 불쌍하긴 하지만 우리는 그의 자기 중심적인 사고를 차갑게 살펴보지 않을 수 없다. 그것은 오이디푸스, 리어 왕, 그 리고 삼손 브린이 불쌍하더라도 그의 의식과 행위를 해부해 본 것과 같은 맥락에서이다. 심봉사는 안맹한 이후 곽씨 부인이 의식주 모두를 해결하였고 그는 세상모르고 앞을 못 보고 살았고 심청이 아내 대신 보살펴 주는 덕분에 살았다. 그녀가 죽었을 때도 "심봉사 안맹한 사람이라, 죽은 줄 모르고 아직도 살아 있는 줄" 알았고(한국고전문학 100, 19쪽), 그가 죽은 아내에 대해 축문을 읽을 때 아무리 그 "속에 식자가 넉넉하"다 해

2000년), 43-75.

도(22쪽) 그가 화주승을 대할 때 얼마나 자기중심적이며 내적으로 눈멀었나? 여기에서 두드러지는 것은 이십에 안맹한 것과 식자가 넉넉한 것, 세상 분별 못하는 것이 동의어로 쓰였다는 점이다. 그는 심청이 자기가 장 승상 부인에게 수양딸로 팔려가고 공양미 삼 백석을 몽운사로 보낸다고 거짓말을 하니 "물색 모르고 대소하며 즐겨한다"(39쪽). 심청이 떠나기 전 눈물 섞어 밥상을 차리니 반찬이 좋다하며 "뉘집 제사지냈느냐" 말할 때 심청이 기가 막혀 속으로만 느껴 울며 훌쩍훌쩍 소리 내는데 심봉사 "물색 없이 귀 밝은 체"(42쪽) 심청에게 감기라도 들었느냐고 묻는 것도 그가 세상에 눈멀어 있음을 드러낸다. 자기가 아는 것만 절대적이라고 여긴다는 사실이 오이디푸스, 리어왕, 브린, 심봉사를 연결하는 지점이다. 심봉사의 경우에는 리어, 브린과 달리 딸을 독차지하려고 하는 마음이 적었고 오이디푸스처럼 딸의 삶에 개입하려고 하지 않았다. 그녀가 행복해질 수 있다면 장 승상 부인에게 그녀를 보내려고까지 생각한다. 그러나 그가 심청이 어린 아기였을 때 "어서어서 너도 너의 모친 같이 현철하고 효행 있어 아비 귀염 뵈이거라"(26쪽)라고 말하는 부분이나 "너 게 가서 살더라도 나 살기 괜찮겠지"(39쪽) 등에서 볼 수 있듯이 그에게도 딸과의 관계에서 자기중심적인 태도가 나타나는 것은 부정할 수 없다. 심봉사도 오이디푸스, 리어왕, 브린처럼 눈을 뜨기까지 역경의 과정을 겪는다. 그의 과오로 심청이 떠난 뒤 그는 더욱더 분별력이 없어진다. 이제 그는 남을 탓하고 신세 자탄을 하며 후회하지만 곧 잊어버리고 뺑덕어미와 함께 살며 그녀의 행실이 그르다는 것을 알면서도 그녀가 대표하는 본능적인 삶에 빠지기도 한다. 그러던 그에게 딸의 덕분으로 순례의 계기가 주어지고 황성으로 가는 동안 그는 조금씩 각성을 하게 되는데 그러는 중에 또 다른 여인인 안씨 맹인을 만나지만 그녀의 만류에도 불구하고 그는 황성까지 자신의 목표를 향하여 떠난다. 여기서 그는 스스로 자신의 삶을 개척하려는 모습을 보여주고 있으며 그가 자신의 목표의 끝까지 걸어 황성에 닿았을 때 그는 딸을 만나 눈을 뜨게 된다. 딸이 그의 눈을 뜨게 하는 직접적인 요인이지만 그가 눈을 뜨게 된 데는 순례를 경험하는 동안 그가 각성을 준비한 사실, 그의 성숙이 전제되어 있다.[9]

위에서 살펴본 네 남자의 공통점은 그들의 언어와 의식, 사고가 그들의 삶의 동력이지만 또한 그것이 바로 그들의 눈을 멀게 하는 원인으로서 그들은 그들의 언어와 의식의 벽에 갇혀 세상을 제대로 보지 못하고 부자유 속에서 고통스러워하였다. 위의 남자들을 보면서 우리는 인간이 스스로 자신의 테두리를 정하고 그 힘으로 버티어 가는 그의 세계 자체에 대한 재고, 부정이 없이는 인간은 자유로워질 수 없는 모순적 존재라는 것을 다시금 확인하게 된다. 이들은 딸들 때문에 또는 딸에 의지하여 길을 떠나게 되며 고행과 순례를 거쳐 눈을 뜨게 된다.

4

위의 네 아버지들이 사랑한 딸들, 안티고네, 코딜리어, 두냐, 심청은 모두 강하고 아름다운 여성이다. 불행한 아버지들은 이러한 딸들에게 의지하고 그들에게 보살핌을 받았다. 딸들은 모두 아버지의 불행한 처지를 깊

---

9 설중환은 그의 논문(「심청전 재고」, 『국어국문학』 제85호(서울: 국어국문학회, 1981년))에서 필자의 견해와는 조금 다르게, 심봉사가 물에 빠지기 전까지는 현철한 부인 덕분으로 의식적인 생활을 하다가 물에 빠져 자신이 눈멀었다는 사실을 깨닫게 된 이후 자포자기의 결과로서 공양미 삼 백석을 약조하고, 동네 과부를 희롱하며 뺑덕어미와 외설적 본능에 빠지는 무의식적 생활을 하게 된다고 본다. 심청은 부친의 약속을 지키기 위해 죽었다가 살아나고 심봉사는 그녀와 다시 만나면서 무의식에서 깨어나 눈을 뜬다고 하면서, 즉 이십에 안맹하다가 부인 덕분으로 의식 있는 생활을 했지만 물에 빠진 후 무의식적 생활을 하다가 심청으로 인하여 다시 의식으로 가는 것으로 본다. 또 그는 심청이 만인을 무의식적 잠에서 깨워 마음의 눈을 뜨게 하는 것으로 풀이하여 인간의 의식의 각성이 심청전의 주제라고 본다. 그래서 그는 인간이 인간답게 살기 위하여 각자가 의식을 가지고 살아야 하며 이는 근대화의 본질이라고 말하여 심청전이 영조, 정조 시대에 만들어진 것을 상기시킨다.

이 이해하고 아버지를 부드럽게 어루만지고 부지런히 보살피고 그를 변함 없이 사랑한 여인들로서 인생의 자세가 의연하고 성숙하다. 그리스 시대 부터 현대에 이르기까지 가족관계 속에서 남성의 역할은 사회적인 활동, 경제적인 활동이었던 반면 여성의 역할은 정서적인 측면, 즉 애정을 담당 하는 역할이 기대되어 온 것이 사실이다.[10] 이 여성들이 애정을 담당하는 역할을 한 것은 주지의 사실이다. 그런데 이들은 남성의 역할인 사회적인 활동과 경제적인 활동을 하지 못하는 아버지를 위하여 의식주를 마련했고 이들을 사랑했다. 이런 점에서 이들을 여성의 전통적인 성 역할의 문제와 연결시켜서만 살펴보는 것은 옳지 않다. 중요한 것은 이들이 의식과 언어 에 갇힌 남성들에게 구원의 힘으로서 기능했다는 것이다. 그러면 남성들 에게 이 여성들이 어떤 의미를 지녔는지 살펴보자.

소포클레스의 세 비극에 등장하는 안티고네는 죄의식 속에 성급하게 스스로 눈을 찌른 오이디푸스를 보살피며 그의 눈과 지팡이가 되어 어린 나이에 이미 아버지를 이끌고 다니며 동냥을 하며 아버지를 보살피는 험 난한 고난 속에서 성격을 형성하게 된 여자이다. 또 그녀는 아버지로부터 가장 사랑받아 온 여인이었다(『클로노스의 오이디푸스』, 1617-1618행). 안티 고네 자신이 처음에는 이끌려서 또 스스로 가족의 멍에를 지고 아버지를 사랑과 자기희생으로 보살피며 눈먼 아버지가 자신을 찾고 장엄한 죽음 을 맞도록 도와주었다. 그녀는 아버지가 죽은 후에도 그에 대한 사랑을 지 키고 또 오빠들에 대한 사랑을 실천한다. 그녀의 삶은 사랑의 원칙을 기반 으로 한다. 사랑의 원칙을 지키다가 죽음을 선택하게 되는데 이는 그녀의 사랑의 삶이 지상의 법과 부딪친 때문이다. 그녀는 오이디푸스의 불행을 보며 인간의 한계에 눈을 떴고 인간의 법과 인간의 지식에는 한계가 있다 는 것을 체득한 여자이다. 그녀는 인간의 법, 지상의 법 너머에 있는 자연

---

10 앙드레 미셸, 변화순, 김현주 옮김, 『가족과 결혼의 사회학』(한울아카데미, 1991년), 70-71; 바렛, 『여성 억압과 가족』, 『가족과 성의 사회학』(조명덕 번역, 박숙자 외 편역), (1995년), 327-360

의 법을 중시한다. 그러면서도 그것의 희생물인 인간에 대한 애정이 강한 여자이다. 그녀의 오빠와 아버지에 대한 맑은 눈물은(『클로노스의 오이디푸스』, 1430-1440행, 1709-1710행) 그녀의 애정이 깊음을 말해준다. 이러한 애정은 그녀를 강하고 꿋꿋하게 만들었다. 그녀는 자기의 소신을 끝까지 지키며 자발적으로 자연으로 돌아가는 죽음을 행한다. 동성애, 친부 살해와 어머니와의 성관계 등 금기를 깨뜨리고 죄의식에 시달리는 남자들의 고통이 연속되고, 또 아버지와 아들 및 형제들 간의 권력 다툼으로 인한 증오의 피가 흐르는, 남성우월주의와 국가지상주의가 인간을 해치는(남자들이 만들어 놓은) 불행한 세상에서 안티고네는 금기를 깨뜨린 아버지 오이디푸스가 강박 관념 같은 죄의식에서 벗어나는 것을 사랑과 자기희생으로써 도와주었다. 자신의 손을 놓지 않은 오이디푸스를 안티고네는 이끌고 돌보았고 그의 불행을 같이 나누며 그를 감싸며 인내와 사랑을 실천하였던 것이다.

극 『리어왕』의 첫머리에서 코딜리어는 어리지만 거짓을 혐오하며 의연하게 진실을 말하여 프랑스 왕을 사랑에 눈뜨게 한 여자이고 아버지가 그녀와 노후를 함께하려고 기대할 만큼 그녀는 다정한 여자였던 것 같다. 또 그녀는 아버지로부터 가장 사랑을 받는 여인이었다.

난 쟤를 가장 사랑했고 그 따뜻한 보살핌에 모든 걸 맡길까 생각했다.(1막 1장, 127-128행)

그녀는 강하고 조용하고, 부드럽고, 의연하다. 권력 투쟁에 있어서 냉혹한 남자보다 더 심하고 사랑이라고는 조금치도 없이 본능에 눈먼 고너릴이나 리건과 달리 코딜리어는 리어에게 사랑을 베푼다. 그녀의 침묵과 고요, 계산 없음, 진실과 정의에 대한 소신, 자존심, 말과 위선에 대한 혐오는 바로 그녀가 지닌 사랑의 표현이다. 코딜리어는 눈먼 아버지, 자기중심적인 의식과 언어를 맹신함으로써 눈먼 상태에 있는 리어왕에게 사랑하는 마음으로 진실을 말하여 그와 부딪힌다. 그러나 바로 그 부딪힘이 그로 하여금 눈을 뜨게 하는 시초가 된다. 리어가 눈을 뜨는 동시에 그것으로 인하여 고통에 내맡겨졌을 때 코딜리어는 그의 힘이 되려고 남편의 허락을 얻고 그의 배려로 리어를 찾아온다. 아버지가 아무것도 가진 것 없고 정신적으로도 몹시 황폐해진 것을 보고 그녀는 옷, 약, 음식, 침대를 마련하여 사랑하는 마음으로 따뜻하게 보살핀다(4막 4장, 4막 7장). 그녀는 인간이 이 세상에서 눈먼 채 실수를 범하고 모든 것을 상실하고 그리고 괴로워하는 것을 이해하고 가슴 아파하는 여인이다. 그래서 그녀는 조용히 눈물을 흘리고 남편에게 슬피 애원하여 동정을 일으켰고(4막 3장) 또 아무 말 없이 또 아무 말도 듣기를 원하지 않고 아버지를 용서했고 자신은 중요하지 않다고 말하며 눈물을 흘리며 단지 아버지의 평안만을 걱정했으며 아버지에게 햇빛과 희망, 갱생, 평온을 맞게 한다. 그녀의 사랑의 힘은 아버지 리어왕을 사물에 눈뜨게 했고 또 결국 그에게 구원과 기쁨을 주었다고 할 수 있다.[11]

「역참지기」에서 두냐의 가장 두드러진 특징은 역시 사랑스러움이다. 역참을 지나는 모든 사람들이 두냐를 귀여워했고 민스키는 두냐로 인하여 사랑에 눈을 떴으며 화자 역시 두냐의 사랑스러운 키스를 잊지 못한다. 그러나 그녀를 가장 사랑한 사람은 아버지 브린이었다. 아버지에게 두냐는 모든 집안일을 담당하고 아버지를 곤경에서 구해주기도 하는, 죽은 아내와 닮은 얼굴을 한 여자이기도 했다. 두냐는 눈먼 아버지, 의식과 언어를 맹신하며 눈먼 상태에 있는 자기중심적인 브린을 헌신적으로 보살피며 그를 기쁨으로 빛나게 한다. 그러나 그녀는 열다섯 살 무렵이 되자 그녀와 삶을 꾸려갈 남자에게 사랑을 받고 그를 사랑하여 아버지를 떠날 수밖에 없게 된다. 아버지를 떠나며 그녀는 내내 말없이 눈물을 흘렸다. 두냐는 아버

---

11 니콜라스 브룩, 「리어왕」, 이경식 편역, 「셰익스피어 4대 비극 연구」, 1993(1983초판), 232-233.

지의 집착, 그것도 죽은 아내의 모습을 자신에게서 보는 강한 집착을 너무도 잘 이해하기에 가슴 아프다. 그러나 그녀는 아버지에게 차마 자신이 아버지와 헤어져 살아도 행복할 수 있다고 진실을 말하지 못한다. 브린이 그녀를 찾아왔을 때 그녀는 아무 말 못하고 기절한다. 그녀는 자신의 힘으로 어쩔 수 없는 상황에 부딪히게 되어 순간적인 죽음을 행했다고 말할 수 있다. 아버지를 사랑하지만 한 이성을 사랑하는 여자로서의 충족된 삶을 알게 된 그녀가 두 남자 모두를 향한 사랑을 지키기 위한 방법은 침묵과 죽음 같은 기절이었다. 민스키는 이때 브린을 험하게 대하는데 이는 어찌된 것일까? 두냐로 인하여 사랑에 눈을 뜨게 된 민스키는 두냐와 행복하게 함께 살기 위하여 무척 고심하고 있었던 것 같다. 두냐는 그의 사랑이면 충분하다고 생각하는 여인이지만 그는 신분의 커다란 차이에도 불구하고 그녀가 귀부인으로서 살아가도록 정식 결혼을 위해 고심한 것 같다. 아버지가 두냐의 숙소에 찾아왔을 때 민스키가 두냐가 기절하는 것을 보고 무척 화를 내고 브린을 밀친 것은 그의 긴장된 내면을 보여주는 것이라고 하겠다. 그는 두냐의 아버지가 자기만큼 두냐에게 집착하는 것을 안다. 그것은 사랑하는 남자의 직감이었을 것이다. 또 그는 부당하게 딸에게 집착하는 아버지를 혐오스럽게 여겼을지도 모른다. 이 삼자대면의 장면에서 중요한 것은 민스키가 진정으로 두냐를 사랑하고 두냐도 민스키를 사랑한다는 점, 브린이 인정하기 싫어하는 바로 그 점이다. 그녀는 민스키를 사랑하며 아이들을 사랑스럽게 키우는 여인이 된다. 두냐는 민스키와 행복하지만 아버지의 슬픔에 대해서도 항상 잊지 않고 있었으며 그에 대한 사랑을 변함없이 가슴 속에 간직하고 있었다. 아버지를 만나고 싶은 자신의 희망을 남편에게 밝히지 않고 인내하다가 한참 후에 세 아들이 어느 정도 크고 남편에게 그가 사랑 받는다는, 그녀가 아버지의 집으로 되돌아가지 않으리라는 완전한 확신을 준 뒤 그의 허락을 받아 아버지를 만나러 온다. 그녀는 아버지가 죽었다는 말을 듣고 울음을 터뜨리나 곧 자제하고 아이들에게 기다리라고 말한 후 사랑하는 아버지의 황량한 무덤 앞에서 가슴속 깊이 운다. 두냐는 남성들의 세계를 이해했으며 그들을 사랑으로 감싸고 인내하며 자신의 길을 갔다고 말할 수 있겠다. 그녀는 인간 조건을 이해한 여자이고 사랑을 실천한 여자였다.

심청의 생활신조는 사랑이다. 그녀는 자신의 의식과 언어에 갇힌 아버지 심봉사를 사랑으로 감싼다. 또한 그녀는 아버지의 깊은 사랑을 받고 동냥젖을 먹으며 자란 여자다. 아름답고 기품 있는 그녀는 운명을 한탄하지 않고 극심한 가난을 견디며 동냥을 하고 장 승상 부인의 수양딸 제의를 거절하며 아버지의 의식주를 담당한다. 심청이 음식을 마련하고 바느질을 하는 것은 작품 속에서 몇 차례 반복되는 대목이다. 세상살이에 무능하고 세속화된 불교에 속은 아버지 때문에 죽으러 갈 때도 그녀는 아버지의 허물을 알지만 "소녀 아비 허물일랑 이 몸으로 대신하고"(37쪽)라며 주야로 빌며 아버지를 전혀 원망하지 않는다. 아버지의 자기중심적인 눈먼 행동을 나무라기는커녕 그가 다른 여인을 만나 자식까지 낳을 것을 바라며 사랑하는 아버지를 위하여 죽음의 물을 건넌다. 그녀는 홀로 남을 아버지를 생각하며 혼자서 소리 없는 눈물을 흘리기도 한다.

눈물이 간장에서 솟아올라 哽哽咽咽(경경열열)하여 부친의 귀에 들리지 않게 속으로 느껴 울며(40쪽)

또 그녀는 한 번 한 약속을 파기하지 않는 모습도 보여준다. 그때 그녀의 나이는 15세로서 죽은 어머니를 닮은 죽음의 얼굴을 한 여자이기도 하다. 사랑은 죽음을 무릅쓴다. 인당수에 뛰어들기 전에 하는 그녀의 말

비나이다, 비나이다 심청이 죽는 일은 추호도 싫지 않으나 안맹하신 우리 부친 천지에 깊은 한을 생전에 풀려 하고 죽음을 당하오니……(54쪽)

은 무엇보다, 자신의 생명보다 아버지를 더 먼저 생각하는 효성을 잘 나타내 준다. 심청은 자기중심적인 아버지가 세상에 연연하는 것과 달리 사랑의 힘으로 과감히 자연 상태로 돌아간다. 심청은 죽음을 통하여 존재의 근원이 된다고 믿는 카오스 상태로의 환원을 꾀하는 것이다.[12] 그녀는 수정궁의 안락한 삶(옷, 음식, 집이 구체적으로 묘사되어 있다) 속에서도, 어머니를 만나는 기쁨 속에서도 자기 자신의 행복보다는 아버지를 생각한다("외로우신 아버지는 뉘를 보고 반기실까?": 60쪽). 어머니가 간 이후 그녀는 계속 아버지를 걱정하며 슬퍼하다가 다시 인간 세상으로 나온다. 다시 인간 세상으로 나와 왕비가 되지만 그녀는 아버지를 그리워하고 근심하면서도 남편의 허락을 얻을 때까지 먼저 왕에게 아버지를 만나고 싶다는 말을 하지 않는다. "안맹하신 부친 생각 무시로 비감하사 홀로 앉아 탄식한다."(66쪽) 그녀는 아버지를 만나고 싶은 자신의 희망을 남편에게 밝히지 않고 인내하다가 코딜리어처럼 남편의 배려로 아버지를 만나게 되며 아버지를 진정으로 눈뜨게 한다. 이렇게 사랑은 성숙한 행동으로써 다른 사람의 눈을 뜨게 하는 것이다. 심청은 사랑하는 마음으로 헌신하여 사랑을 실천함으로써 인간의 각성을 일으키고 자아를 실현하여 충족된 삶을 살아간 것이다. 그녀의 커다란 사랑, 인간애는 지하의 혼들, 그 중에서도 충(忠)에 이름난 혼들, 억울한 혼들이 그녀에게 지상에서의 삶을 누릴 것을 기원하기도 하고 자신의 억울함을 호소하게 한 힘일 것이다. 이렇게 그녀는 사랑으로 인하여 남보다 더 아름답고 더 강하다. 그녀는 사랑을 실천하는 여인이기에 아름답다. 그녀의 사랑과 인내가 죽음을 뛰어넘어 자신과 심봉사를 구한 것이다. 그런데 심청은 죽음의 물을 건너 자신과 아버지를 현세에서 살리게 되는 점이 위에서 다룬 서양의 딸들과 구별되는 점이라고 할 수 있겠다.

위에서 살펴본 네 여자의 공통점을 몇 가지 꼽아보자면, 첫째 이 여인들이 모두 인간에 대한 사랑에 있어서 뛰어나다는 점이다. 그리고 그것을 구

---

12 최운식, 『심청전』(시인, 1983년), 192.

체적인 행동으로써 한결같이 실천하는 것이다. 안티고네는 자신을 희생하여 죽을 때까지 사랑의 원칙을 지켰고 심청의 굳은 의지와 꿋꿋함은 안티고네의 굳은 의지와 행동처럼 결국 그녀의 사랑에서 나온 것이며 코딜리어의 깊은 사랑은 아버지를 눈뜨게 했고 또 죽기 전에 그에게 행복을 주었다. 두냐의 사랑은 민스키를 성숙하게 했고 아버지를 세상에 눈뜨게 했다. 그런데 이 여인들이 모두 아버지로부터 강한 사랑을 받은 점 또한 공통적이다. 둘째로, 이 여인들은 그녀들이 아버지에게 눈을 뜨게 하는 구원의 힘을 줄 때의 나이들이 대체로 15세 전후라는 점이다. 안티고네가 오이디푸스를 봉양하기 시작하였을 땐 아직 시집갈 나이가 아닌 어린 나이로서(오이디푸스왕, 1492행) 『안티고네』에서 비로소 약혼을 하는 나이가 된 듯하며 이때 그녀는 강한 여성이 되어 있었고 아버지가 해결하지 못한 아들과의 관계에서 남겨 놓은 불행을 안티고네는 스스로 해결하려고 하는 강한 의지를 보여준다. 코딜리어는 프랑스 왕을 따라갈 때 어리지만 진실하고 사랑을 간직하고 있었고 그 사랑으로 다른 사람을 사랑에 눈뜨게 할 수 있는 나이 15-6세가량 된 것 같다. 두냐는 15세에 이미 사랑을 알고 있었고 자신의 삶을 개척하며 심청은 15세에 죽음의 물을 건넌다. 15세에 이미 여인은 사랑의 실체를 알기 시작한다고 하겠다. 모성을 간직하게 되는 육체적인 나이라는 것이 신기하다. 셋째, 안티고네, 코 딜리어, 두냐, 심청 모두는 외관이나 신분 또는 재산으로 볼 때 보잘것없는 형태로 나타난다. 코딜리어의 침묵과 창백함, 안티고네나 심청의 가난한 행색, 가난한 역참지기의 딸 두냐의 고요한 인내를 프로이드적으로 해석하여 죽음을 상징한다고 풀이할 수도 있을 것이며 사랑을 실현하는 여성과 죽음을 지향하는 여성의 동일성 및 죽음의 충동과 사랑의 충동이 함께하는 여성에 대해 말할 수 있을 것이다.[13] 중요한 것은 이들의 보잘것없는 외관 뒤에 존재하는 풍요로운 실체, 사랑이다. 넷째, 이 여인들은 말을 별로 하지 않는다. 말을 할 때면 꼭

---

13 막스 밀레르, 이규현 옮김, 『프로이드와 문학의 이해』(1997년), 209-211.

필요한 자연스러운 일상적인 말만 한다. 심청의 경우에 독백이 길다는 느낌을 주지만 대화에서는 위의 성격을 나타낸다. 안티고네의 경우에도 마찬가지이다. 그녀는 아버지의 말대로 말을 짧게 하겠다고 말하기도 한다 (『클로노스의 오이디푸스』, 1115-1118행). 그녀들의 말없음은 사랑을 간직하는 방법이다. 그녀들은 인내와 슬픔을 말없는 뜨거운 눈물로써 보여준다. 다섯째, 이들의 자태는 맑고, 조용하고, 부드러우나 강하다. 그녀들의 음성 또한 부드럽고 상냥하고 조용하나 침착하고 또렷하다. 이 여성들의 이러한 성질들은 모두 그녀들이 뼛속 깊이 사랑을 지녔다는 것을 말해준다. 이 사랑은 아마도 "종교나 과학보다도 더 보편적인 개념"으로서 "어떤 원초적인 힘, 해맑고 거센 바람 같은" "전능한 힘"일 것이다.[14]

5

위에서 살펴본 네 남자들은 그들의 언어와 의식, 사고가 그들의 삶의 동력이지만 또한 바로 그것이 그들의 눈을 멀게 하는 원인으로서 그들은 그들의 언어와 의식의 벽에 갇혀 세상을 제대로 보지 못하고 부자유 속에서 고통스러워하는 모순적 존재들이었다. 이들은 딸들 때문에 또는 딸에 의지하여 길을 떠나게 되며 고행과 순례를 거쳐 눈을 뜨게 된다. 그들은 모두 사랑이 깊은 딸들에게서 구원받기를 원했다. 오이디푸스는 나라를 떠나 안티고네의 손을 놓지 않고 그녀에게 이끌려서 방랑하는 과정에서 그녀의 사랑과 헌신 덕분에 과오를 씻고 인간의 존엄을 되찾고 장엄한 죽음을 맞았으며, 리어가 가장 사랑하던 딸 코딜리어는 변함없는 진실한 사랑으로써 그가 왕국을 떠나 방랑하게 하게 되는 계기를 마련하였고 그가 방랑의

---

14 А. Платонов, "О любви", *Russian Literature(23-6)*(Amsterdam, 1988), 390-391.; 김철균, 최병근, 「А. 쁠라또노프의 유토피아론」, 『러시아어문학연구논집』 제7집(한국러시아문학회, 2000년), 143, 주44에서 재인용.

고난 속에서 세상에 눈을 뜨고 사랑의 눈을 갖게 하였으며, 브린은 그가 너무나도 사랑하고 집착하던 딸 두냐가 떠나자 그녀를 찾아 걸어서 길을 떠나 그녀를 만나 눈을 떴으나 다시 눈감으려 하며 갈등 속에 함몰되었다. 심봉사의 경우는 사랑하고 의지하던 딸 심청의 떠남이 각성의 계기가 되었고 결국 그녀 덕분에 황성까지의 순례를 마치고 그녀를 만나 눈을 뜨게 되었다. 아버지와 딸의 관계는 결국 언어와 의식, 의관에 갇혀 스스로 불행을 자초하는 남자들과 사랑으로 이들의 눈을 뜨게 하는 여자들의 관계로 수렴된다. 이때 남성과 동의어의 관계에 있는 의식과 언어의 반대편에 있는 무의식, 침묵으로서의 여성을 말할 수 있겠다. 그러나 사랑과 무의식이 동류항이라는 점에 있어서 필자는 회의적인 편이다. 사랑에는 인간에 대한 이해와 자기희생의 의지가 전제되어야 한다고 여기기 때문이다. 이 글의 서두에서 밝혔듯이 여기에서 고찰한 남녀관계는 성적인 교류를 포함하지 않는 부녀관계였고 그 관계에서 우리는 인간의 모순성을 감싸고 치유하는 사랑의 힘을 목격하였다. 딸들은 모두 아버지를 깊이 이해하고 있었고 아버지를 향한 사랑을 실천하는 데 있어 말없이 자기희생을 감수하였던 여성들이었다. 이들은 모두 사랑의 원칙을 실현하였고 그것을 지키기 위하여 죽을 수도 있다는 것을 보여 주었다. 이 여인들이 맑은 눈물을 흘리며 눈먼 남자들을 진정으로 사랑하는 것을 그린 것은 작가가 힘겨운 삶 전체에 대한 보상으로서 사랑의 물을 요구하고 희망하는 증거라고 하겠다. 그것은 영원히 인간이 아버지의 세계에서 어머니의 품을 원하는 것, 남성의 세계에서 여성적인 것을 꿈꾸는 것을 보여주는 것이라고 말할 수 있다.

게르만의 마지막 카드
「스페이드 여왕」의 결말*

1

푸슈킨이 1833년 볼디노의 가을에 써서 이듬해에 발표한 소설 「스페이드 여왕」[1]의 끝 부분, 주인공 게르만의 파멸의 직접적인 원인이 되는 마지막 카드와 뒤이은 광증을 다룬 부분은 주인공의 성격을 잘 드러내줄 뿐만 아니라 이 단편의 탄탄한 구성의 정점을 이루어 작품 전체의 의미를 집약하고 있다. 이 글은 이 부분을 작품 전체와 연관하여 읽으면서 주인공의 성격에 대해 관찰하고 생각한 바를 정리하여 적은 것이다.

2

「스페이드 여왕」에 대해서 다양한 많은 연구가 있고 주인공 게르만의

---

* 『러시아어문학연구논집』 10권(2001), 5–24.

1 A. C. Пушкин, *Полное собрание сочинений в 17 т., т. 8*(М., 1995)를 텍스트로 사용하였다.

성격에 대해서도 다양하고 흥미로운 분석이 많다. 연구자들은 게르만이 야심적이고 탐욕적인 인간으로서 강박 관념으로 인하여 자멸하는 어리석고 못된 인간이라는 것에 대체로 의견을 같이하고 이러한 게르만의 파멸은 당시의 불평등한 사회구조 속에서 나타난 비극이라고 해석한다. 러시아의 연구자들 중에서 각별히 필자의 관심을 끄는 사람은 비노그라도프와 보차로프이다.[2] 소설 속의 어휘, 문체, 숫자, 시점(視點), 그것들의 텍스트 내에서의 기능에 대한 그들의 관찰 내용 자체도 매우 흥미로울 뿐만 아니라 그러한 관찰 방법이 독자들에게 겉으로 잘 드러나지 않은 의미를 찾아가며 정밀하고 촘촘하게 새로 읽도록 자극하기 때문이다.

읽기는 작품에 대한 특정한 독자의 특정한 입장(그의 입장은 시간과 공간에 따라 동일한 작품을 읽을 때도 바뀔 수 있다)을 결국 그 독자가 스스로 강화해 가는 행위이고 또 이는 어차피 가설로서, 읽는 과정에서 입증되어 간다고 말할 수 있는데 푸슈킨은 이런 의미에서 여러 가지 읽기를 견뎌낸 작가로서 잠재력을 무한히 내포하고 있으며 그래서 항상 새로 태어난다고 말할 수 있다.

비노그라도프의 숫자와 어휘에 대한 지적은 이후 많은 학자들이 자신의 읽기 과정에서 이 문제에 대해 생각하게 하는 계기를 마련했다. 그는 이전 평자들이 이미 주목했던 3, 7, 1 이외에도 숫자 60의 작품 내에서의 기능, '침묵하다молчать', '미소짓다улыбаться', '미소улыбка', '눈을 찡긋하다прищуривать', '전율하다трепеть', '전율трепет' 등의 어휘들의 의미적 기능을 설명했고 이 작품의 중요한 대목들에 나타나는 문체의 기능을 고찰하였다. 비노그라도프의 연구에 기반하여 보차로프는 숫자 2의 중요성에 대해 언급하고, 작품 구조의 두 개의 기본 노선이 우연과 동화(환상적 이야기), 두 단어를 중심으로 연결되어 있다고 보며, 어휘 '경악ужас'이나 '전율трепет'의 대조적 사용을 강조하는 등 어휘의 의미의 이중성에 주목하였고

---

2   С. Г. Бочаров, *Поэтика Пушкина*(М., 1974); В. Биноградов, *Стиль Пушкина*(М., 1941).

다양한 시점의 교차를 고찰하여 작품 분석 방법을 진일보시켰다.

비노그라도프는 필자가 관심을 가지는 이 소설의 끝 부분이 부(富)를 이루는 데 집착하여 정상적 궤도를 벗어나 환상의 세계로 접어든 탐욕적인 게르만을 체칼린스키나 노파의 모습으로 나타나는 운명이 비웃으며 파멸로 몰고 가는 것을 나타낸다고 본다. 그는 게르만의 의식 속에 두 가지 움직이지 않는 생각, 카드와 노부인에 대한 서로 연결되지 않는 두 가지 생각이 연결되어 공존하기 때문에 미치는 결말이 당연한 것으로 풀이한다.

보차로프는 게르만의 파멸이, 주관적 열망에 눈이 어두워 상상 속에 머물면서 한 가지 방향만을 보아, 객관적인 힘으로 작용하는 외적인 현실세계를 보지 못하고 이를 받아들일 수 없는 일면적 집착 때문에, 자신의 운명으로서 노파를 자기 손으로 뽑는 데 기인한다고 본다.

에이델만[3]이나 마코고넨코[4]도 그들의 역사관에서 출발한 흥미로운 읽기를 보여주고 있다. 에이델만의 경우에는 이 작품에서 18세기 후반의 영광의 시대가 지나가고 그 60년 후 나타난 게르만 같은 새로운 인간형, 성급하고 음울하고 신경질적인 인간형에 대한 푸슈킨의 탐구와 당시의 세태에 거스르는 12월 혁명 당원들에 대한 푸슈킨의 동조를 읽었다. 마코고넨코는 게르만이 돈을 위한 가차 없는 투쟁과 광증을 동반하는 부르주아 사회 속에서 형성된 살인과 배반과 속임수를 쓸 태세가 되어 있는 '도덕도 신성한 것도 모르는 인간'이라고 보았다. 이 두 학자는 공히 게르만의 파멸을, 시대가 낳은 왜곡된 인간의 파탄으로 본다.

그러면 이 결말 부분을 다시 한 번 자세히 음미해 보자.

.... Все обступили Германа.

Прочие игроки не поставили своих карт, с нетерпением ожидая, чем он кончит.

---

3 Н. Эйдельман, *Пушкин из биографии и творчества 1826-1837*(М., 1987).

4 Г. П. Макогоненко, *Творчества А. С. Пушкина в 1830-е годы*(Ленинград, 1974).

Герман стоял у стола, готовясь один понтировать противу бледнего, но всё улыбающегося Чекалинского. Каждый распечатал колоду карт. Чекалинский стасовал. Герман снял и поставил свою карту, покрыв её кипой банковых билетов. Это похоже было на поединок. Глубокое молчание царствовало кругом.

Чекалинский стал метать, руки тряслись. Направо легла дама, налего туз.

-- Туз выиграл! -- сказал Герман и открыл свою карту.

-- Дама ваша убита, -- сказал лаского Чекалинский.

Герман вздрогнул. В самом деле вместо туза у него стояла пиковая дама. Он не верил своим глазам не понимая как мог он обдёрнуться.

В эту минуту ему показалось, что пиковая дама прищурилась и усмехнулась. Необыкновенное сходство поразило его...

-- Старуха! -- Закричал он в ужасе.

Чекалинский потянул к себе проигранные билеты. Герман стоял неподвижно. Когда отошёл он от стола, поднялся шумный говор. -- Славно спонтировал! говорили игроки. -- Чекалинский снова стасовал карты: игра пошла своим чередом.

모두들 게르만을 에워쌌다. 나머지 도박꾼들은 자기 카드를 걸지 않고 초조하게 그가 어떻게 끝나나 기다리고 있었다. 게르만은 창백하지만 여전히 미소를 짓고 있는 체칼린스키를 상대로 혼자만이 돈을 걸 태세로 테이블 곁에 서 있었다. 둘 다 각기 새 카드 묶음을 뜯었다. 체칼린스키는 카드를 섞었다. 게르만이 카드를 골라 자신의 카드를 걸었고 그 위에 은행권 무더기를 덮었다. 이는 결투와 비슷 했다. 깊은 침묵이 주위를 압도하고 있었다.

체칼린스키가 카드를 내려놓기 시작했는데 그의 두 손이 떨리고 있었다. 오른쪽 에 여왕이, 왼쪽에 1이 놓였다.

- 1이 이겼소! - 게르만이 말하고 자기 카드를 뒤집어 보였다.

- 댁의 여왕이 죽었군요. - 상냥하게 체칼린스키가 말했다.

게르만은 몸을 후두둑 떨었다. 정말로 그가 건 카드는 일이 아니라 스페이드 여왕이었다. 그는 자기가 어떻게 카드를 잘못 골랐는지 이해할 수 없어 자기의 눈을 믿을 수 없었다.

이 순간 스페이드 여왕이 비웃으며 윙크하는 것으로 여겨졌다. 유난한 유사성이 그를 경악시켰다…….

- 노파다! - 그는 공포에 휩싸여 외쳤다.

체칼린스키는 은행권 무더기를 자기에게로 끌어당겼다. 게르만은 꼼짝 않고 서 있었다. 게르만이 테이블에서 물러났을 때 여러 가지 이야기 소리들이 크고 소란스레 울렸다. - 멋지게 걸었었어! - 도박꾼들이 말했다. 체칼린스키는 다시 카드를 섞었고 게임은 제 궤도대로 진행되었다.

위 부분을 읽고 음미하면서 필자는 다음과 같이 내용을 간추려 보았다:

도박장에 있던 모든 사람들이 초조하게 게르만이 어떻게 끝날지 기다리는데 게르만만이 홀로 여전히 미소 짓는 체칼린스키를 상대로 결투에 임하는 것처럼 내기에 임하며 과거 사교계의 여왕이었던 노부인이 가르쳐준 대로 자신의 마지막 카드를 건다. 자신의 카드의 오른쪽 것이 여왕, 왼쪽 것이 1이어서 당연히 이긴 줄 알았는데 여왕이 죽었다는 말을 듣고 자신이 카드를 잘못 보았다는 것을 안 순간, 스페이드 여왕이 그에게 눈을 찡긋하며 웃음을 터뜨렸는데 그 모습이 노부인과 유사한 것을 보고 경악한다. 그가 패배하자 사람들은 "멋지게 걸었었어!"라고 말하고 체칼린스키는 아무 일 없었던 것처럼 노름을 계속해 나간다. 결말에서 모두가 그 사회에서 각기 제 길을 찾아 걸어가지만 게르만만이 정신 병원에 들어간다.

앞서 인용한 부분과 뒤이은 결말 ― 즉 위에서 필자가 간추린 부분에서 두드러지는 점들은 소설 전체의 의미망에 촘촘히 연결되어 있다. 이제 이 두드러진 점들을 열 가지 제시하고 이들이 소설 전체의 의미망에 어떤 양상으로 연결되어 있는지 살펴볼 것이다.

1) 게르만이 놀이(игра)와 일(дело)을 구별하지 못한다는 점이다.

도박장에서 게르만은 다른 사람들과는 달리 카드놀이를 마치 결투에 임하듯 하는 사람이다. 그가 마지막 카드를 결투하듯 걸 때 게르만의 주위를 둘러싼 모든 계층의 사람들은 그가 파멸하느냐 승리하느냐 모두가 초조하게 기다리며(ожидая чем он кончит), 게르만 같은 사람의 행동이 어찌 됐건 빨리 끝나기를 바란다. 게르만만이 홀로 죽느냐 사느냐의 문제로 자기의 전 재산을 건다. 게임이 끝났을 때 우리는 체칼린스키나 도박장을 찾은 사람에게 있어 게르만은 하나의 에피소드일 뿐 게임은 제 법칙에 따라 궤도대로 흘러간다는 것을 알 수 있다. 게르만만이 이러한 놀이의 법칙과 생리를 이해하지 못한다. 이는 이미 작품의 첫 부분에서 드러난다. 나루모프 집에서 모여 카드놀이를 하던 사람들은 잃으면 밥맛이 없기는 하지만 샴페인이 나오면 모두가 마시고 떠들고 톰스키의 일화(아넥도트)를 듣고 즐기다가 각자 집으로 돌아가고 제 할 일을 한다. 그러나 게르만은 그렇지 않았다. 게르만에게 있어서 놀이인 카드게임은 그를 몰두시키는(Игра занимает меня сильно) 일이었고 카드게임 사업(카드게임으로 돈을 버는 일을 말한다)으로 큰 재산을 만들어 자기의 위치를 공고히 하고 이를 후손들에게 물려주려고 한다. 게임(놀이)이 일의 반대 극으로서의 의미를 가진 것을 감안할 때 게르만의 놀이와 일의 혼동은 다른 사람과 구별되는 행동이라고 할 수 있다.

2) 그는 카드게임에서 우연의 법칙이 지배한다는 점을 생각하지 못한다. 파라온 게임에 있어서는 특히 우연이 중요하다.[5] 그는 꼭 이기는 석 장

---

[5] Ю. М. Лотман, *Беседы о русской культуре*(Санкт-Петербург, 1994), 136-163. 로트만은 우연의 법칙이 당시의 사회에도 만연하고 있었으며 당시 파라온 게임이 유행한 것도 이와 연관된다고 말한다. 파라온 게임에서는 은행을 맡은 사람과 카드를 거는 사람들이 있는데 각각 카드를 새로 한 묶음을 뜯어

의 카드를 믿고 원하며 게임에서 질 수 있다는 가능성을 배제하며 우연의 법칙을 무시하려고 한다. 그는 카드게임의 우연의 법칙을 받아들이지 않을 뿐만 아니라 오히려 돈을 따려는 목표를 달성하기 위해 꼼꼼히 계산하고 준비한다. 물론 우연의 기막힌 정도가 끝이 없다는 점도 전혀 생각하지 못한다. 3, 7, 1이 이기는 카드인데 그가 잘못 본 경우 오른쪽에 여왕만 놓이지 않았어도 돈을 잃지는 않는데 왼쪽에 1, 오른쪽에 바로 여왕이 놓인 것이다. 그는 실상 우연에 의해 두 번을 이기지만 마지막 날은 더한 우연에 의해 전 재산을 잃는다. 이 부분에서 우연의 법칙을 이해하지 못하는 그의 경직성이 가시적으로 표현된다. "게르만은 꼼짝 않고 서 있었다(Герман стоял неподвижно)." 리자가 처음 게르만을 보았을 때도 그는 자기가 들은 이야기의 주인공의 저택 앞에 우연의 법칙을 이해하지 못하고 꼼짝 않고 창문 밑에 서 있었다(Она увидела молодого инженера, стоящего неподвижно).

3) 노부인이 윙크를 하며 그에게 나타나는 것에서 우리는 그에게 영향을 주는 여성, 그의 운명을 지배하는 여성은 늙은 노파, 사교계의 여왕으로서 자신의 시대에 사랑을 다 끝냈고 이제 현재에는 낯설어진(отлюбившие в свой век и чуждые настоящему) 노인들 중의 한 사람일 뿐이라는 것을 다시금 확인한다. 게르만은 이성에 대한 감정에 눈뜨지 않았다. 그는 리자에게 전혀 여성적 매력을 느끼지 못했다. 그는 오로지 카드의 비밀을 알고 있다고 생각한 노부인에게 접근하고자 리자에게 열렬한 편지를 썼고 또 스스

카드를 골라 걸고 은행을 맡은 사람이 그 양옆으로 카드를 늘어놓는데 은행을 맡은 사람으로 볼 때 그의 왼쪽 것과 가운데 놓인 카드를 건 사람의 카드가 일치하면 카드를 건 사람이 이기고 오른쪽 것과 일치하면 은행을 맡은 사람이 이긴다. 그러나 사회의 공식적인 일에 있어서 우연의 법칙이 지배하고 카드게임에서도 우연의 법칙이 지배하는 파라온이 유행했다고 해서 당시의 젊은이들이 일과 놀이 자체를 혼동했다고 보기는 어렵다. 로트만 자신이 12월 혁명당원에 대한 논문 「일상생활 속의 12월 혁명당원」에서 당시 귀족층의 일과 놀이의 이원성에 대해서 고찰한 바 있다. 12월 혁명당원들은 예외적인 경우로서 그들은 놀이를 그들의 행위로부터 배제하려고 하였고 일과 놀이의 구별을 인정하지 않으려 했다고 할 수 있다.

로도 사랑한다고 느꼈을 뿐이다. 그는 사랑의 욕망은 전혀 없이 여자들의 방을 찾아 좁다란 계단을(узенькая витая лестница) 오르락내리락하는 어린 애랄까? 게르만은 노부인의 침실에서 옷을 벗는 노부인을 자세히 바라보 았으나 그 방에서 나온 뒤 원래 밀회의 장소여야 할 리자의 방으로 들어가 리자와 이야기할 때는 리자는 옷을 벗지 않은 채 앉아 있었다. 노부인이 옷 을 벗는 것은 작품 속에서 두 번 나오는데 한번은 그녀가 사교계의 여왕이 었던, 아름다웠던 시절 남편 앞에서였고 두 번째는 산송장이 된 나이에 게 르만 앞에서이다. 이는 게르만과 밤에 단둘이 밀회하는 젊은 여자가 옷을 벗지 않은 채 앉아 있다는 점과 함께 게르만이 이성의 감정에 눈뜨지 않은 에로스에 무감각한 남자라는 점을 두드러지게 한다.

이런 점에서 게르만은 싱싱하게 꽃으로 머리를 장식하고 게르만을 만 나리라는 기대를 품고 흥분을 느끼고 정열에 휩싸이지만 결국은 자기에게 맞는 좋은 사람과 결혼하는 리자, 폴리나 양 때문에 애태우다가 결국 그녀 와 결혼하는, 항상 농담을 좋아하나 결국은 승진하는 톰스키, 리자에게 진 정한 사랑의 감정을 느끼는 나루모프, 또 노부인이나 상제르맹, 차플리츠 키와도 구별된다.

우선 노부인의 경우를 보면 젊었을 때 사교계의 여왕으로서 남편 이외 의 남자들과 관계가 있었을 것 같은 분방한 인상을 준다. 나이가 한참 위인 늙은 괴짜 생제르맹과의 관계(게르만은 노파가 세 가지 카드를 알기 위해서 생제르맹과 죄를 저질렀으리라고 생각하며 그 죄악을 자신이 떠맡겠다고 이야 기한다) 및 아들뻘인 차플리츠키와의 관계에 대한 암시(웬일인지 백작부인 이 그에게만은 호의를 가졌다고 톰스키가 말했고 차플리츠키라는 이름을 들 었을 때 죽은 것 같은 노파의 얼굴이 갑자기 강한 영혼의 동요를 나타냈었다)는 게르만이 그녀의 애인이 되겠다고, 아들이 되겠다고 하는 말의 배경이 되 고 게르만이 비밀 계단을 통하여 집 밖으로 나가며 60년 전의 그녀의 어 떤 애인에 대해 하는 생각의 근거가 된다. 그러나 정작 이 모든 경우를 짐작하고 있는 게르만은 이러한 감정과 무관하다. 그가 비록 노파의 연인이 되겠다고까지 말하지만 그 자신 에로스의 감정과는 아무런 연관이 없다. 이런 의미에서 장례식에서 젊은 사제가 인용한 '그녀가 한밤의 신랑을 기다리고 있었다'는 성경 구절은 특히 아이러니컬하게 들린다. 게르만을 제외한 남자 인물들, 톰스키, 나루모프, 생제르맹, 체칼린스키, 백작, 집사는 모두 여자에게 관심이 있고 또 기회가 있으면 여자와 즐기거나 즐기려고 하며 결혼을 했거나 하려고 했다. 체칼린스키의 여성에 대한 태도는 작품에 나타나 있지 않으나 작품 안에서 꼼꼼하게 준비된 카드게임과 연결된 남자들의 유사성이 체칼린스키도 생제르맹, 차플리츠키처럼 그럴 것이라고 여기도록 만든다. 항상 미소 지으며 상냥하게 말하는 체칼린스키와 생제르맹이 준수한 외모를 가지고 있다는 점, 차플리츠키가 열렬한 도박꾼으로 수백만을 탕진하고 결국 가난 속에 죽었다는 이야기나 체칼린스키가 일생을 도박판에서 보내는 사람으로 한때 수백만을 벌었던 적이 있다(그러나 그 액수는 어음의 액면의 합계일 것이다)는 사실도 이들을 유사 관계에 놓이게 한다. 둘 다 도박을 일생 내내 하지만 한 사람은 수백만을 다 탕진하고 가난 속에 죽었고 다른 한 사람은 대조적으로 한때 수백만을 벌기는 했지만 결국 가난 속에 죽을지도 모른다고까지 생각하도록 한다. 또 분방한 여자로 보이는 백작부인이나 체칼린스키가 다른 도시에서 사람들의 인기를 누린다는 점에서 공통성을 가지고 있는 점, 또 그들이 웃는다는 사실도 체칼린스키와 노부인을 연결한다. 비노그라도프는 '웃는다'와 '비웃는다'를 구별하여 둘의 대조를 강조하고 있기는 하지만 필자는 이들 둘 다 웃을 줄 모르는 게르만, 농담할 여유 없는 게르만과 대조된다고 본다. 게르만의 이름이 생제르맹과 유사한 것(게르만을 프랑스식으로 발음하면 제르맹이다)은 오히려 게르만과 생제르맹의 대비를 더욱 두드러지게 하는 역

---

6   В. Биноградов, *Стиль Пушкина*(М., 1941), 586-587.

7   위의 책, 595.

할을 한다. 이리하여 체칼린스키는 이성에 관심을 갖는 사람들의 이미지와 중첩된다.

4) 그는 현실과 꿈을 구별하지 못한다.

그는 노부인의 망령이 가르쳐준 그대로 카드를 건다. 그가 마지막 카드를 고를 때도 이 점에 있어서 한 치의 회의가 없었다. 관 속에 하얀 옷을 입고 누워 있던 백작부인이 그 앞에 하얀 옷을 입고 나타나자 그는 꿈인지 현실인지 구별하지 못한 채 그녀의 말을 꼼꼼히 적고 꼭 이기리라고 믿고 그녀의 말대로 카드를 걸었던 것이다. 게르만은 그녀의 환영이 말하고 사라진 뒤 복도로 나가는 문이 닫혀 있는 것을 확인하였으나 현실과 꿈을 구별하지 못한다. 그가 우연히 알게 된 백작부인의 집 부근을 배회하고 돌아와 꿈에서 초록색 테이블 위의 지폐 무더기를 보고 자신이 호탕하게 카드를 걸어 돈을 따다가 깨어나자 그는 자신의 환상적인 부의 상실을 애석해 하는데 이는 그가 꿈과 현실을 이미 구별하지 못하는 것이라고 할 수 있다. 그는 거짓과 진실을 구별할 능력이 없을 뿐만 아니라 꿈과 현실을 구별할 힘도 없다. 아래에서 계속 언급되겠지만 그는 사물이 모두 스스로의 질서와 특징을 가지고 있다는 것을 모르는 것이다. 한마디로 사물에 대한 판단 능력이 모자란다.

5) 과거와 현재의 구별을 모른다.

게르만의 의식이 계속 과거에 머물러 있는 것을 우리는 그가 병원에 앉아 있는 결말에서 볼 수 있다. 그러나 이미 그가 백작부인에게 모든 것을 걸 때부터 이는 그의 특징이었다.

백작부인은 자신의 시대에 사랑을 끝마치고, 현 시대에는 낯설음을 느끼는 사람, 현재에도 사교계의 여왕이었던 때처럼 옷을 차려 입었으나 전혀 쓸모없는 추한 장식물처럼 앉아 있는 사람, 그러니까 과거의 사람이다.

그녀 방에 있는 1770년대의 물건들에 대한 상세한 묘사는 이를 대변한다. 그러나 게르만은 이 과거에 속하는 여인에게 자신의 모든 미래를 걸었다.

비밀 계단을 내려오며 게르만이 60년 전 백작부인의 애인이 자신이 밟고 있는 비밀 계단을 통하여 바로 그 시각 바로 그 침실로 들어갔으리라고 생생하게 상상하며 이상한 감정으로 동요되는 것은 그가 자신의 시간을 망각하고 있기 때문이다. 실상 에이델만이 자세히 이야기하듯 게르만은 노부인의 위대한 시대보다 60년 이후의 시대에 속하는 사람이다.[8] 돈이 지배하는 현대의 속성을 지닌 게르만이 자신이 지나간 위대한 시대에 속해 있다고 착각하며, 자신의 시간을 망각하며 흥분을 느끼는 것은 참으로 지독한 아이러니라고 하겠다.

6) 게르만은 죽음과 삶의 차이를 모른다. 죽은 백작부인이 윙크한다고 여기는 것은 그가 산 사람과 죽은 사람을 구별하지 못한다는 것을 의미한다. 장례식에서나 이 끝 부분에서 다른 사람은 죽었다고 여기는 노파를 게르만만이 살아 있는 사람으로 본다. 장례식에서 사람들은 노부인의 '죽은' 차가운 손에 키스하는데 이는 게르만에게 있어 그날 밤 리자의 방에서 감촉한, 살아 있는 리자의 차갑고 응답 없는 손이나 다를 바 없다. 이외에도 그녀들의 모습은 중첩되어 나타난다. 예를 들어 리자는 게르만이 그녀의 방으로 들어왔을 때 장갑을 벗고 팔짱을 낀 채 앉아 있었고 노파의 시신도 팔짱을 낀 채 누워 있었다.

7) 게르만은 카드의 그림, 즉 무생물과 실제 인간이나 꽃, 거미, 즉 생물을 구별하지 못한다.

왕년에 사교계의 여왕이었던 백작부인은 18세기 프랑스풍으로 옷을 입었는데 당시 카드의 스페이드 여왕도 그런 모습이다. 게르만은 카드의 그

---

8 Н. Эйдельман, *Пушкин из биографии и творчества 1826-1837*(М., 1987), 296.

립과 실제 인물을 구별하지 못하는 것이다. 이는 이미 그가 카드의 하트 3을 날씬한 처녀나 흐드러진 꽃과 동일시하고, 1을 뚱뚱한 남자나 커다란 거미로 여기는 데서도 나타났다. 즉 카드의 세계와 인간 세계, 즉 상이한 두 차원에 속하는 세계들이 게르만의 의식 속에서 나란히 같은 차원에 위치해 있는 것이다. 이는 메타포를 메토니미로 혼동하는 것과 다를 바 없다 (그는 카드와 인간 간의 메타포적 관계를 카드로 기대되는 안락하고 즐거운 생활이라는 메토니미적인 관계로 혼동하고 있는 것이다).

8) 게르만은 이야기 전체를 들으려 하지 않고 받아들이지 못하여 실수한다.
마지막에 카드 스페이드 여왕이 노파의 모습으로 살아나는 것은 자기가 원하는 것만을 듣고 자기가 원하는 것만을 보고, 원하지 않는 것은 원하는 것으로써 덮어 눌러 버렸던 게르만에게 '여왕이 죽었다'는 체칼린스키의 말과 함께 그의 의식에 노파가 떠올랐기 때문이다. 이는 그의 마음을 불안하게 했고 술로써 그가 덮어버리려 했던 진실의 전모가 나타난 것을 의미한다. 그가 노파의 리자와의 결혼 제의를 잊은 것이나 마지막에 그가 스페이드 여왕을 알아보지 못하고 카드를 잘못 건 것도 그가 양심의 소리를 덮고 싶었고 내적 불안을 덮고 싶어 노파를 기억에서 내몰았기 때문이다. 또 항상 이기는 카드는 일차적으로 잃은 돈을 따게 해주는 것이지 그냥 돈을 마냥 따게 해주는 것이 아니었는데 (Бабушка отыгралась совершенно Чаплицкий отыгрался и осталась еще в выигрыше) 그는 이야기 전체를 파악할 능력이 없고 일부만 아전인수격으로 받아들여 일을 저지른다.

9) 게르만은 성급하고 불안정하다.
결말에서 우리는 예외적으로 성급히(необыкновенно скоро) 3, 7, 1, 3, 7, 여왕을 되뇌이는 그를 만난다.
그의 어린애 같은 성급함은 그가 리자에게 접근하는 방법이나 노파에게 비밀을 알려달라고 애걸하다가 돌변하여 욕을 하고 권총을 빼는 모습에서 특히 잘 나타난다. 장례식에서도 그는 죽은 노파가 윙크하는 모습에 놀라 성급히(поспешно) 뒤로 물러나다가 발을 헛디뎌 벌렁 나자빠진다.

10) 모방적이다.

그가 마지막 카드를 걸 때도 그는 상상 속에서 예전의 노부인이나 차플리츠키가 카드를 걸어 승리할 때의 모습을 그리며 그들의 태도를 모방한다. 그는 이제 그를 둘러싼 다른 돈 많고 지위 높은 사람들과 동등하거나 더 우월한 유아독존적인 태도로 혼자만이 내기를 할 태세를 취한다. 이는 제6장의 서사에서도 암시되는 바, 그는 체칼린스키가 자기를 깍듯이 존경하는 태도로 대하지 않는 것에 항의한다(Как Вы смели мне сказать атанде?). 그의 모방적인 태도는 이미 작품의 서두에서부터 나타나고 있다. 그가 리자의 창문 밑에서 리자를 바라볼 때 또 그녀의 방에서 그녀와 대화할 때 그의 포즈는 나폴레옹과 유사하다. 백작부인에게 애걸할 때의 서정적 말투나, 리자에게 쓴 연애편지, 또 그 자신의 모토인 '잉여적인 것을 획득하고자 하는 희망 속에서 필수적인 것을 희생할 수 있는 처지에 있지 않다'는 말은 책 냄새를 풍기는 모방적인 성격을 나타낸다. 그러나 그는 나폴레옹을 닮고 싶었으나 영웅이 되지 못했으며 권총을 빼서 악마의 흉내를 내지만 메피스토펠레스 같이 악행을 행하지도 못한다. 또 노부인이나 차플리츠키를 모방했으나 그들처럼 카드게임에서 이기지도 못했다. 또한 자신의 모토를 지키기는커녕 정반대의 행동을 하게 된다.

4

위에서 살펴본 열 가지 점들은 모두 미성숙의 징후들이다. 게르만은 다른 사람, 특히 노파에 비해 어린애에 불과하다. 작품 속에서 그의 미성숙 자체를 암시하는 표현들을 열거하자면:

그가 노부인의 저택 앞에 섰을 때 그의 눈높이는 마차에서 빠져나오는 다리들과 같은 선상에 있는 것을 볼 수 있는데 이는 그의 왜소함의 표현이라고 하겠다. 이미 유행이 지나간 프랑스 소설을 좋아하는 노파가 당시 유행하는 소설에서 자식이 부모를 죽이는 장면들을 싫어한다는 사실도 그녀가 게르만에 의해 죽게 됨으로써 결국 게르만이 자식, 어린애, 못된 어린애라는 의미구조에 기여하게 된다. 또 게르만은 사생아라는 오해를 받기도 한다. 처음부터 그는 러시아로 귀화한 독일인의 아들로 소개된다. 꿈에서 노파가 나타날 때 그는 처음에 유모가 왔다고 생각한다. 이 이외에도 아들, 자식에 대한 언급은 텍스트에 여기저기 숨어 있다. 예를 들어 리자가 집사의 아들과 결혼했다는 말, 백작부인이 남편에게 자기가 잃은 돈을 지불하라고 했을 때 남편이 계산서들을 가져와 조목조목 보여주며 거절하는 부분에서는 실제로 남편이 그녀의 집사 같다는 인상을 준다. 또한 백작부인과 동갑내기 하녀도 서로 병행관계를 이루며 연관된다. 두 명의 하인이 무도회로 가기 위해 마차를 타는 백작부인을 부축했고, 백작부인의 장례식에 온 그녀의 동갑내기인 하녀장도 두 명의 하녀가 부축했다. 집사와 백작이, 백작부인과 동갑내기 하녀장이 서로 연관을 맺으며 이들 사이의 관계에 대한 여러 가지 추측을 낳는다. 그녀가 사생아를 낳았다는 소문이 있는 것을 감안할 때, 또 눈물이 메말랐을 것 같은 늙은 동갑내기 하녀장만이 웬일인지 눈물을 몇 방울 떨어뜨렸다는 것으로 보아 게르만이 백작과 늙은 하녀장이나, 집사와 백작부인 사이에서 태어난 아들일지 모른다는 생각까지 든다. 리자의 남편인 집사의 아들은 리자의 거짓 애인인 게르만과 병치되어 게르만이 노부인의 아들 같은 처지라는 사실이 다시금 환기된다.

노파의 윙크는 바로 어린애를 놀리는 어른의 표정이다. 그녀는 그를 어린애 데리고 놀듯 눈을 찡긋한다. 장례식장에서도 그랬듯이 마지막 카드를 걸었을 때도 그는 노파의 놀림을 받는 어린애일 뿐이다.

체칼린스키가 게르만을 어린애처럼 대한 것은 제6장의 서사에 암시되어 있다.

카드를 걸지 말아.(체칼린스키)

감히 나한테 어떻게…….(게르만)

어르신, 카드를 걸지 마시라고 말했죠.(체칼린스키)

체칼린스키나 노파가 윙크하며 농담을 할 수 있는 어른이라면 게르만은 농담을 이해할 수 없는 어린애이다. 어린애 앞에서는 농담도 못 한다고 하지 않는가? 그는 현실을 있는 그대로 받아들이고 성인으로서 인생을 살아갈 힘이 없다.

처음에는 모범생 어린애처럼 아무 여유 없이 절약, 절제, 근면만을 생각하며 전혀 여유가 없이 살다가 이제 어린애처럼 농담을 못 알아듣고 물불을 가리지 않고 성급하게 덤벼든다. 어린애처럼 놀이와 일을 구별하지 못하고 꿈과 현실의 차이도 모르고 이야기를 제대로 알아듣지도 못하며, 과거와 현재도, 죽음과 삶도, 생물과 무생물도 구별하지 못하고 다른 사람의 행위를 모방하며 무조건 그들처럼 되고 싶어 한다.

잠옷으로 갈아입어 자신의 늙은 모습을 치장이나 화장으로 감추지 않은 자연스러운 모습으로 노부인이 솔직하게 톰스키의 이야기가 농담이었다고 말하지만 그는 이 자명한 현실을 받아들이지 못한다. 그는 그녀에게 어린애처럼 굴지 말라(перестаньте ребячиться)고 말하는데 이는 바로 자기에게 해야 되는 말이 아닌가? 게르만 자신이 바로 어린애처럼 노파에게 조르고 떼를 쓰고 못되게 굴지 않았나? 처음부터 3장의 카드에 매달려 모든 것이 잘 되리라고 믿는 자체가 어린애가 아니고 무엇인가? 끝까지 게르만은 삶은 마음먹은 대로 되는 것이 아니라는 것을 받아들이지 못하고 미친

다. 마지막 카드 때문에 그가 미치게 되는 것은 반은 운명(우연)의 탓이요, 반은 인간(게르만 자신)의 탓이었다고 할 수 있다.[9]

5

　그러나 미성숙한 인간의 문제는 게르만에게만 적용되는 것이 아니라는 점 또한 이 작품이 필자에게 주는 중요한 메시지이다. 게르만과 대조되는 모든 사람들이 다른 한편으로는 그와 유사관계로 얽혀 있는 것이 감지된다. 특히 유사한 어휘들의 사용은 그들의 상이점을 보여주는 축의 역할을 하는 한편, 그들의 유사관계도 두드러지게 하고 있다. 예를 들어 무도회에서 돌아와 게르만이 기다리리라고 생각하며 성급하게 계단을 올라가는 리자의 발걸음을 듣고 게르만이 양심의 가책 비슷한 울림을 느끼지만 곧 고요해지고 돌처럼 굳는 모습은 노부인이 죽어 돌처럼 굳어 고요하게 앉아 있는 모습과 노부인이 게르만의 사격을 피하려는 듯 손을 들었다가 굴러 벌렁 나자빠지는 모습은 게르만이 노부인의 장례식에 갔다가 그녀가 윙크하는 것을 보고 발을 헛디뎌 떨어져 벌렁 나자빠지는 모습과 유사하다. 그녀에게 어린애 짓을 그만 두라고 하는 게르만 대사는 그녀의 어린애 같은 모습을 드러내고, 비밀 계단을 내려갈 때 두드러지는 게르만의 시대착오적인 특징은 소설 초두에서 묘사된, 시대착오적으로 살아가는 노부인의 특징이기도 하다. 이렇게 되면 노부인의 모자에 달린 리본이 불타는 색깔이라는 것과 게르만이 불타는 상상력을 가지고 있었다는 문장도 예사로 읽히지 않는다. 게르만처럼 검은 눈을 가진 리자가 자신의 처지를 벗어나기 위해 공상을 하는 성미 급한 사람이라는 점, 무도회에서 마주르카를

9　최선, 「벨킨이야기에 나타난 모순성과 웃음」, 『러시아어문학연구논집』 제7집(한국러시아문학회, 2000년), 61쪽.

추며 톰스키가 농담한 것에 강한 영향을 받으며 소설(꾸며낸 이야기)과 현실을 혼동하는 점은 바로 게르만의 특징이기도 하다. 노부인의 장례식에서 게르만이 굴러 나자빠진 뒤 리자도 기절하여 실려 나간다. 아마 리자에게도 노부인이 살아 움직이는 것처럼 보인 것은 아니었을까? 이름이 같다는 점에서 생제르맹과 게르만, 또 결투 같은 한 판을 한다는 점에서 체칼린스키와 게르만, 이 둘의 표정이 똑같이 미간을 찌푸린다는 동사로 묘사된 것도 우연은 아닐 것이다(Он сидел на окошке, сложа руки и грозно нахмурясь; Чекалинский нахмурился). 노부인이 카드의 비밀을 알려준 인물로서 전 재산을 다 잃고 인생을 끝낸다는 점에서 차플리츠키와 게르만도 유사하다. 또 당시 젊은이들과 게르만과의 유사성은 그들의 일상을 묘사한 제1장의 서시에서 두드러진다. 이 서시는 당시 젊은이들의 노름하는 모습을 묘사하고 있으나 여기서 12월 봉기와 연결된 의미가 드러나는 것은 확실하다. '그렇게 궂은 날/그들은 일(대업)에/몰두했다'라는 부분이 그것이다. 이 시가 금지된 선동 노래시였던, 12월 당원인 베스투제프의 1823년 작 「아, 그 섬들이 어디 있을까……Ах, где те острова...」와 똑같이 눈에 띄는 율격을 가지고 있고 이어진 를레에프의 시 「자네, 말해봐, 러시아 황제들이 어찌 통치하는지Ты скажи говори /Как в Росии цари правят」와도 같은 율격을 가지고 있다는 사실과 또 이 두 시에 연이어 1828년 뱌젬스키에게 보내는 편지에 담긴 푸슈킨의 이 시가 1859년 런던에서 발행된 북극성에 실렸다는 사실 때문에 이 세 시의 내용적 유사성은 여러 번 언급되어 왔다. 이 소설의 제1장의 서시로 실린 이 시는 당시 젊은이들이 마치 대업에 임하듯 노름에 임하는 것을, 또 노름에 임하듯 대업에 임하는 것을 풍자하는 것 같다. 이는 당시의 젊은이들이 이미 대업을 이루려 하기보다는 그냥 카드놀음에 빠져 일과 노름을 구분하지 않는, 의식이 없는 상태에 대한 풍자로 읽혀지기도 하고, 대업과 놀이를 구별하지 않고 대업에 임할 때 마치 놀이에 임하는 것처럼 행동하는 젊은이들을 풍자하는 것으로 읽혀지기도 한다. 어쨌든 이들은 일과 놀이를 구분하지 못하는 게르만의 특성과 일맥상통한다. 그렇다면 이 서시가 놀이와 일(사업, 대업)을 구분하지 않는 12월 당원 및 그들 중 한 사람일 수 있는 게르만을 겨냥한 것이라고 볼 수도 있겠다. 푸슈킨의 12월 혁명당원에 대한 태도는 여러 가지로 해석할 수 있겠으나 이 작품에서도 「눌린 백작」(1825년)이나 『예브게니 오네긴』의 제10장(1830년)에서처럼 당시 젊은이들의 생활 및 의식과 12월 혁명의 실패 사이에 인과관계가 있다는 메시지를 읽을 수 있다고 여겨진다. 푸슈킨은 당시 러시아 귀족층 젊은이들의 생활과 의식세계는 아직 사회개혁을 하기에는 미성숙하다고 생각한 것 같다. 이는 눌린 백작처럼 정체성을 찾지 못한 러시아의 얼간이 인텔리에게나 책 냄새를 풍기며 놀이와 일상행위를 구분하지 않고 영웅을 모방하는 연극적 행위로서 자신의 삶을 만들어 나가려했던 12월 혁명당원 류의 청년들에게나 다 해당되는 일이었다고 생각할 수 있다.

이런 방식으로 게르만은 소설에 등장하는 다른 모든 인물들과 종적, 횡적 유사관계로 연결되어 보편적인 인간의 모습으로 확장된다. 이 작품을 바탕으로 쓰여진 차이코프스키의 오페라 「스페이드 여왕」의 처음 장면이 어린애들의 병정놀이로 설정되어 있는 것도 우연한 일은 아닐 듯싶다. 젊은이들의 병영훈련 장면이 어린애들의 놀이에 이어지는 것도 의미심장하다. 어쩌면 이 오페라에서 어린애들의 놀이, 병정놀이, 카드놀이 모두 페테르부르그에서 살아가는 인간들의 삶의 모습을 압축하고 있는지도 모른다.

6

위에서 살펴보았듯이 이 소설도 『벨킨이야기』에 나타나는, 닫히고 부자유스러운 인간(실비오나 블라지미르, 삼손 브린)의 또 다른 한 유형을 다루며 돈과 신분 상승에 대한 집착으로 인하여 파멸한 한 남자를 동정심 없이 냉철하게 그렸다. 『벨킨이야기』에서 인간의 모순성에 대한 웃음이 때론 푸근하기도 한 유모어의 성격을 띠고 있다면 이 경우는 그렇지 않다. 그러기에는 이 인물이 그를 배려한 인간들을 너무도 무자비하게 대했던 것이다. 그의 유혹에 빠진 리자에게나 늙은 백작부인에게나 그는 너무 잔혹했는데 그 가장 중요한 이유가 바로 그의 미성숙이었다. 푸슈킨은 미성숙한 게르만을 매우 차가운 눈으로 보고 있다. 톰스키에게는 승진과 그 자신과 같은 계층에 속하는 폴리나양과의 관례적인 결혼이 주어지고 리자는 한때의 눈먼 정열에서 벗어나 결혼하여 현실에서 성공하는 여인으로 변하여 역시 양녀를 데려다 기르며 못살게 굴지 모르지만, 즉 사회의 질서대로 살아나가, 게르만에게 남는 것은 정신병원에서 그의 집착을 영원히 계속하는 일뿐이다. 『벨킨이야기』의 실비오나 블라디미르가 명분 있는 전쟁에서 전사한 반면, 또 「청동기사」의 예브게니가 반(半)광인이 되어 돌아다니다가 죽은 후 사람들이 그를 경건하게 묻어준 것과는 달리 게르만은 지상의 정신병원에 갇히고 그의 황폐한 영혼이 저주받아 방황하는 것처럼 그의 욕망의 고통은 끝없이 지속된다. 죽음보다도 더 가차없는 가혹한 형벌을 받은 게르만에게 독자들은 연민과 공포를 느끼게 된다.

이러한 미성숙의 문제는 실상 게르만을 둘러싼 다른 인물들에게도 해당되는 것이다. 이 문제는 나아가 인간 보편의 문제로 확장되는 것이기에 우리는 게르만 같은 타인에 대한 배려가 약하고 목적지상주의를 원칙으로 가진 계산적인 인간, 타인의 정말과 거짓말을 구분하지 못할 뿐만 아니라 자신의 거짓말과 정말도 구분하지 못하는 인간, 그에게 불가사의한 모습으로 다가오는 차가운 현실 앞에 힘없는 어린애인 미성숙한 인간 속에서 오늘의 인간의 모습까지 보게 되는 것이 아닐까?

『벨킨이야기/스페이드 여왕』 작품 해설*

1

알렉산드르 세르게예비치 푸슈킨(1799-1837)은 러시아에서 가장 중요한 작가 중 하나이다. 그는 시, 소설, 드라마 등 모든 장르에서 근대 러시아 문학의 기초를 마련하고 러시아문학의 중앙로를 만들어냈다. 그는 러시아 문학이 어떻게 유럽의 고전문학 및 근대문학을 수용하여 정체성을 확립해 가야 할 것인가 하는 문제를 고민하였고 또 그에 대한 답을 제시하였다. 이 문제는 또한 당시 서구 문화가 일상 속으로 들어오게 된 러시아에서 태어난 인간이 어떻게 살아가야 할 것인가 하는 문제와 직결되는 것이기도 했다. 그의 창작 세계의 중심을 차지하는, 인간 존재와 역사를 포괄하는 보편적인 의미에서의 정체성에 관한 문제는 이러한 구체적이고 개별적인 문제들에 대한 작가의 사색에서 출발한 것이었다. 일반 러시아인들에게 친근할 뿐만 아니라 러시아 문학인과 사상가들로부터 각별히 사랑을 받아온 푸슈킨의 작품들은 이러한 문제에 대한 그의 깊고 넓고 끈질긴 사고의 결과물이라 할 수 있다. 메레주코프스키가 망명지에서 "러시아가 있다는 것

* 2002년 민음사 세계문학전집 62 『벨킨이야기/스페이드 여왕』에 붙인 글이다.

을, 또 있으리라는 것을 확신하려면 푸슈킨을 상기하면 된다"고 했듯이, 그의 이러한 고민들은 그를 러시아 정신의 대표자로 만들었다. 19-20세기의 많은 작가들, 예를 들어 고골, 레르몬토프, 네크라소프, 도스토예프스키, 톨스토이, 만델슈탐, 안나 아흐마토바, 파스테르나크, 츠베타예바, 조셴코, 플라토노프, 불가코프, 나보코프……, 이 모든 작가들이 푸슈킨을 자신의 스승으로 삼고 작가 수업을 시작하였으며 이들의 푸슈킨에 대한 애정은 그들로 하여금 언제 어디서나 러시아 작가로서 작가 정신을 잃지 않고 글을 쓰게 한 힘이 되었다.

푸슈킨이 이러한 의미를 가지게 된 것은 그의 환경, 그의 시대와 직접적인 관련이 있다. 그는 러시아가 타국의 문화를 받아들이며 자국의 정체성을 찾아가는 시기에 귀족층의 한 사람으로 태어났다. 그때는 서구 문화를 받아들여 문화를 창출해 가는 데 있어서 아직 지나간 세대들의 짓누르는 오류의 무게도 없었고 다시 길을 잃어 가는 미래의 세대가 나타나기 이전이었다. 그는 600년의 명성을 자랑하는 유서 깊은 푸슈킨 가문의 후손으로서 어머니는 표트르 대제가 사랑하던 총신이자 아비시니아(지금의 에티오피아)의 영주의 아들, 아브라함 한니발의 손녀였다. 푸슈킨은 자신이 귀족 출신이라는 것에 각별한 의미를 부여했는데 그것은 귀족층이 그 나라의 문화를 가꾸며 이끌고 가는 주체였기 때문이다. 그는 당시 귀족 문화를 몸에 익히면서 유년 시절을 보냈고, 귀족 자제의 교육을 담당하는 기숙학교의 아름다운 건물에서 질 높은 교육을 받으며 러시아의 민족 문화를 담당해야 한다는 엘리트로서의 소명감을 느끼며 소년 시절을 보냈으며, 1812년 나폴레옹 전쟁에서 승리한 이후 민족의식이 고양된 분위기 속에서 조국의 장래에 대해 진지하게 모색하며 토론했던 귀족 청년들과 교류하며 청년기에 들어섰다.

이 모든 것은 어떻게 러시아인으로서의 정체성을 창조하고 유지해야 할 것인가 하는 그의 작가로서의 고민으로 이어졌다. 민족 문화와 외래 문화, 자국 문화와 타국 문화, 자아와 타자의 대화적 관계, 그리고 이와 연관된 자아 정체성에 관한 탐구는 역사와 기억, 기록에 대한 문제를 포섭하며 그의 창작 세계 한가운데 자리한다. 이는 운문으로 된 대작들인 『예브게니 오네긴』이나 『보리스 고두노프』를 비롯한 그의 모든 작품들이 잘 말해주고 있다. 그의 작품, 그의 재능과 교양이 시공을 초월하여 빛나는 것은 바로 그의 사색의 한가운데 이러한 고민이 자리잡고 있었기 때문이다. 그는 일생 동안 무지와 질투와 모함에 맞서면서도 끝까지 자신의 중심을 지키며 러시아 작가로서의 자존심을 기념비처럼 세웠다.

2

『고 이반 페트로비치 벨킨의 이야기』는 푸슈킨이 완성해서 발표한 첫 소설로 1830년 가을 볼디노에서 씌어진 작품이다. 그해 봄에 약혼한 푸슈킨은 가을에 혼인 비용 마련차 아버지가 물려준 영지 볼디노를 보러 갔다가 콜레라가 돌아 모스크바로 돌아가지 못하고 그곳에서 석 달을 머무르게 되었다. 그 기간 동안 그는 매우 왕성하게 창작활동을 했는데 이 작품은 그 시기의 주된 결실이었다. 「스페이드 여왕」 역시 볼디노에서 1833년 씌어진 작품으로 푸슈킨의 산문의 백미라고 일컬어진다. 두 작품 모두 푸슈킨 산문의 중앙에 놓여 있고 러시아 산문의 정점에 있다고 평가받는다.

산문 작가로서 푸슈킨에게 중요했던 것은 러시아 땅에 태어나 자신의 길을 찾으며 살아가는 러시아인의 삶을 간결하고 명확한 말로 기록하는 것이었다. 그의 첫 소설적 시도였던 미완성 작품 「표트르 대제의 흑인 노예」가 외국에서 온 그의 외증조부가 어떻게 러시아에 정착하여 가문을 일구고 조국의 일원으로 살아갔는가 하는 문제를 다루었고 그의 마지막 소설 『대위의 딸』도 혼란스런 조국의 역사 속에서 인간이 자기를 찾아가는 모습을 다루었다는 사실은 산문작가로서 그의 일관된 방향성을 잘 보여준다. 「편지로 된 소설」(미완성), 「고류히노 마을의 역사」(미완성), 「두브로프스키」, 「이집트의 밤」(미완성)도 모두 러시아인의 정체성에 관한 문제, 나아가 인간의 길 찾기에 관한 문제를 다룬다고 말할 수 있다.

『고 이반 페트로비치 벨킨의 이야기』와 「스페이드 여왕」은 러시아 현실 속에서 방향을 잃고 헤매고 있는 사람들의 모습이 푸슈킨의 탁월한 이야기 솜씨로 펼쳐진다. 시인으로 창작을 시작하여 결국 자신의 전 문학적 생애에 걸쳐 시인으로 작품 활동을 했던 푸슈킨의 작품답게 그의 산문은 말을 몹시 아끼면서도 상상하지 못할 만큼 풍성한 의미를 담아내고 있다. 이 작품들이 수많은 애독자를 가지고 있고 그들이 매번 이 작품들을 통해 뭔가 새롭게 인생의 모습을 보고 인생을 사는 지혜를 얻게 되는 것은 이러한 이유에서일 것이다. 각각의 독자들은 서로 다른 인생과 독서를 배경으로 이 작품을 만나고 그래서 또 새로운 해석이 항상 가능할 만큼 이 작품은 열려 있다.

3

『벨킨이야기』에서 푸슈킨은 러시아 현실 속의 다양한 인간들을 등장시켜 그들을 예외적 갈등 상황에 세움으로써 그들의 헤매임과 길 찾기의 모습을 보여준다. 이 작품은 서문 <간행자로부터>에 이어 다섯 개의 독립적인 이야기로 구성되어 있는데 각각의 줄거리는 다음과 같다.

「발사」는 실비오라는 한 남자의 일생에 관한 이야기이다. 그는 군대에 있었을 때 자기보다 더 멋있어 보이는 한 젊은 백작을 질투하게 된다. 그래서 그에게 시비를 걸어 결투를 하게 되는데 막상 자기에게 기회가 주어지자 그를 쏘지 못하고 만다. 이후 그는 계속해서 백작을 의식하면서 총쏘기를 연습한다. 보복의 기회를 노리던 그는 결국 백작을 만나 다시 한 번 발사할 기회를 얻게 되는데, 발사하려는 순간 또다시 쏘지 못하고 결국 전쟁터로 죽음을 향해 나간다.

「눈보라」에는 프랑스 소설을 읽고 그것을 러시아 현실에 그대로 적용하여 사랑의 도피를 모방해 보려는 마랴라는 여자가 등장한다. 그녀는 블라디미르라는 남자와 비밀 결혼식을 치를 계획을 세우지만, 현실적인 계산을 하며 치밀하게 결혼식을 준비했던 블라지미르가 결혼식 당일 러시아 들판의 눈보라 속에서 길을 잃고 만다. 결혼식장에는 엉뚱한 인물 부르민이 나타나게 되는데, 훗날 그녀는 눈보라 속에서 소설 속 인물처럼 행동했던 부르민과 진정한 결혼을 하게 된다.

「장의사」에는 물질적인 탐욕에 갇혀 사는 장의사 아드리얀이 등장한다. 그는 살아 있는 이웃들보다 죽은 러시아 정교도들과 더 가까운 감정적인 유대를 느끼는 러시아인이다. 하루는 이웃 독일인의 파티에 갔다가 감정이 상하게 된다. 그는 집으로 돌아와서 죽은 러시아 정교도들을 집들이에 초대하겠다고 말하고 잠이 든다. 그리고 그들과 잔치를 벌이는 꿈을 꾸게 되는데 꿈속에서 그는 자신의 탐욕에 대한 보복을 당하여 죽을 듯한 공포를 맛보고 깨어나 비로소 자신의 삶의 위상을 깨닫고 그 소중함을 느끼게 된다.

「역참지기」에는 아버지로서의 처지를 잊고 딸에게 지나친 집착을 보이는 러시아 시골 역참의 중년 남자 브린이 등장한다. 그는 젊은 기병과 함께 자기 몰래 페테르부르그로 떠난 딸 두냐가 그곳에서 행복하게 지내는 것을 직접 보고도 인정하지 못하고 질투에 눈이 먼 채, 시골 역참에서 그녀가 돌아오기만을 막연히 기다리지만 속으로는 그녀가 돌아오지 않을 것을 알고 있다. 딸을 그리워하면서 기다리다가 지쳐 그녀가 죽기를 바랄 정도가 된다. 결국 술병으로 죽은 아버지의 무덤에 훗날 두냐가 호화로운 마차를 타고 찾아온다.

마지막으로 「귀족 아가씨-농촌 처녀」는 전통적인 러시아 관습만을 고수하려는 지주와 러시아에서 살면서도 영국 관습만을 좇는 지주 사이의 불화, 그리고 그들의 자식 알렉세이와 리자의 사랑에 얽힌 이야기이다. 상대방에 대한 편견에 사로잡혀 앙숙이 되어 버린 아버지들로 인해 불가능해 보이던 젊은이들의 결합은 농촌 처녀의 옷으로 갈아입거나 프랑스 인형처럼 변장을 하는 리자의 기지로 성공하게 된다. 리자는 알렉세이에게 호감을 가지고 신분을 속인 채 만나다가, 결국 결혼에 성공하게 된다.

4

  『벨킨이야기』에서 가장 두드러지는 것은 독특하고 복잡한 서술구조를 가지고 있다는 점이다. 푸슈킨은 우선 다섯 이야기를 쓴 사람으로서 벨킨을 내세우고 있다. 실상 1831년 10월 말 처음 출판했을 때 푸슈킨은 자신의 이름을 독자들에게 밝히지 않았다. 그러나 푸슈킨이 썼다는 것을 알았던 사람들이 많았고 그도 이를 특별히 비밀에 부친 것 같지는 않다. 1831년 8월 15일경 출판인에게 보내는 편지에서 그는 서적 상인에게 자신이 소설의 작가라는 사실을 책을 사는 사람들에게 살짝 알릴 수 있게 해달라고 썼다. 그리고 1834년에는 그의 이름을 밝혀서 출판했다.
  작품 첫머리 <간행자로부터>라는 부분에서 간행자는 이야기의 작가 벨킨을 그의 이웃 지주로부터 받은 편지를 통하여 소개하면서, 벨킨에게 그 이야기들을 들려주었다는 사람들에 대한 정보도 알려준다. 여기서 작가 벨킨은 자신을 이해하지 못하는, 주변에 있는 인물을 통하여 소설가로서의 삶의 모습을 보여 준다. 또 이어지는 다섯 이야기에서는 각각의 이야기마다 벨킨과는 구별되는 화자가 등장하여 인물들에 대해 이야기를 해준다. 간행자, 이웃 지주, 벨킨, 이야기들의 화자, 소설의 인물들은 제각기 그들의 목소리를 갖고 있다. 이러한 시점의 차이는 언뜻 보기에는 단순해 보이는 사건 뒤에 있는 삶의 진상을 독자들에게 지속적으로 일깨워 주는 기능을 하게 된다. 그래서 독자는 화자의 이야기를 들으면서 사건에 대해 알기 시작하지만 점점 화자의 말을 곧이곧대로 믿을 수 없게 되어 화자의 판단에 대해서 점점 거리를 취하며 이야기의 진상을 재구성하게 된다.

예를 들면 「발사」의 앞부분에서 화자가 실비오를 소개할 때, 독자는 처음에는 화자의 말에 따라 실비오를 머릿속에 그려 나가지만 시간이 갈수록 화자의 말을 신뢰할 수 없게 되어 실비오에 대한 그의 발언이 옳지 않을 수도 있다고 생각하게 된다. 그것은 우리가 화자의 말속에서 그의 판단의 한계성을 드러내 보여주는 작가의 시점을 획득하게 되기 때문이다. 화자는 실비오가 신비스럽다고 하면서 그러한 판단을 하게 하는 이유로, 그가 군인이 아니면서도 젊은 군인들과 어울린다는 점, 낡은 옷을 입고 말을 타지 않고 항상 걸어 다니지만 식사를 대접할 때 술을 많이 준비한다는 점, 사격술이 뛰어나며 그의 일과에서 가장 중요한 일은 사격연습이라는 점 등을 들고 있다. 여기서 독자는 무언가 석연치 않다고 느끼면서 실비오가 자신의 외국 이름만큼이나 정체성을 찾지 못하고 갈등 속에서 살아가는, 신비로울 것 하나 없는 인간일 뿐이라는 생각을 조금씩 하게 된다. 그러고 나서 실비오를 바라보면, 그는 나이는 먹고 할 일은 없어 젊은 사람들에게 잘난 척이나 하며 술과 사격 연습, 카드놀이(카드놀이를 하지 않는다고 말하면서도 그가 카드놀이를 하는 동안 줄곧 침묵을 지키는 버릇이 있다고 화자가 말하는 부분에서, 그리고 새로 온 장교만이 그것을 모르고 문제를 일으킨 것으로 보아 그가 카드놀이를 즐겼다는 것을 알 수 있다) 등으로 시간을 죽이며 공허하게 살아가는 사람이라는 것이 눈에 띈다. 그러나 화자는 이러한 사실을 전혀 알지 못한 채, 실비오가 결투에 대해서 말하기 싫어하는 것은 그가 그냥 자신의 비상한 사격술 때문에 누구를 죽인 것을 가슴 아파하기 때문이라는 둥, 외모만 봐도 비겁함이라고는 전혀 없다는 것을 알 수 있는 사람들이 있는 법이라는 둥 하는 식으로 자신의 한계를 드러낸다. 독자는 화자의 사고의 지평이 좁다는 것을 확신하게 되며 실비오에 대한 그의 말을 점점 더 비판적으로 생각하면서 들을 태세가 된다. 그렇게 작품을 읽으면 모든 것을 화자가 말한 대로가 아니라 독자 나름대로의 판단에 따라 바라보게 된다. 실비오는 나폴레옹 전쟁 이후 자유주의가 풍미하던 시절, 남의 눈에 멋있어 보이는 삶을 살며 젊음을 누리다가 백작이 나타나자 남에 눈에 멋있어 보이는 것만을 중요시하며 세상을 보는 그는 백작의 눈부신 모습에서 곧 좌절감을 맛보고 질투심에 사로잡혀 그에게 공연히 시비를 걸고 결투하려는 인간에 불과하다. 그는 질투심에 불탈 뿐 어떠한 삶의 원칙도 방향도 없이 갈팡질팡한다. 그래서 그는 백작을 죽이지도 못하고 잘난 척하며 머뭇거릴 뿐이다. 이후 그에게 남은 것은 술과 도박, 그리고 자신의 질투를 마치 엄청난 대의라도 되는 듯 정당화하며 사격 연습을 하는 것뿐이다. 하지만 또다시 주어진 기회 앞에서도 그는 상대를 쏘지 못한다. 여기서 문제되는 것은 현실이 옳다거나 그르다거나 하는 것보다는 현실에서 승자가 되고 싶으면서도 현실 속으로 들어가지 못하는 인간의 모순된 심리이다. 능력은 있으되 할 일을 못 찾는 실비오, 자신의 정체성을 찾지 못하고 부유하는, 시대적 모순이자 실존적 모순을 보이는 실비오는 1부의 끝에서 현실 속으로 뛰어들려고 시도하지만 2부에서는 이미 현실에서 낙오된 자신을 발견할 뿐이다. 백작을 만나러 가는 긴 여행 동안 그는 자신에 대해 많은 생각을 하면서 자신의 실체에 대해 자각하게 되었을 것이다. 질투와 착각으로 멀었던 눈을 뜨고 자신과 세상을 바로 보게 되었을 때 자신의 자리를 올바로 찾아가기 위하여 그가 선택할 수 있었던 것은 죽음의 전장으로 나가는 것뿐이었다. 그는 현실 속에서는 백작이 총을 쏜 그림에 다시 총을 쏘아 패배자의 흔적을 남길 수 있었을 뿐, 다른 것은 아무것도 할 수 없었던 것이다. 그리하여 작품을 다 읽고 난 후 독자 앞에 서 있는 사람은 정체성을 찾지 못하고 부유하다가 자신의 실체를 자각했을 때 죽음으로 향하는, 한 불행한 인간이다.

「역참지기」에서도 작가의 화자에 대한 관계는 마찬가지이다. 작가가 화자로부터 거리를 취하고 있다는 것은 작품의 초반부에서부터 감지된다. 화자는 소설 초두에서 역참지기 계층에 대한 매우 동정적인 태도를 보이면서 그들의 고생스러운 처지에 대해 이야기한다. 그는 역참지기가 비가 오면 빗속으로, 진창 속으로 이 마당 저 마당을 뛰어 다니며 마구를 챙겨야 한다고 하는 무척 불쌍한 사람이라고 말한다. 여기서 독자는 그가 역참지기가 마땅히 해야 하는 일에 대해 너무 동정적으로 말하는 것은 아닌가, 그의 태도가 너무 치우친 것은 아닌가 하는 생각을 하게 된다. 인생은 결국 관등순으로 흘러간다는 말이나 소설 출판 계획에 대해 자랑스레 떠벌리는 말을 들으면서 독자는 점점 그의 가치관 및 그의 삶의 모습에 관심을 가지게 되며 그가 소설을 써보려는 범속한 아마추어에 불과하다는 것을 알게 된다. 이렇게 화자의 정체에 대해 생각해 보게 되는 과정에서 우리는 화자의 말에 대해, 또 그가 재구성한 삼손 브린의 말에 대해 거리를 가지고 다가가게 되며, 쓰여 있는 말 뒤에 감추어져 있는 사건의 진상을 꼼꼼히 파악하고자 노력하게 된다. 그러면서 읽노라면, 딸의 진정한 모습이나 그녀의 욕망은 등한시한 채, 딸을 아내 대신으로 생각하며 그녀와 시골 역참에서 영원히 함께 살고 싶어 하는 브린이나, 아버지에게 연민을 느끼면서도 그럴듯한 기회가 생기자 아버지를 속이고 페테르부르그로 떠나 아버지를 벗어나는 두냐, 그리고 처음에는 잠시 두냐를 유혹하겠다는 생각이었으나 점차 그녀를 진심으로 사랑하게 되어 미래를 고민하는 민스키를 만나게 된다. 브린은 자신의 집에 손님으로 머물렀던 민스키의 집에 자신이 손님인양 찾아가 그곳에서 행복하게 사는 두냐의 아름다움을 넋 놓고 바라보다가 민스키에게 쫓겨나서도 그 집 앞에서 한참을 머물다가 돌아와 자신의 시골 역참에서 술독에 빠져 살아간다. 두냐는 아버지가 죽은 뒤에야 여섯 필의 말이 끄는 화려한 마차에 세 아들, 유모, 강아지까지 데리고 고향에 찾아와, 그녀를 기다리다 죽은 아버지의 황량한 무덤으로 혼자 걸어와 무덤 앞에 쓰러져서 오랫동안 속 깊이 그를 슬퍼하며 운다.

화자의 말에 거리를 두면서 사건의 진상을 파악하며 읽은 후 독자가 만나게 되는 인물은, 복잡하고 모순적인 삶 속에서 자기 자신 안에 갇혀 세상을 제대로 바라보지 못하고 자신의 길을 찾지 못한 채 죽어간 불행한 인간 브린이다.

「눈보라」에서는 화자가 뚜렷한 윤곽을 가진 하나의 인물로 드러나지 않은 채 상당히 작가에 근접하여 인물들을 위에서 내려다보며 평가하고 있다. 우리는 소설의 첫 부분부터 이를 목격할 수 있다. 그러나 소설이 진행됨에 따라 우리는 이 화자 역시 작가가 보는 것 중 상당 부분을 보지 못한다는 것을 느끼게 되며 그의 말이 전부라고 생각할 수는 없다는 것을 알고 긴장하게 된다. 화자가 블라디미르와 마랴가 사귀게 되는 처음 장면을 이야기할 때 화자는 벨킨에 근접하는 우월한 시점을 취하고 있으며 우리는 그의 이야기에 빠져들어간다. 프랑스 소설로 교육을 받았으니 당연히 기구한 사랑을 해야겠다고 생각하는 마랴 가브릴로브나의 사랑의 대상으로 선택된 가난하고, 부모가 물론 반대하게 될 블리디미르가 똑같은 열정으로 불타고 있었다는 것은 물론이라고 화자가 말할 때, 또 지극히 당연한 결과로서 먼저 블라디미르의 머릿속에 비밀 결혼이라는 생각이 떠올랐고 그것이 마랴의 소설적인 상상력을 물론 만족시켰다고 화자가 말할 때, 우리는 두 인물에 대한 화자의 객관적 시점을 느끼게 되고 소설적인 공상을 현실에 옮기려는 마랴의 무모한 용기와 시골 영지에서 휴가 중인 희미하고 맥없는 러시아 소위 블라디미르의 현실적인 속셈을 간파하게 된다. 우리는 어떻게 해서라도 자신의 정체성을 창조하려고 안간힘을 쓰며 실제로 낭만적이지 않은 남자를 낭만주의 소설의 주인공으로 상상하고 사랑한다고 여기는 마랴, 실리적 계산을 하며 소설에 나올 법한 달콤한 말로 마랴를 유혹하는 블라디미르에 대해 알게 되며 이들의 갈등, 또 이들 내부의 갈등이 예고되는 것을 느끼게 된다.

그러나 그 뒤에 계속되는 화자의 말만 가지고는 우리는 사건의 진상을 완전히 알 수 없다. 예를 들어 마랴가 동의한 블라디미르의 마지막 계획에 대한 화자의 말에서 또 마랴가 떠나기 전 친구와 부모에게 긴 편지를 쓰며 슬퍼하는 부분을 묘사한 부분에서 우리는 화자가 인물을 보는 시점이 작가의 그것과 같은 것인가 조금씩 자신이 없어지게 된다. 또 블라디미르가 러시아 들판의 눈보라 속에서 헤매고, 이후 그가 부모님의 허락에도 불구하고 전장으로 가버리는 데서 우리는 사건의 진상을 파악하는 데 화자의 도움을 받을 수 없다. 화자는 블라디미르가 비밀 혼인식 사건 이후 마랴의 집에 오지 않는 이유를 부모의 냉대 때문이라고 말하고 있기 때문이다. 한편, 뒷부분에서 화자는 블라디미르에 대한 마랴의 추억이 신성한 것 같다며 마랴를 슬픈 정절을 간직한 여자로 표현하는데 이는 독자로 하여금 화자를 더더욱 불신하게 만든다. 혼인식 이후 마랴가 그리워하는 사람이 그녀가 실망을 느낀 블라디미르가 아니라 아마도 그녀와 혼인하고 떠나버린 소설의 주인공 같은 남자 부르민이라는 점은 작가가 독자에게 화자 몰래 행하는 윙크이다. 둘의, 특히 마랴의 프랑스 소설을 통해 정체성을 창조하려는 무모하리만큼 용기 있는 노력이 죽을 고비를 넘길 정도의 병, 긴 그리움의 과정, 그리고 쓰디쓴 인내와 후회를 거치고 나서 결국 아름답게 열매를 맺게 된다는 것을 작가는 미리 내다보고 있었던 것이다.

「장의사」와 「귀족 아가씨-농촌 처녀」의 경우에는 벨킨에 가장 근접하는 화자가 등장한다. 러시아 정교도인 장의사의 의식을 지배하는 도착성이나 리자와 알렉세이의 상황적 모순이 결국 해결되리라는 작가의 메시지는 화자가 자신도 모르고 하는 말 속에 여기저기 숨어 있다. 「귀족 아가씨-농촌 처녀」 앞부분에서 알렉세이의 연애편지가 아쿨리나라는 이름을 가진 여자를 통하여 사랑하는 여인에게로 가도록 되어 있는 부분이나 알렉세이와 리자의 관계의 성격을 잘 드러내주는 리자의 발에 대한 언급을 그 예로 들

수 있겠다. 알렉세이를 처음 만나러 갈 때 리자는 다른 것은 완벽하게 아쿨리나처럼 꾸몄지만 신발만은 목동 트로핌이 특별히 만들어온 알록달록한 짚신을 신는다. 또한 리자가 프랑스 인형처럼 괴상망측하게 치장을 하고 알렉세이 앞에 나타났을 때, 그녀가 양껏 교태스럽게 신발을 걸치고 일부러 살짝 드러낸 작은 발만은 알렉세이의 마음에 들게 된다. 결국 알렉세이가 좋아한 것은 리자가 어떤 모습을 했건 그녀의 발이었고 그 발을 가진 여자를 운명적으로 사랑하게 되었던 것이다. 그리고 이 사랑이라는 실체가 그들의 정체성 확립의 열쇠가 된다.

5

위에서 살펴보았듯이 작가는 정교한 서술구조를 통해 다양한 인간들이 헤매며 인생길을 걸어가는 모습을 보여주었는데 그들의 길 찾기의 성공 여부는 그들 각각이 삶의 진상에 대처하는 방식에 따라 결정된다. 「발사」의 실비오, 「역참지기」의 브린, 「눈보라」의 블라디미르는 삶의 실체를 보지 못하거나 실체를 보고도 인정하기 싫어하며 그로 인해 비롯된 자신들의 불행을 운명의 탓, 남의 탓으로 돌린다. 또한 이들 모두는 주위와 진정한 대화를 하지 못하고 단절된 상태에 있을 뿐만 아니라 스스로와의 솔직한 대화에도 무능하다. 그리하여 결국 현실을 인정하지 못하고 자기 의식 속에 폐쇄되어 부자유스럽게 살다가 파멸하고 만다. 실비오는 벨킨이 가지는 여유, 실비오가 백작이 가지고 있으리라고 여긴 인생에 대해 웃음을 띠는 여유의 시선(실비오의 풍자시에 대해 답장으로 농담하듯 쓴 백작의 풍자시는 너무나 기발하고 예리하고 쾌활한 웃음을 자아내는 것으로 실비오에게 보였다)에 대해 극도로 분노하는 폐쇄적인 사람이다. 소설의 말미에서 "당신들 둘이 농담을 한다는 게 진실이냐구요?" 하고 묻는 백작부인에게 그는 "그는 항상 농담을 하지요……. 한번은 농담하듯 제 뺨을 때렸고, 농담하듯 여기 이 모자를 뚫었었고, 방금도 농담하듯 저를 비껴 쏘았지요. 이젠 저도 농담이 좀 하고 싶군요……."라고 말한다. 그러나 실상 그가 할 수 있었던 것은 농담이 아니라 분노와 좌절이었다. 「눈보라」에서는 블라디미르가 꼼꼼한 계산을 하며 살았으나 오히려 눈보라에 의해 계획에 차질이 오고, 일이 뜻대로 되지 않게 되자 현명하게 대처하지 못하고 길을 잃고 헤맨다. 이는 그가, 우연이 모든 것을 망칠 수도 있는 삶의 복잡성, 모순성에 대처하지 못하고 자신의 얕은 계산에만 의존하고 살며 그 이외의 것에 대해서 생각하지 못하는 인물임을 간파하게 한다. 비밀 결혼을 하도록 하기까지 수많은 계획을 세우고 공을 들였던 그가 교회로 가는 날 혼인식 입회인을 구하는 데 느긋하게 시간을 쓸데없이 많이 소비하는(마랴를 구워삶았으니 이제 차려진 밥상에서 먹기만 하면 된다고 생각한 듯하다) 반면 혼인식을 하게 될 교회까지는 보통 20분밖에 걸리지 않는 거리여서 두 시간이나 남았는데도 눈보라를 만나자 침착하지 못하고 이내 길을 잃고, 일이 그릇되자 진상도 제대로 알아보지 않고 바로 포기해 버리는 것 같은 행동을 통해 우리는 그가 마랴라는 한 여자를 사랑했다기보다는 그녀가 줄 수 있는 신분적, 물질적 혜택에 관심이 있었던 것이라는 사실을 간파하게 된다. 진정으로 사랑한 것이 아니었기에, 블라디미르는 자신의 계획이 어긋나자 도피하듯 전쟁터로 가서 전사하게 된다. 이러한 블라디미르의 모습에, 이전의 헤매임에서 벗어나 자신의 길을 찾아 넉넉하게 삶의 전략을 세워 나가는 여자로 한층 성숙해진 마랴의 모습이 선명하게 대비된다. 비록 그녀가 자신의 정체성을 창조하려는 용기를 가지기는 했지만 그것을 찾기에는 얼마나 많은 노력과 고통이 따랐던가……. 한편, 딸이 떠난 뒤 과거에 갇혀 갈등하다가 죽은 역참지기의 무덤 또한 실비오나 블라디미르의 최후에 못지않게, 술독에 빠져 눈먼 채 헤매면서 세상을 등지고 살던 그의 집만큼이나 황량하기 그지없었다.

작가 벨킨이 인물들이나 화자보다 높은 눈높이에서 객관적인 거리를 가지고 그들의 삶을 총체적으로 제시하는 데 있어서 특히 두드러지는 것이 바로 벨킨이 이야기 속에서 일으키는 웃음이다. 복잡하고 모순적인 삶, 그리고 그것에 대처하는 인간들의 모습을 그리면서 벨킨은 불행한 사람을 보거나 행복한 사람을 보거나 웃음을 잃지 않는데, 이 웃음은 독자에게 감염된다. 그 자신이 웃으면서 우리를 웃게 하는 상황은 크게 두 가지로 나눌 수 있다. 하나는 인물들의 생각이나 행동을 보고 그들에 대해 거리감을 가지고 그들의 어리석음을 보거나 그들이 처한 부조리한 상황을 보고 우스꽝스럽거나 재미있어서 웃게 되는 경우이고 다른 하나는 인물들의 생각이나 행동이 흐뭇한 미소를 띠게 하는 경우이다. 그가 삶의 부조리, 모순성을 관찰, 인식하는 과정에서 나오는 웃음을 아이러니와 연관된 웃음이라고 말할 수 있겠고, 부조리한 삶과 화해하며 웃는 웃음을 유모어적 웃음이라고 할 수 있을 것이다. 웃음에 있어서도 아이러니의 신랄성과 유머의 따뜻함에 대해 말할 수 있겠다. 예를 들어 「발사」에서 실비오가 "쿠즈카, 총" 하며 큰일이나 되듯이 소란을 떨며 파리를 죽이는 모습에서 드러나는 그의 공허한 삶과 이상 심리를 볼 때, 실비오의 집에서 새로 부임한 한 장교가 카드놀이 할 때의 실비오의 특이한 습관을 모르고 오해하여 그에게 청동 촛대를 던진 다음 날 화자와 그의 동료들이 그가 필시 결투로 죽었으리라고 예상하며 곧 있을 결원에 대해 말하며 벌써 서로들 그가 아직 살아 있는지를 물어 보던 차에 그가 나타나자 그에게도 당신 아직 안 죽었느냐고 묻는 그들의 말의 불합리함을 느낄 때에, 「눈보라」에서 마랴 가브릴로브나가 프랑스 소설을 읽으며 자란 터라 사랑에 빠져 있는 것은 당연하다고 말하는 것을 통해서, 그녀가 집을 떠나기 전날 밤 쓴 편지들의 내용을 통해서, 그것을 두 개의 불타는 하트가 그려진 툴라의 봉인으로 편지를 봉했다는 사실을 통해서 드러나는 삶과 소설을 혼동하는 마리아의 미성숙함을 접할 때, 그리고 그것을 이용하려는 블라디미르의 교활함을 볼 때 유발

되는 웃음은 아이러니와 관련된 웃음의 예가 될 수 있을 것이다.

위의 웃음과는 좀 성격을 달리 하는 웃음, 즉 흐뭇한 미소를 짓게 되는 경우가 있다. 예를 들자면 「눈보라」에서는 무모한 용기로 눈보라 속으로 귀중품함을 들고 나가는 마랴를 보거나, 나중에 '운명은 말을 타고도 돌아갈 수 없다'는 러시아 속담을 생각하고 이들을 용서하고 결혼을 허락하는 마랴의 부모를 볼 때, 그리고 부르민이 교회에서 결혼식을 할 때 그녀가 예뻐 보였다는 말에서 느껴지는 그들의 건강한 삶의 태도를 접할 때 우리는 흐뭇하게 미소 짓게 된다. 소설의 말미에서는 부르민에게 사랑의 고백을 받아내려는 마랴의 전략이나 부르민이 마랴의 약점을 찌르면서 그녀에게 자신의 내면을 고백하며 자신을 받아주기를 희망하는 부분에서 미소를 짓게 되는데 둘의 대화에서 각자가 상황을 자기에게 유리하게 이끌고 가려는 투지가 보이기 때문이다. 삶을 개척하고 문제를 적극적으로 해결하려는 그들의 의지가 우리를 흐뭇하게 만들고 있는 것이다. 「귀족 아가씨-농촌 처녀」에서도 정체가 탄로날까 봐 걱정을 하면서도 그를 시험해 보고 싶은 마음에 알렉세이 앞에 분칠을 한 채 나타나고, 가난한 농촌 처녀의 모습을 한 자신의 발아래 엎드리는 알렉세이를 보고 싶은 욕망을 느끼는 리자에게서도 한 여자로서 신분에 관계없이 사랑의 승리를 꿈꾸는 건강한 삶에 대한 투지와 용기를 엿볼 수 있어 미소 짓게 된다.

이처럼 푸슈킨의 벨킨은 여러 인물들을 통해 드러나는 인간의 행동과 사고의 편협함, 공허함, 교활함, 불합리성, 미성숙을 보면서 지적이고 냉철하며 신랄한 웃음을 보내기도 하고, 복잡하고 모순적인 삶 속에서 인간의 건강한 감정을 유지하는 데 대한 찬탄으로서, 삶의 모순성에 보내는 화해로서 웃음을 보내기도 한다. 이 웃음은 푸슈킨이 궁극적으로 지향하는 바라고 여겨진다. 이는 모순적이고 불합리하고 복잡한 현실을 보는 따뜻한 이해의 눈으로서 웃음인 것이다.

「스페이드 여왕」에서는 단어, 숫자, 음운, 문장 구조, 단락 구조 등 여러 가지 언어 요소들이 눈에 띄게 반복된다. 반복되는 언어 요소들을 중심으로 단어나 문장들은 인과적 관계나 문법적 관계 밖에서 서로 이리저리 연결되어 풍성한 의미를 만들어낸다. 이 작품에서는 러시아에 새로이 부상하고 있던 출세와 돈에 집착하는 인간형에 속하는 인물 게르만과 그를 둘러싼 공허하고 황폐한 일상이 그러한 시적 구성에 의해 보석처럼 정교하게 형상화되어 있다.

게르만은 『벨킨이야기』에 나타나는 정체성을 찾지 못한, 닫히고 부자유스러운 인간(실비오나 블라디미르, 삼손 브린)의 또 다른 한 유형이라고 볼 수 있다. 그는 타인을 배려할 줄도 사랑할 줄도 모르고 오직 자신의 목적을 이루는 데만 눈이 멀어 있는 계산적인 인간이다. 그의 미성숙함은 여러 가지 면에서 드러나는데 그는 타인의 참말과 거짓말을 구분하지 못할 뿐만 아니라 자신의 거짓말과 참말도, 과거와 현재도, 심지어 산 사람과 죽은 사람도 구분하지 못한다. 책 속에 나오는 남의 말과 행동을 맥락 없이 모방하여 자기의 원칙으로 삼는가 하면, 자신의 제한된 사고 안에 갇혀 현실을 보지 못하고, 환상처럼 불가사의한 모습으로 다가오는 차가운 현실 앞에 무기력한 어린애나 다름없다. 푸슈킨은 이러한 미성숙한 인간 게르만을 매우 냉정하게 그리고 있다. 같은 계층에 속하는 폴리나 양과 관례적으로 결혼하고 진급도 하게 되는 톰스키, 한때의 눈먼 정열에서 벗어나 결혼하게 되는 리자와 달리 게르만은 미쳐 버리고 그에게 주어지는 것은 정신병원에서 그의 집착을 영원히 계속해야 하는 잔인한 벌이다. 『벨킨이야기』의 실비오나 블라디미르가 명분 있는 전쟁에서 전사한 반면, 게르만은 지상의 정신병원에 갇히고 그의 황폐한 영혼이 저주받아 방황하는 것처럼 그의 욕망의 고통은 끝없이 지속된다. 죽음보다도 더 가차 없는 가혹한 형벌을 받은 게르만에게 독자들은 연민과 공포를 느끼게 된다. 푸슈킨은 이러한 미성숙의 문제를 게르만을 둘러싼 다른 인물들에게서도 찾아내 보여주고 이를 인간 보편의 문제로 확장시킨다. 그리하여 독자는 결국 게르만을 통해 정체성을 찾지 못하고 헤매는 자신의 모습을 보게 된다.

『황제 보리스와 그리슈카 오트레피에프에 대한 희극』과 『보리스 고두노프』와의 차이*

1

알렉산드르 세르게예비치 푸슈킨(Александр Сергеевич Пушкин)이 남부 유배 시절(1820년-1824년)을 끝내고 어머니의 영지인 북부 미하일로프스코예에 1824년 8월부터 머무르면서 1824년 12월에 시작하여 1825년 11월 7일에 끝낸, 총 25장면으로 되어 있는 수고(手稿) 완성본『황제 보리스와 그리슈카 오트레피에프에 대한 희극』이 1831년 한 권의 단행본으로 출판되었을 때는 제목이『보리스 고두노프』로 바뀌었고 세 장면이 빠졌으며 군데군데 삭제 또는 수정되었다. 이렇게 된 곡절은 매우 복잡하지만 그 주된 원인은 1825년 판본이 황제의 검열을 통과하지 못했는데 당시 푸슈킨이 황제의 제의를 받아들여 원고를 수정할 의사가 없었기 때문일 것이다. 그가 1831년 황제의 허락 아래 이 작품을 출판할 당시에는 이 작품이 무대에 올려지리라는 것을 기대하지 않고 독자에게 읽혀지는 드라마로서의 기

---

* 『러시아연구』 12권 2호(2002), 177-211.

능을 더 고려했음에 틀림없다.' 관객에게 좀더 확실하고 친절하게 사건의
진상을 구체적으로 보여주는 장면이나 대사, 지문들을 뺀 점도 이와 무관
하지 않을 듯하다. 그러나 이와 함께 이 작품이 전달하는 메시지 자체가 달
라진 것도 틀림없는 사실이다. 푸슈킨 사후에 이 작품은 『보리스 고두노
프』라는 제목의 1831년 출판본에 1825년 판본의 세 번째 장면을 첨가하여
23장으로 출판되는 것이 통상적이었다. 그래서 이 작품은 보통 23장으로
읽혀지고 해석되었다. 러시아의 푸슈킨 연구소에서는 1993년에 『황제 보
리스와 그리슈카 오트레피에프에 대한 희극 1825』[2]를 제목으로 하여 1825
년 판본대로 25장으로 출판하였고, 1996년에는 1831년 판본을 『보리스 고
두노프』라는 제목에 비극이라는 부제를 붙여 당시처럼 22장으로 출판하
였다.[3] 본 논문에서는 25장으로 된 1825년 판본을 출판한 것과 22장으로 된
1831년 판본을 출판한 것을 비교하여(23장으로 된 사후 출판본에 대해서도
언급하면서) 둘 사이의 차이점들 중에서 의미적으로 중요하다고 여겨지는
사항들을 고찰하며 생각한 바를 정리해 보고자 한다.

2

우선 25장으로 된 1825년 판본[4]으로 읽은 작품의 줄거리를 간단히 소개
하여 23장 및 22장으로 된 판본들과의 차이를 살펴보자.

---

1 Фомичев, С. А.(1995) "Творческая история пьесы", Пушкин, А. С.(1996)『Борис Годунов』,
Санкт-Петербург: Академический проект, с. 121.

2 Пушкин, А. С.(1993) 『Комедия о царе Борисе и о Гришке Отрепьеве 1825』, Париж -
Петербург: Гржебина-Нотабене.

3 Пушкин, А. С.(1996) 『Борис Годунов』, Санкт-Петербург: Академический проект.

4 인용된 대사들은 필자가 번역한 것이다.

1598년 2월 20일. 텅 빈 크레믈린 궁전을 지키고 있던 세습 귀족 슈이스키와 보로틴스키는 페오도르가 죽자 그의 처남인 보리스가 옥좌에 오르는 것을 못마땅해하지만 보리스가 옥좌에 대한 야심으로 이미 6년 전에 페오도르의 이복동생이었던 어린 황태자 디미트리를 시해한 것을 알고 있는 슈이스키는 보리스가 등극하리라고 생각한다(제1장). 백성들은 의회 서기의 말에 따라(제2장) 영문도 모르는 채 눈물을 짜내며 엎드리고 보리스에게 황제가 되어 달라고 간원한다(제3장). 보리스는 황제로 등극하여 자신이 백성에 의해 뽑히고 죽은 황제들을 잇는, 정통성 있는 신성한 황제임을 강조한다(제4장). 1603년, 추도프 수도원에서 19세의 그리고리 오트레피에프는 살해된 황태자의 이야기를 수도승 역사 기록가 피멘으로부터 자세히 전해 듣는다(제5장). 승복 아래 세속에 대한 야심으로 괴로워하고 있던 그리고리가 수도원 담장에서 사악한 수도승에 의해 직접적으로 참칭의 사주를 받는다(제6장). 그리고리가 도주한 사실이 수도원장과 대주교에게 알려지나 그들은 보리스에게는 알리지 않는다(제7장). 한편 보리스는 그가 엄격하고 현명하게 온 마음을 다하여 통치했으나 백성들의 배은망덕만이 그 보답인 것을 느끼고 자신은 가족의 불행과 양심의 가책에 시달리며 점쟁이에 둘러싸여 산다. 그러던 터에 죽은 황태자가 나타났다는 말을 듣고 환영에 시달린다(제8장). 국경을 넘어가(제9장) 폴란드에서 황태자로 자처하여 보리스에게까지 알려지게 되는 위장 드미트리인 그리고리(제10장, 제11장)를 통해 폴란드 지배층은 모스크바를 정치적으로나 종교적으로 장악하려고 한다. 참칭자는 돈을 원하는 사람은 돈으로, 명예를 원하는 사람은 명예로, 시인에게는 그의 직업을 칭송하며 카자크인에게는 원래의 영토를 약속하며 모든 사람의 마음을 산다(제12장). 황후가 되고자 하는 폴란드 귀족 므니세크의 딸 마리나는 그리고리가 참칭자라는 것을 알고 있는 사람들에 둘러싸여 있으며 의상실에서 옷치장을 하고 다이아몬드관을 쓰며(제13장) 아버지의 희망대로 그를 결정적으로 유혹하려고 마음먹는다(제14장).

마리나와의 밀회 장소에서 참칭자는 사랑의 열정 때문에 진정한 감정으로 충만하여 마리나에게 자기의 실체를 알린다. 그러나 그녀가 황후가 되고 싶을 뿐 그가 진짜건 아니건 아무 상관을 하지 않는 것을 보고 그는 황태자로서의 위엄을 보이며 출정을 결심한다(제15장). 그는 진격하며 자신이 조국의 피를 흘리게 하는 데 대해 내면적인 갈등을 느낀다(제16장). 모스크바 어전회의에서 총주교는 드미트리의 유골을 가져다가 크레믈린의 아르한겔스크 수도원에 보관하여 소문을 없애자고 하니 슈이스키는 백성의 소문을 냉정히 대하고 군중을 엄하게 다스리자고 하고 보리스도 이에 동의한다. 여기서 죽은 황태자가 기적을 행한다는 말을 듣고 보리스는 강한 충격을 받는다(제17장). 보리스가 죽은 황태자의 영혼을 달래고 대성당에서 나오는데 백성들은 디미트리 황태자가 살아 있다고 여기며 그리고리 오트레피에프를 이단이라고 하는 성직자의 말을 믿지 않는다. 그곳에서 보리스는 소년들에게 놀림을 받는 바보 성자에게 살인자라는 말을 듣지만 그를 벌하지 않고 그에게 동전을 준다(제18장). 위장 디미트리는 세베르스키-노브고로드 전투에서 승리하고(제19장) 세브스크까지 진격했다가(제20장) 패배하여 말도 잃고 어떤 숲에서 잠이 든다(제21장). 승리한 보리스는 참칭자가 다시 군대를 모아 반격할 것을 알고 있다. 보리스는 귀족 출신이 아닌 야심찬 바스마노프가 그에게 충성하리라 여겨 전쟁 지휘권을 넘겨주고는 갑자기 쓰러져 아들에게 유언을 남기고 죽는다. 그의 유언을 보면 그는 통치자의 자리가 무겁다는 것을 인식하는 사람, 통치자에게 사회적 책무가 있다는 의식을 가진 사람, 그러면서도 인간적으로 도량이 넓은 사람이라는 것을 알 수 있다(제22장). 여론을 의식한 푸슈킨이 바스마노프에게 보리스의 아들 페오도르보다는 위장 디미트리에게 복무하라고 협박하고 회유한다. 바스마노프는 갈등하다가 권력욕 그리고 죽음에 대한 두려움, 그리고 백성들의 여론을 고려하여 페오도르를 배반한다(제23장). 푸슈킨에 의해 부추겨진 백성들은 "디미트리 황제 만세!"를 외치며 한 남자가 연단에 올라가 "보리스의 개새끼를 묶으라"고 소리 지른다(제24장). 보리스의 집 앞에 백성들이 모여 있는데, 귀족들과 소총병 3명이 보리스의 집 안으로 들어가자 비명소리가 나고 귀족 모살스키가 나와 "보리스의 아내와 아들이 자살했다"고 하자 침묵이 깔렸다가 "디미트리 이바노비치 황제 만세"라고 외치라는 모살스키의 말에 백성들은 그대로 따라 한다(제25장).

3

1831년 판본이 1825년 판본과 다른 점은,

1) '황제 보리스와 그리슈카 오트레피에프에 대한 희극'이라는 제목이 '보리스 고두노프'로 바뀜.

2) '니콜라이 미하일로비치 카람진에 대한/러시아인들의 소중한 기억에/그의 천재성에 의해 영감을 받은 이 작품을/존경과 감사의 마음으로 바치다/알렉산드르 푸슈킨'이라는 헌사를 붙인 점.

3) 1825년 판본의 제3장, 제6장, 제13장이 빠짐.

4) 1831년 판본 제7장(1825년 판본의 제9장) 제16행에는 미사일의 대사가 끝나고 나오는 지문에 바를라암이 부르는 노래가 1825년 판본의 "그대, 지나가네, 사랑스런 여인아" 대신 "옛날에, 도시에, 카잔에……"로 되어 있다. 이 노래는 도시 카잔에서 이반 뇌제가 타타르를 물리친 것을 기리는 노래이다. 1825년 판본에 들어 있는 "그대 지나가네, 사랑스런 여인아"는 1831년 당시 출판이 금지된 노래였는데 그 내용은 젊은 수도승이 승방 곁을 지나가는 여자에게 자신의 답답한 처지를 노래하며 그녀에게 자기의 두건과 승복을 벗기고 내 심장이 뛰는 것을 들어달라고 하나 처녀는 나중에 노인이 된 수도승을 동정하여 승방에서 현세를 잊으라고 말한다는 내

용이다.[5]

5) 1831년 판본에는 제7장 제34행의 지문 '마시고 노래한다'에 이어 1825년 판본에는 없는 '젊은 수도승이 삭발을 했다네'라는 노래 구절이 있다.

6) 1825년 판본 제11장의 처음 부분 제11행까지가 빠졌다. 여기는 크세니야가 죽은 약혼자의 초상화를 들고

그대의 두 입술
왜 말하지 않나요?
그대의 밝은 두 눈
왜 보지 않나요?
그대의 두 입술
막혀 버렸나요?
그대의 밝은 두 눈
꺼져 버렸나요?

라고 노래하며 동생인 페오도르에게 내 그림이 죽은 왕자님과 비슷하냐고 묻자 페오도르가 "정말 비슷해"라고 말하는 부분이다.

7) 1825년 판본의 제12장 크라쿠프에 있는 비슈네베츠키 저택에서 제72-73행이 "보리스는 나와 그대에게 죄값을/치루리라. 모스크바에 무슨 새로운 일이 있느냐?"인데 1831년 판본에서는 제72행이 "보리스는 모든 죗값을 치루게 되리라"이고 이후 제94행까지 빠져 있다. 즉 제73행을 비롯한 다음의 부분이 빠져 있다.

호루시초프

5 Фомичев, С. А.(1993) "Неизвестная пьеса А. С. Пушкина", Пушкин А. С.(1993) 『Комедия о царе Борисе и о Гришке Отрепьеве 1825』, Париж - Петербург: Гржебина- Нотабене, с. 248-249.

그곳엔 모든 것이 아직 조용하나이다. 허나
백성들은 이미 황태자의 구원을 알게 되었나이다.
어디서나 폐하의 글을 읽고 있나이다.
모두들 폐하를 기다리나이다. 얼마 전
식탁에서 폐하에게 몰래 건배했다고
보리스가 두 세습 귀족을 처형했나이다.

참칭자
오 선량하고 불행한 귀족들이여!
피에는 피로다! 고두노프에게 고통 있으라!
그에 대해 뭐라 하는가?

흐루시초프
그는 홀로 비참하게
자기 황실에 들어박혀 있나이다. 그는 험악하고
침울하나이다. 모두들 처형을 기다리오나
우울이 그를 갉나이다. 보리스는 겨우 목숨을 유지해가고
그의 마지막 순간이 이미 가까웠다고
생각들 하나이다.

참칭자
관대한 적으로서
나는 보리스에게 빠른 죽음을 바라노라.
악당에게 그건 불행이 아니노라. 헌데 그는
누구를 후계자로 삼을 심산인가?

호루시초프
그는 자기 생각을 밝히지 않사오나
어린 아들 페오도르를 우리에게
황제로 선포할 속셈인 듯하옵니다.

참칭자
아마도 그는 계산을 잘못하는 게로다.

　이 부분은 사건의 진행에 대해 좀 더 구체적으로 알게 하며 참칭자의 언행에 대해 구체적으로 알 수 있는 '계산을 잘못하는 게로다', '그에 대해 뭐라고들 하는가?' 하는 대사가 들어 있다.
　8) 1831년 판본에는 위의 장면 제116행 뒤에 지문 '혼자서 읽는다'가 없고 제117행부터 제119행까지 빠져 있다. 이는 다음의 부분이다.

호루시초프
(푸슈킨에게 조용하게)
이 사람이 누군가?

푸슈킨
시인이네

호루시초프
그의 칭호가 뭔가?

푸슈킨
어떻게 말해야 할지? 러시아 말로 — 악사

또는 유랑광대라네.

참칭자
멋진 시로다!

    이 부분은 귀족들의 시인에 대한 무관심 내지 경멸적인 태도 및 참칭자
가 시나 시인에 대해 진정한 관심이 없으면서도 시인의 비위를 맞추는 것
을 보여준다.

    9) 1825년 판본의 제14장 '불 밝혀 놓은 방들, 음악'이 1831년 판본에서
는 제11장으로 제목이 "삼보르에 있는 므니셰크의 성"이고 장면 지시가
'불 밝혀 놓은 방들, 음악'이다. 1831년 판본에는 1825년 판본의 제12행인
"그가 나오오…… 마리나 양과!"가 빠져 있다.

    10) 1825년 판본 제15장의 다음 부분이 1831년 판본에서는 약간 차이가
나게 변해 있다.

참칭자
(혼잣말로)
분노의 폭발이 나를 어디까지 끌고 간 건가!
그렇게 힘들여 만들어낸 행운을
나 아마도 영원히 망쳐버렸나 보다.
미친 놈, 무슨 짓을 한 건가? — 알겠소, 알겠소.
황태자와의 사랑이 아니어서 창피해하는구려.
그러니 운명의 한마디를 내게 들려주오.
지금 나의 운명은 당신 손안에 있소.
결정하시오, 기다리오.
(무릎을 꿇는다)

마리나

일어나요, 가련한 참칭자.

제가 남의 말을 쉽게 믿는 연약한 계집앤 줄 아세요?

무릎 꿇는 것으로 허영 높은 내 심장을

달랠 수 있다고 착각한 게 아닌가요?

잘못 아셨네요. 여보세요, 내 발아래

기사들과 지체 높은 백작들을 수없이 보았지요.

그러나 내가 그들의 애원을 차갑게

거절한 대가가 도망친 수도승 따위하고…….

참칭자

젊은 참칭자를 그렇게 멸시하지 마시오.

그 사람 속에 모스크바의 제위에 어울리는,

그대의 고귀한 손에 어울리는

용기가 숨어 있을지도 모르는 일…….

변화된 점은

ㄱ. 1831년 판본에는 제109행의 참칭자의 대사 '분노의 폭발이 나를 어디까지 끌고 간 건가!' 바로 전에 나오는 지문이 '혼잣말로'가 아니라 '조용하게'이다.

ㄴ. 1831년 판본에는 제112행에서 '미친 놈, 무슨 짓을 한 건가?' 다음에 '소리 내어'라고 지문이 되어 있다.

ㄷ. 1831년 판본에는 제124행 '젊은 참칭자를 그렇게 멸시하지 마시오' 바로 전에 '일어선다'라는 지문이 있다.

11) 1825년 판본의 제18장, 제19장의 순서가 1831년 판본에는 바뀌어 있다.

12) 1825년 판본의 제18장의 제16행에서 제20행까지 바보 성자가 부르

는 노래

달이 떠가고
고양이가 운다,
바보여, 일어나
자장, 자장, 자장
하느님께 기도해라!

이것이 1831년 판본에는

달이 빛나고
고양이가 운다.
바보여, 일어나
하느님께 기도해라!

로 바뀌어 있다.

　13) 1825년 판본 제19장 제30행 다음의 지문 '러시아군은 또다시 도주한다'가 1831년 판본에는 '전투. 러시아군은 또다시 도주한다'로 되어 있다.

　14) 1825년 판본 제24장 제3행에서 푸슈킨이 등장했을 때 백성들이 '들어 보세……' 하는 대사가 1831년 판본에는 '이리로, 이리로……'로 되어 있다.

　15) 1825년 판본 제24장 제38행의 '묶어라, 묶어라, 디미트리 만세!'가 1831년 판본에는 '묶어라, 파멸시켜라, 디미트리 만세!'로 되어 있다.

　16) 1825년 판본 제25장 제16행에서 제18행

들어가 보세! 문이 닫혔군 — 들리나? 비명!

여자의 목소리야 — 비명소리는 멈추었어 — 소란은
계속되는데.

가 1831년 판본에서는 다음과 같이 바뀌었다.

들리나? 비명! — 여자의 목소리야. 들어가 보세!
문이 닫혔군, 비명소리는 멈추었어 — 소란은
계속되는데.

17) 1825년 판본의 드라마의 제25장의 끝 부분 및 드라마의 끝 부분

모살스키
백성들이여, 마리아 고두노바와 그의 아들 페오도르는
음독자살하였소. 우리는 이미 죽어 있는 그들의 시체를 보았소.

(백성들은 경악 속에 침묵한다)

어째서 그대들은 침묵하고 있는가? 외쳐라, 황제
디미트리 이바노비치 만세!

백성
황제 디미트리 이바노비치 만세!

1825년 11월 7일

보리스 고두노프 황제가

제일 인물인

희극의 끝.

성부, 성자, 성신께 영광 있으라.

아멘

이 1831년 판본에서는 '디미트리 이바노비치 황제 만세'라고 외치라는
모살스키의 말에 백성들은 '침묵한다'로 끝난다.

4

위에서 열거한 차이들이 전체적으로 보여주는 것은 좀 더 구체적인 지
문이나 대사가 1831년 판본에서 빠졌다는 점이다. 가장 눈에 띄는 차이는
1825년 판본에서 백성들이 영문도 모르는 채 눈물을 짜내며 엎드리고 보
리스에게 황제가 되어 달라고 간원하는 제3장, 수도원 담장에서 승복 아래
속세에 대한 미련과 야망으로 괴로워하고 있는 그리고리가 사악한 수도승
에 의해 직접적으로 참칭의 사주를 받는 제6장, 그리고 므니세크의 딸 마
리나가 그리고리가 가짜라는 것을 모두들 알고 있는 상황에서 옷치장을
하는 의상실을 나타낸 제13장이 1831년 판본에는 빠졌다는 점, 제18장과
제19장의 순서가 바뀐 점, 제목과 끝 부분이 바뀐 점, 제12장의 두 부분이
생략된 점이다. 이제 이러한 차이점들이 함께 작용하여 보여주는 1825년
판본과 1831년 판본의 의미의 차이에 대해 살펴보자.

4. 1.

25장으로 된 1825년 판본에서는 장면들의 대칭적 구성이 다른 판본들에 비해 더 강하게 두드러진다. 이 작품을 23장으로 본 경우에도 블라고이가 대칭적 구성에 대해 지적한 이후 이는 푸슈킨 연구자들에 의해 종종 주목되어 왔다.[6] 사후 출판본인 23장으로 볼 때 제4장과 제20장, 제5장과 제19장, 제1장과 제23장, 처음 3개 장면인 제1장, 제2장, 제3장과 끝의 3개 장면인 제21장, 제22장, 제23장이 대칭을 이루는 틀을 형성하고 있다는 것, 또 제11장(1825년 판본으로 제12장), 제12장(1825년 판본으로 제14장), 제13장(1825년 판본으로 제15장)이 가장 가운데 있는 중요한 부분으로 여겨져 왔다. 블라고이는 수고 완성본의 마리나의 의상실 장면이나 사악한 수도승 장면이 빠져서 대칭적 구성으로 볼 때 완벽하게 되었다고 주장하지만 필자의 견해는 다르다. 25장의 1825년 판본에서 대칭적 구성이 오히려 거의 빈틈이 없어 보인다. 작품 한가운데 있는[7] 제13장을 거울축으로 하여 마주 보는 두 장면, 제1장과 맨 마지막 제25장, 제2장과 제24장 등으로 대칭의 위치에 놓인 장면들의 연관은 매우 긴밀하다. 그러면 전체 25장을 이러한 연관 속에서 살펴보아 의미적 연결을 부각시켜 보겠다.

제1장과 제25장: 크레믈린. 통치자는 전 통치자를 죽임으로써 통치자가 된다는 것이 핵심 메시지이고 백성들은 바깥에서 새로운 통치자를 맞을 준비를 한다.

---

6 Благой, Д. Д.(1950) 『Творческий путь Пушкина』 (1813-1826), Москва, Ленинград, сс. 489-491; Благой, Д. Д.(1979) 『От Кантемира до наших дней』, т. 2, Москва, сс. 102-125.

7 이 작품의 한가운데 있는 제13장의 중요성은 이 작품에서 각 장면의 맨 끝과 다음 장면의 맨 앞이 연결되는 경우가 매우 빈번하다는 점을 생각할 때 더더욱 뚜렷해진다. 여기에 대해서는 Фрейдкин, Ю. Л.(1979) "О некоторых особенностях композиции Трагедии Пушкина <Борис Годунов>", 『Russian Literature 』 7, pp. 27-44. 푸슈킨의 『예브게니 오네긴』에서도 작품의 한가운데 위치하는 제5장의 제4, 5, 6, 7연의 의미적 무게는 매우 두드러진다.

제2장과 제24장: 백성들이 거리에서 서성이고 귀족 하나가 그들에게 새로운 통치자를 구하여 만세를 외치라고 사주한다.

제3장과 제23장: 정치에 있어서 백성들의 여론의 중요성이 부각된다.

제4장과 제22장: 크레믈린. 보리스 고두노프의 대관식과 죽음.

제5장과 제21장: 5장에서 그리고리 잠에서 깨어나고, 21장에서 패배하여 잠이 든다.

제6장과 제20장: 제6장 추도프 수도원 담장에서 그리고리가 사악한 수도승으로부터 참칭의 사주를 받을 때 사악한 수도승이 백성들은 어리석고 쉽게 믿는 사람들이라고 말한다. 제20장 진영에서 그리고리가 포로와 이야기하며 자기에 대해 뭐라고들 하는지 묻는다. 포로는 백성들이 그리고리가 참칭자라는 것을 알고 있다는 것을 암시한다. 이 두 장면에서 백성들의 견해가 중요한 정치적 변수라는 것이 나타난다.

제7장과 제19장: 제7장은 황제가 되겠다고 도주한 그리고리에 관한 수도원장과 대주교의 대화로서 산문으로 되었고 우스꽝스럽다. 제19장은 외국 장교 둘이 등장하다가 자기의 목적을 이루는 데 성공하는 그리고리가 등장한다. 장교들의 대화가 외국어로 되었고 우스꽝스럽다.

제8장과 제18장: 제8장에서 보리스는 자기가 죽이라고 시킨 환상의 아이를 보고 제18장에서 그는 아이들과 만나며 살인자라는 소리를 듣는다.

제9장과 제17장: 제9장에는 그리고리, 방랑 수도승 미사일, 바를라암, 보초 1, 2, 여주인이 등장하고 제17장 어전회의에는 황제, 대주교, 바스마노프, 슈이스키, 귀족 1, 2가 등장하는데 두 장면에 그리고리 및 황제와 성직자들, 그 외에 여러 사람이 등장한다는 점에서 또 말하는 사람의 수가 같다는 점에서 공통적이고 장면의 공간은 대조적으로 하나는 황궁이고 하나는 국경의 주막집이다. 보초 1, 2에 귀족 1, 2가 대응한다.

제10장과 제16장: 제10장에서 보리스를 대하는 귀족들의 양면성을 볼 수 있고 폴란드에 참칭자가 있다는 소문이 러시아로 알려지며 제16장에서

는 참칭자와 그에게 충실한 귀족 쿠릅스키가 등장하고 러시아로 참칭자가 진격한다.

제11장과 제15장: 제11장에서 딸 크세니아, 아들 페오도르와 함께 있는 자상한 아버지로서의 보리스를 만나고 제15장에서 참칭자가 마리나에게 사랑을 고백하며 자신의 진정한 면을 보인다. 둘 다 내면적이고 내밀한 삶의 모습을 보여준다.

제12장과 제14장: 제12장에서 비슈네베츠키 저택에 있으며 상황의 주역으로 등장하는 참칭자를 볼 수 있으며 제14장 므니세크의 집 파티에서 참칭자는 상황의 꼭두각시이다.

제13장: 마리나의 의상실

위에서 보았듯이 25개 장면들의 대칭적인 상응이 매우 두드러진다. 3개 장면이 생략된 1831년 판본이나 23장으로 된 사후 출판본에서는 이러한 거의 빈틈없는, 마주 보는 두 장면의 대칭적인 구조는 나타나지 않는다. 특히 제18장과 제19장의 위치가 1831년 판본에서처럼 바뀌지 않았을 때 위에서 본 것처럼 대칭관계에 있는 제8장과 제18장, 제7장과 제19장이 의미적으로 긴밀한 연관을 보인다.[8] 또 이러한 대칭구조는 작품의 제목과 이 작품의 맨 끝에 나오는 서술문의 유사관계(처음에 희극이라는 말로 시작하고 끝에도 희극이라고 말하며 끝나는 것)로 인하여 더욱 강화되어 있다.

위와 같은 정교한 대칭구성에서 제13장이 가장 정점에 위치하여 대칭으로 만나는 두 장면을 서로 반사하는 거울의 역할을 한다는 사실은 이 장이 의미적으로 중요한 무게를 지니게 됨을 말하고 이 장을 중심으로 하는 대칭적 구조는 두 인물의 등가적 관계를 증거할[9] 뿐만 아니라 드라마가 주는 메시지에서 역사의 반복성, 순환성을 강화해 주는 역할을 한다.

---

8 23장으로 된 사후 출판본에서는 오히려 차례가 바뀌었을 때 대칭을 이룬다.

9 박현섭, 「〈보리스 고두노프〉의 연극적 함축」, 『러시아연구』, 제12권 제1호(2000), 53쪽.

4. 2.

장면의 길이로 보자면 가장 짧은 장면은 24행, 가장 긴 장면은 221행이다. 각 장의 길이를 재어 장면들의 길이가 이루는 리듬을 살펴보자. 드라마를 세 부분으로 나누어 보면 보리스가 옥좌에 오르는 과정과 6년이 지난 뒤 그리고리가 피멘으로부터 보리스의 황태자 살해 사건을 전해 듣고 참칭자가 되려고 국경을 넘어가는 첫 번째 부분은 9개 장면(제1장부터 제9장), 디미트리가 폴란드에 머물면서 러시아를 침공할 준비를 하여 러시아로 진격하는 시기를 다루는 두 번째 부분은 7개 장면(제10장부터 제16장), 그리고리가 참칭자로서 러시아로 들어와 황제 자리에 오르는 것까지를 내용으로 하는 세 번째 부분은 9개 장면(제17장부터 제25장)으로 첫 번째 부분과 장면의 수가 같다. 22장으로 된 1831년 판본의 경우에는 첫 번째 부분이 7개 장면, 두 번째 부분이 6개 장면, 세 번째 부분이 9개 장면으로 되어 있고, 23장으로 된 사후 출판본의 경우에는 첫 번째 부분이 8개 장면, 두 번째 부분이 6개 장면 세 번째 부분이 9개 장면이다. 장면의 수만으로 살펴볼 때 25장으로 된 1825년 판본에서 가운데 부분의 6개 장면을 중심으로 앞뒤로 각각 9개 장면이 대칭을 이룬다고 말할 수 있다.

세 부분이 포함하는 장면들의 길이를 살펴보면(행수를 표시하는 숫자는 1993년에 처음으로 1825년 판본을 출판한 책에는 행수가 표시되어 있지 않은 데다가 산문으로 된 부분은 1996년 재출판된 1831년 판본과 달라서 1831년 판본을 기준으로 헤아렸다. 행수 옆에는 장소와 주요 등장인물을 간단히 표시하였다)

제1장   94행   크레믈린, 귀족(백성)

제2장   25행   붉은 광장, 백성, 귀족 하나

제3장   29행   노보데비치 수도원 앞뜰, 백성

제4장   35행   크레믈린, 보리스, 대귀족, 대주교

제5장   203행   추도프 수도원, 그리고리, 피멘

1831년 판본일 때 장면의 길이는 다음과 같다(괄호 안에는 총 23장으로 된 사후 출판본일 때 장면의 차례가 표시되어 있다).

1825년 판본의 장면들의 길이를 앞뒤 맥락 속에서

80행 이하를	단
160행 이하를	중
그 이상을	장으로 설정하면

제1부분은
제5장이 가장 길며 이 장을 축으로 하여 앞뒤로 대칭적인 리듬을 보인다.

/ 중단단단/ 장/ 단단단중/

제2부분은
짧은 제13장을 중심으로 앞뒤로 / 중장중/, / 단장단/을 이룬다. 제13장 앞뒤에 위치한 세 장면에서 각각 가운데 장면의 길이가 길고 그 앞뒤로 있는 두 장면은 그보다 짧다.

/ 중장중/ 단/ 단장단/

제3부분은 짧은 제21장을 축으로 하여 앞뒤로 / 중단단단/ 이 나타난다.

/ 중단단단/ 단/ 중단단단/

전체적으로 살펴보면 다음과 같다.

/ 중단단단/ 장/ 단단단중// 중장중 / 단/ 단장단 // 중단단단 / 단/ 중단단단/

장면의 길이가 보여주는 리듬을 고찰해 보면,

　제1부분의 제5장, 제2부분의 제13장, 제3부분의 제21장이 각각 그 앞뒤로 유사한 리듬을 이루는 축이 되는 장면으로서 의미적 무게가 실리며 작품이 시작할 때 4개 장면과 작품이 끝나는 마지막 4개 장면의 리듬이 /중단단단/으로서 동일하다.

　이러한 리듬은 사건의 전개와 긴밀한 연관을 가진다. 제1부분에서 보리스가 등극하는 것을 다룬 앞의 4개 장면과 피멘이 보리스의 실체를 알리는 제5장을 축으로 보리스가 통치자로서의 자질을 잃어가는 틈을 타서 그리고리가 참칭의 뜻을 품고 국경을 넘는 것을 나타내는 뒤의 4개 장면이 이어지고 그리고리가 폴란드에서 세력을 모아 러시아로 진격하는 것까지를 다루는 제2부분의 축을 이루는 장면은 제13장이다. 제13장 이전까지는 그리고리가 기민하게 행동하며 세력을 모으는 것이 가시화되고 제13장 이후에는 그리고리가 가슴에 상처를 간직한 통치자로서 자신의 길을 가는 것을 보여준다. 그리고리가 참칭자로서 러시아로 들어와 황제 자리에 오르는 것까지를 내용으로 하는 제3부분에서 축을 이루는 제21장을 중심으로 제21장 이전에는 그리고리가 보리스의 군대와 전투하고 제21장 이후에는 그리고리의 전투와 관계없이 그가 황제에 오르는 것을 보여준다.

　1831년 판본이나 사후 출판본에서는,

60행까지를	단
110행까지를	중
그 이상을	장으로 설정하는 것이 더 적합해 보인다.

　1831년 판본의 제1부분은 제1장에서 제7장까지 7개 장면으로

/ 중단단/ 장단단/ 장/

제2부분은 제8장에서 제13장까지 6개 장면은

/ 중장중/ 단장단/

제3부분은 제14장에서 제22장까지 9개 장면으로서 다음과 같다.

/ 장단단/ 단단장/ 중단단/

전체적으로 살펴보면,

/ 중단단/ 장단단/ 장// 중장중/ 단장단 // 장단단/ 단단장/ 중단단/

이다.

1831년 판본에서는 제7장(혹은 제4장)만 제외하면 전체 22장이 3개 장면을 단위로 리듬을 이루는데 길이가 긴 장면 하나에 그보다 짧은 2개 장면이 합쳐서 3개 장면으로 한 단위를 이룬다.

1831년 판본에서 리듬적으로 두드러지는 부분은 제7장(혹은 제4장)의 국경을 넘어가는 선술집이다.

작품이 시작할 때 3개 장면과 작품이 끝나는 마지막 3개 장면의 리듬이 /중단단/으로서 동일하다고 볼 수 있다.

23장으로 된 사후 출판본에서는 리듬이 다음과 같다.

/중단단/ 단/ 장단단/ 장// 중장중/ 단장단 //장단단/ 단단장/ 중단단/

여기서는 제4장 보리스가 옥좌에 오르는 장면과 제8장 그리고리가 국경을 넘어가는 장면이 전체 리듬에서 동떨어져 있고 역시 작품이 시작할 때 3개 장면과 작품이 끝나는 마지막 3개 장면의 리듬이 /중단단/으로서 동일하다고 볼 수 있다.

　장면의 길이가 나타내는 리듬의 두드러짐만을 따져 보자면 22장으로 된 1831년 판본에서는 그리고리가 국경을 넘어가는 부분이 강조되고 23장으로 된 사후 출판본에서는 보리스가 옥좌에 오르는 것과 그리고리가 국경을 넘는 것이 두드러지고 25장으로 된 1825년 판본에서는 제5장 피멘의 역사 쓰기와 그리고리의 등장, 제13장 마리나의 의상실, 제21장 그리고리가 숲 속에서 잠드는 장면이 두드러지며 이 장면들이 리듬의 반복의 축이 되기 때문에 특히 부각된다고 할 수 있다. 특히 첫 번째 부분인 제1장에서 제9장까지의 길이의 리듬은 제5장을 중심으로는 앞뒤 각각 4개 장면의 리듬이 /중단단단/과 /단단단중/으로 서로 대칭관계를 보인다. 게다가 제5장과 제21장은 바로 제13장을 거울로 하여 서로 반사되는 대칭적 관계로 연결되는 두 장면이다.

　또한 눈에 띄는 것은 위에서 살펴보았듯이 보리스가 옥좌에 오르는 제일 처음의 4개 장면의 리듬 /중단단단/ 이 맨 마지막에서 그리고리가 황제에 오르게 되는 과정을 다루는 4개 장면의 리듬 /중단단단/ 과 일치한다는 것이다.

　이렇게 살펴볼 때도 25장으로 된 1825년 판본이 가장 빈틈없는 대칭구조를 보이며 제5장, 제21장 그리고 제13장, 그 중에서도 제13장이 구조적으로 볼 때 가장 두드러지는 장이고 가장 무거운 의미를 지니게 된다고 볼 수 있다. 안드레이 타르코프스키(Андрей Тарковский)가 연출한 모데스트 무소르그스키(Модест Мусоргский)의 오페라 1872년 판본 『보리스 고두노프』에서도 '마리나의 의상실' 장면의 합창이 전체 210분가량의 길이에서 한

가운데 위치하는 것은 우연한 일이 아닐 것이다.[10]

또한 이러한 대칭구조는 처음 4개 장면에서 페오도르 황제가 죽고 보리스가 옥좌에 오르는 과정, 마지막 4개 장면에서 보리스가 죽고 그리고리가 옥좌에 오르는 과정이 다루어진 것과 같은 규모가 비교적 큰 내용의 반복뿐만 아니라 백성들의 '황제 만세'와 같은 소규모의 대사들의 반복과 어우러져 역사가 반복된다는 의미를 생성, 강화하고 나아가 보리스와 그리고리가 똑같은 운명을 겪을 것이라는 암시를 준다.

그러면 이러한 역사의 반복성의 한가운데 그것을 움직이는 축은 무엇인가? 그것은 바로 구조적으로 볼 때 가장 두드러지는 지점에 위치하는 제13장의 옷을 갈아입는 공간에서 일어나는 행위이다. 또 이 옷을 갈아입는 방은 국경 가까이 존재하는 도시 산보르, 그것도 집의 내부 깊숙이 있는 공간이다. 이곳에서 마리나는 참칭자의 정체를 모두 아는 사람들에 둘러싸여 다이아몬드 관을 쓰고 옷치장을 하며 진상을 알아보고 자신의 욕구, 참칭자를 유혹하여 황후가 되겠다는 강한 의지를 보인다. 중요한 것은 어떤 옷을 입고 어떤 옷을 입은 사람을 만나느냐인 것이다.

또 리듬적으로 두드러지는 제5장의 그리고리가 잠에서 깨는 장면과 제21장의 그리고리가 잠 드는 장면과 연결하여 생각하면 그리고리의 행위는 마리나의 의상실과 인과적인 연결뿐만 아니라 시적·병행적 의미 연관 속에서 작품 전체 의미구조의 중추를 이룬다.

5

그렇다면 그리고리의 정치적 상승과 '옷 갈아입기'의 관계는 무엇일까?

---

10 1990년 마린스키 극장의 공연을 BBC 텔레비젼과 왕립오페라하우스가 녹화하여 1993년 Decca Music Group이 만든 필름에서.

이 드라마에서 '황제 되기'와 '옷 갈아입기'는 무슨 관계가 있을까? 결론부터 말하면 황제가 되기 위해서는 옷을 갈아입으면 된다는 점이다. 황제의 옷을 누가 입든지 옷을 걸치고 옥좌에 앉으면 통치자가 된다는 사실을 푸슈킨은 깊이 생각해 보았던 것으로 보인다.

정통성에 대한 문제, 통치자에 대한 문제는 작품 집필 당시 푸슈킨이 깊은 관심을 가졌던 문제였다. 알렉산드르 1세가 옥좌에 오르려고 아버지를 살해시켰으리라는 소문(푸슈킨은 그것을 시 「자유」에서 간접적으로 시사했다)이 아직 떠돌던 시기, 또 당시 젊은이들과 함께 진보적 정치사상을 논하며 이상적 정치형태에 대한 모색, 통치자의 정체에 대한 관심이 강하던 시기였다. 푸슈킨은 필시 카람진의 역사서를 이러한 관점에서 읽었을 것이다. 푸슈킨이 사건의 진행을 따온 카람진의 『역사』(история государства русского 1816-1829년 사이 출판)는 1818년 제9권이 출판된 이후 제10권과 제11권이 1824년에 출판되었다. 카람진의 역사 제10권 제3장, 제11권 제1, 2, 3장에 쓰여진 바, 1598년 1월 7일 표도르가 사망하자 백성들은 그의 영혼이 유약했던 것을 잊고 그가 통치하던 시절의 행복한 나날에 대해 감사하고 그의 죽음을 애통해하며 아버지라고 불렀으며 옥좌가 주인을 잃고 비어 있게 되자 황후 이리나는 남편의 유언인지, 자신의 의사인지, 아마도 보리스의 생각인지 왕좌에 오르려고 하지 않았고 후계자가 될 디미트리 황태자를 예전에 이미 살해한 보리스는 이미 다 자기 사람들을 곳곳에 배치하여 그들은 보리스의 뜻대로 움직였으며 이리나는 수녀원으로 들어갔고 보리스도 같이 들어갔는데, 2월 17일 전 러시아인의 대표가 보리스를 황제로 추대하기로 결정했고 2월 20일 통보했으나 보리스는 거절하다가 결국에는 왕관을 받아들여 통치를 하던 중 위장 디미트리가 나타나 폴란드와 가톨릭 세력을 업고 러시아를 침공하고 1605년 모스크바에 나타나 보리스의 아들을 죽이고 황제로 모셔지는 것까지를 푸슈킨은 자신의 드라마의 내용으로 하고 있다.[11] 또 1825년을 전후하여 푸슈킨은 셰익스피어 문학에 심취하기 시작하는데 셰익스피어의 역사물들을 읽으면서 그는 역시 통치자의 문제에 대해 골똘하게 생각한 것으로 보인다. 셰익스피어가 '맥베스'를 비롯한 역사물에서 찬탈자-왕을 다루었듯 푸슈킨은 이 드라마에서 찬탈자 황제 보리스와 위장 디미트리인 그리슈카 오트레피에프를 다루었던 것이다.[12] 실상 이 작품 전체에서 가장 두드러지는 점은 왕의 실체와 외형의 괴리, 나아가 정치적인 무대에서 인간의 겉과 속이 다르게 나타나는 양상이다. 이 드라마는 제1장에서부터 비어 있는 옥좌에 오르는 걸 번거롭다 마다하며 연극을 하는 보리스를 보여주며 시작하고 귀족들은 속으로는 반란을 꾀하면서도 겉으로는 신하의 역할을 한다. 제2장에서는 옥좌에 오르게 하는 거대한 연출이 준비되고 제3장에서는 백성들이 연극을 하는 모습이 나타난다. 제4장에서는 보리스는 옥좌에 오르면서 연극을 하고 이 장은 사태를 파악한 슈이스키의 '안면 바꿈'으로 끝난다. 제5장에서 피멘이 이야기하는 대사 중에는 왕관이 무거워지면 수도복을 입는 왕들에 대한 이야기와 친위대원까지 두건을 쓰고 수도복을 입는 실체와 외형의 괴리가 언어화되고, 제6장에서 그리고리에게 직접 참칭을 하라고 사주하는 사악한 수도승은 바로 이러한 문제를 대변하며 제7장의 수선스런 총주교와 수도원장들의 대화에서 우리는 그들이 자신의 안위만을 생각하고 겉에 보이는 엄숙한 자태와는 전혀 다른 실체를 가지고 있는 것을 알게 된다. 제8장에서 보리스의 양심의 오점에 대한 독백은 통치자의 외형과 내면의 괴리를 단적으로 보여주며 제9장에서 평민복으로 옷을 갈아입고 황제가 되려는 계획을 비수처럼 옷 속에 감춘 그리고리나 수도승 주정뱅이들은

---

11   Карамзин, Н. М.(1824) 『История государства Российского』, Т. X, глава III, Т. XI, глава I, II, III, Пушкин, А. С.(1996)『Борис Годунов』, Санкт-Петербург: Академический проект, cc. 369-445.

12   두 작품을 비교한 논문은 Moon, H. K., Sun, Choi (1999) "'Untenanted Throne Престол Безвластный' and 'Borrowed Robes'", 『러시아연구』, 제9권 제2호, 201~223쪽. 이와 비슷한 내용을 우리말로 1999년 11월27일 한국슬라브학회 주최 국제학술대회에서 초록으로 발표한 바 있다.

실체와 이름 및 외형의 괴리를 희극적으로 보여주며 보초 또한 본연의 자기의 임무와는 다른 모습을 보인다. 제10장에서 귀족들의 하인이 스파이인 것이 드러나고 슈이스키의 축배가 거짓인 것이 드러난다. 제11장에서는 '무거워라, 황제의 왕관이여' 또 '실체 없는 이름, 그림자가 — 이 설마 내 자색 옷을 벗기겠는가? 이름 소리가 내 자식들의 제위를 빼앗겠는가?'와 같은 독백을 통해서 외관이 지배하는 것이 현실정치라는 것을 알기에 보리스가 참칭자를 그토록 두려워한다는 것을 알 수 있다. 제12장에서도 가톨릭 신부가 속세 앞에 위장하여 세인을 속여야 하는 필요에 관해 이야기한다. 디미트리로 가장한 그리고리가 제12장에서 '옷을 보니 고국의 것이로다'라고 언급하는 부분에서 그가 자신뿐만 아니라 다른 사람의 외관의 문제에 신경을 쓰는 것을 알 수 있다. 같은 장면에 있는 '시인(그리슈카의 옷자락을 붙잡고)'라는 무대지시에서 우리는 시인이, 참칭자의 실체가 그리고리라는 것을 알면서 그를 황태자라고 부른다는 느낌을 받는다. 중요한 것은 그리슈카의 옷자락, 참칭자의 외관이 현실정치를 지배한다는 사실이다. 제13장은 바로 옷을 갈아입는 의상실, 이곳에서 역사는 이루어진다. 제14장은 그 자체가 가장무도회이고 가장하는 마리나를 비롯하여 가장하는 사람들이 보여진다. 제15장에서는 실체와 외관, 가장과 진실한 감정 사이의 갈등이 표면화된다. 마리나는 외관만을 중요시하며 디미트리는 실체와 외관의 괴리를 모든 사람이 알면서 게임을 한다는 것을 알고 있다. 제16장은 가장과 실체 사이에서 가책을 느끼는 참칭자를 보여준다. 제17장에서는 귀족 모두들 보리스의 내면에 대해 알고 있으나 가장하고 있는 것이 두드러지고 제18장에서는 국외자인 철모를 쓴 바보 성자만이 진실을 말한다. 제19장에서는 병사들의 겉과 속이 다르다는 것이 표현되어 있고 제20장에 등장하는 포로의 대사에서 참칭자의 실체에 관해 백성들도 알고 있지만 그를 통치자로 기대한다는 것이 지적되며 제21장에서 전쟁이 패한 후 위장 디미트리가 잠이 드는데 여기서 두드러지는 것은 모든 것이 이미 각본대로 움직이게 되어 있다는 점이다. 제22장에서 보리스의 유언은 현실 정치에 있어 실체와 외관에 관한 정치적 감각을 보여준다. 제23장의 아파나시 푸슈킨의 적법한 황제 및 더 적법한 황제에 관한 언급은 그가, 황제의 적법성이란 만들어내는 것이라는 것임을 꿰뚫고 있다는 사실의 반어적 표현이라고 하겠다. 제24장에서 그리고리는 각본대로 황제로 선포되고, 제25장의 마지막 부분에서는 외관과 실체의 괴리가 당연시되어 있고 연극의 연출 같은 정치의 실체를 눈앞에서 확인한 백성들을 보여 준다. 그러나 그들의 행위에는 변함이 없다. 그들은 귀족들이 꾸며놓은 각본대로 '디미트리 황제 만세!'를 외치는 것이다. 이와 같이 이 작품 전체에 실체와 외관의 괴리는 정치적인 무대에서는 전제된 사실이며 통치 행위는 짜여진 연극이라는 메시지가 배어 있다. 이러한 메시지가 특히 두드러지는 부분들을 좀 더 자세히 살펴보면, 우선 서두부터 빈 옥좌에 오르는 문제와 그 자리에 오를 사람의 자격 시비, 그리고 통치자가 될 사람의 위장과 연극에 대한 말이 전면에 부상됨을 알 수 있다. 보로틴스키가 슈이스키에게 이 소동이 어떻게 끝날 것 같으냐고 물었을 때, 슈이스키는 서슴지 않고 이 모든 것이 연극이며 모두가 그 안에서 역할을 맡고 있다고 생각하는 바를 밝힌다.

어떻게 끝나냐구? 그거야 뻔한 일이오.
백성들은 좀 더 통곡하며 울부짖을 것이고,
보리스도 술잔을 앞에 놓은 술꾼처럼
아직은 약간 더 얼굴을 찡그릴 테지만
결국에 가서는 자비를 베풀어 공손하게
왕관을 받아들이는 것에 동의할 것이오.
그리곤 그 자리 — 그 자리에서 이전처럼 우리를
지배할 것이오.

슈이스키의 다음의 대사에서

솔직히 말하면 그때 보리스는 나를
태연함과 예기치 않은 뻔뻔스러움으로 당혹시켰소.
그는 죄 없는 사람처럼 내 눈을 들여다보았소.
이리저리 캐묻고 상세한 사항으로 들어갔소.
그리고 나는 그가 내게 속삭여 주는
헛소리를 그 앞에서 그대로 되풀이 했소.

우리는 보리스가 자기 자신의 죄를 감추고 효과적으로 옥좌에 오르기 위해서 연극을 하는 사람일 뿐 아니라 다른 사람들까지 연극을 하도록 하는 게임의 명수인 것을 알 수 있다. 슈이스키는 그렇게 하지 않을 경우 자신에게 다가올 위험을 잘 아는 사람이기에 함께 연극을 하게 되는 것이다. 슈이스키는 보리스가 도살자의 사위이며 보리스 자신도 겉으로는 다르게 보일지 몰라도 도살자라고 말하며 그가 옥좌에 앉는 것보다 자신들이 옥좌에 앉을 권리가 훨씬 더 많다고 생각한다. 그들은 보리스가 백성들에게 사랑과 공포를 불러일으켜 그들을 사로잡을 줄 알았다는 것을 인정하고 또 그 자리에 앉는 것은 그가 대담하기 때문이라는 것을 안다. 푸슈킨은 정통성이 통치자와의 혈연관계에서 나오는 것이 아니고 마키아벨리가 주장한 바, 군주로서의 자질인 공포와 애정으로 백성들을 사로잡을 수 있는 기질과 능란한 거짓말과 위선으로서 강력한 통치를 할 수 있는 대담한 사람이 옥좌에 오른다는 것을 보로틴스키와 슈이스키를 통하여 말하고 있는 것이다. 이러한 생각은 극의 끝에 그리고리가 옥좌에 오름으로써 그 정당성이 증명된다. 제1장에서 제4장까지 보리스가 계속 옥좌에 오르기를 거절하고 백성들이 애원하고 결국 보리스가 받아들이는 사건은 전체가 연극적인 성질을 띠고 있는데 이는 극 전체의 음조를 지배하고 있다. 보리스나 귀족들이나 성직자들이나 백성들이나 위장 디미트리나 모두 거대한 드라마에서 하나의 역할을 담당하고 있고 또 그것을 의식하고 있다. 권력을 위하여 황태자를 살해한 이후 보리스가 옥좌에 오르기를 거절하고 사양하는 것은 셰익스피어의 작품에서도 자주 나타나는 정통화의 전략이다. 그의 거절은 백성들에게 옥좌에 오를 것을 애원하게 만들고 그에게 그가 백성들에 의해 정당한 방법으로 추대되었다는 말을 할 수 있게 하는 것이다. 그래서 보리스에게 울며불며 애원하는 백성들을 그린 제3장은(1831년 판본에는 없는 장면) 특히 이러한 아이러니를 강조하는 역할을 한다. 의미도 모르는 채 게임에 참여하느라 아이를 바닥에 내팽개치는 어머니, 또 양파를 눈에 문질러 눈물을 짜내려는 사람들……. 모두가 연극을 한다. 제4장에서 보리스는 귀족들 앞에서 다음과 같이 말한다.

그대들 앞에 내 마음을 다 보였소.
그대들은 내가 두려움과 겸손한 마음으로
위대한 권력을 받아들이는 것을 보았소.

그러나 이 대목의 아이러니가 두드러지는 것은 이 연극의 세계에서는 아무도 자신의 마음을 그대로 다 보이는 사람이 없기 때문이다. 그가 자신에게 솔직해지는 곳, 자신의 영혼을 들여다보는 곳은 혼자 있을 때이다. 그는 양심의 가책을 느끼며 백성들에 대한 원망도 하고 가족의 불행에 대해서 한탄하기도 한다. 이때 그는 정치무대 위의 그와는 전혀 다르다. 자신의 원래의 모습을 마스크 뒤에 감추고 상황에 따라 역할을 달리 하는 것은 슈이스키도 마찬가지이다. 그도 정치적으로 능란한 게임을 하기 위해서는 연기를 잘 하는 것이 중요하다는 것을 잘 알고 있다. 진실, 충성, 의무, 정직은 통치자에게나 귀족에게나 백성에게나 아무런 의미가 없다. 슈이스키는 백성에 대해서 말한다:

아시는 바이오나, 우매한 천민들은
변덕이 심하고 반항적이며 미신을 믿으며
헛된 희망에 쉽게 몸을 바치고
순간적인 사주에 복종하나이다.
그들은 진실에는 귀 멀고 무관심하며
꾸며낸 이야기를 먹고 살아가옵니다.

　　마키아벨리가 간파한 백성들의 속성을 그대로 나타낸 이 말은 1831년 판본에는 생략된 제3장에 구체적으로 드러나 있다. 그리고 이러한 속성을 지닌 백성이 작품의 맨 끝에 '디미트리 황제 만세!'를 외치는 것이다. 1831년 판본에서 제3장이 삭제된 것처럼, 작품의 끝도 백성들이 끝까지 침묵하는 것으로 처리되었다.[13] 침묵 속에서 이제껏 영문도 모른 채 연극의 기획에 따라 함께 연극을 했던 그들은 이제 모든 옥좌는 비어 있는 옥좌이며 모든 옷은 원래 임자가 있는 것이 아니고 정치는 연극과 가장에 의해 이루어진다는 것을 깨닫고 자신들도 그것의 일원이었다는 것도 깨달으며 권력층에 대해 무언의 반항을 하는지도 모른다. 또 독자는 이러한 침묵 속에서 강한 충격과 함께 자기 성찰의 계기를 얻게 되는지도 모른다. 어쨌든 침묵

---

13 '침묵하다'라는 단어는 카람진의 역사서에 여러 가지로 쓰였다. Карамзин, Н. М.(1824) 『История государства Российского』, Т. Х, глава III, Т. ХI, глава I, II, III, Пушкин А. С.(1996) 『Борис Годунов』, Санкт-Петербург: Академический проект, c. 373: 셸칼로프가 보리스를 추대하자고 했을 때 "아무도 반대하거나 침묵할 엄두를 못 내었다."
c. 369: 황제가 죽어가며 보리스에게 시선을 향하며 보리스의 속삭임을 들을 때 "귀족들은 말이 없었다."
c. 378: 보리스에게 등극하기를 청하려고 모였을 때 "백성들 말없이 광장에 모여 있다."
c. 388: 보리스가 총주교로부터 관을 받을 때 "백성은 침묵 속에 공경하였다."
c. 404: "백성들의 침묵은 황제에게는 분명한 비난으로서 러시아인들의 심장 속에 중요한 변화를 선언하였다."
c. 385: "보초병들은 아무데서도 먼지가 일어나는 것을 보지 못했고 아무데서도 말발굽 소리가 들리지 않아 초원의 침묵 속에서 졸고 있었다" 등.

하다가 다시 시키는 대로 만세를 외치는 1825년 판본의 마무리가 백성들이 정치적인 세계에서 아무런 독자적인 역할을 할 수 없다는 메시지를 더 강하게 드러낸다고 말 할 수 있다.

가장이 지배하는 정치무대의 한가운데에 위치하는 보리스는, 실체가 아니라 외양이, 내면의 진실보다 바깥에 보이는 것이 더 중요하며 정통성 자체보다는 정통화의 과정이 더 중요하다는 것을 잘 알고 있는 통치자이다. 그런 면에서는 그리고리도 마찬가지이다. 훌륭한 군주란 권력투쟁을 효과적으로 수행하여 권력에 이르고 그것을 잘 유지하는 사람이다. 진실이나 덕을 지니는 것보다 더 중요한 것은 그렇게 보일 수 있도록 게임을 잘하는 것이며 그 게임의 룰을 이해하고 계산적으로 행동하는 것이다. 보리스 뿐만 아니라 그리고리도 통치자의 자질을 잘 알고 있으며 백성들의 속성도 잘 알고 있고 귀족들의 속성도 잘 알며 여론을 의식하는 점도 그러하다 (1825년 판본 제12장에서 그리고리의 이러한 점을 보여주는 대사가 위에서 지적했듯이 두 군데나 삭제되어 있는 점을 상기해 보면 25장으로 된 1825년 판본에 통치자의 정체의 문제가 좀 더 강하게 드러난다고 말할 수 있다). 1825년 9월 13일 뱌젬스키에게 보내는 편지에서 푸슈킨이 '정치적인 관점에서 보리스를 보았다'[14]고 말한 바와 같이 그는 정치적 인물로서의 보리스에 관심을 가졌던 것이고 역사적인 충돌의 시기에 여러 가지 계층적, 사회적 갈등 속에서 구제도를 파기하고 신제도를 도입하는 과정에 처한 유능한 정치가로서의 보리스를 바라본 것이다. 푸슈킨은 카람진이 이반 4세의 행위를 부정적으로 묘사하는 것이 유치하고 순진하다고 보았으며 살해도 정치적 투쟁의 일환으로 보았다. 타키투스가 전제군주 티베리우스를 단죄적으로 묘사한 것에 그가 불만을 표한 것도 이러한 이유에서였을 것이다.[15] 또 그는

---

14 Пушкин, А. С.(1996) 『Борис Годунов』, Санкт-Петербург: Академический проект, с. 459.

15 Пушкин, А. С.(1996) 『Борис Годунов』, Санкт-Петербург: Академический проект, с. 159. 리디아 로트만(Лидия Лотман)은 주해에서 통치자 보리스 고두노프의 마키아벨리즘에 주목하면서 그가

보리스가 아들에게 옥좌를 넘겨주는 장면에서도 통치 수단으로서 마키아벨리적인 것의 필요불가결성을 숙지한 유능한 통치자의 모습을 보여주고 있다. 보리스는 아들에게 정통성 있는 옥좌를 넘겨주는 것을 강조한다. 그러나 이것이 반역과 반란을 막는 데 아무런 보장이 되지 않는다고 경고하고 권력 유지에 대한 충고를 한다. 그는 아들에게 슈이스키를 고문으로 추천하고 유능한 바스마노프로 하여금 군대를 지휘하도록 하라고 유언한다. 보리스가 자신도 '믿을 수 없다'고 말한 슈이스키, '공손하면서도 대담하고 교활한 자'(제11장)인 슈이스키의 자질을 높이 사서 일 처리에 있어 믿을 만하고 냉철하며 좋은 가문의 노련한 사람을 쓰라고 말하는 것은 그가 인격과는 상관없이 겉으로 나타나는 특징을 높이 사며 즉 현실정치의 능력을 보며 그것만이 중요하다고 판단한다는 점을 보여준다. 푸슈킨은 이러한 현실정치적인 감각을 지닌 보리스가 파멸로 치닫게 되는 것은 찬탈자로서의 정통성의 부재가 원인이라기보다는 그 자신이 통치자로서의 자아 정체성을 상실하였고 또 이러한 상실을 스스로 부채질한 데 있다고 보았을 것이다.

그리고리의 경우에는 극이 진행되는 동안 '옷 갈아입기'가 계속된다. 수도승의 두건 아래서 황제가 되려는 꿈을 꾸었으며 평민의 옷을 갈아입었다가 황태자의 외관을 갖추며 드디어 황제의 옷을 입게 된다. 어전회의에서 대주교는 그리고리가, 황태자의 이름을 훔쳐 입은 옷처럼 입었다고 말하며 그 옷을 찢기만 하면 실체가 드러나리라고 말한다.

그는 파렴치하게도 황태자의 이름을
훔쳐 입은 옷처럼 입었나이다.
그러나 옷을 찢기만 하면 — 그 스스로
벌거벗은 채로 창피를 당하리이다.

마키아벨리적 의미에서 매우 우수한 군주라고 본다.

그러나 옷 자체는 아무나 걸칠 수 있는 것이라는 사실을 독자들은 이미 보리스의 경우를 통하여 알고 있다. 둘의 경우 모두 외관과 실체 사이에 분열이 나타난다. 사랑에 빠진 그리고리가 자신의 실체를 드러내는 것은 마리나에게 사랑을 고백하는 장면에서이다. 그는 자신의 모든 계획이 수포로 돌아갈 것을 감수하고 위장과 연극을 벗어 던진다.

나는 세상을 속였소. 그러나 마리나, 당신은
나를 벌하지 못하오. 난 당신 앞에 정당하오.
결코, 나는 당신을 속일 수 없었소.
당신은 내게 유일하게 신성한 것이었소.
그 신성한 것 앞에 난 감히 가장할 수 없었소.

그러나 제13장에서 보듯 황후가 되려는 강한 목적의식을 가진 차갑고 계산적인 마리나는 그가 실체를 내보이는 것을 원하지 않는다. 그것은 게임의 법칙에 어긋나는 것이다. 그녀에게 중요한 것은 외관이지 그의 정체가 아니다. 그리고리가 우려했던 대로 그녀는 그 자신이 아니라 그의 옷을 선택한 것이었다. 그리고리의 실체에 대해 관심이 없는 것은 마리나뿐만이 아니다. 모든 사람들이 그것에 대해 관심이 없고 그의 외관으로 인해 일어날 수 있는 실제 이익에 대해 관심이 있을 뿐이다. 그리고 그것을 그리고리 자신이 알고 있다.

내가 디미트리이건 아니건 그들에게 무슨 상관이요?
나는 반목과 전쟁의 구실일 뿐이오.
그들에게 필요한 것은 이것뿐이오,

그리고리가 옥좌에 오르는 것은 어떤 영웅적 행위에 의해서 일어나는 일이 아니다. 그가 옥좌에 오르기 위해서는 기회를 포착하고 연극 계획을 세우고 그리고 그것을 잘 연출하면 된다. 그래서 그는 전투에 패배하고 나서 제 21장에서 잠이 든다. 이제 필요한 것은 그리고리가 황제로 선언되는 절차뿐이었다. 정통성의 외관을 부여하고 허구를 사실로 만들고 참칭자를 황제로 변하게 하는 성공적 연기만이 요구되는 것이다. 극중에 나오는 귀족 푸슈킨은 이러한 계기를 만들어 낸다. 그는 그리고리를 황제로 선언하고 그리고리는 몇 마디 말과 몸짓으로써 참칭자에서 황제로 되는 것이다. 여기에서 다시 한 번 종교는 권위의 정통성을 위해 쓰여지고 그리고리는 정통성의 피를 갖는, 신이 인정한 군주가 된다.

폐하를 노엽게 하지 말며, 신을 두려워할지어다.
적법한 황제의 십자가에 입을 맞추시오.
순종하라, 그리고 당장 대주교의 처소로
디미트리 황태자께 귀족, 서기,
그리고 백성들의 대표를 보내라.
아버지 군주에게 머리를 조아리라.

이제 보리스가 잠시 차지했던 옥좌는 다시 그리고리에게로 넘어가고 그가 잠시 빌려 입었던 옷은 그리고리가 입게 된다. 그리고 이것은 모두의 연극의 결과로서 일어난 일이다. 작품의 제목이 '황제 보리스와 그리슈카 오트레피에프에 대한 희극'이듯이 이 작품에서는 두 명의 통치자의 유사성, 그들이 이루어 가는, 또 그들과 함께 이루어지는 역사가, 아이러니컬한 웃음을 보내는 푸슈킨의 시선에 의해 포착되고 있는 것이다. 이 작품의 맨 끝 부분인

보리스 고두노프 황제가

제일 인물인

희극의 끝.

성부, 성자, 성신께 영광 있으라.

아멘.

　에서 이 희극의 제일 인물이 보리스 고두노프 황제라고 언급한 것은 그리고리가 황제의 옷을 입는 것으로 끝이 나지만 그리고리도 옥좌를 차지했다가 머지않아 그 자리를 비워 놓을 똑같은 운명에 처했으나 그 운명이 아직 완결되지 않았다는 의미를 강조하기 위해서라고 볼 수 있다.

　더더욱 과감한 것은 그리고리의 '옷 갈아입기'가 바로 피멘의 수도원에서 일어난다는 점이다. 또 피멘은, 왕관이 무거워지면 수도복으로 갈아입는 왕들에 대한 이야기와 친위대원까지 두건을 쓰고 수도복으로 갈아입는다는 이야기를 들려준다. 그가 군주와 수도승의 '옷 갈아입기'를 가능한 것으로 여긴다면 그 역도 가능한 것으로 보는 것은 아닐까? 피멘은 스스로를 가장과 투쟁의 마키아벨리적인 세계에서 멀리 떨어져 있는 사람으로 자처한다. 그는 이러한 세계에서 물러나 수도원으로 들어온 사람으로서 그리고리가 보기에 그는

그의 높은 이마와 시선 어디서도
그의 숨은 생각을 읽을 수 없으니;
언제나 겸허하고 위엄 있는 저 모습이네.
명령을 받들며 백발이 된 관청 서기처럼
연민의 감정도 분노의 감정도 없이
선과 악을 무심하게 받아들이며

평온하게 옳은 자들과 죄진 자들을 대하네.

객관적이고 편견 없는 모습으로 세상일을 판단하고 기록한다. 그러나 피멘 자신이 언급하고 있듯이 그 속에서는 아직 세속에 대한 미련이 꿈속에 나타나며 그의 기억은 불완전하고, 지나간 것 중에서 그가 기록하는 것은 일부일 뿐이다. 그의 역사관은 매우 보수적이어서 그는 황제가 신 바로 아래에 존재하는, 보통 인간과는 다른 사람이며 그의 인격은 신성하다는 견해를 가지고 있다.

아들아, 위대한 황제들에 대해 생각해 보게.
그들 위에 누가 있나? 유일하신 하느님뿐이네. 감히
그들을 누가 거스리리? 아무도 못하네. 헌데,
종종 그들에게 왕관이 무거워졌다네.
그들은 왕관을 수도승의 두건과 바꾸었다네.
이반 황제께서도 수도승의 고행을 따라하시며
마음의 평안을 찾으려 하셨네.

그러면서도 다른 한편으로 피멘은 군주가 옷을 벗고 수도승의 옷을 입을 수 있으며 군주와 수도승은 서로 역할을 바꿀 수 있다고 생각한다.

거만한 총신들로 가득 찬 그의 궁전은
수도원 같은 새로운 모습을 띠었네.
고행자의 옷을 입고 두건을 쓴
친위대원들은 충직한 수도승의 모습이었고
무서운 황제는 온화한 수도원장 같았네.

그는 이반 뇌제가 수도원장 같은 모습이고 이반 뇌제의 악명 높은 친위대원들이 수도승의 옷으로 갈아입은 것을 긍정적인 시선에서 평가한다. 자신이 스스로 의도하지 않았더라도 그리고리로 하여금 수도승복을 평민 복장으로 또 황제의 옷으로 갈아입게 하는 사람도 바로 그다. 또 그는 신심이 깊은 황제를 훌륭한 황제로 보고

그의 아들, 페오도르는 어땠냐고? 그는 옥좌에서
침묵교파 수도승의 평화로운 삶을
동경하였네. 그는 황제의 궁전을,
기도를 위한 승방으로 변모시켰네.
그 안에서는 힘든 군주의 근심들도
그의 성스러운 영혼을 괴롭히지 못했네.
하느님께서는 폐하의 온유함을 어여삐 여기셔
페오도르 시대에 러시아는 반란 없는 평화를
누리었고 — 그가 임종을 맞을 때에는
전대미문의 기적이 일어났네.
그의 침상으로 황제의 눈에만 보이는,
신비하게 빛을 말하는 남자가 다가왔고
황제께서는 그와 말을 나누었으며
그를 대주교라고 부르셨네. 그때
황제가 눈 앞에 보는 성스런 주교는
건물 안에는 없었기 때문에
천상의 환영이 나타난 걸 알아채고
주위의 모든 사람들은 공포에 휩싸였네.
그리고 황제께서 임종하셨을 때
궁전은 그윽한 향기로 가득 찼고,

그의 얼굴은 태양처럼 빛을 발했네.

　　라고 하며 지나간 황제들과 달리 정통성이 없다는 이유로 보리스를 악당으로 여긴다. 여기서 우리는 군주의 권위와 통치자의 정통성이 신으로부터 부여되었다는 군주관을 볼 수 있는데 이러한 피멘이 그리고리를 참칭자로 변하게 하는 것은 그의 군주관에 정면으로 위배되는 모순적인 행위이다. 그도 실체와 외형의 괴리가 지배하는 정치의 세계를 벗어날 수 없을 뿐만 아니라 오히려 그의, 세속에서 떨어진 수도원의 승방이 현실정치를 움직이는 중요한 지점이 되고 있는 모순적 현실의 한가운데 있는 것이다. 성직자가 의식했건 하지 않았건 종교가 정치적인 수단이 되고 있는 것을 텍스트의 이곳저곳에서 만날 수 있다. 극의 시작에서 보리스가 수도원에 틀어박혀 옥좌에 오르기를 거절하는 것이나 아들에게 성당의 계율을 수호하라고 하는 것은 종교의 세력이 정치에 미칠 수 있는 영향을 잘 알고 있다는 것을 말한다. 보리스가 참칭자에 대처하기 위한 방안을 의논할 때 대주교가 디미트리의 유골을 크레믈린으로 옮기자는 말을 하자 슈이스키는 그것이 종교의 정치적 이용이라는 것을 간파한다. 사실 대주교 스스로가 종교를 권력 유지의 수단으로 삼으려는 일을 도모한 것이라고 볼 수 있다. 종교 및 성직자와 정치와의 긴밀한 관계를 보여주는 이러한 메시지는 1831년 판본에 생략된 제6장에서 사악한 수도승이 직접적으로 그리고리에게 참칭을 사주하는 것을 보면 더욱 뚜렷하게 전달되어 온다. 흥미로운 점은 카람진의 역사서 제11권 제2장에서는 드네프르 수도원의 수도승 피멘이 참칭자를 국경을 건너 라트비아로 가도록 안내하며 제11권의 주(註) 207에서는 키예프의 수도원장 피멘에게 그 참칭자가 자신이 디미트리라고 고백했다고 한다.[16] 이와 같이 카람진의 역사서에서 피멘은 그리고리가 국경을 건너가 참칭을 하도록 만드는 인물의 이름이고 또 참칭자로부터

16　Пушкин, А. С.(1996) 『*Борис Годунов*』 Санкт-Петербург: Академический проект, с. 275.

자신이 디미트리라는 고백을 듣는 수도원장의 이름이기도 하다. 푸슈킨은 이러한 인물인 피멘을 역사를 기록하는 은둔자로 설정하였는데 그는 잠잠해진 바다 같은 역사를 객관적으로 돌아보며 역사 쓰기만을 본분으로 알고 진실을 말한다고 자처하나 시야의 한계를 보일 뿐만 아니라 그 자신이 역사의 소용돌이의 태풍의 눈이 되는 양면성을 보여준다. 이런 맥락에서 1831년 출판본에는 생략된 제6장에 나오는, 수도승의 옷을 입은 그리고리에게 황제가 되어 참칭을 하라고 사주하는 사악한 수도승을 피멘의 분신으로도 볼 수 있겠다.

6

위에서 살펴본 바와 같이 1831년 판본에는 없고 1825년 판본에만 있는 장면 및 대사, 또 제목과 끝처리, 장면들의 대칭구조, 장면들의 길이가 이루는 리듬의 차이 등의 측면에서 비교 고찰해 볼 때 22장으로 된 1831년의 첫 출판본에 비해 25장의 1825년 수고 완성본에서 두드러지게 강하게 전달되는 메시지는 정치무대에서의 실체와 외관의 괴리이다. 1825년 판본에 그려진 정치무대란 통치자, 귀족, 백성, 성직자까지 모두가 실체와 외관의 괴리를 보여주는 아이러니컬한 세계, 희극적인 세계이다. 그리고 이러한 희극이 역사적으로 반복된다는 점, 이 희극적인 세계 한가운데 옷 갈아입는 공간이 위치한다는 점을 푸슈킨은 강조하고 싶었던 것으로 보인다.

찾아보기